조선 중기 한시 비평론

조선 중기 한시 비평론

발   행 / 2003년 5월 30일(1판 1쇄)
          2004년 11월 3일(1판 2쇄)
지 은 이 / 조 응 희
펴 낸 이 / 김 진 수
펴 낸 곳 / 한국문화사
          서울특별시 성동구 성수1가2동 656-1683
          두앤캠B/D 502호
전   화 / (02) 464-7708
팩시밀리 / (02) 499-0846
이 메 일 / hkm77@korea.com
홈페이지 / www.hankookmunhwasa.co.kr
등   록 / 제2-1276호
가   격 / 13,000원

●
잘못 만들어진 책은 바꾸어 드립니다.
●

ISBN 89-5726-051-X 93810

조선 중기 한시 비평론

조 융 희

한국문화사

책 머리에

　우리 선인(先人)들은 일상생활에서 비롯된 정서나 사회 의식, 학문적 열정 등을 한시(漢詩)의 형식을 통하여 표현하고는 했다. 그러기에 개화기 이전의 전통적인 문인 사회에서 다른 어떤 장르보다도 한시가 차지하는 비중은 컸다. 문인들의 개인 문집에는 서(序) · 발(跋) · 전(傳) · 기(記) 등 다양한 산문 장르들도 실려 있지만, 대부분 시 부문에 많은 지면이 할애되었다. 한시는 표기수단이 한자(漢字)이고, 시어의 의미가 함축적으로 표현된 경우가 많아서 대다수 현대인이 접근하기에는 어려움이 따른다. 그뿐만 아니라, 학계의 소장 연구자들 또한 전통시대의 문인 · 학자들처럼 한시에 젖어 지내기에는 제약이 많아, 한시 텍스트를 연구하는 과정에서 종종 그 의미를 정확하게 이해하는 데 어려움을 느끼고는 한다.

　한시의 이해를 위해서는 자구(字句)의 축어적 번역만 가지고는 텍스트의 의미를 충분하게 이해할 수 없는 경우가 많다. 그래서 텍스트의 이해를 위하여 때로는 작가의 사회 · 문화적 지향을 읽을 수 있는 산문 작품을 참고하기도 하고, 해당 시인이 학시(學詩) 과정에서 관심을 두었던 국내외 시인 · 시선집 등의 일반적 경향을 통해 시 세계의 형성 배경을 가늠하기도 한다. 그러나 우리에게 시 텍스트의 의미와 성격에 대하여 가장 풍부한 정보를 주는 것은 무엇보다도 시화(詩話) 자료가 아닐까 생각한다. 시화는 한시의 전통에 익숙해 있던 시인 · 시론가가 시에 관한 이론적 주장을 펼치거나 대표성을 띠는 작품 및 작가들에 대하여 논평한 내용을 중심으로 구성되어 있다. 그러므로 시화는 시에 대한 비평자료로서, 한시의 이해를 필요로 하는 이들이 텍스트에 접근하는 데 오늘날까지도 긴요한 도움을 주고 있다. 이런 이유에서 오늘날 한시 연구와 한시 비평론의 연구는 서로 매우 밀접한 관련을 맺고 있다고 할 수 있다.

조선 중기는 한국 한시사 및 고전 비평사에서 매우 중요한 전환기였다. 16세기 후반이 되자 그 이전 시대에 주목을 받았던 '송시풍'(宋詩風)의 작시(作詩) 경향에서 벗어나 '당시풍'(唐詩風)에 기반하여 시를 짓는 풍토가 마련되었다. 시에 대한 관심과 창작에 대한 열정이 대단하여 '목릉성세'(穆陵盛世)라는 평가를 얻을 정도로 선조대(宣祖代)의 시운(詩運)은 크게 일어났다. 17세기 초에 들어와 본격적인 시 전문 비평서라고 할 수 있는 시화집들이 이전에 비해 집중적으로 등장했던 것도 이와 같이 활발했던 시 창작의 결실들이 비평적 담론의 탄생에 동기로 작용했기 때문이라고 할 수 있다.

『성수시화』(惺叟詩話)·『지봉유설』(芝峰類說)·『청창연담』(晴窓軟談)·『제호시화』(霽湖詩話) 등 조선 중기를 대표하는 시화집들은 우리 한시 이론의 역사적 맥락을 이해하는 데 매우 중요한 역할을 한다. 이들 시화집의 다양한 분석을 통하여 조선 전기에서 후기로 넘어가는 문학사적 길목에서 활발하게 전개된 시 비평의 특징을 살펴보는 것이 이 책 제1부의 집필 방향이다. 이 부분은 필자의 박사학위 논문을 일부 보완하여 실은 것이다. 제2부는 박사학위 논문에서 논의를 확장시키고 싶었던 내용에 대한 후속 연구의 결과물이라고 할 수 있다. 시화집 서술자들이 중국시선집을 수용한 방법과 이 시대의 대표적인 시론가라고 할 수 있는 허균(許筠)의 문학언어에 대한 인식 태도를 고찰하여, 조선 중기 비평론의 형성에 기여한 몇몇 배경 국면들을 밝힌 것이다.

자그마한 학문적 결실을 내놓으면서 왠지 부끄러움이 앞서는 것은 지금까지 은사님들로부터 받은 가르침에 비해 펼쳐낸 것이 너무 미약하기 때문이 아닌가 생각된다. 서강대학교 국어국문학과의 여러 은사님들께서 보여주신 학문적 열정, 그리고 끊임없이 지속하신 이론과 실제의 교차 검증 작업은 그대로 후진(後進)에게 전달되어 가르침이 되었다. 지도교수이신 정요일 선생님께서는 고전에 대한 진지한 연구 자세를 몸소 보여주시고, 고전 비평 자료의 엄정한 해석을 언제나 강조하셨다. 선생님의 뜻은 앞으로 공부하면서 계속해서 되새겨야 할 것이다. 박사학위 논문 심사과정에서 자상하게 가르침을 주신 박철희 선생님, 이혜순 선생님, 박성규 선생님의 은덕도 마음 속에 지워지지 않는 자취로 남으리라 생각한다.

이 책에서 해결되지 못한 점들이 있다면, 그것은 여러 선생님들의 뜻을 올바로 펼치지 못한 필자의 잘못이다. 이 책의 출간을 통하여 은사님들의 가르침을 새롭게 확인하면서 고전에 대하여 더욱 진지하게 접근하는 계기를 마련하고자 한다. 새로이 마음을 다잡는 필자를 보셨다면 성현경 선생님께서도 어깨를 두드려주셨을 것이다. 선생님 계실 때 그 은혜에 학문적으로 보답하지 못한 점을 생각하면 안타까울 따름이다.

한동완 선생님께서 도움을 주시지 않았다면 이 책의 출간을 여전히 주저하고 있었을 것이다. 선생님과 한국문화사의 배려에도 깊이 감사 드린다.

2003년 5월 15일
조 용 희

차 례

조선 중기 시화(詩話) 비평
『성수시화』·『지봉유설』·『청창연담』·『제호시화』

제2부

조선 중기 한시 비평의 배경 국면

17세기 초 시론가들의 중국시선집 수용 양상

허균 상어론(常語論)의 의미와 적용 양상

I. 서론 227

II. 문론(文論)에서의 상어론 228

III. 상어론의 시적 적용 234

IV. 상어 범위의 제한 239

V. 결론 246

제1부

조선 중기 시화(詩話) 비평

『성수시화』·『지봉유설』·『청창연담』·『제호시화』

I. 서 론

1. 선행 연구 검토 및 문제 제기

중국은 한시(漢詩)의 전통이 오랜 세월에 걸쳐 형성되었기 때문에 시 창작 및 시 비평에 관한 저술이 방대하게 남아 있다. 시에 대한 그들의 관심은 풍부한 비평문학의 발전으로 이어져, 조비(曹丕)의 『전론·논문』(典論·論文), 유협(劉勰)의 『문심조룡』(文心雕龍), 종영(鍾嶸)의 『시품』(詩品), 사공도(司空圖)의 『이십사시품』(二十四詩品) 등 다양한 형태의 저술이 나오게 되었다. 특히 송대(宋代)의 구양수(歐陽脩)가 『육일시화』(六一詩話)를 지은 이후로 '시화'(詩話)라는 명칭의 비평 장르도 융성하기에 이르렀다.

우리나라에서는 고려시대에 『파한집』(破閑集)이 편찬되면서 비로소 시에 대한 비평적 관심이 본격화되었다고 할 수 있는데, 고려 후기와 조선 초기에 『보한집』(補閑集)·『역옹패설』(櫟翁稗說)·『동인시화』(東人詩話) 등의 저술이 『파한집』의 후속 성과물로 빛을 보게 되었다. 그러나 시화들로만 이루어진 전문적인 시화집(詩話集)이라고 할 수 있는 저작은 그리 많지 않고, 대체로 잡기류(雜記類) 문학에 산재된 시화 기사(記事)들의 형태로 남아 있다. '시화'라고 이름이 붙은 시화집도 『동인시화』(東人詩話)·『청강시화』(淸江詩話)·『성수시화』(惺叟詩話) 등 소수에 불과하거니와, 명칭은 그만두고라도 작시 이론과 시의식에 대한 논의가 중심이 되어 시화집에 포함시킬 만한 잡기류 저술도 별로 없었다고 하겠다.

그런데 본격적인 시화집이라고 할 수 있는 저작이 17세기 전기에만 네 편이 쏟아졌으니 주목할 일이 아닐 수 없다. 허균(許筠)의 『성수시화』(惺叟詩話), 이수광(李睟光)의 『지봉유설』(芝峰類說) 「문장부」(文章部) (2~7), 신흠(申欽)의 『청창연담』(晴窓軟談), 양경우(梁慶遇)의 『제호시화』(霽湖詩話)가 바로 그것이다. 시화의 발전은 시의 발전을 전제로 한다. 창작의 결실이 풍부해야 정리 및 평가 작업이 빛을 보기 때문이다. 16세기에는 '목릉성세'(穆陵盛世)라는 말이 나올 정도로 시의 창작이 활발했으므로, 17세기 초의 그와 같은 비평문학의 결실은 당연한 것일는지도 모른다.

그럼에도 불구하고 17세기 전기(前期) 시화집에 대한 집중적인 검토는 아직 충분하게 이루어지지 않았다고 해도 과언이 아니다. 시화집만의 독립적인 연구 자체가 본격적인 궤도에 진입하지 못했다고 하는 편이 옳을 듯하다. 지금까지는 시화가 연구의 대상으로 주목을 받으면서도 주로 다른 연구의 보조 자료로 활용된 경우가 더 많았기 때문이다.

그래도 시화를 중심으로 진행된 몇몇 선행 연구가 지남(指南)의 역할을 하고 있기에 시화를 대상으로 한 후속 연구가 아주 막연하지는 않게 되었다. 전형대·정요일·최웅·정대림 등은 고려와 조선의 시화들을 주 자료로 하면서 고려 후기부터 조선 후기까지의 시대 구분에 따른 시학을 정리하였으며,[1] 조종업은 광범위하게 시화 자료를 섭렵하여 시화집들에 대한 연구 성과물을 내놓았다.[2] 그리고 전형대와 장홍재는 고려시대의 시화 비평의 특징만을 정리한 바 있다.[3] 또한 한시에 대한 선인들의 직접적인 시각을 제공해 준다는 시화의 독

---

1) 전형대·정요일·최웅·정대림, 『韓國古典詩學史』, 홍성사, 1979.
2) 조종업, 『韓國詩話硏究』, 태학사, 1991.
3) 전형대, 『한국고전비평연구』, 책세상, 1987.
　　장홍재, 『고려시대 시화비평 연구』, 아세아문화사, 1987.

자적 의의를 고려하여, 시화에 대한 본격적인 연구 방법론의 수립이 필요하다고 역설한 박수천의 논의도 있었다.4) 안대회는 조선 후기의 각종 시화를 체계적으로 정리하여 사적(史的) 의미를 밝힘으로써 시화 텍스트의 독립적 연구에 대한 가능성을 열어 주었다.5)

본고의 논의 대상인 『성수시화』·『제호시화』·『청창연담』·『지봉유설』 등 17세기 전기 시화들과 관련한 논의도 있었다. 그러나 이들 시화의 서술자인 허균·신흠·이수광의 문학론이나 문학 비평의 일반적인 성격에 대한 논의에 집중한 나머지, 시화집 자체의 독립적인 성격 구명에 관심을 둔 연구는 많지 않았다. 이러한 상황 속에서도 17세기 전기의 개별 시화집에 대한 몇몇 연구가 있어, 각각 시화집의 내용을 체계적으로 정리하는 일정한 성과를 거두었다고 할 수 있다.6) 앞으로 17세기 전기의 시화집들 각각에 대한 개별적인 연구도 더욱 축적되어야 하겠지만, 이제 이 시화집들을 종합적으로 연구하여 이들이 공유하는 특성을 살펴보고, 문학사적 맥락 속에서 이들이 차지하는 의미를 밝혀야 할 때가 되었다.

조선시대에 접어들어 17세기 전기의 시화집들이 출현하기 전까지 우리나라 시단은 크게 세 가지의 시풍을 경험했다. 조선 전기에는 고려 후기 이후 성행한 송시풍(宋詩風)에 대한 관심이 시단을 지배하여 소식(蘇軾)의 시를 비롯한 중국의 강서시파(江西詩派)의 시 세계에 대한 학습이 활기를 띠었다. 송시풍에 대한 관심은 시적 기교 및 수

---

4) 박수천, 「시화 연구 서설」, 『부산한문학연구』 제6집, 1991.
5) 안대회, 『조선 후기 시화사 연구』, 국학자료원, 1995.
6) 지금까지 이루어진 17세기 전기의 개별 시화집에 대한 논의는 다음과 같다.
　　허경진, 「惺叟詩話 연구」, 『조선후기의 언어와 문학』, 형설출판사, 1978.
　　채환종, 「霽湖詩話 연구」, 충남대 석사논문, 1989.
　　이규춘, 「상촌 시화 연구」, 충남대 석사논문, 1987.
　　홍인표, 「申欽의 시화 평론」, 『동아문화』 제26집, 서울대 동아문화연구소, 1988.12.
　　박수천, 『芝峰類說 文章部의 批評樣相 硏究』, 태학사, 1995.
　　＿＿＿, 「許筠의 詩話批評 硏究」, 『한국한시연구』 3, 태학사, 1995.

식에 대한 관심으로 이어져 기괴한 용사(用事) 및 희귀한 전고(典故)의 사용을 통하여 시의 내용을 난삽하게 만드는 폐단을 노출하였다. 조선 중기로 오면서 사림파 문인들은 형식적인 기교와 수식을 중시하는 강서시파 계열의 송시풍을 추구할 경우에 정서의 표현에 제약이 따를 수 있다는 문제를 인식하여, 내면 정서의 형상화에 깊은 관심을 지니게 되었다. 그러나 이들 사림파 문인들은 성리학적 세계관에 입각하여 내적인 심성 수양을 강조하다 보니 풍부한 시적 정서를 표현하는 데 일정한 한계를 지니게 되었다. 목릉성세의 문운(文運)을 이룩했다는 평가를 받고 있는 선조대(宣祖代)에 접어들면서 당시풍(唐詩風)을 중심으로 한 창작이 활발해졌는데, 이는 사림파의 시론 및 시 세계에서는 정서의 표현이 제약되었다고 생각한 시인들이 당풍(唐風)의 시를 통하여 풍부한 정서를 표현하고자 했기 때문이다.

17세기 초의 시화집들은 이와 같은 시단의 변화를 뒤이어 탄생되었으므로, 시화집의 내용에는 조선 중기까지의 시사(詩史)에 대한 평가 및 시화집 서술자들의 비평의식이 들어 있다고 할 수 있다. 따라서 17세기 전기 시화집에 대한 연구는, 시화집 서술자들이 조선 중기까지의 시단의 성격을 어떻게 결산하고 있으며, 그 이후 17세기 후반이나 18세기 초의 문학사 전개에 어떤 영향을 미치고 있는가를 밝히는 방법이 될 것이다.

2. 연구 대상 및 연구 방향

중국의 경우 본격적인 문학 비평은 위(魏)나라 문제(文帝) 조비의 『전론·논문』에서부터 출발했으며, 남북조(南北朝) 시대 양(梁) 나라의 유협이 지은 『문심조룡』과 종영의 『시품』·당(唐) 사공도의 『이십사시품』 등이 문학 비평의 맥을 이었다. '시화'라는 명칭의 저술은 송대(宋代)에 와서야 시작되었는데, 구양수의『육일시화』가 그것이다. 조비의『전론·논문』과 유협의『문심조룡』은 종합적인 문학 이론서이며, 종영의『시품』은 단순히 시의 우열을 가린 시평(詩評) 자료이고, 사공도의『이십사시품』은 순수 시론 자료로서, 구양수의 시화가 나오기까지의 전사(前史)를 구성하는 비평서들이라고 할 수 있다.

구양수가 스스로 "거사가 여음에 물러나 살면서 (개별 시화들을) 편집하여 한가로운 이야기의 자료로 삼았다."[7]고 하면서 자신의『육일시화』편찬 경위를 밝힌 이래로, "한가로운 이야기의 자료로 삼는다"는 것은 후대의 시화집 저술가들에게도 저술 명분으로 일컬어지고는 하였다. 우리가 시화집으로 취급하는 고려시대의『파한집』과『보한집』도 그 제목에 '한가로움'을 보내는 데 도움을 주는 자료라는 의미가 들어 있는 것이다. 자신들이 편집한 책을 '한가로운 이야기'라고 하는 데에는 일종의 겸허함과 함께 전통적으로 주류에 해당하는 시(詩)나 문(文)과는 다른 유형의 글을 쓴다는 조심스런 생각도 작용했다고 할 수 있다. 시화의 한담성(閑談性)을 염두에 두었기 때문에, 전통적으로 우리나라 문인들 사이에서도 시화를 독립적인 장르로 인식하기보다는 다른 잡기류들과 함께 '소설'(小說)로 분류하는 경우가 있었다.[8]

여기서 말하는 '소설'은 사대부들에게 중심 장르로 인식되지 않은 문학 양식으로서, 기존의 장르 체계 내의 특정 분류 항목에 편입될

---

7) 歐陽脩,『六一詩話』, "居士退居汝陰, 而集以資閑談也."
8) 魚叔權,『稗官雜記』卷4, "東國少小說, 唯高麗李大諫仁老破閑集, 崔拙翁滋補閑集, 李益齋齊賢櫟翁稗說, … 徐四佳居正太平閑話筆苑雜記東人詩話, 姜晉山希孟村談解頤, … 曺適庵伸謏聞瑣錄, 行于世."
曺伸,『謏聞瑣錄』卷下, "中國文籍, 日滋月益, 編錄紀載之多, 無慮千百. … 如段成式西陽雜殂 … 歐陽脩六一詩話 … 滄浪詩評 … 瞿佑剪燈新話, 李昌祺剪燈餘話之類, 嘉言善行奇怪文雅評論靡遺. 吾東方罕見而僅有着, 載傳之不遠. 今存麗代之小說, 唯李仁老破閑集, 崔滋補閑集, 益齋櫟翁稗說而已. 抑有之而不傳播, 使後生未得見耶, 是可嘆已."

수 없다는 점에서 가볍게 여겨 붙여진 이름이라고 할 수 있다. '잡기' (雜記)나 '야담'(野談)이라는 이름의 텍스트들은 사대부 문인들의 입장에서 볼 때 주변 장르라는 점에서 시화집과 한 데 묶일 수도 있고, 또 전체 구성 가운데 시화를 수용하고 있다는 점에서도 시화집의 성격을 공유한다고 할 수 있다. 그리고 시화집·잡기류·야담류는 모두 단형 서사체 또는 서술들의 누적으로 이루어진 텍스트라는 점에서도 공통적이다.

그러나 이들 잡기류·야담류의 텍스트가 시화들을 수용하고 있다고 해서 이들을 시화집의 범주에 넣을 수는 없다. 시화를 중심으로 하면서 시화와 관련 없는 기사가 일부 실려 있다면 시화집의 범주에 근접했다고 할 수 있겠으나, 시화와 관련 없는 기사가 시화의 수를 압도하는 분량으로 실려 있다면, 그 텍스트는 시화집의 체제와 구성을 갖추었다고 할 수 없다. '잡기'나 '야담' 등은 시화 및 시화 이외의 잡기 기사들이 합하여 그들 나름대로의 독특한 텍스트를 구성하게 되는 것이다.

우리나라에서 '시화'라는 명칭이 붙은 순수 시화집은 서거정(徐居正)의 『동인시화』가 처음이다. 그러나 우리나라 시화사(詩話史)에서 최초의 시화집으로 소급할 경우 통상적으로 고려의 이인로(李仁老)가 펴낸 『파한집』을 거명하게 된다. 『파한집』에는 잡기적인 성격의 기사들도 실려 있지만, 시화 기사가 텍스트의 대부분을 이루고 있기 때문이다.

『파한집』·『보한집』·『역옹패설』(櫟翁稗說) 등 우리나라의 초기 비평서들는 잡기류이면서도 그 가운데 시화가 많이 실려 있다. 이 저술들을 이어 '시화'의 명칭이 붙은 『동인시화』·『청강시화』 등의 순수 시화집도 등장하였지만, 이는 소수에 불과하고, 『용재총화』(慵齋叢話)·『패관잡기』(稗官雜記)·『어우야담』(於于野談) 등과 같이 시화와 잡기를 함께 다루는 잡록(雜錄)들이 다수 등장하였다. 이들 잡록은 저마다 성향이 다르지만, 대부분의 경우 이런 저작들에는 잡기들이 시화 기사보다 많기 때문에 시화집이라고 볼 수 없다.

그러므로『패관잡기』나『어우야담』등 잡기 기사가 주종을 이루는 잡기류 텍스트에 대한 연구와 시화집의 연구는 별개일 수 있다. 잡기류나 야담류의 텍스트는 시화 기사의 유형까지 포괄하여 독립된 텍스트를 구성한다. 그러나 잡기류나 야담류에서는 시화 이외의 기사유형을 많이 갖추고 있는 데 비해, 시화집이라고 할 수 있는 저술들은 시화 이외의 유형들에 대하여 비교적 개방적이지 않다.

본고의 연구 대상인 허균의『성수시화』·이수광의『지봉유설』「문장부」(2~7)·신흠의『청창연담』·양경우의『제호시화』는, 중국에 비해 시화집의 수가 매우 적은 우리나라에서 17세기 전기라는 같은 시기에 산출된 저술로서 거의 전편(全篇)이 시화로 구성된 본격적인 시화집이라는 것만으로도 문학사적 의미가 인정된다. 더욱이 이들 시화집의 비평 내용이 후대의 비평가들에게 적지 않은 영향을 끼쳤다는 것을 감안하면 그 의미는 더욱 크다고 하겠다. 본고에서는 이들 '시화집'을 텍스트로 삼아 연구를 진행하게 된다.

17세기 초의 시화집들은 대략 1611년에서 1623년을 전후한 시기에 이루어졌다. 저작 시기가 명확하게 저술에 드러난 경우도 있지만, 그렇지 않은 시화집은 시화 기사의 내용을 바탕으로 그 시기를 대략 추정할 수 있다.『성수시화』의 경우에는「성수시화 인」(惺叟詩話引)에서 허균 자신이 신해년(辛亥年: 광해군 3년, 1611년)에 지었다고 그 저작 시기를 밝혔다.『지봉유설』은 저자 이수광의 서문에 따르면 만력(萬曆) 42년 즉 1614년에 찬술된 것으로 되어 있다. 그리고『청창연담』에서는 김현성에 대한 시화 기사 가운데 그의 나이를 언급하면서 '올해 나이 77세'라고 하였으니,9) 그의 생몰년(1542~1621년)을 감안

할 때, 77세인 해는 1618년이며, 이 해가 『청창연담』의 저작 연도라할 수 있다. 『제호시화』의 경우에는 명확하게 그 시기를 밝혀 놓지 않고 있으나, 시화 기사의 내용으로 미루어 그 저작 시기를 추론해낼수 있다. 시화 기사 가운데 권필의 죽음(1612년)을 언급한 곳이 있으며, 광해군 집권기를 '폐조시'(廢朝時)라고 표현하고, 인조반정(仁祖反正)을 가리키는 '반정'이라는 말이 뒷부분의 시화 기사에서 언급된 것으로 보아, 인조반정(1623년) 직후에 지어졌다고 추정할 수 있다.

이와 같이 저작 연대가 비슷한 시기에 몰려 있는 네 편의 시화집의전반적인 성격이 구명될 때, 17세기 전기 시화집이 지니는 사적(史的)의미가 올바로 밝혀지리라고 생각된다. 본고에서는 시화일반에 대한연구 성과 및 17세기 전기 시화집들에 대한 선행 개별 연구들을 폭넓게 수용하는 가운데 이들 시화집의 서술상의 특성과 시론 및 시평의전개 양상 등을 밝히고자 한다.

먼저 17세기 초의 각 시화집을 구성하는 시화 기사들을 유형별로검토하여 시화집들의 특성을 비교하게 된다. 시화는 대체로 시론(詩論)·시평(詩評)과 같이 비평을 중심으로 서술되지만, 경우에 따라서는 비평에 주안점을 두기보다는 시와 관련된 일화 자체를 자세하게제시하는 데 중점을 둔 시화도 있다. 따라서 시화의 서술 양상을 크게 '비평 중심의 서술'과 '상황 제시 중심의 서술'로 나누고, '비평 중심의 서술'은 다시 '시론 중심형'과 '시평 중심형'으로, '상황 제시 중심의 서술'은 '작품 관련 상황 제시형'과 '전기적(傳記的) 상황 제시형'으로 분류하여 관련 시화 기사들을 분석하게 된다. 이 과정에서 시화집들의 서술상의 특징이 밝혀져 '전'(傳)이나 '야담'(野談)과 같은 다른장르 체계와의 관련성도 해명되리라 생각한다.

그리고 17세기 전기 시화집의 '비평 중심의 시화'들을 바탕으로 시

---

9) 申欽, 『晴窓軟談』(下).

화집들의 비평상의 특성을 고찰하게 되는데, 시의 원론적 성격에 대한 논의인 '시론의 전개와 특성', 그리고 우리나라 시 작품 및 시인에 대한 실제 비평이라고 할 수 있는 '시평의 전개와 특성'으로 나누어 살펴볼 것이다.

시화집에서 논의되는 시론에 대한 고찰은 다음과 같은 순서로 진행된다.

첫째, 당시(唐詩)와 송시(宋詩), 당시풍(唐詩風)과 송시풍(宋詩風)에 대한 시화집 서술자들의 평가 양상을 살펴본다. 16세기 후반에는 '삼당시인'(三唐詩人)과 같이 당시에 매료되어 당시풍을 구사한 시인들이 많이 배출되었는데, 이에 대하여 시화집 서술자들이 어떻게 평가하였는가를 살펴봄으로써 그들이 제시하는 학시(學詩) 및 작시(作詩) 방법의 특징을 이해할 수 있을 것이다. 당시 및 당시풍에 대한 서술자들의 입장을 살펴보는 가운데 송시 및 송시풍에 대한 그들의 기본적인 입장도 밝혀지리라고 본다.

둘째, '흥'(興)과 관련하여 어떠한 논의를 펼쳤는지 살펴볼 것이다. '흥'(興)의 문제는 주로 자연발생적 정감 표현으로서의 '흥취론'(興趣論)과 '흥'의 규풍적(規諷的) 기능 곧 시대적 상황에 대한 완곡한 비판으로서의 기능에 대한 논의로 구분하여 고찰하게 된다.

셋째, 시인의 삶과 시 작품의 상관 관계에 대한 논의가 어떻게 전개되었는가에 대하여 조명할 것이다. 세부적으로는, 시인의 창작 환경 즉 '궁'(窮)·'달'(達) 여부가 시의 창작에 어떠한 영향을 주는가와 관련된 '궁달론'(窮達論)과 시가 시인의 인격 및 기상을 반영한다는 '시여기인론'(詩如其人論)의 전개 양상이 검토의 대상이 된다.

넷째, 시화집별 시론의 특성을 엿볼 수 있는 몇 가지 사안에 대하여 논의할 것이다. 즉 당·송의 대표적인 시인들에 대하여 품고 있는 시화 서술자들의 생각, 시어 활용의 범위 문제, 용사(用事)에 대한 이해 양상 등이 검토 대상이다.

시평의 전개 양상에 대한 검토는 시기를 크게 셋으로 구분하여 행해진다. 시화집의 비평 내용을 고려시대 · 조선 전기 · 조선 중기 등의 세 시기로 나누고, 조선 중기는 다시 중종대(中宗代) 전후와 선조대(宣祖代) 전후의 두 시기로 구분하여, 각 시기의 시와 시인에 대하여 시화집 서술자들이 어떠한 논의를 펼치고 있는지 살펴보게 된다. 이러한 시기 구분은 우리나라 한시사(漢詩史)에 대한 허균의 분석 내용을 참고하여 이루어졌다. 17세기 전기 시화에서 이루어진 시평의 양상은 풍격(風格) 비평에 중점을 둔 허균의 『성수시화』를 중심으로 살펴보면서, 그 밖의 세 시화집의 시평 내용도 아우르게 될 것이다. 궁극적으로, 시평을 통해 시화집 서술자들이 강조한 풍격의 특징이 당 · 송시풍과 어떤 관련이 있는가에 대하여 밝혀지리라고 본다.

마지막으로는 17세기 전기 시화집들이 그 시대 문단에서 차지하는 위치와 후대의 비평에 미친 영향을 구명하여 이들 시화집의 문학사적 의미를 정리하고자 한다. 이 문제를 해결하는 데에도 가장 중요한 관건이 되는 것은 당시와 송시, 당시풍과 송시풍에 대한 17세기 전기 시화집의 시각이다. 당 · 송시 및 그 시풍에 대한 이 시기 시화집에서의 논의와 후대 비평가들의 견해를 비교함으로써 조선 후기 비평론의 계통을 확인할 수 있기 때문이다.

II. 서술의 양상과 특성

1. 시화의 서술 양상

시화(詩話)는 시론 · 시 작품 · 시인 등에 관하여 거론하는 단형(短

形) 서술체이다. 시화는 대체로 시론·시평과 같은 비평을 중심으로 서술되지만, 경우에 따라서는 비평에 주안점을 두기보다는 시와 관련된 일화 자체를 자세하게 제시하는 데 중점을 둔 시화도 있다. 이에 따라 시화의 서술 양상은 크게 '비평 중심의 서술'과 '상황 제시 중심의 서술'로 양분할 수 있다. '비평 중심의 서술'은 다시 '시론 중심형'과 '시평 중심형'으로, '상황 제시 중심의 서술'은 '작품 관련 상황 제시형'과 '전기적 상황 제시형'으로 각각 분류할 수 있다. 이와 같은 시화의 유형에 따라 17세기 전기 시화집들을 구성하고 있는 시화 기사들의 서술 양상을 살펴보도록 하겠다.

1 비평 중심의 서술

1) 시론 중심형

여러 가지 작법 유형, 시를 지을 때 유념해야 하는 작법 상의 원칙, 시의 장르적 특징 등 시론(詩論)에 대한 시화가 많이 보이는 시화집은 『지봉유설』과 『제호시화』이다. 『지봉유설』에는 「문장부」(2)의 「시」(詩)·「시법」(詩法) 항목을 중심으로 하여 시론에 대한 시화 기사들이 실려 있으며, 『제호시화』에는 주로 시화집의 전반부(前半部)에 시론 중심의 시화가 기술되어 있다.

다음은 『지봉유설』에 실린 시론류 시화이다.

> 선대격이라고 하는 것은 제3구로써 제1구에 대구가 되게 하고, 제4구로써 제2구에 대구가 되게 하는 것이다. 예컨대 두보 시의 '죄를 얻어 태주로 떠나니, 시대가 위태로워 큰 선비 버리는구나. 관직을 바꾸어 봉각으로 옮긴 후론, 곡식이 귀해져 은자를 죽이네.'라고 한 것과, 이백의 시에 '내가 완계의 훌륭함을 어여삐 여기는 것은 백 척의 물이 마음을 환히 비추기 때문이요, 신안의 물을 칭찬할 만하다고 하는 것은

천 길 물 속이 그 바닥을 맑게 드러내기 때문이네.'가 그것이다. 당시
가운데에는 이런 유형이 매우 많다.[10)]

이 시화는 '선대격'이라고 하는 시 작법에 대하여 설명하고, 그 작
법에 따라 지어진 시 작품으로 두보와 이백의 것을 소개하는 내용으
로 되어 있다. 당시 가운데 이러한 작법으로 지어진 것이 많기 때문
에 독자들에게 작법 상의 특징을 인식시키려 했던 것이다.

『제호시화』의 전반부에도 격률론(格律論)·성운론(聲韻論) 등 시의
작법 유형에 관한 시론류 시화들이 많이 보이는데, 이 시화들은 앞
부분에서 먼저 시 작법 용어와 관련된 내용을 거론하고, 그것을 입증
하거나 부연하기 위한 용례들을 주로 중국의 시인과 시에서 찾아, 실
제 사례를 제시하는 형식으로 서술되어 있다.

① 시에는 많은 격률이 있어 오체·허실체 등이 있는데 이는 심상한
것들이다. 회란무봉격이라는 것은 무엇인가? 나를 저것에 비유하고
저것을 나에 비유하는 것을 일컫는다. 예를 들면 한유의 시, '깃발이
새벽 해 꿰뚫으니 구름과 노을이 움직이고, 산이 가을 하늘에 기대
니 검과 창이 빛나는구나'에서, 나의 깃발을 저 구름과 노을에 비유
하고, 저 산을 나의 검과 창에 비유한 것이 그런 것이다.[11)]

② 선대격이 있는데, 어떤 이는 격구대격이라고도 말한다. 이는 아래
두 개의 구를 위 두 개의 구에 대우(對偶)하는 것을 말한다. 두보의
「곡소정」[12)] 시에 이르기를, '죄를 얻어 태주로 가니, 시대가 위태로

---

10) 李睟光, 「詩法」, 『芝峰類說』, "扇對格者, 以第三句, 對第一句, 以第四句, 對第二句
也. 如杜詩 得罪台州去, 時危棄碩儒, 移官蓬閣後, 穀貴歿潛夫, 李詩 吾憐宛溪好,
百尺照心明, 可謝新安水, 千尋見底淸, 唐詩中此類甚多."

11) 梁慶遇, 『霽湖詩話』, "詩多格律, 有吳體, 有虛實體, 此尋常也. 至如回鸞舞鳳格者
何也. 日 以我況彼, 以彼況我之謂也. 如韓詩, '旗穿曉日雲霞動, 山倚秋空劍戟明',
以我之旗況彼雲霞, 以彼之山況我劍者, 是也."

워 큰 선비 버리는구나. 관직을 바꾸어 봉각으로 옮긴 후로는, 곡식
이 귀해져 은자를 죽이네.'라고 했으니, 바로 이것이다. 또 당 나라
사람의 절구에, '지난 해 꽃 아래에서 연일 술 마실 때, 따뜻한 볕
요염한 도화에서는 앵무새 어지러이 울었지. 오늘 저녁 강가에서
어찌 쉽게 이별할까나. 맑은 연기 시든 풀밭에서 말이 자꾸 우는구
나.'라고 한 것이나, 또 한창려의 시에, '지난 해 가을 이슬 내릴 때,
나그네 신세로 동쪽으로 원정을 따라왔었는데, 올 들어 봄빛이 움
직이니, 말을 달리며 상경하는 사람을 이별하네.'와 같이, 이러한 유
형이 매우 많다.[13]

인용된 시화①에서는 '회란무봉격'(回鸞舞鳳格), ②에서는 '선대격'
(扇對格)의 개념을 설명한 다음에 그 작법에 따라 지어진 시를 소개
하고 있다. 이와 같은 서술 양상은 앞에 보였던 『지봉유설』에 실린
시화와 방법 면에서 동일하다. ①에서는 한유(韓愈)의 시를 예로 들
었으며, ②에서는 두보와 성명 미상의 시인 그리고 한유의 시를 예로
들어 설명하고 있다. 특히 ②의 시화는 앞서 인용한 『지봉유설』의
'선대격'에 대한 시화에서처럼, 두보(杜甫)의 시를 해당 작법의 예로
제시하였다. 두보의 시 「곡소정」(哭蘇鄭)이 '선대격'으로 지어진 대표
적인 작품으로 인식되었음을 알 수 있다. 『제호시화』에서는 이밖에도
총 60여 조의 시화 기사 가운데 20여 항목이 구법(句法)·용운(用韻)
·용자(用字)와 같은 작법 및 시어의 의미 해석 문제 등 시론에 관련
된 기사들이다. 이들 시화에서는 대부분 중국의 시인과 시를 가져다
시론의 설명에 활용하고 있음이 확인된다. 중국의 시인 가운데 두보,

---

12) 原題는 「哭台州鄭司戶蘇少監」.

13) 梁慶遇, 『霽湖詩話』, "有扇對格, 或曰隔句對格, 以下二句, 對上二句之謂也. 少陵
哭蘇鄭詩曰, 得罪台州去, 時危棄碩儒, 移官蓬閣後, 穀貴歿潛夫, 是也. 又唐人絶句
曰, 去年花下留連飲, 暖日夭桃鶯亂啼, 今夕江邊容易別, 淡煙衰草馬頻嘶, 又韓昌黎
詩曰, 去年秋露下, 羈旅逐東征, 今歲春光動, 驅馳別上京, 此類甚多."

한유, 이백, 이상은, 소식, 위응물, 유우석, 한굉 등 다양한 인물과 그들의 시가 시론적 비평의 근거로서 제시되고 있는데, 그 중에서도 두보 및 그의 시와 관련된 내용은 대부분의 시론류 기사에 등장하여 20회 가량 언급되고 있다. 요컨대, 양경우는 작시의 전범(典範)을 중국, 특히 두보에게서 찾았던 것으로 보인다.

『지봉유설』과 『제호시화』의 시론류 시화 가운데에는, 이와 같이 작법 유형에 대하여 서술한 것뿐만 아니라, 시를 지을 때 유념해야 할 사항을 지적한 시화들도 있다.

> 옛 사람은 시를 지을 때 첫 구에 간혹 방운을 다는 일이 있으나, 편 중에는 절대로 흩어서 다른 운을 다는 일이 없다. 우리나라의 시인들은 비록 절구일지라도 방운을 사용하는 경우가 많다. 나는 그것을 심한 병 통이라고 생각한다. 왕세정은 방운을 달지 말라고 경계하고 있다. 배우 는 자는 살피지 않아서는 안될 것이다.[14]

이 시화는 『지봉유설』에 실린 것으로, 시를 지을 때 방운(旁韻)을 사용하는 것이 바람직하지 않음을 강조하고 있다. 간혹 첫 구에, 또 는 장편의 작품에 방운을 사용하는 경우가 있기는 하지만,[15] 우리나 라 시인들처럼 절구(絶句)와 같은 단편의 작품에도 방운을 사용하는 것을 작시의 관례에 어긋나는 것이라고 하여 작시 상의 문제점을 지 적하였다. 이수광은 중국의 시론가 왕세정도 자신의 주장과 마찬가지 로 방운의 사용을 경계하였다는 점을 언급함으로써 자신의 시론이 지니는 객관성을 입증하고자 하였다.

---

14) 李睟光,「詩法」,『芝峰類說』, "古人爲詩, 首句或押旁韻, 而篇中則絶無散押者, 我 東詞人, 雖絶句多用旁韻, 余甚病之. 王世貞以勿押旁韻爲戒, 學者不可不察."
15) 『제호시화』에서는 율시(律詩)의 진퇴격(進退格) 및 고시(古詩)에서만 방운(旁韻) 으로 통운(通韻)하는 경우가 있었다고 하였다.

무릇 시구에 있어, 옛 사람들이 '양해'를 꺼렸다는 사실이 시의 주석들 가운데 많이 언급되어 있다. 이른바 양해라고 하는 것은 한 구 내에서 시어가 여러 가지 뜻을 지니는 것이다. 이러한 해석으로도 가능하고 저러한 해석으로도 가능한 것으로, 이는 시인들이 기피하는 것이다.16)

『제호시화』에 실린 이 시화도 시를 지을 때 일반적으로 고려해야 할 점을 언급하고 있는 시론류 기사로서, 시어의 의미가 중의적으로 해석되지 않도록 주의해야 한다는 것을 앞 시대 시인들의 작시 태도에 근거하여 강조하고 있다.

다음 시화는 시의 이해 방식에 대한 『지봉유설』의 이론적 입장을 알게 해 주는 시론류 기사이다.

시평은 옛 사람이 다 하여 거의 남은 것이 없다. 만약 여러 대가들의 시 평어를 가져다가 깊이 생각하면서 감상하고 탐색한다면 마땅히 얻는 것이 있을 것이다. 그러나 입신(入神)하여 변화를 일으키는 경지에 이르려면 모름지기 돈오(頓悟)할 뿐이다. 대체로 시의 도는 말로써 서로 깨우쳐 주기는 어렵고, 반드시 스스로 안 뒤에라야 가능하다.17)

선인들의 시평이 시를 이해하는 데 큰 도움을 주는 것이 사실이지만, 궁극적으로 돈오를 통하여 스스로 깨닫는 것이 중요하다는 것이 이 시화의 요점이다. 시 작품을 대하는 독자의 자세를 이론화한 것이라고 하겠다.

『청창연담』에는 시론보다는 시평이 중심이 되는 시화 기사가 많은

---

16) 梁慶遇, 『霽湖詩話』, "凡詩句, 古人以兩解爲嫌, 多出於詩註中. 所謂兩解者, 一句之中, 語有歧解. 以此解可也, 以彼解可也, 此詩家之忌也."
17) 李晬光, 「詩」, 『芝峰類說』, "詩評, 古人盡之, 殆無餘蘊. 若悉取諸家詩語, 深潛玩索, 則當有所得. 至於神而化之之域, 則須是頓悟. 大抵詩道難以言語相喩, 必自知然後可也."

데, 시론 중심의 기사는 주로 『청창연담』(상)에서 발견된다.

　　문(文)은 조그만한 기예에 불과하여 도에 견줄 수 없는데, 문을 높이
평가하는 자들은 '도를 꿰는 도구'라고 지목하니, 그 이유는 무엇인가?
이는 대체로 아무리 지극한 도가 있다하더라도 도 혼자서는 드러날 수
없어 문장이라는 형식을 빌어 그 도를 전하게 되기 때문이니, 그렇다면
서로 관련이 없다고 말할 수는 없을 것이다. 시(詩)라는 것은 바로 문
을 매체로 하면서도 구(句)의 형식으로 표현을 하는 것이다. 시는 형이
상학적이고 문은 형이하학적이며, 형이상학적인 것은 하늘에 속하고
형이하학적인 것은 땅에 속한다. 시는 사(詞)를 위주로 하고 문은 이
(理)를 위주로 한다. 시에 이(理)가 없는 것은 아니지만 이(理) 위주로
되면 이미 각(慤)이 되고, 문에 사(詞)가 없는 것은 아니지만 사(詞) 위
주로 되면 이미 사(史)가 되고 만다. 요컨대 사(詞)와 이(理) 모두 중도
에 맞게 하는 일이 중요하다. 풍(風)을, 詞가 주이고 理가 종인 것이라
고 한다면, 아(雅)와 송(頌)은 이(理)가 주이고 사(詞)가 종인 것이며, 육
조 이후의 작품은 주와 종 모두가 사(詞)로 일관된 것이고 송대 이후의
작품은 주와 종 모두 이(理)를 위주로 한 것이라 하겠다. 세상에서 당
(唐)의 작품을 말하는 사람은 송(宋)의 것을 배척하고 송의 작품을 높
이는 자들은 당의 것을 그렇게 높이 평가하려 하지 않는데, 이는 모두
한 쪽에만 집착하는 태도에서 나온 것이다. 당 나라가 쇠약해졌을 때에
는 어찌 수준 낮은 작품이 없었겠으며, 송 나라가 융성했을 때에는 어
찌 뛰어난 작품이 없었겠는가? 이러한 것은 구금(鉤金)이나 여신(輿薪)[18]

---

18) '구금'(鉤金)은 『맹자』(孟子) 「고자」(告子) 하(下)에서 인용한 것으로, 띠에 달린
　　고리 정도의 작은 쇠와 한 수레 분량의 깃털의 무게를 비교하여 마치 깃털이 쇠
　　보다 무거운 듯이 논의를 몰고 가는 것처럼, 일반적인 현상은 무시한 채 특수한
　　경우를 들어 자신의 견해를 고집하는 것을 말한다. '여신'(輿薪)은, 털 끝 하나라
　　도 구별할 수 있는 시력으로 한 수레나 되는 땔나무를 볼 수 없다고 하는 것은
　　시력을 활용하지 않기 때문이라고 한 『맹자』 「양혜왕」(梁惠王) 상(上)의 언급을
　　인용한 것으로, 잘 알고 있으면서도 고의로 인정하지 않는 태도를 일컫는다. 이
　　시화에서는 객관적이고 거시적인 검토 없이 임의대로 당시와 송시의 세계를 비

등의 비유와 흡사한 경우이다.[19)

『청창연담』(상)의 첫 머리에 서술된 위의 시화에서 신흠은 문(文)
이 작은 기예에 불과하기 때문에 도(道)와 견줄 수 없다고 말했다. 문
의 형식을 빌어 도를 표현할 수 있다는 점에서 문의 역할을 강조하여
'관도지기'(貫道之器) 학설을 주장하는 사람들이 있는데, 이들의 논의
를 수용하더라도 문이 도보다 높다고 할 수는 없고 문과 도는 서로를
필요로 한다는 상보적인 입장에서 양자 사이의 관계를 정리할 수 있
다고 신흠은 말한다. 문의 역할을 강조하여 '문이 도를 꿰는 도구'라
는 '관도지기'설을 주장하는 사람들의 말에는 문을 근본으로 보고 도
를 말단으로 삼는 태도가 들어 있어, 주자를 비롯한 도덕주의 문학론
자들에게 비판의 대상이 되었다.[20) 그러나 신흠은 문을 존중하는 관
도론자들의 태도를 십분 존중하더라도, 그들에게도 도를 부정하려는
뜻은 없다고 보고, 문과 도의 상관성을 인정하는 선에서 문의 본질을
정리하였다.
   이어서 신흠은 문과 시의 관계 및 각각의 본질론적 성격을 정리하
고 있다. 다소 추상적인 정의이지만, 시와 문을 구별하여, 문에 구(句)
라고 하는 형태상의 변화를 주어 시가 만들어졌다고 하였다. 이 때,
문이 시의 질료이고 시는 문을 바탕으로 새로이 탄생한 장르라는 인
식은, 문은 시에 비해 '형이하'(形以下)이며, 시는 문에 비해 '형이상'

평하는 풍조에 빗대어 사용한 것으로 보인다.
19) 申欽, 『晴窓軟談』(上), "文章小枝也, 於道無當焉, 而贊文者, 曰以貫道之器, 何也.
   盖雖有至道不能獨宣, 假諸文而傳, 然則不可謂不相須也. 詩卽由文而句爾. 詩形而
   上者也, 文形而下者也. 形而上者屬于天, 形以下者屬于地也. 詩主乎詞, 文主乎理,
   詩非無理也者, 而理則已愨, 文非無詞也者, 而詞則已史. 要在詞與理俱中爾. 風者詞
   而理者也, 雅頌者理而詞者也, 六朝以後詞而詞者也, 趙宋以降理而理者也. 世之言
   唐者, 斥宋, 治宋者, 亦不必尊唐, 玆皆偏己. 唐之衰也, 豈無俚諧, 宋之盛也, 豈無雅
   音. 此正鉤金輿薪之類也."
20) 정요일, 『한문학비평론』, 인하대학교출판부, 1990, p.194.

(形以上)이라고 할 수 있는 근거를 제공하며, 나아가 동양철학적 전통에 따라 형이상의 것인 시를 하늘에, 형이하의 것인 문은 땅에 배속하게 되는 것이다.

신흠은 시와 문의 구성 원리 문제로 논의의 방향을 바꾸면서, 시의 기본 원리로 '사'(詞)를, 문의 기본 원리로 '이'(理)를 지목하고 있다. '사'와 '이'에 대하여 구체적인 설명은 제시되어 있지 않으나, 일반적으로 '사'는 형식을, '이'는 내용을 의미하는 것으로 이해할 수 있다. '이'는 논리 사유와 형상 사유 가운데 논리 사유에 해당하는 것이다.21) 그러므로 시는 압축적인 형태로 다양한 형식을 동원하여 아름다움을 표현해야 하며, 문은 비교적 논리적인 방식으로 작자와 독자 간의 의사소통을 이루는 특징을 갖게 된다. 시의 원리에도 작자가 하는 말을 독자가 잘 이해하도록 하는 '이'의 속성이 있지만, 시의 수사적 장치를 통한 미(美)의 구성보다 이러한 '이'의 속성이 작시에 더 강하게 작용한다면, 시가 너무 질박[愨]하게 된다는 것이 신흠의 생각이다. 그리고 이와 반대로 시의 본질적 구성 원리라고 할 수 있는 '사', 즉 수사적 장치를 통한 미의 추구가 문의 구성 원리로 가장 크게 자리매김 된다면, 문이 지나치게 화려한 모습을 띠게 된다고 말하고 있다.

위의 시화를 보면 당시(唐詩)와 송시(宋詩)를 대하는 신흠의 시론적 입장도 확인할 수 있다. 당시와 송시 가운데 어느 한 가지를 선호한다고 하더라도, 그것을 무조건 긍정적으로 평가하거나 나머지 하나를 전체적으로 부정해서는 안되며, 객관적인 시각을 가지고 당·송시를 평가해야 한다고 하였다. 이와 같이 『청창연담』은 문과 도의 관계, 시와 문의 본질론적 성격, 당시와 송시의 평가 태도 등과 같은 시화 서술자의 시론적 입장을 먼저 제시한 다음, 개별 시인 및 시 작품

---

21) 郭紹虞 主編, 『滄浪詩話 校釋』, 人民文學出版社, 1998, p.149.

에 대한 평가를 전개하고 있다.

2) 시평 중심형

『성수시화』는 주로 시 작품 및 시인에 대한 비평을 중심으로 서술된 시화들로 이루어져 있다. 바꿔 말하면, 거의 모든 시화 기사에 시 작품이나 시인에 관한 이야기가 제시되고 있으며, 그러한 내용이 시인이나 시의 문학적 특성을 이해하는 데 도움을 줄 수 있는 시평(詩評)을 중심으로 조직되어 있다. 『성수시화』에는 시평을 전개하는 가운데 시에 대한 시화 서술자의 이론적 입장이 표현되는 경우가 있기는 하지만 시론을 중심으로 서술된 시화는 거의 없다고 하겠다.

> 선친께서는 일찌기 "윤장원의 재주는 따를 수 없다."고 말씀하시고, 그의 '넓은 바다 외로운 배는 천리를 꿈꾸고, 밝은 달 아래 긴 젓대 두어 곡조에 가을을 느낀다.'와 '회오리바람이 살구나무에 불어 중문을 두드리네.'라는 시구를 칭찬하시며 '청절'하여 옛 시에 가깝다고 하셨다.[22]

이 시화는 장원 윤결(尹潔)의 시구와 그에 대한 허균의 선친 허엽(許曄)의 평가를 소개하는 형식으로 서술되어 있다. 허균은 부친의 평가에 대하여 더 이상의 논평을 하지 않고 있으므로, 허엽의 견해에 동의한 것으로 이해된다. 인용문에서는 우선 윤결이 허엽으로부터 그 시재(詩才)를 인정받았다는 점, 그리고 인용된 윤결의 시구는 허균 자신의 부친이 항상 애호할 정도로 뛰어난 것이라는 점이 정보로 제공되고 있다. 결론적으로 그 시구가 우수한 이유를 풍격 용어로 설명

---

22) 許筠, 『惺叟詩話』, "先大夫嘗言, 尹長源之才, 不可及, 每稱其海闊孤舟千里夢 月明長笛數聲秋 及交風吹杏打重門之句, 以爲淸切逼古."

하고 있는데, 해당 풍격 '청절'(淸切)은 허균과 허엽이 존중했던 미감이라는 것을 알 수 있다. '핍고'(逼古)라는 평어에서는 의고적 시풍을 선호하는 비평 의식을 읽을 수 있다. 이와 같이 『성수시화』는 시화별로 한두 편의 시와 그에 대한 압축적 논평의 성격을 지니는 풍격(風格)만을 제시하는 간략한 서술 방식을 취하고 있으며, 시 작품의 특성에 대한 비평적 서술과 비교적 거리가 먼 일화적 요소들은 시화의 내용에 포함되지 않았다.

『성수시화』에는 특정 시 작품에 대한 논평만이 아니라, 시인의 창작 경향에 관한 작가론적 논평이나 해당 시인의 시 세계에 대한 총평으로 일관하는 시화들도 다수 있다.

> 최경창의 시는 '한경'(悍勁)하고, 백광훈의 시는 '고담'(枯淡)하여 모두 당시(唐詩)의 길을 잃지 않았으니, 진실로 천년에 드문 가락이다. 이달은 조금 더 크니, 최경창과 백광훈을 아울러 스스로 대가를 이루었다. 고죽 최경창의 시는 편편이 모두 아름다우니, 연탁(鍊琢)한 것이 반드시 자기 마음에 부족함이 없어야만 내보였기 때문이다. 최경창과 백광훈의 시는 내가 『국조시산』에 뽑아 넣은 것이 각각 수십 편이 되는데 그 음절이 모두 정음(正音)에 맞고, 그 나머지는 모두가 다른 사람이 한 말을 되풀이 한 것이어서 차마 못 볼 정도이다.[23]

이 시화 기사에서는 특별한 시 작품을 언급하거나 서술자 이외의 다른 사람의 발화를 인용하지 않고 오로지 시화 서술자의 개인적인 판단에 따라 시인들의 시 세계를 평가하고 있다. 최경창, 백광훈이 저마다 이룬 시적 성취를 '한경'(悍勁) · '고담'(枯淡) 등의 풍격 용어를

---

23) 許筠, 『惺叟詩話』, "崔詩悍勁, 白詩枯淡, 俱不失李唐蹊徑, 誠亦千載希調也. 李益之較大, 故包崔孕白, 而自成大家也. 崔孤竹, 篇篇皆佳, 必鍊琢之無歉於心, 然後乃出故耳. 二家詩, 余選入詩刪者, 各數十篇, 音節可入正音, 而其外不耐雷同也."

동원하여 압축적으로 논평하고, 이달은 그 이상의 대가(大家)로서의 면모를 지니고 있음을 보여주려 했다. 최경창의 시가 뛰어날 수밖에 없는 것은 연탁(鍊琢)이 잘 되었기 때문이며, 최경창과 백광훈의 시가 허균 자신이 선집한 『국조시산』(國朝詩刪)에 실릴 만큼 뛰어난 것들도 있지만, 남의 것을 그대로 가져다 쓰는 한계를 벗어나지 못한 작품도 많다는 부연 설명을 하고 있다. 이러한 부연 설명은 시화 기사의 앞 부분에서 최경창과 백광훈이 이달에 비해 시적 역량이 다소 뒤진다고 한 이유를 해명하려는 것이기도 하다. 문학 현상에 대한 서술자의 결론적 논평을 시화의 전면(前面)에 드러내는 것에서 그치지 않고, 자신의 시선집 편찬 경험에 기초하여 시단의 정황을 제시함으로써 서술자 자신의 문학적·심미적 논평이 설득력을 확보하고 있다고 하겠다.

> 나는 일찍이 고죽의 오언고시·율시와 작고하신 형의 가행과 소재 노수신의 오언율시와 지천 황정욱의 칠언율시와 손곡 이달, 옥봉 백광훈 및 망형의 절구를 모아 한 질로 만들었다. 그 음절과 격률을 보니, 모두 고인에 가깝게 되었으나, 안타까운 것은 기운이 옛날 사람을 따라가지 못하는 것이었다. 아, 누가 다시 원래의 소리를 되찾을 것인가?[24]

이 시화는 시선집을 편찬함에 있어서 최경창, 허봉, 노수신, 황정욱, 이달, 백광훈 등 선배 시인들 각각의 특장(特長)이 되는 시체를 고려하여 작품을 선정했다고 밝힘으로써 시화 서술자의 선시 기준을 제시하고, 그들의 장점과 단점을 논하고 있다. 이 시화에서는 작품성 판단에 대한 서술자의 기준이 '핍고'(逼古)에 맞추어져 있다는 점을

---

24) 許筠, 『惺叟詩話』, "余嘗聚孤竹五言古詩律詩, 亡兄歌行, 蘇相五言律, 芝川七言律, 蓀谷玉峯及亡兄絶句, 爲一帙, 看之其音節格律, 悉逼古人, 而所恨, 氣不及焉. 嗚呼, 孰返元聲耶."

알 수 있다. '음절', '격률', '기'(氣) 등이 옛 사람들의 '원성'(元聲), 즉 원래의 소리에 도달할 수 있어야 최고의 경지를 성취했다고 할 수 있는데, 이 시인들의 '기'가 옛 사람들에게 미치지 못한다는 평가를 내린 것이다. 이 몇몇 시인들의 뛰어난 시적 재능과 이들의 시 작품이 시화 서술자 허균이 편찬한 시선집에 선입된 배경 등을 설명한 것은, 궁극적으로는 서술자 자신의 작품 평가 기준인 '핍고'를 강조하기 위한 것이었다고 할 수 있다.

『성수시화』는 허균 당대에 이르기까지 활동했던 우리나라 시인 가운데 대표적인 인물들의 작품 세계 및 특정 작품의 문학적 특성에 대한 비평을 중심으로 한 시화들로 이루어졌으며, 이 시화들은 대상 시인들의 시대적 순서에 따라 배열되었다. 즉 『성수시화』의 시화 기사들은 시사(詩史)를 구성한다는 입장에서 대부분 연대순을 고려하여 배열된 것이다. 신라의 최치원, 고려의 정지상으로부터 허균이 살던 시대의 시인에 이르기까지, 시화 기사들을 시대순으로 정리하여 비평론의 사적 전개를 도모하였다.[25] 그러므로 『성수시화』는 철저하게 심미적 풍격 비평을 염두에 두고 구성된 본격적인 시 비평서이면서 동시에 시사(詩史)에 해당된다고 할 수 있다.

『지봉유설』에는 앞 시대의 각종 참고 자료들을 동원한 뒤에 서술

---

25) 허균은 중종대와 선조대에 이르러 시단의 규모와 질적 수준이 잘 갖추어졌다고 판단하여, 이 시기 시단의 정황과 문학적 특성을 평가하는 시화들을 중심으로 하여 『성수시화』를 구성하였다. 따라서, 『성수시화』에서 다루는 시대의 폭은 삼국시대부터 허균 당대(當代)까지 넓게 걸쳐 있다고 할 수 있지만, 허균이 보기에 시적 수준이 크게 제고되었다고 하는 조선시대, 그 중에도 허균 당대와 바로 앞 시대의 시인 및 시 작품이 『성수시화』의 주요 서술 대상이었다. 다음 기사를 통해 중종·선조대에 대한 허균의 관심이 지대했음을 확인할 수 있다. (許筠, 『惺叟詩話』, "我朝詩, 至中廟大成, 李容齋相倡始, 而朴訥齋祥申企齋光漢金冲庵淨鄭湖陰士龍並生一世, 炳焞鏗鏘, 足稱千古也."; "我朝詩, 至宣廟朝, 大備, 盧蘇齋得杜法, 而黃芝川代興, 崔白法唐, 而李益之闖其流, 吾亡兄歌行似太白, 姊氏詩恰入盛唐, 其後權汝章晚出力追前賢, 可與容齋相肩隨之, 猗歟, 盛哉.")

자의 심미적 견해를 약술하는 형식으로 된 시평류 시화들이 많다. 논의의 객관성을 입증하거나 서술자 자신의 견해가 지니는 독자성을 부각시키기 위하여 많은 참고 전적들의 내용을 인용하고 있다.

근세의 시인들은 간혹 옛 말을 잘못 인용하였다. 가령 두번천의 '別風嘶玉勒'에서 '別風'은 말 이름인데, 임자순은 '別風愁紫塞, 歸騎逸靑絲'라고 하였고, 진후산의 '向來一瓣香, 敬爲曾南風'에서 '瓣'은 오이 속에 있는 씨인데, … 임자순이 '淸聖廟前香可瓣'이라고 하였으니 틀린 것이다.26)

이 시화는 백호 임제가 시어의 활용을 잘못 한 것을 지적하려는 의도에서 서술된 것이다. 이수광은 '별풍'(別風)과 '판'(瓣)의 뜻이 각각 '말의 이름'과 '오이 씨'를 의미하는 것으로 보았는데, 그러한 용례를 두목(杜牧)과 진사도(陳師道)의 시에서 찾았다. 저명한 중국 시인들의 작품을 근거로 들어, 임제가 '별풍'을 '사나운 바람'의 뜻으로, '판'을 '냄새 맡는다'는 뜻으로 활용한 것은 적절치 못하다고 비판한 것이다.

다음 시화 기사는 특정 시 작품을 대상으로 기존의 전적에서 평가한 내용과 이수광 자신의 견해를 대비하여 자신의 입장을 강조하는 형식으로 서술되어 있다.

이반룡이 신하(新河)를 읊은 한 연구(聯句)에, '봄 물결에 근심없이 복사꽃 떠다니고, 가을 빛은 포자궁에 의연하구나.'라고 하였다. 왕세정이 그것을 극히 칭찬하여 자신은 따라갈 수 없다고 여겼다. 왕세정에게도 또한 신하(新河)를 두고 지은 시가 있어, '연이은 산은 지기(支祈)의

---

26) 李睟光,「詩評」,『芝峰類說』, "近世詩人或誤用古語, 如杜樊川云, 別風嘶玉勒, 別風乃馬名, 而林子順曰, 別風愁紫塞, 歸騎逸靑絲, 陳後山云, 向來一瓣香, 敬爲曾南風, 瓣, 瓜中實也, 而子順曰, 淸聖廟前香可瓣, 誤矣."

봉쇄를 다 눌렀고 은하에 가까워 직녀의 베틀 뚫을까 의심되네.'라고
했다. 『요산당기』에서는 이 연을 이반룡의 것보다 낫다고 하였다. 나는
왕세정의 시가 기력은 굳세지만 구법은 자만함을 면치 못했으므로, 아
무래도 이반룡의 온전함만 못하다고 생각한다.[27]

이수광은 동일한 제재를 두고 이반룡과 왕세정이 지은 시구를 제
시하고, 『요산당기』에서 왕세정의 것을 높이고 있는 것에 대한 반론
을 펼친다. 왕세정의 시는 호기(豪氣)가 넘쳐흐른다고 할 수는 있겠
으나, 기상이 너무 강하게 노출되어 있기 때문에, 전체적으로 차분하
게 시상을 전개하고 있는 이반룡의 작품보다 못하다고 하였다. 서술
자 자신의 판단의 근거를 구체적으로 언급하여 기왕의 논의를 반박
함으로써 자신의 주장을 부각시키고 있다. 이수광은 때로는 자신의
비평적 안목을 입증하기 위해 자신의 견해와 동일한 내용의 자료를
제시하기도 하고, 때로는 자신의 견해와 대립되는 기존의 논의를 대
비함으로써 자신의 논지를 부각시키기도 했던 것이다.

　　당 나라 이섭(李涉)이 도둑에게 준 시에 이르기를 '서로 만나도 회피
　　할 필요는 없네. 오늘같은 세상에는 반쯤이 바로 그대이니.'라고 했는데
　　말이 매우 통절하다. 『한서』에 이르기를 '아전이 호랑이가 되어 관을
　　썼다.'라 했고, 『사기』에 이르기를 '이들은 모두 강도인데 무기만 잡지
　　않았을 뿐이다.'라고 했다. 슬프다. 세상의 도가 이에 이르면 어쩔 도리
　　가 없다.[28]

---

27) 李睟光, 「詩評」, 『芝峰類說』, "李攀龍詠新河一聯曰, 春流無恙桃花水, 秋色依然瓠
　　子宮, 王世貞極稱之, 以爲不可及, 而世貞亦有詩曰, 連山盡壓支祈鎮, 逼漢疑穿織女
　　機, 堯山堂紀, 以爲此聯在滄溟之上, 余謂王詩氣力固健, 然句法未免矜持, 恐不如李
　　之全完也."
28) 李睟光, 「唐詩」, 『芝峰類說』, "唐李涉贈盜詩曰, 相逢不用相回避, 世上如今半是君,
　　語甚痛切, 漢書云, 吏作虎而冠, 史記云, 此皆劫盜而不操戈矛者也. 噫, 世道至此,
　　則無可爲者矣."

이 시화에서는 먼저 세도(世道)가 땅에 떨어진 세태를 비판하는 내용의 당대(唐代)의 시를 제시하고, 이와 비슷한 내용이 담긴 글을 『한서』(漢書)와 『사기』(史記)에서 인용하여 시에 표현된 상황을 부연하였다. 이와 같이 여러 전적들을 동원하여 서술자의 논평을 보완하는 『지봉유설』의 서술 방식은 책의 제목에 사용된 '유설'(類說)이라는 어휘와도 일정하게 관련을 맺고 있다고 할 수 있다. 참고자료를 다양하게 동원하여 기존의 논의를 제시하는 것은 '유서'의 성격을 활용한 것이며['類'의 의미], 이에서 그치지 않고 서술자 자신의 견해를 밝히고 있기 때문에['說'의 의미] '유설'이라는 제목이 가능했던 것으로 보인다.29) 다양한 자료와 대비되어 서술자 자신의 견해가 피력되었으므로 그 비평에 객관성 또는 설득력이 확보될 수 있었다.

다음은 『청창연담』에 실린 시평류 시화의 한 예이다.

구양공에 대해 세상에서는 그가 통유(通儒)였다는 사실만 알 뿐 그의 호기가 어떠했는지는 모르고 있다. 일찍이 그의 가사(歌詞)를 보니 하늘을 치솟는 듯한 기상을 충분히 엿볼 수 있었다. 가령 '가득가득 채워서 술 사발을 들이키게. 꽃 피는 때 늘상 취해 지낸다손 치더라도, 그것 역시 또 하나의 풍류라 할 것일세.'라고 한 것을 『화간집』에 실린 시인들에게 지어보라고 해도 꼭 이 수준에 이른다고는 할 수는 없을 것이다.30)

---

29) 박수천은 『지봉유설』을 일반적인 '유서'(類書)와 구별하여 설명했다. ("지봉유설은 이러한 類書 형식을 채용했지만 일반적인 類書들과는 현저한 차이를 보여 차라리 '脫類書的'인 성격을 띠고 있어 특징적이다. 대개의 유서는 해당 항목에 관련된 기사를 여기저기의 書冊에서 가려 모아 두었을 뿐이지만, 이에 비해 지봉유설은 궁극적으로 이수광이 자신의 의견을 진술하는 증거자료로 들기 위해 여러 書冊의 기사를 인용해 왔을 따름이다. 즉 이수광은 이미 모아 둔 기사를 동일한 종류끼리 재정리하기 위해 전통적인 類書의 편집 방법을 빌어와 응용을 했다고 하겠다.", 박수천, 『芝峰類說 文章部의 批評樣相 硏究』, 태학사, 1995. p.35.)

30) 申欽, 『晴窓軟談』(中), "歐陽公, 世知其爲通儒而已, 不知其有豪氣如許也. 嘗觀其歌詞, 足以凌雲, 如勸君滿滿酌金甌, 縱使花時常病酒, 也是風流, 雖使花間諸子爲

이 시화에서 신흠은 구양수에 대한 작가론적 논평을 하고, 이를 입증할 수 있는 그의 작품을 예시하고 있다. 그는 세상 사람들이 구양수를 이해할 때 유학자적인 면에만 치중하고 있음을 지적하고, 구양수의 작품을 통하여 '호기'(豪氣)가 그의 작가성을 규정하는 중요한 요소가 된다는 점을 검증하였다.

『청창연담』(상)·(중)은 대체로 중국의 시 작품 및 시인에 대한 비평을 내용으로 하는 시화들로 이루어졌으며, 『청창연담』(하)의 시화들은 주로 우리나라의 시단을 대상으로 하는 시평이 중심이 된다. 『청창연담』을 구성하는 시화들은 시론류보다는 시평류가 큰 비중을 차지한다고 할 수 있다.

『제호시화』의 전반부에서 시론류 시화가 주류를 이룬다면, 후반부에는 시평류 시화가 다수 실려 있다.

동악 이안눌의 시격은 혼후하고 농려하였으며, 실로 세상에서 보기 드문 인재로 그가 지은 가작은 이루 다 기록할 수 없다. 그가 추성의 태수로 있을 때 나 또한 장성의 수령이었다. 함께 면앙정에 올라 시를 지었다. 내가 당돌하게도 먼저 지었는데 함련에 '석양이 넘어가려 할 때 숲이 광활하게 펼쳐져 있고, 하늘이 끝없이 열린 곳에 뭇 봉우리 높구나.'라고 하고서, 스스로 뛰어난 말을 얻었다고 여겼다. 동악이 차운하여 '서쪽으로 보이는 강물의 원류는 어디에서 끝나는가, 남쪽으로부터 이어지는 빼어난 경치는 이 정자에 와서 높이 솟았네.'라고 했는데, 하구(下句)는 은연중에 두보의 '바다 오른쪽으로는 이 정자가 오래되었네.'[31]와 어세가 대략 비슷하니, '모과(木果)를 던져 주고 경거(瓊琚)로 돌려 받았다'고 할 만하다. 중국 사신 고천준이 왔을 때, 그는 빈상(儐相) 월사 이공의 막하(幕下)로서 용만에 도착하여 통군정에 올라 시를

之, 未必及之."

31) 두보의 시 「陪李北海宴歷下亭」에 나오는 구절이다.

지어, '유월의 용만에 장마가 개어, 맑은 아침에 홀로 통군정에 오르니, 아득한 광야엔 천기(天氣)가 떠 있고, 굽이치는 긴 강은 지형을 갈라놓네. 우주 백년에 사람은 흡사 개미요, 산하 만리에 국토는 부평초로다. 문득 서쪽으로 날아가는 백학을 바라보니, 아마도 그 옛날 요양 땅의 정령위인 듯.'이라고 했으니, 이 어찌 대단한 솜씨가 아니겠는가?[32]

이 시화는 이안눌의 작가론적 풍격과 뛰어난 작품의 실례를 함께 거론하고 있다. 서술자 양경우는 이안눌의 작품 세계를 '혼후(渾厚)·농려(濃麗)'라고 총평한 뒤, 자신의 시에 차운하여 지어진 이안눌의 시가 두보의 작품에 비견될 정도의 뛰어난 작품성을 지니고 있음을 밝히고, 통군정에서 지은 시도 이안눌의 시재를 입증할 만한 작품으로 평가하였다.

이 시화에서는 시평을 전개하는 사이사이에 해당 작품이 창작된 배경 상황이 간략하게 설명되어 있다. 면앙정에서 지은 시들은 이안눌이 추성 즉 담양의 수령으로, 양경우 자신은 장성의 수령으로 있을 때의 작품이며, 통군정에서 이안눌이 지은 시는 중국 사신 고천준(顧天俊)이 왔을 때의 작품이라고 하여 그 시간적 배경을 제시하고 있는 것이다. 이와 같이 『제호시화』의 시평류 시화에는 작품 자체에 대한 비평뿐만 아니라, 서술자가 직·간접적으로 알고 있는 작품에 얽힌 상황 또는 일화도 제시되어 있는 경우가 다른 세 편의 시화집에서보다 많은 비율을 차지한다. 대체로 서술자 양경우와 동시대의 시인들

---

32) 梁慶遇,『霽湖詩話』, "李東岳安訥, 詩格渾厚濃麗. 實罕世之才, 佳作不可勝記. 其宰秋城日, 余亦知長城, 偕登俛仰亭, 賦詩. 僕敢唐突先手, 頷聯曰, 殘照欲沈平楚闊太虛無閡衆峰高, 自以得雋語. 東岳次曰, 西望川原何處盡, 南來形勝此亭高, 下句, 隱然與老杜海右此亭, 語勢略似, 可謂投以木果, 報以瓊琚. 顧天使時, 以償相月沙李公慕下, 到龍灣, 登統軍亭, 詩曰, 六月龍灣積雨晴, 淸晨獨上統軍亭, 茫茫大野浮天氣, 曲曲長江裂地形, 宇宙百年人似蟻, 山河萬里國如萍, 忽看白鶴西飛去, 疑是遼陽舊姓丁, 此豈非大手也."

에 얽힌 시평이다 보니 평가 대상이 되는 시인이나 시 작품에 얽힌 상황을 서술자가 비교적 잘 알고 있기 때문으로 보인다.

② 상황 제시 중심의 서술

1) 작품 관련 상황 제시형

『제호시화』의 후반부 시화들은 주로 우리나라의 시인들과 관련된 것들로서, 대부분 시의 창작이 이루어지는 상황 또는 시 작품을 매개로 하여 발생하는 일화 등이 자세하게 서술되어 있다. 서술 내용은 주로 서술자 당대(當代)와 관련되어 있으므로, 서술자가 직접 목격하였거나 서술자와 동시대에 생존해 있던 사람들에게 들은 내용들이다. 시 작품 및 시인에 대한 심미적 비평이 이루어지는 경우에도, 같은 시화 내에서 심미적 비평 자체뿐만 아니라 창작 행위 및 작품과 관련된 특별한 일화들을 구체적으로 제시하는데 초점이 맞추어지고는 한다.

> 내가 지난 기해년에 차천로와 함께 아계 이상공을 찾아가 뵈었을 때, 벽 위에 한 편의 장률(長律)을 걸어 놓았는데, 그것은 동고 최립의 시였다. 그 함련에 '초의 군사가 진을 멸망시킬 날 멀지 않았는데, 아직도 오의 군대가 영에 침입했던 해를 경계하는구나.'라고 했으니, 시국을 안타까워하는 작품이었다. 이재상이 나에게 말씀하셨다. "이 작품을 한번 보게나. 초는 누구를 비유한 것이겠는가?" 나는 대답했다. "우리나라를 비유한 것입니다." "진은 누구를 비유한 것인가?" "왜를 비유한 것입니다." "오는 누구를 비유한 것이며, 영은 누구를 비유한 것인가?" "오는 왜를 비유하고, 영은 우리나라를 비유한 것입니다." 문답이 끝나자 말씀하셨다. "이같이 하는 것이 옳은가?" 진·초·오·영 네 글자가 두 구 안에 겹쳐 들어가 비유가 번잡하게 중복되었으니, 이는 실로 시

짓는 사람들이 꺼리는 것이다. 동고가 시학에 깊지 않았기 때문에 이와 같은 실수를 면하지 못하였던 것이다. 아계의 말은 진실로 재주를 질투해서 한 말이 아니다.[33)]

이 시화를 통하여 우리는 최립(崔岦)의 시에 대한 이산해(李山海)의 태도를 읽을 수 있으며, 이에 더하여 양경우의 시론적 입장을 확인할 수 있다. 이 시화에서는 한 연구(聯句)를 놓고 이산해와 양경우 사이에 오간 문답 내용이 자세하게 실려 있다. 실제 대화 상황의 재현을 통하여, 연구의 비유 내용을 명시하였을 뿐 아니라, 이 연구의 시적 성취도를 낮게 보는 이산해의 입장을 확인시켜줌과 동시에, 번잡한 비유를 피해야 한다는 양경우의 작시론적 입장도 아울러 드러내고 있다.

이 시화 기사는 특정 시인의 작품을 대상으로 서술자의 비평 의식을 전달했다는 점에서 여타의 시론류 및 시평류 시화와 공통점을 지니지만, 비평적 결론을 도출하기까지의 과정이 다른 시화들보다 자세하게 서술되었다는 점은 여타의 시화와 구별된다. 이 시화에서는 시를 매개로 하여 벌어진 구체적인 일화적 상황을 그대로 보여줌으로써, 서술자의 비평 의식을 전달하는 것 이외에 또 하나의 효과를 성취하려 했던 것으로 보인다. 서술자 자신과 이산해가 최립이 지은 연구에 대하여 주고받은 발화 내용을 자세하게 제시함으로써, 이산해의 비평 내용이 합리적인 근거와 절차에 따라 이루어졌음을 밝히고자 한 것이다. 최립의 시에 대한 이산해의 비판이 자칫 최립의 시재에

---

33) 梁慶遇, 『霽湖詩話』, "昔余己亥年間, 與車天輅, 往謁鵝溪李相國, 壁上掛一長律, 即崔東皐岦詩也. 其頷聯曰, 未期楚戶亡秦日, 猶戒吳兵入郢年, 盖傷時之作也. 李相曰余曰, 試觀此作, 以楚比之誰歟. 答曰, 比之我國矣. 又問曰, 以秦比之誰歟. 答曰, 比之倭賊矣. 曰, 以吳比誰, 以郢比誰歟. 曰, 吳比倭郢比我國矣. 問答旣訖曰, 其可以如是乎. 盖秦楚吳郢四字, 沓入於二句之中, 比喩繁疊, 此實詩家之所忌. 東皐不深於詩學, 故未免此等之失. 鵝溪之言, 實非妬才而發也."

대한 질투에서 비롯된 것으로 비칠 수도 있으므로, 비평의 객관성을 입증하기 위하여 비평적 결론이 도출되는 상황을 그대로 보여준 것이라고 하겠다.

『제호시화』에 실린 다음 시화에서는 시론 및 시평 자체에 비중을 두기보다는 시인 차천로의 특별한 작시 태도에서 발견되는 인물의 비범성을 강조하였으므로, 작품에 대한 비평적 언급은 작시와 관련한 차천로의 비범성을 부연하는 여러 요소 가운데 하나로 서술되는 데에서 그치고 있다.

기유년에 중국에서 조서를 가지고 온 사신을 맞이할 때, 나와 오산은 빈상(儐相)인 서경 유근의 막중(幕中)에 있었다. 행차가 안주에 이르러 백상루에 올랐는데, 때는 늦봄 중순이었다. 가늘게 내리던 비가 잠시 개이니, 사방의 전망이 탁 트여 묘향산의 뭇 봉우리들과 청천강 일대를 낱낱이 가리키며 돌아보던 중, 사신의 우두머리가 말하기를, "이는 장관입니다. 오산의 훌륭한 문장력이 아니고서는 형용해낼 수 없겠습니다." 하고는 즉시 큰 술잔으로 세 잔을 벌주로 하여 오산에게 권하며, 웅장한 작품을 지으라고 촉구했다. 오산이 말하기를, "제가 시를 지을 때에는 속박을 가하면 안 된다는 것을 양제호가 잘 알고 있습니다." 하였다. 내가 사실을 갖추어 말하니, 즉시 큰 병풍으로 누대의 서남쪽 모퉁이를 가리라고 명하고, 그 병풍 안에 오산을 두어 마음껏 붓을 놀릴 수 있도록 했다. 오산은 즉시 의관을 벗어버리더니, 베개를 좌우에 늘어놓고, 앉기도 하고 눕기도 하며, 휘파람을 부는 듯 읊조리는 듯, 오언배율 오십운을 써내려 갔는데, 처음부터 마칠 때까지의 시간이 겨우 한 식경에 불과했다. 사신의 우두머리가 그를 장하게 여기며 묻기를, "다시 할 수 있소?" 하니, 대답하기를, "어찌 감히 사양하겠습니까?" 하고는 다시 앞의 운을 사용하여 결국 한 편을 이루었는데, 붓이 갈수록 빨라지면서 압운 또한 더욱 정교해졌다. 사신의 우두머리가 말하기를, "오늘에야 비로소 그대의 훌륭한 솜씨를 보았소. 마땅히 그대의 재주를 다하여 이 행차를 풍부하게 하시오." 하였다. 오산은 또 이어 두 편을 지었는데 모두 앞의 운을 사용하여 나아가면 나아갈수록 기이하였다. 조금 있으니 정주 목사 윤훤이 도차사원으로 들어와 알현하더니, 오산이 지은 네 편의 작품을 보고 오산에게 말하기를, "공은 나를 위해 다시 한 편을 지어 줄 수 없겠소?" 하였다. 오산은 이번에도 사양하지 않고 다시 앞의 운을 사용하여 칠언으로 한 편을 완성하였는데, 윤정주 대대로의 문벌 및 두 집안 사이의 교제의 도가 부침했던 사정을 낱낱이 진술하였는데, 그 압운한 바는 조금도 군삽한 태가 없었다. 이 날 낮부터 저녁에 이를 때까지 모두 오십운 배율 다섯 편을 지었는데 지는 해는 아직도 중천에 떠 있었다. 웅장하도다. 비록 고인에게서 찾아본다 해도 불가능할 것이다. 다만 붓을 빨리 몰아가느라 말을 선택할 겨를이 없어 이무기와 지렁이가 왕왕 섞여 있으므로, 짓기를 다 마친 후면 의론이 따르지 않음이 없었으나, 이 또한 대가의 솜씨이기 때문이니, 어찌 병이 되겠는가?[34]

이 시화에서는 중국의 사신이 왔을 때 차천로가 사신과 주위 사람의 요청에 따라 하루 동안 오십 운으로 된 장편 배율을 다섯 편이나 지었다는 특별한 사건을 서술하였다. 서술자는 병풍 속에서 다른 사

---

34) 梁慶遇, 『霽湖詩話』, "己酉迎詔使時, 余與五山, 在儐相柳西坰幕中. 行到安州, 登百祥樓, 時暮春中旬也. 微雨乍晴, 四望洞豁, 妙香衆吞, 晴川一帶, 歷歷指顧中, 使相曰, 此乃壯觀, 非五山健筆, 不能形容之, 卽浮三大白, 以觴五山, 令促賦雄篇. 五山曰, 微生賦詩, 不可使覊束, 梁霽湖能知之. 余具以告之, 卽命以大屛遮樓之西南隅, 置五山其中, 令任情於筆硯間. 五山卽脫去巾服, 排枕左右, 或臥或坐, 半嘯半吟, 走書五言排律五十韻, 自始至終, 纔一食頃也. 使相壯之, 問曰, 可能再乎, 答曰, 安敢辭乎, 又用前韻, 遂成一篇, 筆翰逾速, 而押韻尤工. 使相曰, 今日始見君大手, 宜盡君才, 以侈玆行. 五山又連賦二篇, 皆用前韻, 逾出逾奇. 俄而定州牧尹暄, 以都差使員入謁, 見四篇之作, 謂五山曰, 公未能爲吾更賦一篇, 以贈我乎. 五山亦不辭, 又用前韻, 以七言成一篇, 歷陳尹定州世氏門闌, 及兩間交道, 浮沈情事, 其所押韻, 略無窘澁之態. 是日自午向夕, 凡賦詩五十韻排律五篇, 而西日尙餘三竿. 雄哉, 雖求之古人不可得. 但馳驟之際, 不遑擇言, 蛟螭蚯蚓, 往往相雜, 篇終之後, 不無議言隨之, 是亦大家手也, 何病焉."

람의 구속을 받지 않은 상태로만 창작력이 발휘되는 차천로의 특이한 작시 조건, 장편 배율을 연속해서 지어달라는 요구에 과감하게 응대하는 차천로의 호기, 같은 운을 사용하여 여러 편을 지으면서도 압운이 궁색하지 않고 내용도 곡진하게 서술하는 그의 뛰어난 시적 능력 등 차천로의 작시 상황에서 발견되는 다양한 특징을 곡진하게 보여주었다.

이 시화에서는 작시를 부탁하는 사람과 차천로의 대화가 직접화법으로 표현되어 있다. 시를 부탁한 사람이 차천로의 비범성을 인정하는 내용을 대사로 표현하여 독자로 하여금 차천로의 능력을 실감하게 하였다. 차천로의 필력으로나 형용할 수 있는 장관이라거나, 오늘에야 차천로의 훌륭한 솜씨를 볼 수 있었다고 하는 찬탄이 그것이다. 한편, 시를 지을 때는 자신을 속박해서는 안 된다고 하거나, 재차 시를 지어달라는 요청에 대하여 사양하지 않겠다고 하는 차천로의 대답도 그대로 직접화법으로 서술하여 작시에 대한 그의 자신감과 호기가 효과적으로 드러나게 하였다. 병풍 안에서 자유로운 분위기 속에서 주위의 이목에 신경 쓰지 않은 채 빠른 속도로 시를 짓는 차천로의 모습도 자세하게 묘사하여 차천로의 기이한 작시벽을 사실감 있게 전달하였다. 빠른 속도로 시를 쓰면서도 압운을 정확하게 구사했다거나 윤훤에게 써준 시의 내용에 차씨와 윤씨 가문의 관계를 곡진하게 담고 있었다고 하는 등 작품에서 발견되는 몇몇 특징들도 서술자의 비평적 진술을 목적으로 서술되었다기보다 차천로의 비범성을 구성하는 일화적 요소 가운데 하나로 사용된 것으로 보인다.

위의 차천로 관련 시화는 여타의 일반적인 시화들보다 장편화되어 있고 작시에 얽힌 일화적 내용이 자세하게 서술되어 있어 비평적 관심보다는 인물에 얽힌 서사적 흥미가 부각되었다고 할 수 있다. 다음에 인용되는 『청구야담』의 차천로 관련 기사와 비교해 보면 위의

『제호시화』소재 시화 기사가 인물의 비범성에 얽힌 일화를 흥미 위주로 서술하는 야담류 기사에 매우 근접해 있음을 확인할 수 있다.[35]

차천로의 문사(文辭)는 호한(浩汗)하였고, 시 또한 웅기(雄奇)하였다. 비록 정제된 것과 거친 것이 서로 섞여 있었지만, 그 자리에서 만언(萬言)을 짓더라도 도도하여 막힘이 없어 그와 대적할 자가 없었다. 선조 말에 중국 사신 주지번이 왔는데, 그는 강남의 재자로 우아한 풍류가 있어서 가는 곳마다 남긴 글들이 빛을 발하여 사람들의 입에 회자되었다. 조정에서는 빈사(儐使)를 엄선하여 월사 이정구를 접반사로 삼고 동악 이안눌을 연위사로 삼았으며, 그들을 보좌하는 이들도 명문장가들로서 길을 따라 시를 주고 받으며 평양에 도착했다. 주지번이 저녁에 평양에 내려오더니, 회고시 오언율 1백 운을 날이 밝기 전에 지어 올리라고 빈사의 막하에 명했다. 월사가 크게 두려워하며 모든 사람들을 모아 놓고 의논하였는데, 모든 사람들이 말하였다. "요즘은 밤이 짧아서 한 사람으로는 해낼 수 없으므로, 만약 운을 나누어 지은 뒤에 합하여 한 편으로 만든다면 거의 가능할 듯 합니다." 월사가 말했다. "사람들은 제각각 생각하는 것이 다르거늘 한 데 모은들 어떻게 문리(文理)를 이룰 수 있겠소? 한 사람에게 전적으로 위임하는 것만 못하오. 오직 복원 차천로만이 그것을 해낼 수 있을 것이오." 마침내 천로에게 맡기니 그가 말했다. "맛있는 술 한 동이와 큰 병풍 하나, 그리고 경홍 한호의 집필이 갖추어지지 않으면 이 일은 불가능합니다." 월사는 그것을 갖추라고 명했다. 마루에 큰 병풍을 세우자 천로는 수십 잔의 술을 흠뻑 마시고 병풍 안으로 들어갔다. 한호는 병풍 밖에서 10장 연폭의 큰 화전지를 펼쳐 놓고 붓을 적셔 쓸 준비를 했다. 천로는 병풍 안에서 쇠로 된 서진(書鎭)으로 책상을 연이어 두드리며 고무되어 읊조리다가 큰 소리로 부르짖으며, "경홍, 쓰시오." 하였다. 준일한 어구들이 끊이지 않

---

35) 야담의 흥미성에 대하여는 이경우의 『한국야담의 문학성 연구』(국학자료원, 1997) '3.3. 興味性과 敎訓性' 참조.

고 쏟아지니 한호도 부르는 대로 즉시 썼다. 조금 뒤 부르짖는 소리가 진동하며 펄쩍 펄쩍 뛰어오르니 흐트러진 머리털과 알몸이 병풍 위로 출몰하여, 신속한 매나 놀란 원숭이도 그에 비할 수 없을 정도였으며, 입으로 부르는 것은 마치 물이 용솟음치고 바람이 부는 듯하여 한호의 빠른 글씨로도 따라갈 수 없을 정도였다. 한밤중이 되어 오언 배율 1백 운의 시가 다 이루어졌다. 천로는 크게 일성을 부르짖더니 취하여 병풍을 넘어뜨렸는데 그 안에는 벌거벗은 몸 하나가 쓰러져 있었다. 여러 사람들이 그 시를 나누어 가지고 머리를 맞대고 죽 살펴보니 기이하고 통쾌하지 않은 곳이 없었다. 닭이 울기도 전에 통인을 불러 가져다 바치게 하니, 주지번이 즉시 일어나 불을 잡고 읽었는데, 반절도 읽기 전에 손에 쥐고 있던 부채가 두들기느라고 모두 부서지고 시를 읊조리는 소리가 밖으로 낭랑하게 울려 나왔다. 날이 밝자 주지번은 빈사를 대하여 혀를 차며 칭찬하였다.36)

이 야담 기사에서는 차천로의 작품이 무엇을 대상으로 한 것인지, 압운은 잘 구사되었는지에 대한 문학 내적 언급이 생략되어 시화집 『제호시화』에 실린 기사와 일정한 차이를 보인다. 차천로가 시를 짓

---

36) 李月英·柴貴善 역주, 『靑邱野談』, 한국문화사, 1995, pp.529-530의 원문 및 pp. 527-529의 번역문 일부를 참조함.("車天輅 文辭浩汗, 而詩又雄奇, 雖精麤相雜, 而立就萬言, 滔滔不窮, 無敢敵者. 宣廟末, 天使朱之蕃來, 朱是江南才子, 雅有風流, 所到之處, 詞翰輝耀, 膾炙人口. 朝家極選儐使, 李月沙爲接伴, 東岳爲延慰, 而其幕佐亦皆名家大手, 沿路唱酬至平壤. 朱使臨夕下箕都, 懷古五言律詩百韻, 於儐幕命趂曉未明製進. 月沙大懼, 會諸人議之, 皆曰, 時方短夜, 非一人所能, 若分韻製之, 合爲一篇, 庶可及乎. 月沙曰, 人各命意不同, 湊合豈成文理, 不如專委一人, 惟車復元可以當之. 遂委之, 路曰, 此非旨酒一盆, 大屛風一坐, 兼得韓景洪執筆, 不可. 月沙命具之. 設大屛風於廳中, 天路痛飮數十鍾, 入於屛內. 韓濩於屛外, 展十張聯幅大華牋, 濡筆臨之. 天路於屛內, 以鐵書鎭, 連扣書案, 鼓動吟諷, 而已高聲大唱曰, 景洪書. 逸句俊語, 絡繹沓出, 濩隨呼卽書. 俄而叫呼震動, 跳蕩踊躍, 鬢髮赤身出沒於風屛之上, 迅鷹驚猿不足此也, 而口中之唱, 水湧風發, 濩之速筆, 猶未暇及. 夜半而五律百韻已就矣. 天輅大呼一聲, 醉倒屛風, 頹然一赤身也. 諸分取其詩, 聚首一覽, 莫不奇快. 鷄未鳴而呼通使進呈. 朱公卽起, 秉燭讀之, 讀未半而所把之扇, 鼓之盡碎, 諷詠之聲, 朗出於外. 平朝對儐使歎賞嘖嘖.")

게 된 동기가 차천로에 대한 개인적인 요청이 아닌 빈사(儐使) 집단
에 대한 명령에서 비롯되었다는 점, 시를 집필하는 자로서 한호가 설
정되었다는 점, 전체적으로 오십 운 배율 네 편을 쓴 것이 아니라 1
백 운 한 편을 밤새 썼다는 점 등의 세부적인 사항도 『제호시화』의
내용과 차이를 보인다. 그러나 전체적으로 차천로의 비범함을 돋보이
게 하기 위하여 작시 상황을 자세하게 서술한 것은 『제호시화』와
『청구야담』이 일치하는 점이다. 시인으로서의 차천로의 작시 상황이
두 기사의 화제로 설정되었지만, 두 기사에서는 공통적으로 작품의
문학적 특성에 대한 평가가 이야기의 주된 관심 대상이었다기보다
시인의 작시 활동이 이루어진 상황에서 포착된 차천로의 흥미로운
행동 자체를 서술하는 것이 더 큰 목표였던 것으로 보인다. 이와 같
이 작시 관련 상황을 서술한 『제호시화』의 시화 기사는 흥미성 중심
의 야담 기사와 일정한 공유점을 지니고 있다고 하겠다.

　『청창연담』에서도『제호시화』에서와 마찬가지로 시화 서술자와 비
슷한 시대를 산 인물이 시화 내용의 주체로 설정된 기사들을 볼 수
있다. 이 경우에는 서술자가 전지적인 시점에서 구체적인 확신을 가
지고 시 작품과 관련된 상황을 서술함으로써 독자의 신뢰를 확보하
여 시화 기사에 대한 공감대를 형성하는 효과가 있다.

　　백사 이상국이 무오년 봄에 인목대비를 폐위할 것을 간하자, 당시
　의 의론이 공을 극형에 처하려고 하여 하수인들을 사주하여, 참형에 처
　하라고 요청하는 상소가 하루에도 서너 번씩 올라오곤 하였다. 대사헌
　이각과 대사간 윤인 등이 절해고도에 위리안치할 것을 요청하여, 먼 지
　방에 귀양보내게 되었다. 처음에는 관서지방으로 갔다가, 다시 하수인
　들을 사주하여 절새(絶塞)에 두도록 청하여, 육진으로 유배지를 옮겼다
　가 또 삼수로 옮겼는데, 임금이 특별히 북청으로 보내라고 했다. 서
　울에서 떠나는 날 절구 한 수를 짓기를, '날씨는 음산하여 대낮에도 침

침한데, 거센 북풍이 멀리 떠나는 사람의 옷을 찢어 놓는구나. 요동 성곽이야 언제고 여전하겠지만, 영위가 한번 가면 다시 오지 못할까 걱정이다.' 라고 하니, 이를 듣고 모두 눈물을 흘렸다. 이 때 영상인 덕양 기공 및 첨추 정홍익, 김덕함이 함께 바른말을 하다가 모두 북쪽 변경으로 유배되어 동시에 떠나갔는데, 이들이 가면서 국맥도 다하고 말았다. 당시 옥당의 장관은 정조였다.[37]

이 시화에는 백사 이항복이 귀양가게 된 경위와 전후 사정이 자세하게 기록되어 있어, 유배의 부당함을 인식한 독자들로 하여금 비통함을 느끼게 하고 있다. 이 시화 기사에 실린 이항복의 시는 유배의 길을 떠나는 이의 착잡하고 절망적인 심회를 담고 있으므로, 시적 화자에게 닥친 상황의 심각함이 잘 전달되고 있다. 시화 서술자는 이항복 외에도 정홍익, 김덕함 등의 불운한 처지도 함께 기술하여, 이 시기에 정치적 국면이 총체적인 난관에 부딪쳐 국운도 땅에 떨어졌음을 말하였다. 신흠은, 절망적인 상황에서 헤어나기 어려움을 감지한 이항복이 자신의 처지를 시로 표현한 것은 그럴 수밖에 없었던 사회 현실에서 기인했음을 정확하게 보여주려 했던 것이다. 서술자는 이 시화에 인용된 시가 지니는 작품성 자체에 대한 평가에 주안점을 두어 시화를 서술하였다기보다 해당 시인이 처했던 사회적 상황을 절실하게 전달하려고 시를 인용했던 것이라고 할 수 있다.

---

37) 申欽, 『晴窓軟談』(下), "白沙李相國, 戊午春諫廢大妃, 時議將置極典, 嗾鷹犬, 上疏
請斬者, 日三四上. 大司憲李覺, 大司諫尹訒等, 請圍籬安置於絶島, 乃令遠竄. 初配
關西, 爲嗾鷹犬, 請置絶塞, 移配六鎭, 又移三水, 上特移北靑. 出城之日, 有詩一絶,
白日陰陰晝晦微, 朔風吹裂遠征衣, 遼東城郭應依舊, 只恐令威去不歸, 聞者泣下. 時
領相德陽奇公及鄭僉樞弘翼金正德誠, 俱直言, 皆竄北荒, 同時發去, 國脈盡於此行
矣. 其時玉堂長官則鄭造也."

2) 전기적(傳記的) 상황 제시형

『청창연담』에서는 시인의 시적 특징에 대하여 논평하면서도, 해당 시인의 일생을 통해 발견되는 다양한 면모에 대하여 서술하는 일환으로 그 논평을 활용하는 경우도 있다. 이 때 시인의 시적 특징에 대한 언급은 시화의 일화적 요소들 가운데 하나로 자리매김되고, 나아가 해당 인물들에게서 발견되는 여타의 비범성을 부각시키는 요소로 기능하기도 한다.

> 성로라고 하는 사람의 자는 중임이며, 시가 청고(淸苦)하다. 젊었을 때 송강 정철의 문하에서 배웠는데, 송강이 망하고 난 뒤에 그 문하에서 노닐던 자들 모두가 안면을 바꾸고 시속의 취향을 좇으면서 스스로 단장하여 호감을 사려고 하였으나, 성로만은 세상 일을 포기하고 세상과 관계를 끊어 버렸다. 그리고는 양화도 어귀에 자그마한 띠집을 짓고 살면서 기본적인 생활도 이어가지 못했는데, 예전에 서로 알고 지내던 자들 아무도 찾는 이가 없었다. 문을 닫고 내객을 물리친 채 20년을 지내다 죽었는데 그 때의 나이 67세였다. 이 사람은 대체로 옛날의 개사(介士)와 같다.[38]

이 시화에서는 성로(成輅)의 시적 특징을 '청고'(淸苦)라는 풍격으로 제시하고, 그의 삶에서 특징적인 국면 몇 가지를 언급하고 있다. 시화 기사의 내용을 살펴볼 때, 그의 시가 '청고'하다는 점은 그의 인생에서 보이는 여러 특징 가운데 한 가지라고 할 수도 있고, 그의 삶을 요약하는 풍격이라고 할 수도 있다. 성로는 그와 학문적 교유를

---

38) 申欽, 『晴窓軟談』(下), "有成輅者, 字重任, 爲詩淸苦. 少從鄭松江澈學, 松江敗, 遊其門者, 無不反面逐時好, 自嫺餙以取容, 輅捐棄世, 故與世絶迹. 構小茅於楊花渡口, 簞食瓢飮不繼, 舊日相識者, 皆莫之問. 閉門却掃二十年而卒, 年六十七, 蓋古之介士也."

맺었던 정철이 정치적인 힘을 상실하였을 때, 다른 사람들처럼 세상에 영합하지 않고 가난한 삶을 살면서 20여 년을 보내다 일생을 마친 인물이다. 타인과 맺은 의를 끝까지 지켜나가는 도의적 삶이 성로의 생애를 특징짓는다고 할 수 있으며, 그의 '청고'한 시적 특징은 그러한 삶의 일부임과 동시에 그 삶의 성격을 압축적으로 표현한 것이라고도 할 수 있다. 신흠은 성로에 대한 결론적 논평으로 '개사'(介士)라는 칭호를 부여한다. '청고'한 시세계는 '개사'로서의 삶의 일부이자 그러한 삶이 시로 표현된 결과라고 할 수 있다. 결국 이 기사에서 성로의 시적 특징은 그의 도의적 삶을 구성하고, 그러한 삶을 설명해주는 하나의 성분이 되는 것이다.

이 시화의 경우에 시평·시론 등의 문학적 평가는 부차적이거나 배제된다. 시화의 주체로 등장한 시인에게서 발견되는 윤리적 덕목을 강조하거나 여타의 비범성을 강조하는 형식으로 시화가 서술되었다고 할 수 있다. 이 경우에는 문학적인 논평이 있다고 하더라도 도덕성이나 비범성을 강조하는 논평을 포함한 여타의 논평들 가운데 하나에 불과하다. 이러한 시화 기사에서는 문학 비평 자료로서의 성격이 많이 줄어든다.

> 김현성은 자가 여경이고 호가 남창이다. 시가 조아(藻雅)하고 당시를 본받아, 간혹 그의 시를 매우 좋아하는 이가 있었다. 올해 77세인데도 쇠하지 않았다. 필법은 왕희지를 사모하여 그 경지에 근접했으므로 한때 공사(公私) 간에 금석을 새기는 일이 모두 그의 솜씨에서 나왔다. 갑자년에 급제하여 직급이 아경(亞卿)에 이르렀는데, 본래 한미한 출신이라서 글에 힘써 집안을 일으킬 수 있었던 것이니, 이도 특이한 일이다. 인격도 청소(淸疎)하여 세속적인 모습이 없었다. 젊어서의 향학열이 나이 들어서도 느슨해지지 않았으니, 이 또한 높일 만하다. 신유년에 죽었는데 그의 나이가 80이었다.39)

이 시화 기사에서 시인으로서의 김현성의 특징으로 그의 "시가 조아(藻雅)하고 당시(唐詩)를 본받아 간혹 그의 시를 매우 좋아하는 이가 있었다."는 점만 거론되었을 뿐이고, 시화의 대부분이 시보다도 김현성의 재능과 인격적 특성에 대한 소개로 되어 있다. 김현성의 시적 능력은 그의 뛰어난 필법, 집안을 일으킨 능력, 맑고 소탈한 인격, 남다른 향학열 등과 같이 비범성을 입증할 만한 요소들 가운데 하나로 기능할 뿐이다. 서술자는 해당 인물의 비범성을 드러내는 것이라고 생각되는 요소들을 열거하는 가운데, 그 비범성을 강조하려는 서술자의 의도가 개입된 논평을 수시로 첨가하여, 인물의 총체적 면모가 범속함과는 거리가 먼 형태를 갖추도록 하였다. '올해 77세인데도 쇠하지 않았다.', '특이한 일이다.', '이 또한 높일 만하다.' 등의 논평에는, 김현성의 일생을 통해 발견되는 남다른 행동과 문학적·학문적 성취를 강조하려는 서술자의 태도가 역력하게 드러나 있다. 해당 시인의 전기적(傳記的) 상황을 간략하게 서술하고 논평한 것이다. 이와 같이 몇몇 전기적 요소를 서술하는 데 주안점을 둔 시화에서는 비평적 성격이 약화되고 인물전(人物傳)의 양식적 특성이 부각된다.

2. 시화집별 서술의 특성

시화는 시 또는 시인에 관한 이야기인데, 그 이야기가 순수하게 비평적 담론으로 이루어졌는가, 아니면 시 또는 시인에 얽힌 특별한 일화를 서술하는 데 중점을 둔 것인가로 그 서술 양상이 갈라진다. 일화가 구체적으로 서술된 시화에서는 다른 시화에서보다 문학적·심

---

39) 申欽, 『晴窓軟談』(下), "金玄成者, 字餘慶, 號南窓. 詩藻雅祖唐詩. 時有極可愛者. 今年七十七, 不衰. 筆法慕吳興逼眞, 一時公私金石之刻, 皆其手也. 甲子及第, 秩亞卿, 系素微, 能自以文默起家, 斯異矣. 爲人亦淸疎無俗態. 少向學, 老而不倦, 亦可尙也. 辛酉卒, 年八十."

미적 평가가 차지하는 비중이 약화되고, 일화에 등장하는 인물에 관련된 특별한 사건과 그 사건에서 발견되는 인물의 인간적인 면모가 비교적 강하게 부각된다.

『성수시화』(惺叟詩話)·『지봉유설』(芝峰類說)·『청창연담』(晴窓軟談)·『제호시화』(霽湖詩話) 모두 시론·시평과 같은 비평을 중심으로 서술된 시화들이 대부분이라는 점에서 공통적으로 본격적인 시화집이라고 할 수 있을 것이다. 『지봉유설』과 『제호시화』는 다른 두 시화집에 비하여 시의 본질론적 성격에 대하여 논평한 시론 중심의 시화가 차지하는 비중이 높으며, 특히 『지봉유설』은 기존의 참고 전적들을 다양하게 동원하면서 자신의 비평을 정당화하거나 돋보이게 하는 특징이 있다. 『성수시화』와 『청창연담』은 시론보다는 시 작품 및 시인에 대한 구체적인 평가라고 할 수 있는 시평이 중심이 된 시화들을 주축으로 하여 구성된 시화집이라는 점에서 앞의 두 시화집과 차이를 보이고 있다. 그리고 앞 절에서 살펴본 바와 같이 『제호시화』와 『청창연담』은 다른 두 시화집에 비하여 작품 관련 상황 또는 시인의 전기적 상황과 같은 일화적 상황을 제시하는 데 중점을 둔 시화들이 눈에 띈다. 이와 같이 문학적 비평 자체보다도 시화의 중심 인물 및 시 작품에 얽힌 상황이 구체적으로 서술되는 시화들은 인물전(人物傳) 또는 야담(野談)의 서술 양상과 유사한 면모를 보일 수도 있다는 점도 이미 살펴보았다.

이제 『제호시화』·『성수시화』·『청창연담』 등의 시화집에서 이달·최경창 등이 부벽루에서 벌인 시회를 공통적으로 시화의 화제로 삼으면서 구체적인 서술 양상에 있어서 각각 어떤 모습을 보이고 있는가에 대하여 검토함으로써 이들 시화집이 보이는 특징의 일단을 확인하도록 하겠다.

내가 기유년에 종사관으로 재상 서경 유근을 따라 용만으로 향하는 길에 행차가 평양에 이르렀다. 그 때 손곡 이달이 70세가 넘어 성 안에서 객으로 거쳐하고 있었는데, 평양의 늙은 관기들과 관노들이 젊었을 적 행락에 대해서 이야기를 잘 해 주었다. "지난 날 학사 서익이 대동 찰방이 되고, 학사 최경창이 본주의 서윤(庶尹)이 되었을 때, 이달을 부벽루에 머물게 하고, 기녀 가운데 가장 이름 있고 노래와 거문고를 잘 하는 사람 십여 명을 뽑아, 그들로 하여금 이달을 모시고 그 곁을 떠나지 말도록 하였습니다. 최경창은 매일 저녁 무렵에 공무를 끝내고, 서익과 함께 견여(肩輿)를 타고 부벽루에 이르러 술을 마시며 시를 짓다가, 즐거움이 다해야 술자리를 파하였는데, 최경창이 임기를 채우고 조정에 돌아가고 나서 그 모임은 그치게 되었습니다. 그가 귀천을 막론하고 뛰어난 재주 지닌 이를 유독 사랑함이 이와 같았습니다. 부벽루 현판에는 정지상(鄭知常)의 절구, '비 그친 긴 둑엔 풀빛이 푸르고, 임을 보내는 남포엔 슬픈 노래 울려 퍼지네. 대동강 물은 어느 때나 다 마르겠는가? 이별의 눈물로 해마다 푸른 물결 더하거늘.'이라는 것이 있는데, 옛날부터 절창이라고 하여 전해 내려왔습니다. 하루는 최경창이 좌중에 대고 말하기를, "우리 세 사람이 늘 이 누대에서 시를 지으면서, 산·천·어·조(山川魚鳥)에 대해 모두 다 읊어내었으니, 글의 제목을 정하여 절구 한 수씩 짓도록 하는 것이 좋지 않겠습니까?"하였습니다. 서익이 말하기를, "「채련곡」으로 제명을 삼는 것이 좋겠습니다." 라고 하니, 최경창이 "현판에 있는 시로 운을 삼는 것이 좋겠습니다." 라고 말했습니다. 세 사람은 각각 붓을 들고 생각에 잠겨, 남보다 잘 쓰려고 힘들인 끝에, 최경창과 서익이 먼저 짓고, 이달이 그들보다 뒤에 완성하였는데, 결국 이달의 것을 절창으로 추대하였습니다. 그 시는 '연잎은 들쭉날쭉 연밥이 많으니, 연꽃들 사이로 아가씨의 노래 소리. 돌아갈 때 횡당 초입에서 만나자는 약속을 하여, 힘들게 배 저어 물결을 거슬러 올라가네.'였습니다. 최경창과 서익의 작품이 꼭 이보다 못하다고는 할 수 없지만, 다만 이달의 작품을 제일로 여기고 붓을 거두었으니, 벼슬하지 않은 사람을 대우하는 뜻임을 잘 살필 수 있습니다.

이러한 사실은 손곡이 제게 말해 준 것입니다." 내 생각을 말하자면, 제2구의 '상간'(相間) 두 글자는 적절치 않은 듯하다.[40]

『제호시화』의 이 기사는 서두와 결미 부분을 손곡 이달을 중심으로 하여 서술하고 있다. 서술자 자신이 평양에 들렀을 때, 그곳에 살고 있는 이달에 대한 일화를 평양 현지에 거주하는 관기와 관노들로부터 듣고, 그 내용을 그대로 전하고 있는 것이다. 이야기의 핵심은 손곡 이달이 최경창으로부터 극진한 대접을 받으며 생활했고, 최경창·서익·이달 등이 참여한 부벽루 시회에서 이달의 「채련곡」(採蓮曲)이 가장 높은 평가를 받았다는 점이다. 이러한 일화적 상황에 대한 서술자의 논평은 간략하다. 이달의 시 가운데 '상간'(相間) 두 글자가 적절치 않다는 것이다. 그리고 나머지 일화적 상황은 기녀 또는 관노에게 들은 내용이며, 그 이야기의 1차 발화자는 이달이었음이 확인된다. 이달로부터 들은 이야기이기 때문에, 일화 내용 속에는 이달의 겸손함이 포함되어 있다. 최경창을 비롯한 참석자들이 이달의 시를 절창으로 추대한 것은 실력도 실력이겠지만, 벼슬하지 않은 사람을 높여주는 참석자들의 미덕 때문이라는 이달의 해석이 그것이다. 이달의 시 가운데 '상간'(相間)이라는 글자가 적절치 않다는 서술자의

---

40) 梁慶遇, 『霽湖詩話』, "余於己酉年, 以從事官, 隨柳相西坰, 向龍灣, 行至平壤, 李蓀谷達, 年踰七十, 客居城中, 平壤之老官妓官奴, 頗能說少年時行樂云. 在昔徐學士益, 爲大同察訪, 崔學士慶昌, 爲本州庶尹, 館李於浮碧樓, 選妓中之最有名者, 及善歌善琴者, 凡十餘人, 令擁侍不離. 崔每日向夕, 公務稍屛, 與徐肩興到浮碧樓, 行酒賦詩, 盡歡而罷, 逮崔秩滿還朝乃已, 其不論貴賤愛才華, 至如此. 浮碧樓板上, 有鄭知常絶句, 卽雨歇長堤草色多, 送君南浦動悲歌, 大洞江水何時盡, 別淚年年添綠波之詩, 古來傳以爲絶唱. 一日崔謂座上曰, 吾三人每賦詩此樓之上, 山川魚鳥嘲詠迨盡, 盍命題賦一絶句耶. 徐曰以採蓮曲, 命之可也. 崔曰以板上詩爲韻可也, 三人各把筆, 沈吟務勝刻苦, 崔徐旣書, 李乃繼就, 竟推李作爲絶唱. 其時曰 蓮葉參差蓮子多, 蓮花相間女娘歌, 歸時約伴橫塘口, 辛苦移舟逆上波, 崔徐之作, 未必讓於此, 而特以李作爲第一, 有閣筆之擧, 其崇獎布衣之意, 益可見. 此則蓀谷爲余備言之, 以愚見言之, 第二句相間兩字, 似未妥矣."

해석은 오히려 크게 중요하지 않고, 이달의 시가 탄생된 상황을 들은 대로 전달하여 사실감과 흥미를 높이는 데 주력한 모습을 보인다.

『성수시화』에도 같은 부벽루 시회를 대상으로 서술한 시화 기사가 있지만 그 서술 양상이 『제호시화』의 것과는 차이를 보인다.

> 정대간의 「서경」(西京) 시, '비 그친 긴 둑엔 풀빛이 푸르고, 임을 보내는 남포엔 슬픈 노래 울려 퍼지네. 대동강 물은 어느 때나 다 마르겠는가? 이별의 눈물로 해마다 푸른 물결 더하거늘.'은 지금까지 절창이라고 일컬어진다. 이 누각의 현판에다 쓴 제영시들을 조사(詔使)가 왔을 때 모두 철거하고 이 시만 남겨놓았다. 그 뒤에 최고죽이 화운하기를, '강가에 수양버들 하늘하늘 늘어졌는데, 조그마한 배에서 다투어 채릉가를 부르네. 붉은 꽃은 다 떨어지고 서풍이 싸늘하게 불어오니, 해질녘 아름다운 물가에 흰 물결이 일어난다.'라고 하였고, 이익지는 화운하여, '연잎은 들쭉날쭉 연밥이 많으니, 연꽃들 사이에서 아가씨의 노래소리. 돌아갈 때 횡당 초입에서 만나자는 약속을 하여, 힘겹게 배 저어 물결을 거슬러 올라가네.'라고 하였다. 두 시가 훌륭하여 왕창령과 이익의 여운이 있으나, 이는 바로 「채련곡」이요, '서경 송별'의 본뜻은 아니다.[41]

먼저 정지상의 「서경」 시가 절창임을 입증하기 위해, 부벽루에 걸려 있던 제영시 현판들이 모두 철거된 와중에서 정지상의 이 시만이 유일하게 남아 있다는 것을 말하고 있다. 이 기사에서는 『제호시화』에서 보았던 부벽루 시회가 벌어진 정황에 대한 진술이 생략되어 있

---

41) 許筠, 『惺叟詩話』, "鄭大諫西京詩曰, 雨歇長堤草色多, 送君南浦動悲歌, 大洞江水何時盡, 別淚年年添綠波, 至今稱爲絶唱. 樓板題詠, 値詔使之來, 悉撤去之, 而只留此詩矣. 其後, 崔孤竹和之曰, 水岸悠悠楊柳多, 小船爭唱采菱歌, 紅衣落盡西風冷, 日暮芳洲生白波, 李益之和曰, 蓮葉參差蓮子多, 蓮花相間女娘歌, 歸時約伴橫塘口, 辛苦移舟逆上波, 二詩雖好, 有王少伯李君虞餘韻, 然自是采蓮曲, 非西京送別本意也."

다. 『성수시화』서술자인 허균에게는 시회가 벌어진 상황이 그다지 중요하지 않았던 것으로 보인다. 허균은 정지상의 시를 소개한 다음에, 그 시에 화운한 최경창과 이달의 시를 제시하였을 뿐이다. 부벽루의 시회 자체가 이들 시의 산출에 특별한 영향을 미치지 않았다고 본 것이다. 허균은 "두 시가 훌륭하여 왕창령과 이익의 여운이 있으나, 이는 바로 「채련곡」이요, '서경 송별'의 본뜻은 아니"라는 논평을 남겼다. 어떤 계기로, 어떤 형태의 시회가 벌어졌는지는 중요한 문제가 아니고, 절창이라는 평가를 받는 정지상의 시에 대한 최경창과 이달의 화운시가 지니는 특징이 무엇인가를 알아보는 것이 허균의 관심사였던 것이다. 허균은 최경창과 이달의 시가 당 나라 시인 왕창령 및 이익의 특성을 갖추고 있다고 하여, 비교의 방식을 통하여 최경창과 이달의 시에 긍정적인 평가를 내렸다. 그러나 최경창과 이달의 시는 정지상의 시에 화운한 것이면서도, 그 시의 본래 의미인 이별의 정서를 구현하지는 않고 전혀 다른 내용으로 운만 맞추어 지은 것이라는 비판적인 언급도 하였다. 『성수시화』의 시화 기사는 『제호시화』의 것과는 달리 작시와 관련된 시회의 상황을 제시하는 것보다 시의 작품성에 대한 평가에 관심을 두고 있다고 하겠다.

『제호시화』및『성수시화』뿐만 아니라, 『청창연담』에도 부벽루 시회와 관련된 시화 기사가 실려 있다. 『청창연담』에 서술된 부벽루 시회 관련 기사는 그 서술 양상을 두고『성수시화』및『제호시화』와 비교가 가능하다.

우리나라 서경에는 아름다운 산수와 누대가 있는 좋은 경치가 있고 미인과 풍류를 즐길 수가 있어, 사신이나 벼슬아치들이 이 곳에 오면 반드시 오래도록 머물면서 돌아갈 생각을 잊고 주색에 빠져 헤어나지 못하는 사람도 많이 있었다. 고려 때 학사 정지상의 시에, '비 그친 긴 둑엔 풀빛이 푸르고, 임을 보내는 남포엔 슬픈 노래 울려 퍼지네. 대동강 물은 어느 때나 다 마르겠는가? 이별의 눈물로 해마다 푸른 물결 더 하거늘.'이라는 것이 있는데, 온 세상이 다투어 전송하여 지금까지 절창이라고 일컬어진다. 만력 경진년 사이에 가운 최경창이 대동찰방이 되고, 군수 서익이 평양 서윤이 되었는데, 두 사람 모두가 시인으로서 정지상의 운을 따라 「채련곡」을 지었다. 최경창의 시에, '강가에 수양버들 축축 늘어졌는데, 조그마한 배에서 다투어 채릉가를 부르네. 붉은 꽃은 다 떨어지고 서풍이 싸늘하게 불어오니, 해질 녘 아름다운 물가에 흰 물결이 일어난다.'고 하였고, 서익의 시에, '남쪽 호수의 아가씨들 연꽃 따라 몰려 나와, 새벽부터 단장하고 서로 노래 주고받네. 앞치마에 가득 담지 않고는 배를 돌리지 않으려 하는데, 먼 물가에서 풍파 일어 뱃길을 막곤 하네.'라고 하였다. 그 뒤에 이순 고경명과 익지 이달이 이 운에 따라 화답했다. 고경명의 시에 이르기를, '맑은 물결에 복숭아 꽃, 뱃전으로 몰려드니, 연 따는 배 흔들거리며 뱃노래가 들리네. 취해 의지했던 미인 생각 아마 잊지 못하겠지. 산들바람 솔솔 불어 휘장이 물결치네.'라고 하였으며, 이달의 시에 이르기를, '연잎은 들쭉날쭉 연밥이 많으니, 연꽃들 사이에서 아가씨의 노래 소리. 돌아갈 때 횡당 초입에서 만나자는 약속을 하여, 힘들게 배 저어 물결을 거슬러 올라가네.'라 하였다. 이들 모두 한 시대의 빼어난 작품들이지만, 논하는 사람들이 이달의 시를 가장 뛰어나다고 하였다.[42]

서술자 신흠은 시화의 서두에서 많은 사람들이 서경의 아름다운

---

42) 申欽, 『晴窓軟談』(下), "我國西京, 有江湖樓觀之勝, 士女絃管之娛, 使華冠蓋之到此者, 必留連忘返, 幾至於沈溺荒亂者有之. 麗朝學士鄭知常詩曰, 雨歇長堤草色多, 送君南浦動悲歌, 大洞江水何時盡, 別淚年年添綠波, 一世爭傳, 至今推爲絶唱. 萬曆庚辰年間, 崔慶昌嘉運, 爲大同察訪, 徐益君受, 爲平壤庶尹, 皆詩人也, 步其韻爲採蓮曲. 崔詩曰, 水岸悠悠楊柳多, 小船爭唱采菱歌, 紅衣落盡西風冷, 日暮芳洲生白波, 徐詩曰, 南湖士女採蓮多, 曉日靚粧相應歌, 不到盈裳不回棹, 有時遙渚阻風波, 其後 高敬命而順, 李達益之, 追和之, 高詩曰, 桃花晴浪席邊多, 搖蕩蓮舟送棹歌, 醉倚紅粧應不忘, 小風輕颺幕生波, 李詩曰, 蓮葉參差蓮子多, 蓮花相間女娘歌, 歸時約伴橫塘口, 辛苦移舟逆上波, 俱是一代佳作, 而論者以李爲最優."

자연경관에 탐닉하여 헤어나지 못했다는 점을 서술하여, 이러한 지리적 특징이 계기가 되어 시의 창작도 많이 이루어질 수밖에 없을 것이라는 독자의 추론을 유도하고 있다. 이어서 신흠은 이 지역을 배경으로 창작되어 절창이라고 추대되는 고려시대 정지상의 시를 소개하고, 만력(萬曆) 연간에 정지상의 시에 차운하여 지어진 여러 편의 시를 그대로 옮겨 놓았다. 서경의 아름다운 지리적 특성을 시의 창작 배경이라고 해석한 시화 서두의 내용을 빼고는 모두 정지상의 시와 그 시에 차운한 시회 참석자들의 시로 기사의 내용이 이루어져 있다. 신흠은 최경창·서익·고경명·이달의 순서로 그들이 지은 시를 소개하였는데, 이는 같은 공간에서 지어진 실제 순서에 따른 것으로 보인다. 작시의 배경이 되는 지역의 특성과 그곳에서 지어진 시의 실제 면모를 중심으로 시회의 모습을 전하려 했던 것이다.

『제호시화』에서는 시회가 벌어진 배경의 중심에 최경창과 이달을 위치시키고 있으며, 이달에 대한 최경창의 예우를 부각시킨 일화를 서술자가 들은 대로 기록하였다. 따라서 중심인물로 설정된 최경창과 이달의 시만 제시하였고, 서익은 이름만 언급될 뿐 그의 시는 거론하지 않았다. 살펴본 바와 같이, 『성수시화』에서는 시회가 벌어진 배경이 전혀 언급되지 않고 있으며, 거론되는 시인과 시는 최경창과 이달뿐이고, 두 사람의 시 작품에 대한 비평적 서술에 관심이 모여 있다. 그런데 『청창연담』의 기사에는 부벽루 시회 참가자로 『제호시화』에서 언급되었던 최경창·서익·이달 외에 고경명까지 등장한다. 시회의 참가자와 창작된 작품을 그대로 보여주려 했던 것이다. 이렇게 시회에 참가한 시인들 모두의 작품을 보여준 뒤에, 일반적으로 이달의 시가 가장 뛰어난 것으로 평가되는 이유를 검증해 볼 수 있는 기회를 독자들에게 제공하려 한 것으로 보인다. 『청창연담』의 기사는 시회가 벌어질 수 있는 지리적 당위성과 시회에서의 작시 상황을 비교적 자세하게 전달하였다는 점에서, 『성수시화』보다는 『제호시화』의 것과 비슷하다고 할 수 있다. 그러나 『제호시화』가 시회에 참가한 인물들 사이의 관계를 최경창과 이달을 중심으로 제시함으로써 시회의 상황을 통해 확인된 그들 사이의 인간적인 유대와 신뢰 그리고 시작(詩作)에 대한 그들의 지대한 관심을 전달하려고 했다면, 『청창연담』은 시회에서 지어진 시회 참석자들의 시를 가급적 전부 보여주는 데 관심을 두었다는 점에서 두 시화집 사이에 일정한 차이가 발견되기도 한다.[43]

시화 기사들 가운데 문학적 의미에 대한 서술자의 평가가 비교적 적극적으로 개입되어 있는 것은 아무래도 '비평 중심'의 시화라고 할 수 있다. 이미 검토한 바와 같이, 비평 중심의 시화에는 시론이 중심이 된 시화와 시평이 중심이 된 시화가 있을 수 있는데, 이는 하나의 시화 기사 안에 시평과 시론이 섞여 있을 수 있다는 뜻이기도 하다. 다음 III장과 IV장에서는 비평 중심의 시화들을 주요 대상으로 하여 17세기 전기 시화집에 나타난 비평 양상을 검토할 것이다. III장에서는 시론의 전개 양상을, IV장에서는 시평의 전개 양상을 살펴보게 되는데, 한 편의 시화 기사에서 시화 서술자의 시론적 입장과 시평적 입장을 동시에 확인할 수도 있을 것이다. 그러므로 하나의 시화 기사가 시론의 전개 양상과 시평의 전개 양상 두 방면 모두를 해명하는 데 활용되는 경우도 있을 것이다.

---

43) 『지봉유설』에는 부벽루 시회와 관련된 시화 기사는 없고, 다만 이달·백광훈 등이 지은 「채릉곡」(採菱曲)을 대상으로 비평한 시화가 있다. 이 시화에서 이수광은 중국 시인들의 시에 이들의 것을 견주어 이들의 시에서 계절적 배경을 나타내는 어휘가 실제로 마름을 캐는 시기와 맞지 않는다고 비판하였다. 이 점은 『지봉유설』이 다른 세 시화집에 비하여 참고 전적들을 활용하여 시의 내용을 변증(辨證)하는 방식의 비평에 관심을 두고 있다는 하나의 실례(實例)가 될 수 있다. 이달·백광훈의 「채릉곡」에 대해서는 본고의 III-4-[2]서도 논의될 것이다.

III. 시론의 전개와 특성

1. 당시풍(唐詩風) 중심의 시론

① 성당(盛唐) 시풍의 강조

17세기 전기 시화집은 16세기까지 형성된 문학사적 결과물들, 그 가운데서도 시단의 상황을 대상으로 비평을 가한 저술들이라 할 수 있다. 특히 시화 서술자들은 16세기에 큰 흐름을 형성했던 당시풍(唐詩風)의 시 세계를 몸소 목격하고, 시작(詩作)에도 직접 참여했던 인물들이다. 이들 시화 서술자는 당시풍에 대하여 관심을 가지면서, 당시에서 수용해야 할 점과 더불어 당시풍으로 인해 야기되는 문제점에 대해서도 염두에 두었다. 바꿔 말하면, 16세기의 당시풍의 활성화가 17세기 시화 비평의 단초가 되었으며, 시화 비평은 다시 당시풍의 흐름에 발전적 방향을 제시하는 역할을 했던 것이다. 그러므로 당시풍의 본령이 무엇인가 하는 문제가 17세기 전기 시화집의 시론적 관심 사항이 되었다.

허균은 기본적으로 송시(宋詩)의 경향보다는 당시의 경향을 통하여 바람직한 시의 원리를 발견할 수 있다고 생각하여, 당·송시의 경향적 특질을 비교 논평하였다.

시는 송에 이르러 망했다고 할 수 있다. 망했다는 것은 시의 언어가 망했다는 것이 아니라, 시의 원리가 망했다는 것이다. 시의 원리는 상진(詳盡)·완곡(婉曲)한 데 있는 것이 아니라, 말은 다하더라도 뜻이 계속되는 데에 있다. 비근한 것을 가리키면서도 시취(詩趣)는 멀어 이로(理路)에 빠지지 않고 말의 통발에 떨어지지 말아야 가장 좋은 시인데, 당 나라 시인들의 시가 간혹 이에 가깝다. 송대의 작자들이 많지 않은 것은 아니지만 뜻을 다 드러내기를 좋아하고 용사에만 힘썼으며, 어렵고 까다로운 압운 때문에 스스로 격을 해치고 있다.[44]

작시에서는 시인의 마음을 문면에 전부 드러내는 것보다는 함축적인 표현을 통하여 여운을 주는 것이 중요하며, 송시보다는 당시에서 이러한 원리가 잘 구현되어 있다고 본 것이다. 허균이 보기에, 송시는 시인의 뜻을 모두 노출하고, 용사와 압운에 지나치게 집착하여, 자연스러운 정취를 간직하고 있지 않기 때문에, 시의 격조가 낮을 수밖에 없는 것이다.

『성수시화』에서도 허균은 당시풍을 높이는 자신의 입장을 곳곳에서 보여주고 있다. 특히 그는 두보(杜甫)와 이백(李白)을 중심으로 한 성당(盛唐)의 시법을 기준으로 하여 비평을 하고 있다. 성당풍(盛唐風)의 시를 으뜸으로 삼았기 때문에, 훌륭한 시인이나 시를 평가할 때 '성당 풍격', '성당에 들어갈 만하다', '성당과 견줄 만하다' 등의 평어를 동원하였다.[45] 송시풍보다는 당시풍을, 당시풍 가운데 성당풍을 작시의 목표로 설정했다고 할 수 있다.

신흠은 『청창연담』에서 당·송시의 개별적인 속성을 불교 용어로 설명하여 상호 비교하였다. 신흠은 당시를 남종(南宗)에 비유하고 송시를 북종(北宗)에 비유하였다. 당시는 한번의 돈오(頓悟)를 통하여 본래 면목을 터득하는 남종과 같으며, 송시는 점수(漸修)를 통하여 단계를 나아가는 북종과 같다고 하였다.[46] 당시는 직관적 감흥에서

---

44) 許筠, 「宋五家詩鈔序」, 『惺所覆瓿藁』 卷4, "詩至於宋, 可謂亡矣. 所謂亡者, 非其言之亡也, 其理之亡也. 詩之理不在於詳盡婉曲, 而在於辭絶意續, 指近趣遠, 不涉理路, 不落言筌, 爲最上乘. 唐人之詩, 往往近之矣. 宋代作者, 不爲不多, 俱好盡意, 而務引事, 且以險韻窘押, 自傷其格."

45) "鄭圃隱 … 文章豪放傑出, 在北關作詩曰, … 音節跌宕, 有盛唐風格." "羅長吟湜, 有詩趣, 往往過盛唐." "林子順有詩名, 吾仲兄常推許之, 其朔雪龍荒道一章, 可肩盛唐云." "洪侃 … 似盛唐人作." 등의 방식으로 성당 풍격과 비교 논평하고 있다.

비롯하며, 송시는 시적 단련이 바탕이 된다는 의미로 해석하면 무방하리라고 본다. 신흠은 이 두 부류 가운데 송시가 '성문(聲聞)·벽지(辟支)'라고 하는 소승적(小乘的) 차원에 머물러 당시보다 낮은 단계에 머문다고 생각하였다.[47] 신흠도 기본적으로 당시를 송시보다 높게 평가하고 있는 것이다.

신흠은 당시 가운데 특히 성당 시인 이백의 시를 높이 평가하였는데, 이백이 다른 사람의 시로부터 영향을 받지 않고 천선(天仙)의 자질로 독창적인 시 세계를 구축하였다는 것이 그 이유다.[48] 성당 시대의 시 세계를 높이 평가하고, 성당 시인 가운데 이백을 '정종'(正宗)이라 하여 최고의 시인으로 인정한 명대(明代) 고병(高棅)의 『당시품휘』(唐詩品彙)[49]에 호감을 보인 신흠이기에, 이백의 시 경향에 대한 신흠의 높은 평가는 그의 『당시품휘』에 대한 관심과 일정한 관련을 지닌다고 할 수 있다.[50]

『지봉유설』에서 이수광은 기본적으로 당대에 시가 가장 찬란하게 빛났으며, 송대에는 변하여 쇠미하게 되었다고 하였다.[51] 이수광의 이러한 견해는 그의 문집에 부연되어 있다. 그는 위진(魏晉) 이후로

---

46) 申欽, 『晴窓軟談』(上), "唐詩如南宗, 一頓卽本來面目, 宋詩如北宗, 由漸而進."
47) 申欽, 『晴窓軟談』(上), "尙持聲聞辟支爾."
48) 申欽, 『晴窓軟談』(上), "古之論者, 以子美爲出於靈運, 太白爲出於明遠. 子美固有依形而立者, 若太白, 天仙也, 如優曇鉢花變現於空中, 特其資偶與明遠相類爾."
49) 『당시품휘』는 명대 고병이 편찬(1393년)한 시선집(詩選集)으로서, 전체를 시체별로 나눈 다음 각 시체마다 아홉 가지 품목(品目)을 설정하여 그 품목에 해당하는 시인들의 시를 배열하였다. 각 품목에는 당시사(唐詩史)의 시대 구분이 고려되어 있다. 품목과 시대의 구분은 '正始(初唐) - 正宗, 大家, 名家, 羽翼(盛唐) - 接武(中唐) - 正變, 餘響(晚唐)'으로 되어 있다. 『당시품휘』에서는 모든 시체(詩體)의 '정종'(正宗)으로 이백을 꼽았는데, 이것은 『당시품휘』의 선시(選詩) 양상을 신뢰했던 신흠이 두보보다 이백을 더 높이 평가하는 계기로도 작용했다.
50) 『당시품휘』에 대한 신흠의 관심은 『청창연담』(상) 참조.
51) 李睟光, 「詩評」, 『芝峰類說』, "詩三百篇古矣, 漢魏近古而質矣, 二晉質變而文矣, 梁陳文變而靡矣, 至于唐則彬彬矣, 宋則又變而衰矣."

시의 도가 침체하였다가, 초당(初唐)을 거쳐 성당에 이르러 그 도가 갖추어졌으며, 만당(晩唐)이 되자 사기(詞氣)가 나약해지고 진부한 말을 표절하기도 하여 다시 시풍이 부정적으로 변모하였다고 평가했는데,52) 만당시(晩唐詩)의 체격(體格)이 송시보다는 뛰어나다고 하였다.53) 기본적으로 송시는 의론(議論)을 위주로 하기 때문에 당시에 풍부하게 나타나는 의흥(意興)이 결핍되어 있다는 것이 이수광의 생각이다.54)『지봉유설』에서 이수광은 성당 시풍의 시에서 느껴지는 기상과 만당 이하 송시에서 느껴지는 기상은 차이가 있다는 엄우의 시론에 동조하여 성당 시풍을 고평(高評)하기도 하였다.55) 작품에 대한 실제 비평에서도 성당 시풍에 견주어 평가함으로써 성당 시풍을 높이는 태도를 보여 주었다.56)

『제호시화』에서도 섬세한 기교로 정감을 표현하려 했던 만당 시풍 및 송시풍 경향 모두에 대해서 그다지 긍정적이지 않았다.

　　두보의 시는 그 시어의 뜻이 매우 엄밀하고 절실한데, …… 그밖에 간혹 아름다운 여인에 대하여 읊은 경우에도, (여인의 묘사를 통하여) 시구를 수식했을 뿐이니, 만당과 송의 시인들이 섬세한 기교로 정을 담은 시를 지은 것과는 구별된다.57)

---

52) 李睟光,「詩說」,『芝峰集』卷21, "詩自魏晉以降, 陵夷, 至徐庾而靡麗極矣. 及始唐稍稍復振, 以至盛唐諸人出, 而詩道大成, 蔑而加焉. 逮晚唐則又變而雜體竝興, 詞氣菱弱, 間或剽竊陳言, 令人易厭."

53) 李睟光, 앞의 글, "然比之於宋, 體格亦自別矣."

54) 李睟光,「宋詩贊」,『芝峰集』卷21, "專主議論, 其詩也文, 用工雖勤, 意興不存."

55) 李睟光,「詩評」,『芝峰類說』, "嚴滄浪曰, 大曆以來, 高者尙入盛唐, 下者已入晚唐, 晚唐下者以有宋氣也. 唐與宋, 未論工拙, 直是氣象不同, 諸名家亦各有一病, 大醇小疵, 差可耳. 滄浪於此, 似有其眼者."

56) 李睟光,「詩」,『芝峰類說』, "我東詩人, 多尙蘇黃, 二百年間皆襲一套, 至近世崔慶昌白光勳, 始學唐, 務爲淸苦之詞, 號爲崔白, 一時頗效之, 始變向來之習, 然其所尙者晚唐耳. 不能進於盛唐, 豈才有所局耶."와「詩評」의 "二樂亭申用漑題江亭一聯曰, 沙暖集群鳥, 江淸浮太陰. 洪裕孫歎曰, 此盛唐韻也." 참조.

양경우는 두보의 시가 만당 및 송의 시들과 구별되는 점을 향렴체의 창작 양상에서 찾고 있다. 두보의 시는 여인이 소재로 등장하는 경우에도 그다지 나약한 기풍으로 흐르지 않았지만, 만당 및 송의 향렴체 시들은 섬세한 기교만 부리면서 정을 담아 표현하는 데 치중하였다고 지적하고 있는 것이다.

양경우가 『제호시화』에서 일관되게 긍정의 찬사를 부여하는 대상은 성당 시인 두보이다. 특히 시화집의 끝 부분에서는 시구의 구성[造句]과 글자의 배치[安字]가 작시법에서 차지하는 비중이 크다는 점을 역설하면서, 두보를 만고(萬古)의 시조(詩祖)로 받들고, 그가 즐겨 썼던 시어들을 제시하기도 하였다.

② 중 · 만당(中晚唐) 및 송시풍(宋詩風)의 비판적 수용

17세기 전기 시화집에서 중당(中唐)이나 만당(晚唐)의 시풍 또는 송시풍에 대해서 무조건 혹평한 것은 아니다. 허균은 중 · 만당 계열의 작품이라 하더라도 시인 나름대로의 개성을 적절하게 발휘했을 경우에는 긍정적인 평가를 내렸다. 예컨대 허균은 정희량(鄭希良)의 시에 대하여 중당의 우아한 운치가 있다고 평가하여, 그의 시적 성취를 인정하고 있다.[58]

허균 자신이 당시선집(唐詩選集)을 편찬할 때의 선시(選詩) 기준을 살펴보면, 그가 성당 · 중당 · 만당 등의 시대적인 구획에만 의지하여 시를 평가하지는 않았음을 더욱 명확하게 알 수 있다.

당의 시인들은 성당 시대에 융성하였고, 중당 · 만당에 이르러 점차

---

57) 梁慶遇, 『霽湖詩話』, "杜陵之詩, 其語意矜嚴絶 … 其餘或擧佳人者, 以文詩句而已, 不如晚唐及宋人作纖巧留情之詞."

58) 許筠, 『惺叟詩話』, "鄭淳夫 … 有中唐雅韻."

쇠미해졌으나, 유독 절구만큼은 성당·만당을 막론하고 시인들의 빼어난 운치를 간직하여 모두 읊을 만하여, 비록 여항의 아낙네 및 방외(方外)에서 특이하게 사는 사람들의 작품이라 하더라도 모두 뛰어났으므로, 당시는 이에 이르러 잘 갖추어졌다고 할 수 있다.[59)]

　허균은 성당 시대의 시적 수준이 대체로 높았다는 점은 인정하면서도, 절구(絶句)만큼은 특정 시대에 국한되지 않고 당대(唐代)의 모든 시기에 걸쳐 고르게 그 수준이 높았다는 것을 말하고 있다. 특정 형식의 시에 대한 평가를 각 시대별 일반적인 성격에 대한 평가와 구별한 것이다. 경우에 따라서는 성당 때의 작품이라 하더라도 작품성이 떨어질 수 있으며, 만당의 것이라 하더라도 작품성이 뛰어날 수 있다는 것이 허균의 생각이다.[60)]
　이처럼 중·만당 계열의 작품을 부분적으로 인정하는 허균의 논리는 송시풍의 시에 대한 평가에도 적용된다. 당시풍이 시의 본령으로 인식되었지만, 송시풍을 배웠다는 것 자체가 문제되지 않고 구체적으로 작품화된 풍격의 성향이 작품성의 관건이 되었던 것이다.

　　박은의 시는 비록 정성(正聲)은 아니나 엄진(嚴縝)·경한(勁悍)하다. … 당의 섬려한 시풍을 배운 사람이 어찌 감히 그 경지에 이르겠는가?[61)]

박은의 시가 '정성'(正聲)이 아니라는 것은 그의 시가 송시풍의 영

---

59) 許筠, 「題唐絶選刪序」, 『惺所覆瓿藁』 卷5, "唐之諸家, 盛而盛, 至中晚而漸漓, 獨絶句, 則毋論盛晚, 求得詩人之逸韻, 悉可諷誦, 雖閭巷婦人, 方外仙怪之什, 亦皆超然, 唐之詩到此, 可謂極備矣."
60) 許筠, 「唐詩選序」, 『惺所覆瓿藁』 卷4, "分以各體, 而代以隷人, 妙則雖晚亦詳, 而或纇或俗, 則亦不盛唐存之, 凡爲卷六十而篇凡二千六百有奇, 唐詩盡於是矣."
61) 許筠, 『惺叟詩話』, "朴之詩, 雖非正聲, 嚴縝勁悍. … 學唐纖靡者, 安敢剛其壘乎."

향권에 들어 있다는 말이다. 당시를 학습하고 당시풍의 시를 지었어야 '정성'으로 인정을 받았겠지만, 그렇지 못하기 때문에 적극적인 호응을 얻지 못하는 것이다. 그러나 박은이 구사한 '엄진(嚴縝)·경한(勁悍)'한 풍격은 충분히 인정받을 만하다는 것이 허균의 생각이다. 인용문에서와 같이, 허균 시대에는 당시를 배운다 하더라도 섬세하고 나약하기만 한[纖靡] 성향으로 흐르는 것을 경계하였다. 일정하게 송시풍의 영향을 받고 있었더라도 이러한 섬미풍(纖靡風)의 시를 극복할 수 있었던 박은의 시가 오히려 어설프게 당시를 추구하는 것보다 훨씬 낫게 평가받은 것이다. 일반적으로 당시풍을 높게 평가하는『성수시화』이지만, 당시의 본령이 아닌 방법으로 작시를 하는 것보다는 송시 계열이라 하더라도 자신의 특장(特長)을 살리는 것을 더 긍정적으로 평가했다고 하겠다.

다음의 문답 내용은 송시의 가치를 부분적으로 인정하는 허균의 입장을 재차 확인시켜 준다.

> 어떤 이가 나무라며 말했다. "그대는 이미 고시에 능하여 고시로도 저절로 세상에 이름을 내고 후세에 영향을 줄 수 있는데, 어찌하여 송시를 하시오?" 내가 말했다. "아니오, 아니오. 말하기 어렵소. 고시는 옥으로 만든 술그릇이나 술잔과 같이 종묘 제사에만 쓸 수 있으며, 마을의 당집에 모여서 쓰기에는 흙으로 빚은 제기와 술잔만큼 편리한 것이 없소. 내가 송시를 버리지 않는 것도 이와 같소. 나는 세상의 쓰임에 따랐을 뿐이니, 어찌 시의 도에 해가 되겠소?[62]

62) 許筠,「宋五家詩抄序」,『惺所覆瓿藁』卷4, "或詰曰, 許子旣能古詩, 古詩自足名世詔後, 奚宋爲耶. 余曰, 否否, 難言也. 古詩猶瓊彛玉瓚, 只可施諸廊廟, 而用之於里社宴集, 則不如土簋瓷尊之爲便利. 吾不遺宋詩, 亦猶是矣. 吾以酬世務而已, 何詩道之足傷也."

송시를 폄하하는 허균 당대의 풍토를 확인할 수 있다. 허균은 송시를 무조건 폄하하는 세태에 맞서, 송시 나름대로 지니고 있는 효용을 강조하였다.

이와 같이 허균은 기본적으로 성당풍의 시를 학습하고, 성당풍의 시를 지어야 한다는 입장을 견지하면서도, 중·만당 및 송시의 경향에 대하여 무조건 폄시하지는 않았다. 오히려 적극적으로 중·만당 및 송시풍의 장점과 효용을 적극적으로 찾으려고 하였다.

양경우도 만당풍의 시 창작에 대하여 전적으로 부정하지는 않았다.

> 내가 말하기를, "손곡의 시는 만당에서 나왔으므로 일편 일구를 읊을 만하다고는 하지만, 어찌 어르신의 농려(濃麗)·부성(富盛)함만 하겠습니까?"라고 하니, 제봉이 말하기를, "… 언제나 절구를 지을 때면, 감히 송인의 시체로는 그 사이에 끼워 넣을 수 없었으니, …"라고 하였다.[63]

양경우는 먼저 손곡 이달(李達)의 시가 만당풍이라는 점, 그리고 그의 시를 읊을 만하다는 점을 말하고 있다. 양경우 바로 앞 세대의 시인들에게서 구사되었던 당풍의 시란 만당풍에 귀속되는 것이 많았다. 양경우는 이러한 시풍을 시의 전범으로 생각하지는 않았지만 당풍이라는 전체적인 흐름의 일부라는 점에서 그 가치를 부분적으로 인정한 것으로 보인다. 인용된 고경명의 말을 통하여 확인할 수 있는 또 하나의 사실은, 문맥상 양경우가 만당풍보다 송시풍을 낮춰보고 있는 고경명의 견해에 동의하고 있다는 것이다.

『청창연담』에서는, 당시나 송시를 각각 배타적으로 선호하는 사람들의 편협한 사고에 대하여 비판하면서, 당시와 송시를 일률적으로

---

63) 梁慶遇, 『霽湖詩話』, "余曰, 蓀谷詩, 出於晚唐, 雖一篇一句可詠, 豈若閣下濃麗富盛乎. 霽峯曰, … 每賦絶句, 不敢以宋人體, 參錯於其間…."

어느 한 쪽만을 좋아하거나 싫어한다고 재단해버릴 것이 아니라 객관적인 관점과 기준으로 대상을 평가해야 한다고 말하고 있다. 당시를 말하는 사람은 송시를 배척하고, 송시를 추구하는 사람은 당시를 높이지 않는 경우가 있는데, 이는 모두 편벽된 사고라는 것이다.[64] 그는 "당 나라가 쇠약해졌을 때에는 어찌 수준 낮은 작품이 없었겠으며, 송 나라가 융성했을 때에는 어찌 뛰어난 작품이 없었겠는가?"[65]라고 하였는데, 당시라고 하여 모두 뛰어난 것은 아니며, 송시라고 하여 모두 수준이 낮은 것은 아니라는 것이다. 그는 당시와 송시 가운데 뛰어난 작품들만 취하면 된다는 논지를 펼치고 있다. 이러한 생각은 만당 및 송의 시를 부분적으로 높이 평가하는 허균의 입장과 서로 통한다. 신흠은 개별 시인의 평가에서 허균과 마찬가지로 중당의 시를 높이 평가하는 모습을 보여주기도 하였다.[66]

『지봉유설』을 살펴보면, 이수광이 성당 시대 작품들의 뛰어난 시적 수준을 인정하면서도, 그 경지에 도달하는 것은 쉽지 않다는 것을 인식하고 있었다는 것을 알 수 있다. 그는 성당 시풍을 작시의 전범으로 삼았던 명대(明代) 전후칠자(前後七子) 가운데 한 사람인 왕세정(王世貞)이 성당을 법으로 삼았으면서도 그 경지에는 이르지 못했다고 논평함으로써 작시를 통해 성당풍을 구현하는 것이 얼마나 어려운가를 보여주었다.[67] 그리고 이수광은 당시의 시구를 모방하였다고 하여 당시풍을 구현했다고 할 수 없고, 당시를 바탕으로 하되 천기(天機)를 얻어 자기만의 방법으로 작시하여 환골탈태(換骨奪胎)하는

---

64) 申欽, 『晴窓軟談』(上), "世之言唐者, 斥宋, 治宋者, 亦不必尊唐, 玆皆偏己."
65) 申欽, 『晴窓軟談』(上), "唐之衰也, 豈無俚譜. 宋之盛也, 豈無雅音."
66) 申欽, 『晴窓軟談』(中), "張芳洲寧詩極逼唐 …… 可置之中唐諸子之列."
67) 李睟光, 「詩」, 『芝峰類說』, "王弇州云, 盛唐之於詩也, 其氣完, 其聲鏗以平, 其色麗以雅, 其意融以無迹. 今之操觚者, 竊元和長慶之餘, 似而祖述之, 氣則漓矣, 意纖然露矣, 歌之無聲也, 目之無色也, 彼猶不自悟悔, 而且高擧闊視曰, 吾何以盛唐爲哉. 余謂此言正中時病, 弇州盖以盛唐爲則, 而亦未至焉者也."

것이 중요하다고 하였다.[68]

    그러므로 이수광이 보기에 반드시 성당 시풍 또는 당시풍을 배우는 것만이 능사가 아니라 각자의 재능과 시적 취향을 고려하여 시 학습을 하는 것이 중요했던 것이다.

    사람의 재주와 천품이 같지 않은 것은 마치 얼굴과 같아서 하나로 개괄하여 논할 수 없다. 배우는 사람은 당·송을 가리지 말고 오직 자기의 본성에 가까운 것을 취하여 배우면 쉽게 성취할 수 있다. 세상에 남을 가르치는 사람은 소견이 각각 달라 서로 헐뜯으면서, 당을 좋아하는 사람은 당을 권하고 송을 좋아하는 사람은 송에 힘쓰게 한다. 배우는 사람의 재주에 말미암지 않고 자기가 좋아하는 바를 하도록 하니 그 성취가 또한 어렵다.[69]

    이수광은 송의 문학적 경향을 배우는 데 소질이 있으면 송의 것을 배우고, 당의 경향에 소질이 있으면 당을 배우면 되므로, 학시(學詩)의 표준을 모든 사람에게 일률적으로 지정할 필요는 없다고 생각하여, 경우에 따라 송시의 학습을 인정할 수 있다는 입장을 취하였다. 가장 훌륭한 시의 경향이 성당풍이기는 하지만 그 경지에 이르는 것이 쉽지 않을 바에는 시인의 개인적 취향과 소질을 고려해야 한다고 본 것이다.

---

68) 李睟光,「詩評」,『芝峰類說』, "崔慶昌李達, 一時能詩者也. 其詩最近唐, 而但作句多襲唐人文字, 或截取全句而用之, 令人齒之, 有若讀唐人詩者, 故驟以爲唐而喜之. 然其得於天機, 自運造化之工, 似少, 若謂脫胎換骨, 則恐未也."

69) 李睟光,「文」,『芝峰類說』, "人之材稟不同, 如其面, 未可以一槪論也. 學者, 無論唐宋, 惟取其性近者而學焉, 則可以易能. 世之敎人者, 所見各異, 互相訾嗷, 喜唐者, 勸之以唐, 嗜宋者, 勸之以宋, 不因其人之材, 而惟己之所好, 其成就也亦難矣."

2. '흥'(興)의 시적 기능에 대한 관심

① 시어의 함축성과 자연스러운 정감 표현 [흥취론]

17세기 전기 시화집의 서술자들은 대체로 시에 풍부한 뜻을 함축하여 자연스럽게 전달하는 것을 중요하게 생각했다. 함의가 풍부하면, 시어는 간결하게 마무리되더라도 여운이 있게 된다.

> 시에서는 말은 끝났어도 뜻은 다하지 않는 것을 귀중하게 여긴다. 배율을 짓는 이들은 뜻이 이미 다 표현되었는데도 오히려 군더더기 말들을 많이 하고 있다. 심한 경우에는 바깥의 온갖 물건을 끌어다가 나란히 엮어 놓아, 마치 밥상에 온갖 음식을 차려놓는 것 같으니, 정말 아무 의미가 없다고 하겠다.[70]

신흠은 근체시 가운데 장편으로 창작되는 배율에서 파생될 수 있는 문제점으로 함축성의 결여를 꼽고 있다. 소재 또는 제재를 다양하게 사용한다고 해서 훌륭한 작품이 될 수 없고, 적절한 시어를 얼마나 긴밀하게 구성하는가 하는 것이 훌륭한 작시의 관건이라고 믿고 있는 것이다. 간결하게 표현하더라도[言盡], 그 시어가 환기하는 의미와 분위기에는 언표화된 것 이상의 미적 감흥과 긴 여운이 담겨 있어야 한다[意不盡]고 보고 있다.

시어에 무한한 뜻을 담을 수 있어야 한다는 논의는 송(宋)의 엄우(嚴羽)가 말한 '언유진이의무궁'(言有盡而意無窮)에서 비롯되었다고 할 수 있다. 엄우는 그의 『창랑시화』(滄浪詩話)에서, 형상이 선명하고 정감과 의미가 깊고 유장하며, 무한한 함축미의 오묘함으로부터 아련

---

70) 申欽, 『晴窓軟談』(上), "詩貴言盡而意不盡. 作排律者, 意已盡而言猶多. 甚者鉤取外邊物色連綴, 如飣飯餖案, 苦無意味."

하게 신운(神韻)이 표출되는 시를 높이 평가하여 성당시(盛唐詩)의 특징으로 삼았다.[71] 다함 없는 미적 감흥을 불러일으키는 시적 성취에 대한 관심은 결국 다음과 같은 엄우의 흥취설(興趣說)로 집약된다고 보아도 무리는 아니다.[72]

> 시에는 별재(別材)가 있으니 책과는 관계가 없고, 시에는 별취(別趣)가 있으니 이(理)와는 관계가 없다. 그러나 많은 독서와 많은 궁리가 없으면 그 지극한 것을 다할 수 없다. 이른바 '이로(理路)에 빠지지 않고 말의 통발에 떨어지지 않는 것'이 최상이다. 시는 성정(性情)을 읊는 것이다. 성당(盛唐)의 제가(諸家)들은 흥취(興趣)에만 뜻을 두어, 영양(羚羊)이 뿔을 걸고 있어 자취를 찾을 수 없는 것과 같다. 그러므로 그 묘처는 투철·영롱하지만 다가갈 수 없는 데 있으니, 마치 공중의 소리, 상(相) 중의 색, 물 속의 달, 거울 속의 형상과 같아서 말은 다함이 있으나 뜻은 다함이 없다. 근대의 여러 사람들은 이에 기이하고 특별하게 이해하여, 마침내 문자로 시를 짓고, 재학(才學)으로 시를 짓고, 의론(議論)으로 시를 지었다. 어찌 공교롭지 않겠는가만은 끝내 옛사람의 시와 달라서, 일창삼탄의 음이라고 하기에는 부족한 점이 있었다.[73]

엄우에게 있어서 시는 독서나 궁리의 차원에서 해결되지 않는 점

---

71) 周勛初, 『中國文學批評小史』, 長江文藝出版社, 1981, p.140.
72) 종영(鍾嶸)도 그의 『시품』(詩品) 「서」(序)에서 부(賦)·비(比)·흥(興)의 개념을 설명하는 가운데, '흥'을 '글자는 다하였으나 뜻은 여운이 있는 것'이라고 정의하여 엄우와 상통하는 의견을 그보다 앞서 제출한 바 있다.("文已盡而義有餘, 興也. 因物喩志, 比也. 直書其事, 寓言寫物, 賦也.")
73) 嚴羽, 「詩辨」, 『滄浪詩話』, "夫詩有別材, 非關書也. 詩有別趣, 非關理也. 然非多讀書, 多窮理, 則不能極其至. 所謂不涉理路, 不落言筌者, 上也. 詩者, 吟詠性情也. 盛唐諸人惟在興趣, 羚羊掛角, 無跡可求. 故其妙處透徹玲瓏, 不可湊泊, 如空中之音, 相中之色, 水中之月, 鏡中之象, 言有盡而意無窮. 近代諸公, 乃作奇特解會, 遂以文字爲詩, 以才學爲詩, 以議論爲詩. 夫豈不工, 終非古人之詩也. 盖於一唱三歎之音, 有所歉焉."

이 있다. 독서와 궁리를 부정하지는 않지만, 시의 본질을 규정하는 요소는 아니라는 것이다. 시는 사람의 성정을 읊는 것이므로 논리적 사유나 언어 형식에 구애되는 것은 좋지 않은 것으로 제시된다.[不涉 理路, 不落言筌] 정감의 비이성적이고 즉각적인 감발작용(感發作用)이 중시되는 것이다.74)

엄우는 이와 같은 시의 본질을 성당시에서 발견하게 되는데, 그것은 '흥취'로 집약된다. 흥취는 시인이 외부 사물로부터 느낌을 받아 촉발되는 정서적 감흥 및 정취를 뜻한다. 이것을 다시 시인의 입장에서 보면 대상으로부터 촉발된 시정(詩情)이라 할 수 있으며, 독자의 입장에서 보면 작품을 읊는 가운데 깊이 느껴지는 운치라고 할 수 있다.75) 흥취에 의지하면 사상이나 언어가 생경하지 않고 자연스럽게 형상화된다.[無跡可求]

시적 형상이 '투철·영롱'하다는 것은 작자의 미적 경험이 조금의 장애도 없이 충분히 전달되어 독자들이 다시 이러한 미적 경험을 체득하게 되는 것을 말한다. 이와 같이 시를 통해 전달되고 시를 매개로 하여 체득하게 되는 미적 경험은 현실 세계의 특정 국면을 지시하는 것으로 이해되어서는 안 된다. 시적 형상화의 결과는 고정된 특정 상황을 가리키는 것이 아니며, 다양하고 풍부한 미감을 경험하게 하는 것으로 보아야 한다. 그래서 '다가갈 수 없다[不可湊泊]'고 하는 것이다.76) 이 모든 것은 성당의 시에서 특징적으로 목도되는 흥취의 효

---

74) 이우정, 「'興趣' 辨析 - 嚴羽 詩論을 중심으로」, 『中國人文科學』 12, 1993, p.326.
75) 周勛初, 『中國文學批評小史』, 長江文藝出版社, 1981, p.139.
76) 陳國球, 「論詩論史上一個常見的象喩-鏡花水月」, 『古代文學理論研究』 第9輯, 上海古籍出版社, 1984. p.222 참조.(嚴羽用 "玲瓏透徹, 不可湊泊" 來描寫盛唐詩的 "妙處"; 其中 "透徹" 可指通透, "玲瓏" 指明晰; 意思說盛唐詩的好處是: 能够將作者的美感經驗毫無窒得的, 充分的傳達, 讓讀者再度休味這分美感經驗. "湊泊" 是聚合, 固定的意思; "不可湊泊" 是說不能將詩當作實際事情的紀錄, 將詩所表現的環景經驗落實于現實世界的某些場景. 이우정, 앞의 논문, p.319에서 재인용.)

능과 직결되어 있으며, 무한한 함축미[言有盡而意無窮]와 미적 감흥의 근원이 된다.

흥취의 기능과 밀착되어 있는 함축성과 무한한 여운에 대한 관심은 이수광의 『지봉유설』에도 확연하게 나타난다. 이수광은 엄우의 논의를 발췌 인용함으로써 그의 흥취론에 적극적인 공감을 표현하고 있다.

> 엄우가 말하기를, "성당의 제공(諸公)은 오직 흥취에 뜻을 두어 자취를 찾을 수 없으니, 공중의 소리, 상(相) 중의 색, 물 속의 달, 거울 속의 형상과 같다."고 하였는데, 잘 형용했다고 할 수 있다.[77]

생경하지 않고 자연스러운 형상화를 촉발하는 흥취를 시의 본질로서 인정한 이수광은 섭몽득(葉夢得)의 논의를 수용함으로써 자신의 입론(立論)을 더욱 강화하게 된다.

> 섭몽득이 말하기를, 시는 본래 사물에 접촉하여 생기는 감흥에 의지하여 성정을 읊조리는 것인데, 세상 사람들은 대부분 조직하고 아로새기는 데에 힘쓰기 때문에, 말이 비록 공교롭다고 하나 담담하고 아무맛이 없어서 시인의 뜻과는 상관이 없다고 하였으니, 이 말이 옳다.[78]

이수광은 '촉물우흥'(觸物寓興)이 시의 본질과 관련된다고 한 섭몽득의 견해를 그대로 받아들였다. 시란 본래 사물에 접하여 생기는 감

---

77) 李睟光, 「詩」, 『芝峰類說』, "嚴儀曰, 盛唐諸公, 有在興趣, 無跡可求, 如空中之音, 相中之色, 水中之月, 鏡中之象, 可謂善形容矣."(인용 원문의 '嚴儀'는 '嚴羽'를 잘못 표기한 것이다. 엄우의 자(字)가 의경(儀卿)인데, 명대(明代) 이후 호응린(胡應麟) 등이 '嚴羽'를 '嚴儀'라고 잘못 쓴 이후로 이를 그대로 따라 쓰는 경우가 있었다. 郭紹虞 主編, 『滄浪詩話 校釋』, 人民文學出版社, 1998, p.1 참조.)

78) 李睟光, 「詩」, 『芝峰類說』, "葉夢得曰, 詩本觸物寓興, 吟詠性情, 而世多役於組織雕鏤, 故言語雖工, 淡然無味, 與人意了不相關, 此言是."

흥으로 시인의 성정을 읊는 것이라는 주장은 앞서 살펴본 엄우의 흥
취론, 즉 "시는 성정(性情)을 읊는 것이다. 성당(盛唐)의 제가(諸家)들
은 흥취(興趣)에만 뜻을 두었다."는 것과 같은 맥락의 언급이라고 할
수 있다. 지나친 수식과 기교에 의지하다 보면, 시인의 의경(意境)을
흥에 의지하여 자연스럽게 표현해야 하는 시의 본질과는 거리를 두
게 된다고 본 것이다. 작시에 있어서 의경과 흥취의 자연스러운 결합
이 얼마나 중요한가에 대해서는 의흥(意興)과 용사(用事)의 대립적
인식을 통해서도 설명되고 있다.

> 당 나라 사람들이 시를 지을 때에는 오로지 의흥을 주로 하는 까닭
> 에 용사가 많지 않다. 송 나라 사람이 시를 지을 때는 오로지 용사를
> 숭상하여 의흥이 적다. 소식과 황정견에 이르러서는 또 불가의 용어를
> 많이 사용하여 새롭고 기이함에 힘썼으나 시격에는 어떠한지 알지 못
> 하겠다. 근세에는 이런 폐단이 더욱 심하여, 한 편 가운데 용사가 반을
> 넘으니, 옛 사람의 글귀를 표절한 것과 차이가 별로 없다.[79]

이수광은, 송시에서 용사가 많이 구사되었던 것과는 달리 당시에서
는 의흥을 중시했던 점에 주목했다. 그는 소식(蘇軾)·황정견(黃庭堅)
이 불교 용어를 많이 사용하여 신기(新奇)함을 살렸으나, 시격(詩格)
에는 큰 소용이 되지 않았다고 보았다. 아울러 이수광 시대에는 용사
가 지나쳐 표절과 다름없는 경우도 있었다고 지적했다. 불교 용어를
많이 사용하여 신기함을 살리려고 의식하는 작시법은 자연스러운 흥
취를 형성하는 것과는 거리가 있다. 불교적 개념의 전달에 중점을 두
고 기이한 표현을 의식하다 보면, 엄우가 흥취의 조건적 요소로 제시

---

79) 李睟光, 「詩」, 『芝峰類說』, "唐人作詩, 專主意興, 故用事不多, 宋人作詩, 專尙用事,
而意興則少, 至於蘇黃, 又多用佛語, 務爲新奇, 未知於詩格如何, 近世此弊益甚, 一
篇之中, 用事過半, 與剽竊古人句語者, 相去無幾矣."

한 '불섭이로(不涉理路), 불락언전(不落言筌)'을 위반하는 격이 되기
때문이다. 이수광은 개념어를 동원하여 시어의 함의를 풍부하게 한다
고 해서 작시의 요건이 충분하게 갖추어지는 것이 아니고, 그 함의가
자연스럽게 형상화되어야 훌륭한 시가 된다고 본 것이다. 그래서 그
는 정(情)·경(景) 또는 의(意)·상(象)이 자연스럽게 형상화되어 자아
내는 흥취라고 할 수 있는 의흥(意興)을 작시에 긴요한 요건으로 규
정하게 된다.[80]

　함축성 있는 어휘의 자연스러운 표현에 대한 이수광의 견해는 다
음의 인용문에서도 거듭 천명된다.

　　　시는 함축(含蓄)·천성(天成)을 높이고 조수(雕鏤)·괴험(怪險)을 낮
　　춘다. 이의산은 아름답지만 부착(斧鑿)이 너무 심하므로 이른바 '7일에
　　혼돈이 죽었다'는 것이요, 이장길은 기이하지만 현환(眩幻)이 너무 심하
　　여 이른바 '낭묘(廊廟)에 쓰기에는 해괴하다'는 것이다.[81]

　이 논의는 송대(宋代) 장표신(張表臣)의 논의[82]와 일맥상통하는 것

----

80) 의흥(意興)의 개념에 대한 이해는, 내용 또는 감정을 가리키는 의(意)와 형상화를
　　위한 표현수법 또는 예술형상을 가리키는 흥(興)의 두 어휘가 합쳐진 것으로 보
　　는 경우와 흥취(興趣)와 유사한 뜻의 단일어휘로 보는 경우의 두 가지로 크게 나
　　뉜다.(이우정, 앞의 논문, p.301 참조.) 필자는 곽소우의 논의를 따르는 바, 그는
　　『창랑시화』의 '사(詞)·리(理)·의흥(意興)'에 대하여 해석하는 자리에서, 의흥은
　　기상에 관계되는 흥취에다 내용까지 겸하고 있는 것이며, 의(意)·상(象) 또는 정
　　(情)·경(景)이 융화하여 주관과 객관이 통일된 개념이라고 이해하고 있다.(郭紹
　　虞 主編, 『滄浪詩話 校釋』, 人民文學出版社, 1998, p.149.; '詞理意興'과 관련한 엄
　　우의 논의는 郭紹虞 主編, 앞의 책, p.148 참조. "詩有詞理意興. 南朝人尚詞而病於
　　理, 本朝人尚理而病於意興, 唐人尚意興而理在其中, 漢魏之詩, 詞理意興, 無跡可
　　求.")
81) 李晬光, 「詩」, 『芝峰類說』, "詩以含蓄天成爲上, 雕鏤怪險爲下. 如李義山佳矣而斧
　　鑿太甚, 所謂七日而混沌死也. 李長吉奇矣而眩幻太甚, 所謂施諸廊廟則駭矣."
82) 宋, 張表臣 『珊瑚鉤詩話』 卷1, "篇章以含蓄天成爲上, 破碎雕鏤爲下. 如楊大年西
　　崑體, 非不佳也, 而弄斤操斧太甚, 所謂七日而混沌死也."(何文煥 輯, 『歷代詩話』

으로서, 함축적 표현의 자연스러운 형성을 강조하고 있다. 자연스럽지 않게 기교로 아로새긴 경우에는 이상하고 어색하게 되기 쉬우며 [怪險], 그것이 구체화된 예가 바로 이의산(李義山)의 부착(斧鑿)과 이장길(李長吉)의 현환(眩幻)이라고 할 수 있다.

허균의 경우에도 엄우의 흥취설과 같은 선상에서 시의 본질을 거론하고 있다. 간결하면서도 함축적이고 여운이 남는 시적 표현을 중시했던 것이다. 다시 한 번 허균의 「송오가시초 서」(宋五家詩鈔序)의 내용을 분석해 보도록 하자.

> 시는 송에 이르러 망했다고 할 수 있다. 망했다는 것은 시의 언어가 망했다는 것이 아니라, 시의 원리가 망했다는 것이다. 시의 원리는 상진(詳盡)·완곡(婉曲)한 데 있는 것이 아니라, 말은 다하더라도 뜻이 계속되는 데에 있다. 비근한 것을 가리키면서도 시취(詩趣)는 멀어 이로(理路)에 빠지지 않고 말의 통발에 떨어지지 말아야 가장 좋은 시인데, 당 나라 시인들의 시가 간혹 이에 가깝다. 송대의 작자들이 많지 않은 것은 아니지만 뜻을 다 드러내기를 좋아하고 용사에만 힘썼으며, 어렵고 까다로운 압운 때문에 스스로 격을 해치고 있다.[83]

허균은 생경한 개념을 조탁된 언어에 담아 시화(詩化)하는 '섭이로(涉理路)·낙언전(落言筌)'의 작법을 바람직하게 여기지 않았다. 앞서 소식과 황정견이 불교 용어를 과도하게 구사하여 신기(新奇)함만 추구했던 것을 이수광이 부정적으로 인식했던 원인이 지나친 용사로

(上), 中華書局, 1997. 및 彭會資 主編, 『中國古典美學辭典』, 廣西敎育出版社, 1991, p.214.)

83) 許筠, 「宋五家詩鈔序」, 『惺所覆瓿藁』 卷4, "詩至於宋, 可謂亡矣. 所謂亡者, 非其言之亡也, 其理之亡也. 詩之理不在於詳盡婉曲, 而在於辭絶意續 指近趣遠, 不涉理路, 不落言筌, 爲最上乘, 唐人之詩, 往往近之矣. 宋代作者, 不爲不多, 俱好盡意, 而務引事, 且以險韻窘押, 自傷其格."

인해 자연스러운 의흥(意興)이 결핍되었기 때문이었다는 것을 살펴보았다. 허균의 경우에는 의흥 및 흥취의 중요성에 대한 인식을 '사절의속(辭絶意續)・지근취원(指近趣遠)'이라는 말에 담아 표현하고 있다. '사절의속・지근취원'은 엄우를 비롯하여 그의 시론을 수용하고 있는 신흠 등의 논의에서 확인되는 '언유진이의무궁'(言有盡而意無窮)과 같은 입장의 논변이다. 시어의 표현은 간결하고 평이하더라도[辭絶・指近], 그 시적 형상화를 통한 풍부한 함의[意續] 및 흥취의 지속성[趣遠]이 확보되어야 한다고 보았다.[84] 자구(字句)는 서로 연결이 되지 않는 것 같으면서도 뜻은 서로 잘 통하여 읽는 데 아무런 방해가 되지 않고 오히려 특별한 흥취를 느낄 수 있을 때, 좋은 시로서 인정받는 것이다.[85] 반대로, 시어에 언표된 것 이상의 뜻을 확보하지 못하고[盡意], 용사에만 치중하며[務引事], 억지로 압운을 맞추려고 한다면[以險韻窘押] 시격(詩格)이 손상되어 자연스러운 흥취가 사라지게 되므로, 좋은 시로 평가받지 못하게 된다.[86]

---

84) 「宋五家詩鈔序」의 내용을 함축성과 여운에 입각하여 거론한 선행연구로는, 박영호의 「許筠 시론 연구」(『한국한문학연구』 제17집, 한국한문학회, 1994.)가 있다. 허균은 당시(唐詩) 절구(絶句)의 시적 성취를 언급하는 자리에서도 '그 말은 짧지만 뜻은 심원하다'(其言短而旨遠)고 하여 시어의 간결하고 함축적인 표현에 대하여 강조하였다.(許筠, 「題唐絶選刪序」, 『惺所覆瓿藁』 卷5.) 이러한 논의는 명대(明代) 전후칠자(前後七子)의 대표적 인물인 하경명(何景明)의 입장과도 상통한다.(「與李空同論詩書」, "僕嘗爲詩文有不可易之法者, 辭斷而意屬, 聯類而比物也." 周勛初, 앞의 책, p.155에서 재인용.)

85) 周勛初, 위와 같은 곳.

86) 허균은 엄우의 '별취(別趣)・별재(別材)'설을 바탕으로 하여 천기(天機)의 운용를 강조하기도 하였다.(許筠, 「石洲小稿序」, 『惺所覆瓿藁』 卷4, "或以汝章少學力乏元氣, 當輸佔畢一着, 是尤不知詩道者. 詩有別趣, 非關理也, 詩有別材, 非關書也. 唯其於弄天機奪玄造之際, 神逸響亮, 格越思淵, 爲最上乘. 彼蘊蓄雖富, 譬猶談敎漸門, 豈敢卽臨濟以上位耶.")

② '흥'의 규풍적(規諷的) 기능

17세기 초의 시화서술자들에게는 흥(興)의 본질로서 외물에 감응하여 유발되는 자연발생적 정취, 즉 흥취의 속성이 강조되기도 했지만, 규풍적(規諷的) 특징도 흥의 또 다른 본질로 인식되었다. 한대(漢代)에 정현(鄭玄)이 부(賦)·비(比)·흥(興)에 대한 설명을 할 때, '비'는 풍자를, '흥'은 찬미를 다른 일에 빗대어 표현하는 방법이라고 주장하였는데[87], 같은 자리에서 '興者, 托事於物.'이라는 정중(鄭衆)의 흥 개념이 소개되면서 흥에 대한 논의가 다양화될 수 있는 계기가 마련되었다. 외물에 어떤 일을 의탁하여 표현한다는 것은[托事於物], 단순히 외물에 의탁하여 정서를 감발시킨다는 것으로 해석될 수도 있고, 어떤 사항을 풍자할 때 외물에 의탁하여 은근하게 표현한다는 의미로 해석할 수도 있기 때문이다.

유협(劉勰)은 흥에 대한 전대(前代)의 이론을 포괄적으로 수용하여, 『문심조룡』(文心雕龍) 「비흥」(比興) 편에서 '興者, 起也.', '起情者, 依微以擬議.', '起情, 故興體以立.', '興則環譬以託諷.'이라는 서술을 통해 흥의 개념을 설명하였다.[88] 흥의 본질은 정감을 일으키는 것이고, 정감을 일으킨다는 것은 은미(隱微)한 것에 의지하여 뜻을 표현하는 것으로 보고 있다. 그리고 더 나아가 완곡한 비유를 통해 풍자하는 것을 흥이라고 정의하였다. 결국 흥은 정감의 표현이며, 정감의 표현 방법은 은미함과 완곡함이며, 표현된 내용에는 풍자의 뜻이 담길 수 있다는 설명이다.

---

87) 『周禮』 「春官·太師」의 鄭玄 注, "賦之言鋪, 直鋪陳今之政敎善惡, 比見今之失, 不敢斥言, 取比類以言之, 興見今之美, 嫌于媚諛, 取善事以喩勸之."

88) 『文心雕龍』 「比興」편의 관련 원문은 다음과 같다. "詩文弘奧, 包韞文義, 毛公述傳, 獨標興體, 豈不以風通而賦同, 比顯以興隱哉. 故比者, 附也. 興者, 起也. 附理者, 切類以指事, 起情者, 依微以擬議. 起情故興體以立, 附理故比例以生. 比則蓄憤以斥言, 興則環譬以託諷. 蓋隨時之義不一, 故詩人之志有二也."

시의 규풍적 기능에 대한 논의의 시원(始原)에는 대체로 『시경』(詩經)의 시(詩)가 위치한다. 특히 『모시』(毛詩) 「대서」(大序)에서 『시경』 「국풍」(國風)의 풍자적 기능에 주목한 이래,[89] 시를 통해 풍자가 적절하게 이루어지도록 하는 것이 시의 본질 가운데 하나로 인식되었던 것이다.

　　양경우는 『제호시화』에서 두보의 시에 시대를 풍자하는 정신이 담겨있는 점이 다른 시인들에 비해 두보가 훌륭하게 평가될 수 있는 이유로 꼽힐 수 있다고 보았다.

　　　　두보의 시는 그 시어의 의미가 매우 엄절(嚴絶)하므로 향렴체가 없다. 「여인행」(麗人行)은 그 시대의 일을 풍자하여 읊은 데서 나왔으므로 「국풍」의 뜻이 있다. 그 밖에 '가인'(佳人)을 언급한 경우에는 시구를 문식(文飾)하였을 따름이니, 만당 및 송대 시인들이 섬교(纖巧)하게 정을 담은 시어를 지은 것과는 다르다. 이백의 시는 흐드러져서 아녀자를 언급한 경우가 많은데, 이러한 것을 옛 사람들은 취하지 않았다. 한유의 시에도 규정(閨情)을 읊은 것이 없고, 다만 「진주도」(鎭州道) 등 몇 수의 절구만 있을 뿐이다.[90]

　　양경우는 '가인'(佳人)을 소재로 삼은 두보의 시를, 만당(晩唐)이나 송(宋)의 섬세하게 기교만 부린 나약한 시 및 단순하게 규정(閨情)을 읊은 이백의 시와 대비하여 긍정적으로 부각시켰다. 두보의 시는 가인을 소재로 하였다 하더라도 여인들의 신변잡사(身邊雜事)를 묘사하는 향렴체에서 그치지 않고 시대를 풍자하는 뜻이 담겨 있다는 것이다. 이는 곧 『시경』 「국풍」의 정신을 구현한 것이라고 평가했다. 두

---

89) "上以風化下, 下以風刺上, 主文而譎諫, 言之者無罪, 聞之者足以戒, 故曰風."
90) 梁慶遇, 『霽湖詩話』, "杜陵之詩, 其語意矜嚴絶, 無香奩體. 麗人行則出於諷詠時事, 有國風之義. 其餘或擧佳人者, 以文詩句而已, 不如晚唐及宋人作纖巧留情之詞. 李白詩蕩, 故多言婦人, 此古人不取也. 韓公詩亦無閨情, 但鎭州道數首絶句而已."

보의 시는 여인을 묘사하는 것이 주된 목적이 아니고, 그렇다고 어떤 일을 직접적으로 비판·풍자하는 것을 의도하지도 않았으며, 여인을 소재로 삼아 비판정신을 간접적으로 표현해 냈다고 본 것이다. 넌지시 간(諫)하는 '휼간'(譎諫)으로서의 풍자라고 할 수 있다. 이것은 완곡하고 은근한 비유를 통해 풍자하는 유협(劉勰)의 흥(興) 개념과 맞닿아 있다.

양경우가 흥의 풍유적 기능을 시의 본질로 이해하고 있었다는 점은 그 당시 문인들과도 시론적 공분모를 형성하는 내용이었다. 이는 허균과 권필(權韠)의 시론적 주장을 통해 확인된다. 먼저 허균의 주장을 살펴보자.

> 당 나라 시인의 오언·칠언 절구 가운데 판각되어 전하는 것이 대체로 1만 수 정도인데, 그 말은 짤막하나 뜻은 심원하고, 그 수사는 화려하되 넘치지 않고, 바른 말은 뒤집은 듯하고, 무심코 하는 말도 법도가 있는 듯하여, 바른 위치를 범하지도 않고, 말의 통발에 떨어지지도 않았으며, 풍간을 머금고 흥에 의지하여, 풍자하고 기롱한 것은 중도를 얻었다. 그것을 읽으면 사람으로 하여금 거듭 감탄하게 하니, 진실로 「국풍」의 여음을 간직하여 『시경』 3백 편과 거리가 가장 가깝다.[91]

앞에서도 논하였듯이 이 글에는 '말은 짤막하나 뜻은 심원한' 당시(唐詩) 절구(絶句)의 특징을 먼저 언급하고 있다. 이 말은 함축성과 여운을 수반한 자연스러운 정서의 환기라는 '흥'의 면모가 당시 절구에서 두드러지게 포착된다는 뜻으로, 엄우의 흥취설에서 거론되는 '언유진이의무궁'(言有盡而意無窮)과 동궤(同軌)를 이룬다. 허균은 또

---

91) 許筠, 「題唐絶選刪序」, 『惺所覆瓿藁』 卷5, "唐人五七言絶句, 梓而傳, 凡萬首, 其言短而旨遠, 其辭藻而不靡, 正言若反, 卮言若率, 不犯正位, 不落言筌, 含諷托興, 刺譏得中, 讀之, 令人三歎咨嗟, 眞得國風之餘音, 其去三百篇爲最近."

한 당시 절구의 다양한 특장(特長)을 언급하고, 결론적으로 '함풍탁흥(含諷托興), 자기득중(刺譏得中)'을 말하고 있다. 규풍(規諷)의 뜻을 머금고 흥의 기법에 따라 풍자·기롱하여 중도를 얻었다는 것은, 직설적이지 않고 완곡하게 간하는 휼간의 정신 때문에 시를 읊는 사람에게 죄가 씌워지지 않고, 듣는 사람도 거리낌없이 받아들여,[92] 시가 모두에게 합당하게 기능했다는 말이다. 이는 곧 「국풍」을 비롯한 『시경』의 뜻이 잘 구현되어 시의 전범이 될 수 있음을 의미하는 것이다. 이와 같이 허균은 『시경』 이후의 시사(詩史)에서, 자연스러운 정감표현과 관련된 흥취와 더불어 흥의 풍자적 기능이 잘 표현된 시를 좋은 시의 전범으로 삼았다.

17세기 초, 흥의 규풍적 기능이 강하게 피력된 사건이 있었다. 석주(石洲) 권필(權韠)이 왕의 외척을 비난하는 마음에서 「궁류」(宮柳) 시를 지었다는 의혹을 입고 광해군에게 친국(親鞫)을 당할 때, '탁흥규풍'(托興規諷)이라는 전통적인 작시 방법에 따라 조정의 신하들을 풍자하기 위해 지은 것이라고 해명한 것이다.

> 권필이 공초하기를, "임숙영이 전시(殿試)의 대책(對策)에서 미치광이 같은 말을 많이 했으므로 신이 이 시를 지은 것인데, 대의(大意)는 '좋은 경치가 이와 같고 사람마다 뜻을 얻어 잘 노닐고 있는데 숙영이 포의(布衣)로서 어찌하여 이런 위험한 말을 한단 말인가.'라는 것이었습니다. 옛날의 시인들은 흥을 가탁하여 풍자한 일이 있었기 때문에 신이 이를 모방하여 지으려 한 것입니다. 숙영이 포의로서 이처럼 과감하게 말하는데 조정에서는 바른 말을 하는 사람이 없었기 때문에 이 시를 지어 제공(諸公)들을 풍자함으로써 면려되는 바가 있기를 바란 것입니다."라고 하였다.[93]

---

92) 주 89)의 『毛詩』 「大序」 내용 참조.
93) 『光海君日記』 卷52, 4년 壬子 4월 2일, "韠供云, 任叔英殿策多發狂言, 臣作此詩,

권필은 풍자의 대상이 왕의 외척이 아니라 조정의 신하들이라고 변론하였을 뿐, 풍자하였다는 사실까지 부인하지는 않았다. 권필의 '탁흥규풍'은 허균의 '함풍탁흥(含諷托興), 기자득중(刺譏得中)'이라는 평어와 같은 맥락이다. 권필은 자신의 기자(譏刺)가 중도를 얻어 궁극적인 독자들이라고 할 수 있는 신하들이 면려(勉勵)되기를 바랐으나, 결국 왕의 심사를 거슬러서 필화(筆禍)로 귀결되고 만 것이다. 요컨대 양경우·허균 등 17세기 시화집의 서술자들과 그 당시의 사단(詞壇)은 규풍적 성격을 흥의 중요한 기능으로 인식하고 있었다고 할 수 있다.

3. 시와 인생의 연관성 논의

① 궁달론(窮達論)

17세기 초 시화집의 서술자들은 시인의 삶이 시의 창작에 미치는 영향에 대하여 진지하게 생각하였다. 특히 궁달(窮達) 즉 곤궁한 삶이나 영달한 삶이 시인의 작시 과정에 어떠한 영향을 미치는가, 또는 역으로, 시인의 시적 능력이 시인의 궁달에 어떠한 영향을 미치는가 하는 점에 대하여 저마다 시화를 통해 의견을 제시하고 있다. 곤궁한 삶이란 정치적·사회적으로 자신의 뜻을 펼치지 못하는 처지에 있거나, 경제적으로 궁핍한 경우를 의미하며, 영달 또는 현달한 삶은 정치·사회·경제적으로 위축되지 않는 넉넉한 삶을 의미한다고 보면 된다. 17세기 초의 시화 서술자들은 시인의 개인적·사회적 환경이 시의 창작과 어떤 방식으로든 연루된다는 점에서는 의견이 일치하고

大意, 好景如此, 人人得意而行, 叔英以布衣, 何爲如此危言乎. 大抵古之詩人, 有托興規諷之事, 故臣欲倣此爲之. 以爲叔英以布衣, 敢言如此, 而朝廷無有直言者, 故作此詩, 規諷諸公, 冀有所勉勵矣."

있으나, 구체적인 연계 방향에 대한 인식에는 편차를 보이고 있다.

시인이 처한 환경, 즉 궁달과 시적 성취의 관계가 문인들의 비평 대상으로 굳건한 자리를 차지할 수 있었던 데에는, 시인이 곤궁한 상황을 겪고 나면 시가 훌륭해진다고 하는 송대(宋代) 구양수(歐陽修)의 '시궁이후공'(詩窮而後工)에 대한 논의가 그 단초로 작용했다. 그러므로, 17세기 시화서술자들이 펼친 시와 궁달의 관계에 관한 논의를 올바르게 이해하기 위해서는 먼저 구양수의 시궁이후공론(詩窮而後工論)을 검토할 필요가 있다.

> 내가 듣기로는, 세상 사람들이 시인은 현달한 사람이 적고 곤궁한 사람이 많다고 하는데, 어째서 그런가? 대체로 세상에 전해지는 시는 과거의 곤궁한 사람들의 말에서 나온 것이 많기 때문이다. 선비들 가운데 자신이 지닌 바를 품은 채 세상에 펼치지 못하는 경우에는 대부분 스스로 산마루와 물가를 방랑하기를 좋아하여, 밖으로 충어(蟲魚)·초목(草木)·풍운(風雲)·조수(鳥獸)의 모습을 보고 간혹 그 기괴함을 탐색하기도 하고, 안으로 우사(憂思)·감분(感憤)이 쌓이면, 그것이 원망과 풍자로 흥기(興起)하여, 떠도는 신하와 과부의 탄식으로 표현함으로써, 말로 하기 어려운 인정(人情)을 쏟아내니, 대개 더욱 곤궁할수록 더욱 공교로워진다. 그러므로 시가 사람을 곤궁하게 만드는 것이 아니라 곤궁한 뒤에 시가 공교로워지는 것이다.[94]

구양수는 세상에 전해지는 훌륭한 시들이 대부분 곤궁한 시인들에게서 나왔기 때문에, 사람들이 일반적으로 시인 가운데 곤궁한 사람

---

94) 歐陽修,「梅聖兪詩集序」,『文忠公集』卷42,『四庫全書』제1102책, 여강출판사 영인, "予聞世謂詩人少達而多窮, 夫豈然哉. 蓋世所傳詩者, 多出於古窮人之辭也. 凡士之蘊其所有而不得施於世者, 多喜自放於山巓水涯, 外見蟲魚草木, 風雲鳥獸之狀類, 往往探其奇怪, 內有憂思感憤之鬱積, 其興於怨刺, 以道羈臣寡婦之所歎, 而寫人情之難言, 蓋愈窮則愈工. 然則非詩之能窮人, 殆窮者而後工也."

이 많다는 결론을 내린다고 보았다. 그렇다고 시인은 곤궁한 삶을 살게 마련이라거나, 시가 사람을 곤궁하게 만든다고 생각하는 것은 옳지 않다고 보았다. 반대로, 그는 시인의 곤궁한 삶이 훌륭한 시의 산출로 이어지는 것으로 이해했다.

구양수의 말을 살펴보면, 곤궁한 시인이란 '자신이 지닌 바를 품은 채 세상에 펼치지 못하는' 선비라고 볼 수 있다. 이 글은 매성유(梅聖俞)의 시집에 대한 서문인데, 구양수는 매성유가 조정에 천거되었다면 조정을 위하여 능력에 걸맞는 시작활동을 했을 텐데 천거되지 않아서 그의 시재를 충분하게 발휘할 수 없었다고 하였다.[95] 매성유가 정치적인 입지를 확보할 수 없었던 것을 매성유의 곤궁이라고 이해한 것이다.[96]

구양수는 저마다의 이유로 자신의 뜻을 펼치지 못하고 실의한 사람들이 할 수 있는 일을 크게 두 가지로 구분하고 있다. 첫째는 대부분의 실의한 사람들은 산수(山水)를 돌아다니며 자유롭게 지내기를 좋아한다는 것이다. 그들은 충어(蟲魚)·초목(草木)·풍운(風雲)·조수(鳥獸)와 같은 자연물을 관찰하면서 종종 그 자연물에 담긴 특징적 국면을 찾아내는데[探其奇怪], 여기서 '기괴'(奇怪)라는 것은 평소에 실의를 경험하지 못했을 때에는 눈에 띄지 않았을 자연의 내재적 국면에 해당한다고 볼 수 있다. 자연에 집중적으로 관심을 돌릴 기회가 주어졌기에 비로소 자연물의 독특한 내재적 원리에 대한 이해가 평

---

95) 위의 글, "昔王文簡公, 嘗見而歎曰, 二百年無此作矣. 雖知之深, 亦不果薦也. 若使其幸得用於朝廷, 作爲雅頌, 以歌詠大宋之功德, 薦之淸廟, 而追商周魯頌之作者, 豈不韙歟."

96) 매성유에게는 정치적인 입지를 확보하지 못한 것이 곤궁함[窮]에 해당하겠지만, 고전문학론에서 여타의 비평가들이 말하는 '궁'(窮)에는 여러 사회적 이유로 겪게 되는 '정신적 고뇌와 아울러 일상적 생활 속에서 직면한 경제적 곤궁'의 뜻도 들어 있는 경우가 있다.(우응순, 「조선 중기 '詩窮而後工'論의 양상과 성격」, 『한국한문학과 유교문화』, 아세아문화사, 1991, p.303.)

소보다 더욱 절실하게 이루어질 수 있는 것이다. 둘째로, 실의한 시인은 자신의 내적 상태에 귀를 기울이고, 그것을 언어 즉 시로 표현해낸다고 하였다. 근심스러운 생각과 감격, 울분의 마음이 누적되어 있을 경우, 그것을 원망 및 풍자의 방법으로 촉발시키게 되며, 떠도는 신하나 홀몸이 된 아낙네의 탄식에 실어 표현하는 것이다. 이 때 시인은 평소라면 말로 표현하기 어려웠을 사람의 정서를 형상화할 수도 있게 된다. 여기서 원망과 풍자의 방법으로 감정을 촉발한다[興於怨刺]는 것은 앞서 17세기 시화서술자 및 시인들의 시론가운데 하나로 규정한 '탁흥규풍'(托興規諷)의 내용과 맞닿는 내용이다. 즉 구양수는 궁사(窮士)가 탁흥(托興)의 방법에 기대어 자신의 심적 상태를 적절하게 형상화는 것으로 해석했다고 할 수 있다.

구양수에게 있어서 실의한 궁사가 훌륭한 시를 창작할 수 있는 중요한 열쇠가 될 수 있었던 것은 자연과 자신에 대한 '집중적'인 생각이다.

> 뜻을 펴지 못하는 사람의 경우에는 곤궁하게 은거하면서 위축되어 지내면서 괴로운 마음으로 크게 염려하고 매우 정밀하게 생각하여, 감격(感激)·발분(發憤)한 것이 있어도 세상에 펼치지 못했던 것들을 모두 글로 써내는 것이다. 그러므로 곤궁한 사람의 말이 공교롭기 쉽다고 하는 것이다.97)

외적으로 자연을 체험하고, 내적으로 자신의 정서 상태에 귀를 기울일 기회를 많이 갖게 된 실의(失意)의 시인은 '괴로운 마음으로 크게 염려하고 매우 정밀하게 생각'하게 되는 것이다. 현상에 대한 집

---

97) 歐陽修,「薛簡肅公文集序」,『文忠公集』卷44,『四庫全書』제1102책, "至於失志之人, 窮居隱約, 苦心危慮, 而極於精思, 與其有所感激發憤, 惟無所施於世者, 皆一寓於文辭. 故曰窮者之言易工也."

중적인 탐구[精思]⁹⁸⁾의 결과가 앞에서 말한 '흥어원자'(興於怨刺)⁹⁹⁾와 결합하여 궁극적으로 평소에는 이루기 힘들었던 '탐기기괴'(探其奇怪)·'사인정지난언'(寫人情之難言)이라는 결과를 내놓을 수 있는 것이다. 이렇게 하여 구양수가 말하는 공교로운 시 또는 훌륭한 시가 창작되는 것이다. 이것이 구양수가 말하는 '시궁이후공'론의 대략적인 얼개이다. 따라서 실의한 시인의 작시 과정을 요약하면, '곤궁함[窮] → 정사(精思)·탁흥원자(托興怨刺) → 탐기기괴(探其奇怪)·사인정지난언(寫人情之難言) → 훌륭한 시[工]'의 도식으로 표현할 수 있다.

구양수의 '시궁이후공'론은 허균에게도 적극적으로 수용된다. 구양수가 정치적으로 득의하지 못한 매성유의 처지를 '궁'의 의미로 사용하여, 그 처지가 시의 창작에 어떠한 영향을 미치는가를 분석하였듯이, 허균도 역대 문인의 정치적 불운이나 실의의 예를 제시하면서,

---

98) '정사'(精思)는 서복관(徐復觀)이 말하는 정서의 '침잠'(沈潛)과 유사한 의미를 지닌다. 서복관은 사람들의 감정은 아래로 침잠하는 가운데 비로소 그 찌꺼기가 여과·순화되어 진실되고 순수해지므로, 아래로 가라앉는 성향이 있는 슬픔 및 고통의 정서가 '성정지진'(性情之眞)을 얻기 쉽다고 보았다. 그리고 시경시(詩經詩) 이후로 시에서 노인(勞人)·사부(思婦)·천객(遷客)·이인(離人)의 말이 순수한 감정을 실어 그 때 그 때 '성정지진'을 표현하는 경우가 종종 있으며, 그 '성정지진'이 다른 사람들에게도 공감을 줄 경우, 시인 자신만이 아니라 일반적인 사람들의 보편적 본성에 부합하여 보편성과 사회성을 확보함으로써 '성정지정'(性情之正)과 만나게 되는 바, 이것이 바로 훌륭한 시이며, '시궁이후공'(詩窮而後工)은 이러한 원리를 일컫는 것이라고 하였다. 서복관은 구양수와 달리, '궁'(窮)을 곤궁한 상태라고 보지 않고, 곤궁한 처지의 시인이 '침잠'하여 정서를 순화하고 다른 사람들도 공감하는 '성정지진'을 얻는 과정을 총체적으로 '궁'이라고 본 것이다. 그러나 구양수와 서복관 두 사람 모두 여과 또는 정련된 정신상태의 의미를 지니는 '정사'나 '침잠'을 훌륭한 시의 창작을 위한 선결 요건으로 보았다는 점에서 '시궁이후공론'(詩窮而後工論)의 해석상의 공통점을 지닌다. (徐復觀,『中國文學論集』, 臺灣 學生書局, 1985, p.88-90 참조.)

99) '흥어원자'(興於怨刺)의 원인 및 계기로 작용하는 것은「梅聖兪詩集序」의 '우사감분지울적'(憂思感憤之鬱積) 또는「薛簡肅公文集序」의 '감격발분'(感激發憤)이라고 할 수 있으며, 나아가 '감격발분'은 곤궁함에서 비롯된 것이라고 보면 무방할 것이다.

그러한 개인적 환경이 문인들의 시 창작에 필연적인 영향을 미친다
는 점을 강조하였다.

> 근대의 관각문인 가운데 아계 이산해가 가장 뛰어났는데, 그의 시는,
> 초년에 당시(唐詩)를 본받고 만년에 평해로 귀양을 가서 비로소 그 지
> 극함을 이루었으며, 제봉 고경명의 시도 한가롭게 관직을 멀리하고 지
> 낼 때의 작품에서 크게 진보했음을 느낄 수 있으니, 이로부터 문장은
> 부귀영요(富貴榮耀) 속에 있는 것이 아니라, 험하고 어려운 일을 잇따
> 라 겪으며 강산의 도움을 얻은 뒤에 오묘한 경지에 들어갈 수 있다는
> 것을 알 수 있다. 어찌 이 두 분만 그러하겠는가? 옛 사람이 모두 그러
> 하니, 유종원이 유주로 쫓겨난 것과 소동파가 영외로 좌천된 예에서도
> 살펴볼 수 있다.[100]

허균은 이산해가 평해에 귀양갔을 때 시적 성취가 지극한 경지에
이르렀으며, 고경명도 관직을 떠나 생활을 하면서 시적 발전을 이룩
했다고 하였으며, 중국의 유종원 및 소식도 그러한 경우에 해당되는
인물로 거론하였다. 이와 같이 허균은 개별적인 사실들을 종합함으로
써, 부귀영화가 좋은 작품의 요건이 되기에는 부적합하며, 험난하고
어려운 상황을 경험한 뒤라야 작품이 오묘함을 얻을 수 있다고 생각
하였다. 그러나 그가 곤궁함을 겪는 것 하나만을 창작과정에서 중요
하게 생각했던 것은 아니다. 문인·학자들이 정치적으로 어려움을 겪
고 파직 또는 좌천되면서, 바쁜 관직생활 중에는 깊은 관심을 기울이
기 어려웠을 자연에 대하여 비로소 시선을 집중하게 되고, 이 과정에
서 문인·학자들은 자연으로부터 창작상의 도움을 얻을 수 있다고

---

100) 許筠, 『惺叟詩話』, "近代館閣李鵝溪爲最, 其詩, 初年法唐, 晚謫平海, 始造其極,
而高霽峰詩, 亦於閑廢中, 方覺大進, 乃知文章不在於富貴榮耀, 經歷險艱, 得江山
之助, 然後可以入妙. 豈獨二公. 古人皆然, 如子厚柳州, 坡公嶺外, 可見也."

생각하였다. 구양수의 시궁이후공론에서도, 자연으로부터 창작상의 도움을 얻는다는 허균의 말이 무엇을 의미하는가에 대한 단초를 엿볼 수 있을 것이다. 위에서 서술한 바와 같이, 구양수는 곤궁한 처지의 시인들이 '충어(蟲魚)·초목(草木)·풍운(風雲)·조수(鳥獸)의 모습을 보고 왕왕 그 기괴함을 탐색'하게 된다고 하였다.[101] 평소에는 감지하지 못했던 자연물들의 내적 원리를 찾아내어 시화(詩化)할 경우, 시의 내용과 표현 방법이 한층 더 성숙하게 된다는 의미로 해석할 수 있다.

유협도 『문심조룡』에서, 시경시(詩經詩)와 초사(楚辭)는 자연물의 핵심을 간파하고 있기 때문에 더없이 훌륭한 것이며[102], 굴원이 시경시와 초사의 정취를 통찰하고 있었던 것도 자연의 도움에 힘입은 것[103]이라고 하여, 자연의 도움[江山之助]이 원숙한 시적 성취를 위한 요건임을 밝힌 바 있다.[104] 자연미의 진수를 파악하여 예술미로 승화시켰을 때 훌륭한 작품이 될 수 있다는 것이다.[105] 허균은 훌륭한 시인들이 어려운 사회 환경을 접하게 될 경우, 이러한 자연의 원리를 터득하여 시에 반영할 수 있다고 생각하였으니, 곤궁한 생활이 시인을 자연미에 대한 참된 이해, 나아가 오묘한 시적 성취로 이끌고 간다고 본 것이다.[106] 영물(詠物)을 통하여 자연의 원리와 아름다움

---

101) 주 94) 참조.
102) 劉勰, 「物色」, 『文心雕龍』, "且詩騷所標, 兵據要害, 故後進銳筆, 怯於爭鋒."(郭紹虞·羅根澤 主編, 『文心雕龍註』, 人民文學出版社, 1998, p.694)
103) 유협, 「物色」, 『文心雕龍』, "然屈平所以能洞監風騷之情者, 抑亦江山之助乎."(앞의 책, p.695.)
104) 유협의 '江山之助'에 대한 논의는 청초(淸初)의 왕사정(王士禎)도 공감하고 있었던 것으로 확인된다.(「東渚詩序」, "遠觀六季, 三唐作者, 篇什之美, 大約得江山之助與田園之趣者, 什者六七.", 吳調公, 『神韻論』, 人民文學出版社, 1991, p.247에서 재인용.)
105) 앞의 책, p.247.
106) 조선 중기 유산기(遊山記) 연구를 통하여, 곤궁한 삶에 처했을 때 진정한 산수의 즐거움을 알 수 있다고 한 조선 중기 문인들의 입장을 구명한 성과가 있다.

을 표현할 수도 있겠고, 등가적 원리에 따라 시인의 마음을 자연과 연결함으로써 시인의 심리 상태를 완곡하게 표현하는 탁흥규풍의 방법을 구사할 수도 있는 것이다. 이수광도 시인의 곤궁한 처지로부터 훌륭한 시를 창작할 수 있는 동력이 제공된다고 하는 점에서 원칙적으로 구양수와 허균의 '시궁이후공'론과 일치하는 주장을 하였다.

> 혹자는 말하기를, "시는 반드시 전공한 후에야 공교로워진다. 그러므로 시를 잘하는 이는 한고(寒苦)·곤액(困厄)한 가운데서 나오는 일이 많다. 예컨대, 당 나라의 이백(李白), 두보(杜甫), 맹호연(孟浩然), 맹교(孟郊), 가도(賈島), 노동(盧仝) 등이 바로 한고(寒苦)한 사람들이었다." 고 한다.107)

그는 특히 시는 반드시 전공한 뒤에야 훌륭해진다는 '시필전이후공'(詩必專而後工)의 논의에 공감을 표하였는데, 전공한다는 것은 '한고(寒苦)·곤액(困厄)'한 사람이 시에만 집중하는 경우를 가리키는 것이다. 여기에서 '전'(專)의 의미는, 곤궁한 시인은 생각을 집중할 수 있는 시간을 가질 수 있다고 하여 창작의 중요한 동인(動因)으로서 구양수가 강조한 '정사'(精思)의 개념과 일치한다고 할 수 있다. 이백·두보·맹호연·맹교·가도·노동 등이 바로 한고한 삶을 살았기 때문에 시에 전념하여 훌륭한 작품을 남긴 사람들이라고 본 것이다.

이와 같이 작시 활동에서 '전'(專)을 중시하는 논의에 동의한 이수광은 우리나라 시인 가운데 이행·김안국·신광한·정사룡·임억령·노수신·백광훈·이달·차천로 등 귀양살이를 했거나 한고한 생활을 해야 했던 인물들을 예시하였다.108) 이수광은 이러한 개별적인 사실

(이혜순 외, 『조선 중기의 유산기 문학』, 집문당, 1997, p.25)

107) 李晬光, 「詩藝」, 『芝峰類說』, "或曰, 詩必專而後工, 故爲工者, 多出於寒苦困阨之中. 如唐之李翰林杜工部孟襄陽東野賈浪仙盧玉川, 乃寒苦者也."

로부터 귀납하여, 시인들의 곤궁한 생활 환경이 필연적으로 '전'을 수반하여 '공'(工)하게 된다고 말하게 된다. 그러나 생활 환경과 작시 성과의 관계에 있어서, 시인의 곤궁함이 시를 잘 짓는 원인이 된다는 점은 인정하지만, 이와 반대로 시인의 시적 재능이 곤궁함을 유발하는 원인은 될 수 없다는 것이 이수광의 생각이다.[109] 이 또한 구양수의 생각과 일치하는 것이다.

이수광은, 시인의 몸이 궁액하게 되는 것은 하늘이 시인을 도우려고 하기 때문이라고 하여 곤궁(困窮)·궁액(窮阨)의 의미를 긍정적·적극적으로 해석하였다.

> 또 하늘이 이 사람들에게 만약 도움을 준다면, 그들의 몸을 궁액(窮阨)하게 하여, 그들이 할 수 없던 것에 보탬이 되도록 할 것이다. 만약 그들의 곤궁이 심하지 않았다면, 분명히 이와 같이 공교롭게 되지는 못했을 것이다. 한유가 곤궁함을 보내려 했던 것도 또한 우활한 행동이다.[110]

사람은 어려움을 극복하는 과정에서 평소라면 하지 못했을 법한 일들을 해내기도 한다. 시인도 곤궁에 처하게 되면, 구양수가 말한 바와 같이 사물의 오묘한 이치를 더욱 잘 궁구할 수 있기 때문에[探其奇怪], 이에 근거해서 살펴볼 경우, 곤궁이 궁극적으로 시작활동에 도움이 된다고 하는 이수광의 말은 옳다. 이수광은 시인의 불우함이 시인 자신의 잠재적 창작력을 고취시킨다고 본 것이다.[111]

---

108) 앞의 글, "以近世言之, 李容齋金慕齋申企齋鄭湖陰林石川盧蘇齋, 或久於竄謫, 或久於閑退. 白光勳車天輅, 皆出於寒苦."

109) 앞의 글, "古今如此者, 難以悉擧. 是則惟窮者能工, 非詩之能使人窮也."

110) 앞의 글, "且天於是人, 若或和之, 窮阨其身, 增益其所不能. 向使其窮不甚, 必不如是之工也. 韓愈之送窮, 其亦疎矣."

111) 우응순, 「조선 중기 '詩窮而後工'論의 양상과 성격」, 『한국한문학과 유교문화』,

구양수의 '시궁이후공'론을 수용한 허균과 이수광은 시인의 외적 환경이 시인의 정신활동을 규율하여 시인이 지니고 있는 잠재적 창작 능력을 고취하는 역할을 한다고 하는 환경결정론적 창작이론을 형성하고 있다고 할 수 있다. 이들은 기본적으로 시인들에게 주어진 외적 환경이 시의 수준에 긴요한 영향을 미치고 있으나, 반대로 시가 시인의 궁달을 결정하지는 못한다는 데에 공감하고 있는 것으로 보인다. 그리고 허균은 곤궁한 상태의 시인이 '자연의 도움'[江山之助]을 받을 수 있다는 데에 좀더 주안점을 두었다면, 이수광은 곤궁한 시인이 시에 '전념'할 수 있다는 것을 강조함으로써, 곤궁한 시인이 훌륭한 시를 남긴다는 결론을 내렸다.[112]

그러나 『제호시화』와 『청창연담』에서 말하는 시와 궁달의 관계는 『성수시화』와 『지봉유설』에서 말하는 것과 다른 양상을 보이고 있다. 양경우의 논의를 살펴보자.

교관 성여학은 남창 김현성의 생질이다. 어려서부터 시벽이 있어, 오랜 시간 힘을 기울인 끝에 왕왕 좋은 시구를 얻기도 하였으니, 그의 시구 '풀에 이슬이 내리니 벌레 소리 젖어들고, 가지에 바람이 이니 새의 꿈이 위태롭네.'는 사람들에게 칭찬을 받았다. 그런데 '얼굴은 오직 그

아세아문화사, 1991, p.312 참조.

112) 신흠의 『청창연담』에서는 곤궁함이 작시에 영향을 미친다는 논지를 명확하게 펼치지는 않으나, 관각(館閣)과는 거리를 두고 있는 '초야'(草野)의 시와 같이 시간적 여유를 가지고 창작되어 외경(外境)과 시인의 정신이 혼연일체가 되면, 청기(淸氣)가 표출되는 훌륭한 시가 된다고 하였다.(申欽, 『晴窓軟談』(上), "古人云, 乾坤有淸氣, 散入詩人脾, 淸是詩之本色, 若奇若健, 猶是第二義也. 至於險也怪也沈着也質實也, 去詩道愈遠, 淸則高, 高則不可以聲色求也. 詩必得無聲之聲無色之色, 瀏瀏朗朗, 澹澹澄澄, 境與神會, 神與筆應而發之, 然後庶幾不作野狐外道. 故歷觀往匠, 閑居之作, 勝於應卒, 草野之音, 優於館閣, 蓋有意而爲之者, 不若得之於自然也.") 그러므로, 신흠의 생각은 곤궁한 처지에 있는 시인이 자연과 함께 할 수 있는 시간을 많이 가지면서 자신의 시작에 전념함으로써 훌륭한 시를 남길 수 있다는 '시궁이후공'(詩窮而後工)론과 일정 부분 합치되는 면이 있다.

벗만이 알뿐이니, 먹을 일이 장부의 걱정이라.'는 구절은 궁어(窮語)이
다. 나는 그의 집을 왕래한 적이 있는데, 언제나 그가 떨어진 옷에 작
은 두건을 쓰고 덥수룩한 수염에 성긴 머리를 한 채, 혼자 단칸의 서재
에 의지하여 동자에게 글을 가르치는 것을 보았으니, 진실로 일세의 궁
사(窮士)이다. 시가 사람을 곤궁하게 한다는 말은 아마도 성교수 같은
이를 두고 나온 듯하다.113)

양경우는 먼저 성여학의 시구 가운데 뛰어난 것을 예시하면서, 성
여학이 훌륭한 시적 재능을 지니고 있다는 점을 밝혔다. 그러나 그
뒤에 바로 '궁어'(窮語)라고 하여 궁태가 들어 있는 성여학의 시를 제
시하고 있다. 그 시에는 먹을 일을 걱정하는 장부의 모습이 그려져
있으므로, 궁어라고 한 것이다. 그리고 양경우는 성여학의 궁시(窮詩)
다음에 일화적 성격의 내용을 자신이 목격한 바에 의지하여 기술하
고 있다. 번번이 목격하는 성여학의 궁핍한 삶을 소개함으로써 그를
일세의 '궁사'(窮士)라고 규정하기에 이른다.

양경우는 성여학의 곤궁한 삶의 환경에 대하여 언급하기에 앞서
궁태가 깃든 성여학의 시구(詩句)를 제시하여, '궁어'가 '궁사'를 낳는
다는 자신의 생각을 뒷받침하려고 하였다. 이 일화의 마지막 문장에
서 확인되듯이, 양경우는 '시능궁인'(詩能窮人), 즉 시가 시인의 삶을
곤궁하게 만드는 원인을 제공할 수 있다고 생각하였다.114) 시가 삶의

---

113) 梁慶遇, 『霽湖詩話』, "成敎官汝學, 金南窓之甥也. 自幼少成癖於詩, 着力既久, 往
往有佳句. 其草露蟲聲濕, 林風鳥夢危, 爲人所稱. 如面唯其友識, 食爲丈夫哀者,
窮語也. 余嘗往來其家, 每見其破衣矮巾, 滿鬢衰髮, 獨依一間書齋, 盡日授書童子,
眞一世之窮士. 詩能窮人者, 殆爲成敎授而發也."

114) 양경우는 백호 임제가 발속(拔俗)의 기상을 지니고 있으며, 그의 시에 궁태가
전혀 없는데도 끝내 떨치지 못한 것을 아쉬워하였던 바, 이를 통해 보더라도 양
경우는 시의 내용과 시에 나타난 기상이 시인의 환경을 후천적으로 결정할 수
있다는 생각을 지니고 있었음을 알 수 있다.(梁慶遇, 『霽湖詩話』, "其所爲詩, 絶
無窮態, 竟不振何哉.") 양경우는 또한 옥봉 백광훈의 경우에도 시로 인한 곤궁

조건 및 환경을 규율할 정도로 강력한 정서적 감염력이 있다는 점을 보여주고자 했던 것이다.

성여학을 화제(話題)로 삼은 시화 기사는 『어우야담』에서도 보이지만, 각 시화에서 언급하는 논지는 일치하지 않는다. 『어우야담』에서는 시인의 재능이나 시인의 궁달은 모두 하늘로부터 부여받는 것이라고 하면서도, 재능이 있는 시인은 하늘의 조화를 빼앗아 자신의 재능으로 삼기 때문에 하늘이 그를 미워하여 곤궁하게 만든다고 하였다.115) 시적 재능을 가진 사람은 곤궁해진다는 면에서 '시능궁인'을 어느 정도 인정하는 것이다. 그러나 유몽인은 일방적으로 '시능궁인'을 인정하는 것이 아니라, 곤궁함이 시에 반영되기도 한다고 하였다.

> 그의 시가 매우 공교롭다고는 하지만, 그 한담(寒淡)·소색(蕭索)함은 영달하고 귀한 사람의 기상이 아니니, 어찌 유독 시가 그를 궁하게 한 것이라고만 할 수 있겠는가? 시가 그 곤궁함에서 울려나오는 것이기도 하다.116)

시능궁인(詩能窮人)과 시궁이후공(詩窮而後工)을 모두 가능한 것으

함이 매우 컸던 시인으로 평가하고 있다.(梁慶遇, 『霽湖詩話』, "僕聞玉峰平生攻苦詩學, 劌心鉥日, 得一佳句, 喜而忘食, 畢竟以齋郎旅死都下, 坐詩之窮, 無與爲倫.")

115) 柳夢寅, 『於于野談』, "大雕鏤萬物 使萬物各賦其形者, 天之才也 擺弄造化, 能倣象萬物者, 詩人之才也. 惟莫工者天 而何物詩人奪天之工哉. 是知才者無命, 是天之所使, 天亦多猜也乎. 旣賦之才, 胡使之窮乎. 吾友成汝學詩才之高一世寡倫 而至今六十, 未得一命之官, 余嘗怪之."
  재주있는 사람은 곤궁한 삶을 살 수 있다는 논의는 『맹자』로까지 그 연원이 소급될 수도 있다. 「진심」(盡心) 편에서 "사람이 덕혜(德慧)와 술지(術知)가 있으면 항상 재앙과 우환이 있게 마련"(人之有德慧術知者, 恒存乎疢疾.)이라고 한 맹자의 말이 그것이다.

116) 柳夢寅, 앞의 글, "其詩雖極工 而其寒談蕭索, 殊非榮貴人氣像, 豈獨詩之使其窮哉, 詩亦鳴其窮也."

로 보고 있다. 그런데 여기서의 공(工)은 포괄적 의미에서 잘된 시라는 뜻으로 쓰이지 않은 것으로 보인다. 표현기법의 측면에서만 훌륭하다고 인정한 것이다. 곤궁한 시인의 시에서 표현되는 기상은 한담(寒淡)·소색(蕭索)할 수 있다는 점에서, 시인의 곤궁한 삶은 표현 기교의 원숙함에도 불구하고 그 내용에는 문제가 있다고 주장한 것으로 이해할 수 있다.[117]

② 시여기인론(詩如其人論)

17세기 초반의 시화들을 보면 시의 풍격과 시인의 인격이 상호 밀접한 관련이 있는 것으로 서술된 기사가 다수 발견된다. 이 논의는 한문학의 전통 속에서 궁달(窮達)과 시적 성취의 관계에 대한 논의만큼 다양하게 전개된 시론이라고 할 수 있다. 앞에서 살펴본 궁달과 같은 시인의 환경은 시의 창작 과정에서 창작의 여건을 조성하는 데 일정한 역할을 한다고 할 수 있으며, 여기서 논하게 될 시인의 인격은 시인의 개성을 형성하는 요소라고 할 수 있다.

평상시의 생활에서 알 수 있는 시인의 인격 또는 개성이 시의 성격에 어떤 식으로든 반영될 수 있다고 하는 논의는 맹자의 언술[118] 등을 통해 다양하게 전개되었다. 이것은 곧 시를 보면 그 시인의 인격적 특성 및 개성을 이해할 수 있다는 뜻이기도 하다. 작가 또는 예술

---

117) 시인의 곤궁한 기상이 시에 그대로 반영될 수 있다고 하는 유몽인의 생각은 뒤에서 논의될 '시여기인'(詩如其人)론과 가깝다. 『지봉유설』에서도 성여학에 대한 기사가 발견되지만, 여기서는 시적 재능과 곤궁한 삶의 관계를 명확하게 언급하지 않고, 다만 예시된 시의 풍격이 '청고'(淸苦)하다고 하여 삶의 내용이 시의 성격과 상동성이 있다는 '시여기인'의 입장을 간략하게 암시하는 선에서 그치고 있다.(李睟光,「詩藝」,『芝峰類說』, "進士成汝學號雙泉, 自少攻詩, 而爲造化兒所困, 年六十不得一命, 惜也. 其驚句曰, 草露蛩聲濕, 林風鳥夢危, 寒樹鳥無夢, 暗窓蟲有聲, 缺月栖深樹, 寒禽穴破籬, 雨意偏侵夢, 秋光欲染詩, 其淸苦如此.")
118) 『孟子』「萬章」, "頌其詩, 讀其書, 不知其人何乎."

가의 창작 개성이 작품 속에 구체적으로 표현되어 나타나는 특징을 고전문학이론에서 말하는 일반적인 의미의 풍격이라고 할 때,[119] 시인의 인격과 개성이 작품의 성격에 상당한 영향을 미친다는 것은 자명하다 하겠다.

시화 관련 자료에서, 시에 표현된 특성이 시인의 인격 및 개성과 일치하는 것으로 보는 견해들은 '시여기인'(詩如其人)이라는 말로 표현된다. 이 때 시적 특성 또는 인격적 특성으로 언급되는 풍격은 그 시인 또는 그 시인의 시 작품들의 전면에 흐르는 대표적인 성격이라고 할 수 있다.[120]

먼저 허균의 논의를 살펴보자.

> 석천 임억령은 사람됨이 고매(高邁)하고 시도 그 사람과 같아서 낙산사 제영시(題詠詩)는 용이 하늘에 오르고 비가 내리는 형상으로, 문세가 비동(飛動)하여 신기한 장관이 그 장려(壯麗)함에 걸맞게 되었다. 그 가운데 '마음은 흐르는 물과 함께 세간을 벗어나고, 꿈에는 흰 갈매기 되어 강물 위를 나네.'는 그 초연한 기상에 신룡(神龍)이 바다를 희롱하는 뜻이 들어 있다.[121]

허균은 임억령의 인격을 고매하다고 규정하였다. 그리고는 보통 사

---

119) 彭會資 主編,『中國古典美學辭典』, 廣西教育出版社, 1991, p.137.
120) '시여기인'론은 시를 보면 시인의 인격·기상·개성 등을 가늠할 수 있다는 뜻으로서, 전종서는『담예록』에서 시·문을 포괄하여 '문여기인'(文如其人)론을 편 바 있다. 그는 '문여기인'과 '문본저인'(文本諸人)을 구별하여 사용할 것을 강조하였다. '문여기인'이 작품의 평가와 관련된 용어라면, '문본저인'은 창작론과 관련된 것으로, 글을 쓸 때에는 다른 사람을 모방할 필요 없이 창작의 도구를 자기 자신으로부터 찾아야 한다는 뜻으로 이해하면 될 것이다.(錢種書,『談藝錄』, 中華書局, 1986, p.165.)
121) 許筠,『惺叟詩話』, "林石川, 爲人高邁, 詩亦如其人, 洛山寺詠, 龍升雨降之狀, 文勢飛動, 殆與奇觀, 適其壯麗, 其心同流水世間出, 夢作白鷗江上飛, 矯矯有神龍戲海之意."

람과 구별되는 고매한 인격과 동등한 차원의 분위기를 자아내는 시로서 낙산사 제영시를 제시하였다. 임억령의 고매함에 대응되는 시적특징은, '용이 하늘에 오르고 비가 내리는 형상' 및 '초연한 기상으로 신룡이 바다를 희롱하는 뜻'과 같이 비유적인 표현으로 간접화하여 설명된다. 마음이 물을 따라 흘러 세간을 벗어난다고 하는 여유, 흰 갈매기와 일체가 되는 꿈을 꾸는 물아일체의 경지, 이러한 시구에서 비세속적(非世俗的)인 임억령의 고매함을 재확인 할 수 있다는 것이 허균의 생각이다.

> 금호 임형수는 풍류가 호일(豪逸)하며 그 시 또한 훨훨 나는 듯하다. '술이 달아오른 아가씨의 얼굴처럼 고개 숙인 꽃, 바닷물 마신 용의 허리처럼 잘록한 산'이라는 시구는 지금도 사람들 입에 오르내린다. 퇴계 선생이 그를 매우 좋아하여 만년에는 문득 그의 생각이 나면 '어떻게 하면 임사수를 만날 수 있을까?' 하였다.[122]

이 시화 기사도 임억령에 대한 기사와 마찬가지로 시인 임형수의 인격적 특성을 먼저 이야기한 다음, 시 작품이 그 시인의 인간적 풍모와 일치함을 확인하는 형식으로 서술되어 있다. 풍류가 '호일'(豪逸)하다고 해놓고, 시도 "또한" 훨훨 나는 듯하다고 하였는데, "또한"이라는 어휘는 앞뒤로 대등한 성격의 어구를 연결할 때 사용되는 것이므로, '훨훨 나는 듯하다'는 것은 '호일'이라는 인간적 풍모를 부연해 주는 술어가 된다고 할 수 있다. 꽃을 묘사할 때, 아름다운 여인의 뺨에 발그레하게 술기운이 오른 것 같다고 한 것이라든가, 산허리가 잘록하게 끊어진 모양이 바닷물을 마신 용의 허리 같다고 한 것은,

---

122) 許筠, 『惺叟詩話』, "林錦湖亨秀, 風流豪逸, 其詩亦翩翩. 花低玉女醴觴面, 山斷蒼虯飲海腰之句, 至今膾炙人口. 退溪先生, 酷愛之, 晩年輒思之, 安得與林士遂相對乎."

아무런 구애 없이 자연스럽고 시원시원한 묘사이면서도 범상한 새로움을 간직하였다는 점에서 '호일' 풍격에 잘 맞는 시구의 예가 된다.

허균은 김인후 시의 풍격도 그의 고광(高曠)·이수(夷粹)한 풍도(風度)와 일치한다고 보았다.

> 하서 김인후는 사람이 고상하고 활달하며, 소박하고 순수하였으며, 시도 그와 같았다. 송천 양응정이 그의 시 「등취대」를 매우 칭찬하여, 고적(高適)·잠삼(岑參)의 고상한 운치가 있다고 하였다. 그 시는 '양왕이 노래하고 춤추던 곳, 오늘은 나그네가 올라와 본다, 강개한 마음은 구름을 넘어서고, 처량한 마음으로 옛일을 되새기네, 큰 바람이 먼 벌판에서 불어오고, 밝은 해는 겹겹 쌓인 묏부리 뒤로 숨는구나, 그 당시 화려했던 일들, 아득하기만 하니, 어디에서 찾아보리오.'인데, 침착(沈着)·준위(俊偉)하여 섬미함을 모두 씻어버렸으니 진실로 귀중하다 하겠다.[123]

등림회고(登臨懷古)의 형식을 빌어서 지어진 김인후의 「등취대」시에서, 허균은 지나치게 나약하고 화려한 수식을 배제한 '침착'·'준위'의 풍격을 읽어내었다. 차분하면서도 굳센 기상이 특별한 기교 없이 자연스럽게 표현되어 있는 시이기에, 허균은 이 시가 시인의 '고광'·'이수'한 풍격을 입증해 보일 수 있다고 본 것이다.

이와 같이 허균은 『성수시화』에서 시인의 비범한 기상이 담겨 있는 시들을 예시하면서, 시인의 인격이 시의 풍격과 밀접하게 관련을 맺고 있다는 점을 말하고자 하였다. 그렇다고 해서 그는 시의 특징과 시인의 인간적 풍모가 항상 일치한다고 생각하지는 않았다. 시격과

---

123) 許筠, 『惺叟詩話』, "金河西猶厚, 高曠夷粹, 詩亦如之. 梁松川極贊其登吹臺詩, 以爲高岑高韻云. 其詩曰, 梁王歌舞地, 此日客登臨, 慷慨凌雲趣, 凄凉弔古心, 長風生遠野, 白日隱層岑, 當代繁華事, 茫茫何處尋, 沈着俊偉, 一洗纖靡, 寔可貴重."

인격이 일치하지 않더라도, 바꿔 말하면, 인품이 시적 수준에 미치지 못할 경우라 하더라도, 그 시의 가치만큼은 인정하는 모습을 보였다. 이를테면, 당(唐)의 왕건(王建), 맹촉 비씨(孟蜀 費氏), 송(宋)의 휘종(徽宗), 왕규(王珪) 등 네 사람의 궁체(宮體) 절구(絶句)를 선집한『사가궁사』(四家宮詞)의 발문(跋文)에서, 허균은 이 네 사람의 인격에서는 취할 것이 없으나, 그들의 시어가 지닌 아름다움과 사실적인 묘사를 높이 살 만하다고 하면서, 시를 시인과 분리하여 시만의 독자적인 가치를 인정하였다.124)

『성수시화』는 우리나라 시단의 대표적인 시인들과 그 시적 특징을 기록한 전문적인 시론 및 비평서이기에, 허균이 선호하는 풍격에 맞는 시인과 시 가운데 일반적인 시론에 맞는 대상들이 시화에 선입되었다고 할 수 있다. 그러므로『성수시화』에서는 '시여기인'(詩如其人)에 맞는 대상들을 논한 것인데, 「사가궁사 발」(四家宮詞跋)과 같은 자료에서는 시를 통해 인격을 읽기보다는 특정 시가 지니는 효용성만 취하는 데에 의미를 두기도 했던 것이다. 허균은 시와 시인의 인격을 별개로 보아야 한다는 생각도 일정하게 지니고 있었던 것으로 보인다.

『청창연담』에서도 시인의 비범한 인격과 그의 시가 상동관계에 있다는 것을 입증하려는 의도의 시화 기사들이 등장한다.

> 성수종은 바로 청송 선생[成守琛]의 아우로서 기묘사화 때의 유명한 인물이다. 일찍 문과에 합격하였으나 과방(科榜)에서 삭제된 뒤 한가롭게 지냈다. 절구 가운데, '몇 겹 청산이 저자거리 변두리에 떨어져 있고, 높은 성에선 해 저물어 연기가 흩어지네. 골짜기 근처에 숨어살다

---

124) 許筠, 「四家宮詞跋」, 『惺所覆瓿藁』 卷13, "其詞俱詳載宮掖之事, 而文又富艷, 讀之如親入曲臺椒風, 覩大家文物焉. 此余所以喜誦之也. …… 此四人俱无可取, 而足爲後世戒者, 讀者无以其詞之妙而忘其爲人, 則足以懲創逸志矣."

보니 오는 이도 드물어, 혼자 국화 따다 돌밭에 앉았네.'라는 것이 있는
데, 읊어보면 그 사람을 상상할 수 있다.[125]

　신흠은 성수종의 인격을 직접 언급하고 있지는 않다. 단지 '한거'
(閑居)했다고만 하였다. 그리고는 칠언 절구 한 수를 인용한 다음, 이
시를 통하여 시인의 풍모를 상상할 수 있다고 하였으니, '한거'에서
파생되는 시인의 여유로움이 그의 절구에서 확인된다는 것이다. 생활
환경으로서의 '한'(閑)이 시인의 개성으로 자리잡고, 결국에는 시에도
그대로 반영되었다고 할 수 있다. 신흠이 '한'의 풍격을 선호했다는
것도 짐작할 수 있겠다.
　『청창연담』의 성운(成運) 관련 시화 기사는 비교적 길다. 그러나
이 기사도 궁극적으로는 시인의 인간적 풍모와 이를 입증할 만한 시
들을 제시하는 데 목적이 있어서, 앞 부분에서 먼저 시인의 인격을
약술하고, 뒤에서 그 인격을 입증할 수 있는 시 작품을 병렬적으로
서술하였다.

　　성대곡의 이름은 운으로서 나면서부터 훌륭한 자질을 갖추어 일찍
　　세상의 그물을 벗어났는데, 그의 형 우가 을사사화를 당해 비명에 죽
　　자, 이 때부터 더욱 세속의 명예에 뜻을 두지 않고 보은의 속리산 아래
　　에 숨어살다가 80여 세에 죽었다. 시는 그 사람과 같아서 충담(沖澹)·
　　한아(閑雅)하여 서호처사[宋, 林逋]가 남긴 운치를 지니고 있다. 그의
　　시구 가운데 훌륭한 것으로 '봄옷은 몸에 맞게 양 소매가 짧고, 옛 거문
　　고는 손에 편하게 일곱 줄이 길다. 10년 동안 산중의 약을 다 먹었더니,
　　사람들이 이따금 들러 입에서 향내를 맡는구나.'가 있다. 남명 조식을

125) 申欽, 『晴窓軟談』(下), "成守琮, 卽聽松先生之弟也, 己卯名人. 早擢巍科, 被削閑
　　居, 有一小絶曰, 數疊靑山落市邊, 層城日暮散風烟, 幽居近壑人來少, 獨採黃花坐
　　石田, 詠之, 可想其人."

전송하며 지은 시에 '아득한 외기러기 남쪽 바다를 향해 날아가니, 바로 추풍에 낙엽 질 때로구나, 땅에 가득한 곡식을 닭들이 다투어 쪼아 먹는데, 하늘 멀리 파란 구름만 절로 망기(忘機)하네.'가 있는데, 이와 같은 것들이 매우 많다.126)

성운의 성품은 원래 나면서부터 아름다워 세속적인 모습을 보이지 않았는데, 을사사화로 그의 형 성우가 죽은 뒤에는 선천적으로 탈속적이었던 기질이 더욱 강화되기에 이르렀다고 하였다. 탈속적이고 세상의 명예에 구애되지 않는 그의 성격은 시에서도 그대로 적용되어 '충담·한아'한 풍격을 형성하였다. 신흠은 이러한 풍격이 송대(宋代) 임포(林逋)의 시에서 구현된 작품 풍격과 통한다고 보았다. 임포는 서호(西湖)의 고산(孤山)에 은거하면서 그곳의 풍경을 읊는 가운데, 청고(清苦)·유정(幽靜)한 생활을 표현했던 것이다.127)
　『성수시화』와 마찬가지로 『청창연담』에서도 석천 임억령의 인격 및 풍격에 대하여 관심을 보였다. 임억령의 비범한 기상이 시적 재능과 만나 호방한 풍격의 시를 산출했다는 것이다.

　　석천 임억령은 시인이다. 또 기위(奇偉)한 기상이 있어서, 우뚝 솟아 시속을 따라 움직이지 않았으며, 시는 이백을 배워서 대가를 이루었다. 그의 절구 '사람이 물 위 정자에 기대자, 해오라기도 여울 가에 섰다. 흰 머리는 서로 같다지만, 나는 한가롭고 해오라기는 여유 없네.'를 읊어보면, 세상을 흘겨보는 호방한 뜻을 볼 수 있다.128)

---

126) 申欽, 『晴窓軟談』(下), "成大谷, 名運, 生有美質, 早脫世網, 其兄遇, 遭乙巳之難, 死於非命, 自此, 益無意於時名, 遯居報恩俗離山下, 年八十餘, 卒. 詩如其人, 沖澹閑雅, 有西湖處士之遺韻. 其詩句之佳者, 如春服稱身雙袖短, 古琴便手七絃長, 十年嘗盡山中藥, 客到時聞口齒香. 其送趙南冥植詩曰, 冥鴻獨向海南飛, 正値秋風落木時, 滿地稻梁鷄鶩啄, 碧雲天外自忘機, 如此者, 甚多."
127) 錢種書, 『宋詩選註』, 李鴻鎭 譯, 형설출판사, 1989, p.45.
128) 申欽, 『晴窓軟談』(下), "林石川億齡, 詩人也. 且有奇偉氣, 落落不隨時俯仰, 詩學

임억령에게서 발견되는 기상을 기위(奇偉)함이라고 규정하고, 시속(時俗)을 따라 움직이지 않는 의연한 자세에서 기위함이 포착된다고 하였다. 평소 신흠이 추숭(追崇)했던 이백의 시재(詩才)까지 배워 갖추었으니, 임억령의 시적 능력은 신흠에게 높이 평가될 수밖에 없었다. 예시된 시를 보면, 시적 화자와 백로를 대비하여 백로는 따르지 못할 '한'(閑)의 정취를 자신이 갖추고 있다는 사실에 대단한 자부심을 표현하고 있다. 이처럼 호방한 풍격은 기위한 기질과 밀접하게 연관되어 있는 것이며, 앞서 허균이 임억령에 대한 평어로 사용했던 '고매'(高邁)와도 비범성과 탈속성의 측면에서 서로 통한다.

『청창연담』에서는 시인의 인격과 시적 성취도가 일치하지 않는 경우에 대해서도 언급하고 있다. 차천로를 예로 들어, 그의 재주가 매우 뛰어나 장편 대작을 끊임없이 왕성하게 지어내어 사단(詞壇)의 우두머리가 되기에 충분한 자질을 갖추고 있었다고 하면서도, 경솔하고 무뢰한 성격 때문에 사회적으로 많은 물의를 빚었다고 지적하였다.[129] 신흠은 이처럼 인격이 시재를 따르지 못한다면, 그 재주를 논할 가치가 없다고 생각하였다. 인격이 시재를 떠받쳐 주지 못할 경우 그 재능은 하나의 작은 기예[一小技]에 불과하다는 것이다.[130] 이 점에서 허균과 다소 차이가 드러난다. 허균은, 「사가궁사 발」(四家宮詞跋)에서 말한 바와 같이, 시인이 본받을 만한 인격의 소유자가 아니라고 하더라도, 시만이 지니는 독자적 효용이 있을 수 있다고 생각하였으나, 신흠은 인격이 시재를 뒷받침해주지 못할 경우에 시의 가치

靑蓮, 而家數甚大. 嘗詠其一小絶曰, 人方憑水檻, 鷺亦立沙灘, 白髮雖相似, 吾閑鷺未閑, 睥睨豪橫之意, 可見."

129) 申欽, 『晴窓軟談』(下). "有車天輅者, 自其父軾, 世有文才, 天輅尤絶倫, 長篇大作, 袞袞不渴, 足爲詞壇之雄, 如風外怒聲聞渤海, 雪中愁色見陰山之句, 膾炙人口, 而爲人輕佻無賴, 受擧子賂物, 借述場屋, 得第者甚多, 晩與李再榮, 虱附權奸, 代其子製作, 且上疏, 傅會時議, 人皆憤之, 未幾, 病死."

130) 앞의 글, "才之不足論, 如此, 古人所謂文章一小枝者, 其信哉."

도 보잘것없는 것으로 전락할 수 있다는 입장을 취한 것이다.

『지봉유설』에서는 기상론과 관련하여 시여기인론(詩如其人論)을 전개하고 있다. 문학에서 기상은 작가 내적인 무형의 기(氣)가 작품으로 표현되어 나타나는 현상을 의미한다.[131] 대체로 시인의 기상이 작품에 표현되게 마련이므로, 시를 읽어보면 해당 시인의 기상을 가늠할 수 있다는 것이다.

유응부의 시구, '좋은 말 5천 필이 버드나무 아래에서 울고, 가을 매 3백 마리가 누대 앞에 앉았네.'에서 시인의 기상을 상상할 수 있으며,[132] 정일두의 「악양」시, '돛단배 둥둥 떠서 가볍게 하늘거리고, 사월이라 화개에는 보리가 벌써 익었네. 두류산 천만 첩을 다 둘러보고, 외로운 배로 다시 큰 강을 내려가네.'에서도 그의 기상을 볼 수 있다고 했으니,[133] 이수광은 '오천 필'·'삼백 마리'·'천만 첩' 등 문면에 나타난 시어를 통하여 시인의 국량을 짐작할 수 있다고 본 것이다.[134]

이수광은 두 시인의 시어를 비교함으로써 기상의 차이를 설명하기도 하였다.

> 정승 상진(尚震)은 인품과 도량이 넓고 커서 남의 장단점을 말하는 일이 없었다. 판서 오상(吳祥)의 시에, '복희씨 시대의 속악이 지금은

---

131) 기상론의 문학적 의미에 대한 논의는 박수천,『芝峰類說 文章部의 批評樣相 硏究』(태학사, 1995, p.131.) 및 최신호, 「문학이론에 나타난 氣에 대하여」(『진단학보』 제38호, 1974, p.189-192.) 참조.

132) 李睟光, 「東詩」, 『芝峰類說』, "兪應孚, 武人, 卽六臣之一也. 平日有詩曰, 良馬五千嘶柳下, 秋鷹三百坐樓前. 其氣象可想矣."

133) 李睟光, 「東詩」, 『芝峰類說』, "鄭一蠹先生有岳陽詩曰, 風浦泛泛弄輕柔, 四月花開麥已秋, 看盡頭流千萬疊, 孤舟又下大江流, 可見其氣象矣."

134) 시인의 강인한 의지와 지조를 발견할 수 있는 작품으로 이존오의 시를 예시하기도 하였다.(李睟光, 「東詩」, 『芝峰類說』, "李存吾十餘歲, 賦江漲曰, 大野皆爲沒, 孤山獨不降, 其志節可想, 若使公當革命之際, 其立節豈在圃隱下哉.")

쓸어버린 듯이 없어졌으나, 다만 봄바람 부는 술자리에만 남아 있다.'고
하니, 상공(尙公)이 보고 말하기를, "어찌 말을 그렇게 박하게 하는가?"
하고 고치기를, '복희씨 시대의 속악이 지금도 남아 있어서 봄바람 부
는 술자리에서 볼 수 있다.'라고 하였다. 두어 글자를 고쳐 놓았으나,
노골적이지 않고 원만했다. 두 사람의 기상을 볼 수 있다.[135]

먼저 이수광은 상진의 도량이 넓고 크다는 것을 말한 다음, 그 큰
도량이 시어의 활용에 그대로 드러남을 보여 주었다. 판서 오상은 복
희씨 시대의 속악이 현재는 쓰이지 않는다는 사실적 정황에 입각하
여 시를 썼기 때문에, 시어에 '쓸어버린 듯이 없어졌다[今如掃]'는 부
정적인 의미의 어휘를 구사하였다. 그러나 상진은 현재 복희씨 시대
의 음악이 존재하지 않는 것은 사실이지만, 봄바람 불 때 펼쳐진 술
자리에서 복희씨 시대의 음악에서 느낄 법한 태평스러움을 충분히
누릴 수 있다고 긍정적으로 생각하였기 때문에, 복희씨 시대의 속악
이 '아직도 남아있다[今猶在]'고 받아들였던 것이다. 즉 상진의 넓은
국량이 긍정적인 사고로 이어지고, 그 기상이 다시 시어로 현현(顯
現)되었다고 이해한 것이다.[136]
  기상론의 일환으로, 이수광은 성정론(性情論)을 거론하기도 하였다.
시는 성정에서 나오는 것이므로, 시를 보면 그 시인의 실제 정서 상
태 및 내면 세계를 알 수 있으며, 생활 환경까지도 점칠 수 있다고
보았다.

---

135) 李睟光, 「東詩」, 『芝峰類說』, "尙政丞震器資弘大, 未嘗言人長短, 吳判書詳有詩
  曰, 羲皇樂俗今如掃, 只在春風杯酒間, 尙公見之曰, 何言之薄耶. 改以羲皇樂俗今
  猶在, 看取春風杯酒間. 改下數字而渾然不露. 二人氣象, 可見矣."
136) 이 밖에도 이수광은 인생을 달관한 사람의 기상이 표현된 시를 제시하였다.(李
  睟光, 「東詩」, 『芝峰類說』, "成夏山夢井題江亭曰, 爭占名區漢水濱, 亭臺到處向江
  新, 朱欄大抵皆空寂, 攜酒來憑是主人. 可謂達者之詞也. 成聃壽詩曰, 持竿盡日趁
  江邊, 垂脚清波困一眠, 夢與沙鷗遊萬里, 覺來身在夕陽天. 意興亦高矣. 第三句一
  作夢與白鷗飛海外. 聃壽夏山之叔也.")

시가 성정에서 나온다는 말은 오래되었다. 가도(賈島)의 시 가운데 '벼를 심는데 흰 물을 갈고, 땔나무를 하기 위하여 푸른 산을 찍는다.'는 구절에서 그에게 한 치의 땅도 없음을 알겠고, 맹교(孟郊)의 시 가운데 '귀밑에 비록 실이 있으나, 차가운 옷을 짜낼 수는 없다. 혹시 베로 짤 수 있게 한다면 다소의 베를 얻을 수 있으련만.'과 같은 것은 곤궁하고 괴로움을 표현했다고 할 수 있다.[137]

위의 인용문에서는, 가도와 맹교의 곤궁한 삶이 그대로 시에 노출되었다는 것을 말하고 있다. 이수광은, 시라는 것은 시인의 성정이 그대로 표현된다는 생각과 시인의 성정에는 시인 그대로의 삶이 묻어 나온다는 생각을 동시에 하고 있었다고 할 수 있다. 이러한 생각이 더 나아가면, 성정이란 현재의 삶의 반영이기도 하면서, 미래에까지 불변의 요소로 작용하여 삶의 방향에 영향을 끼친다는 생각으로 이어지기도 한다.

설도는 본래 양가의 여자이다. 어렸을 때에 우물가의 오동나무를 두고 지은 시에 말하기를 '가지는 남쪽 북쪽의 새를 맞이하고, 잎은 오고 가는 바람을 보낸다.'라고 하였다. 또 송 나라 때에 한 소녀가 들꽃을 두고 지은 시에, '다정한 초부(樵夫)와 목동은 번번이 머리에 비녀를 꽂고, 주인 없는 벌과 꾀꼬리는 잠자리를 마음대로 한다.'라고 하였다. 뒤에 두 소녀는 모두 기녀가 되었다고 한다. 시가 그 사람의 성정에서 나온다고 한 말은 믿을 만하다.[138]

---

137) 李睟光,「詩藝」,『芝峰類說』, "詩出於性情, 尙矣, 賈島詩曰, 種稻耕白水, 負薪斫青山, 其無寸地, 可知, 孟郊詩曰, 鬢邊雖有絲, 不堪織寒衣, 縱使堪織, 得能多少, 可謂窮且苦矣."
138) 李睟光,「妓妾」,『芝峰類說』, "薛濤本良家女, 幼時詠井梧云, 枝迎南北鳥, 葉送往來風. 又宋時有少女, 賦野花云, 多情樵牧頻簪髻, 無主蜂鶯任宿房, 後皆爲娼云. 詩出性情信矣."

나무에 정처 없는 새와 바람이 쉬어가고, 벌과 꾀꼬리가 아무 데나 잠자리를 둔다는 것은, 일정하게 의지할 데가 없는 기녀의 삶이 무의식적으로 표현된 것이라고 보고, 설도와 송대(宋代)의 한 실명(失名) 여인의 삶이 그들 자신의 시에 드러난 시어의 양상대로 진행되었다는 것을 말하고 있는 것이다. 성정의 표현인 시어에 그 시인의 정해진 운명이 나타날 수 있다는 이수광의 견해가 들어 있다.

4. 시화집별 시론의 특성

1 당 · 송 시인의 평가 양상

당(唐) · 송(宋) 시인 가운데 이백(李白) · 두보(杜甫), 소식(蘇軾) · 황정견(黃庭堅) 등 성당(盛唐) 시대와 송을 대표하는 시인들은 17세기 전기 시화집에서 시적 수준을 논평할 때 비교적 빈번하게 언급되었다. 이 시기 시화집에서는 대체로 이백 · 두보 등 성당의 시인을 소식 · 황정견 등 송의 시인보다 높이 평가하고 있으나, 세부적인 평가에서 특징적인 양상을 보여 주는 경우도 있다.

『성수시화』와 『지봉유설』에서는 이백과 두보 가운데 어느 한 시인을 더 우위에 놓지 않았다. 『성수시화』에서는 평가 대상이 되는 시인들의 시적 경향에 따라 이백에 비유하기도 하고 두보에 비교하기도 하여, 두 시인을 줄곧 긍정적으로 평가하였다. 『지봉유설』에서는 당의 시인 가운데 두보와 이백에 관한 기사가 두드러지게 많은 가운데 두보의 기사가 이백의 기사에 비해 두 배 가량 많은 것으로 나타났는데, 이수광은 이들을 모든 경우에 최고의 시인으로 높이지는 않고 경우에 따라 이들 시인보다 다른 시인을 우위에 두기도 하였다.139)

---

139) 일례로 이수광은 두보보다 맹호연을 높이 평가하기도 하였다.(李睟光, 『芝峰類

『제호시화』와 『청창연담』은 각각 시화 서술자들이 이백과 두보 가
운데 한 시인을 더욱 선호하여 높이 평가하는 양상을 보여주고 있다.
『제호시화』에는 이백에 대한 비판적 논평이 거의 없으나 그렇다고
적극적인 긍정을 표현한 곳도 없다.[140] 일관되게 긍정의 찬사를 부여
하는 대상은 두보이다. 시 작법에 대한 논의에서 대부분 두보의 시를
예시 자료로 삼고 있으며, 특히 시화집의 끝 부분에서는 시구의 구성
[造句]과 글자의 배치[安字]가 작시법에서 차지하는 비중이 크다는
점을 역설하면서, 두보를 만고의 시조(詩祖)로 받들고, 그가 즐겨 썼
던 시어들을 제시하기도 하였다.

　『청창연담』에서는 두보를 높이 평가하는 것에 대해서는 인정하면
서도,[141] 이백과 두보를 비교할 때에는 이백을 더 우위에 두고 있다.

> ① 옛날에 어떤 논자는 두자미가 사령운(謝靈運)의 영향을 받아 나왔
> 고, 이태백은 포조(鮑照)의 영향을 받아서 나왔다고 하였다. 두자미
> 의 경우는 진실로 형적(形迹)에 의탁하여 섰다고 할 수 있지만, 이
> 태백 같은 이는 하늘의 신선으로서 마치 우담발화가 공중에서 변화
> 하여 나타난 것과 같은데, 단지 그의 자질이 우연히 포조와 비슷한
> 점이 있었을 따름이다.[142]

說』, "孟浩然詩曰, 江淸月近人. 杜子美云, 江月去人只數尺. 羅大經以爲浩然渾涵,
子美精工. 余謂子美此句大不及浩然.")
140) "李白詩蕩, 故多言婦人, 此古人不取也."라고 하면서 이백이 향렴체의 시를 많이
지은 것에 대하여 비판적인 논평을 가한 부분이 있다.
141) 신흠은 옛 사람들이 두보의 시를 주공 제작(周公制作)과 비교한 것은 적절한 논
의라고 하면서, 후대에 두보를 배우는 자들은 배움이 제대로 이루어지지 않아
속되고 졸렬하며, 심한 경우에는 억세서 읽을 수가 없을 정도라고 하였다.(申欽,
『晴窓軟談』(中) 참조.)
142) 申欽, 『晴窓軟談』(上), "古之論者, 以子美爲出於靈運, 太白爲出於明遠. 子美固有
依形而立者, 若太白, 天仙也, 如優曇鉢花變現於空中, 特其資偶與明遠相類爾."(밑
줄 필자)

② 두자미가 이북해에게 화답한 시는 이북해의 것과 매우 비슷하다. 이
   북해의 웅건함은 두자미를 능가한다.[143]

①에서는 두보가 사령운의 영향을 받아서 자기의 시세계를 구축한
반면, 이백은 다른 사람의 영향과는 무관하게 천선(天仙)의 자질을
지니고 있다는 것을 말하고 있다. 그리고 ②에서는, 두보는 평가하기
에 따라 다른 시인보다 아래에 있을 수도 있다는 것을 말한다. 앞에
서 살펴보았듯이, 이백을 '정종'(正宗)으로 추대하고 있는 『당시품휘』
에 대한 신흠의 애착이 두보보다 이백을 우위에 두는 데 일정 정도
영향을 끼쳤다고도 할 수 있을 것이다.
  17세기 전기 시화집에서는 송대 시인을 학시(學詩)의 전범으로 삼
고자 하는 경우가 많지 않다. 그렇다고 완전히 도외시하지도 않았다.
소식·황정견 등 오랜 기간에 걸쳐서 추숭되었던 송대 시인들을 학
시 과정에서 거명하는 것은 일반적인 일이었다. 그러나 그들을 수용
하거나 배제하는 방향과 논리는 시화집마다 다소 다를 수 있다.
  『성수시화』에서는 소식과 황정견이 허균 당시의 시단에 미친 영향
을 부정적으로 인식하여, 대체로 일관되게 그들을 비판하였으며,[144]
『지봉유설』에서도 "우리나라 시인들은 소식과 황정견을 많이 숭상하
여 이백 년 간 한 가지 투식(套式)만 되풀이했다"[145]고 하여, 소식·
황정견이 우리 시단의 형식상의 발전에 끼친 부정적인 영향을 지적
했다. 그리고 이수광은 소식의 특징을 '이시위사'(以詩爲詞)라고 규정
한 기왕의 논의에 동의하면서,[146] 시에 구사되어야 할 원리가 사(詞)

---

143) 申欽, 『晴窓軟談』(上), "子美和北海詩, 甚似北海. 北海之雄, 出子美上."(밑줄 필
    자)
144) 다음 논평을 예로 들 수 있다. "佔畢齋 … 其詩專出蘇黃, 宜銓古者之小看也."
145) 李睟光, 「詩」, 『芝峰類說』, "我東詩人, 多尙蘇黃, 二百年間皆襲一套."
146) 李睟光, 「詩評」, 『芝峰類說』.

에 구사되어 시와 사 모두 해당 장르의 격식에 맞지 않게 창작되었다고 비판하기도 했다.

『제호시화』의 작법류를 포함한 시론류 시화에서는 기본적으로 '당시론'(唐詩論)을 개진하기 때문에, 논의를 뒷받침하기 위해 원용하는 예도 대부분 당시(唐詩)나 당시인(唐詩人)이며, 송시(宋詩)나 송시인(宋詩人)에 대해서는 거의 언급하지 않았다. 다만 두보나 여타의 당대(唐代) 대가들의 시적 경향과 비교 논평하는 의미에서 소식이나 황정견을 몇 번 언급하고 있다.

> 소동파의 시 「금산사」에, '지금 강의 달이 비로소 생백(生魄)한데, 이경(二更)에 달이 지니 하늘이 짙은 흑색을 띠네.'라는 구절이 있는데, 이경(二更)에 달이 졌다면 생명(生明)이지 생백(生魄)이 아니다. 경솔하여 그르친 것이다. 두보의 시에는 이와 같은 실수를 한 곳이 없다.[147]

소식이 '생백'(生魄)이라는 시어를 선택한 것은 문맥상 합리적이지 않으며, 두보의 경우에는 이런 실수를 하지 않는다는 점을 강조하고 있다. 다음 예문도 두보와 송대의 대가들이 비교 논평된 경우이다.

> 두보의 장률은 종횡웅탕(縱橫雄蕩)하니, 배워서 가능한 것이 아니다. 그러므로 소식(蘇軾)·황정견(黃庭堅)·진사도(陳師道)·진여의(陳與義)도 모두 감히 그 시체를 모방하지 못하였으니, 노수신이 힘써 따르고자 했으나 어려운 일이었다.[148]

---

147) 梁慶遇, 『霽湖詩話』, "東坡金山寺詩曰, 是時江月初生魄, 二更月落天深黑, 二更而落, 則生明, 非生魄也. 盖率而誤矣. 杜陵無此等失處."(밑줄 필자) 『제호시화』에서 소동파를 언급할 때는 일반적으로 두보도 동시에 언급하여 두보가 상대적으로 우월함을 보이려 했다.

148) 梁慶遇, 『霽湖詩話』, "杜詩長律, 縱橫雄蕩, 不可學而能之. 故蘇黃兩陳, 俱不敢倣其體, 而蘇齋欲力追及之, 難矣哉."

이 자료는 노수신의 시 경향을 평가한 것인데, 두보의 칠언율시는 소식·황정견·진사도·진여의와 같은 송대의 대가들도 본받기 어려운 것이므로 노수신이 따르고자 해도 어렵다는 것이다. 소식·황정견 등을 높이 평가하면서도 여전히 두보보다는 아래에 두고 있음이 드러난다.

그러나『청창연담』에서는 송대의 시인에 대한 평가 양상이 이들 세 시화집과는 다르게 나타난다.『청창연담』에서는 송대 시인 가운데 소식에 관해서 고평(高評)하였다.

> ① 소동파의 시·문은 모두 신(神)의 경지에 들어섰다. 세상에서 당시(唐詩)를 배우는 사람들은 늘 그를 헐뜯는데, 만약 그의 시 가운데 염려(艶麗)한 것을 가려 뽑아 몇 권의 책으로 추려 세상에 내놓는다면, 어찌 당대(唐代) 시인들이 꾸몄던 시들보다 못하겠는가?[149]

> ② 그[소동파]가 무산을 지나며 두자미의 운을 써서 지은 시를 보면, … 두자미의 시풍과 매우 비슷하기 때문에 역아(易牙)의 입이 아니고서는 치수(淄水)인지 민수(澠水)인지 그 맛을 구별하기 어려운 것과 같다.[150]

①에서는 소식의 시·문이 당시(唐詩)를 배우는 이들에게서 비판받을 수준이 아니고 신경(神境)에 들었음을 강조하고 있다. 만당풍(晚唐風)처럼 화려한 경향의 시를 추구하는 사람들이 소동파의 시를 비판하는 경우가 있으나, 소동파의 전체 시 가운데 화려한 시만 뽑아 놓는다면 같은 경향의 당시(唐詩)에 비해 부족할 것이 없다는 것이

---

149) 申欽,『晴窓軟談』(中), "東坡詩文, 俱神境也. 世之學唐者, 常訾之, 若簡摘其艶麗, 略爲數卷書, 行于世, 何渠不若唐家時世粧也."
150) 申欽,『晴窓軟談』(中), "其過巫山用杜子美韻 …… 太逼杜家, 苟非易牙之口, 難辨其爲淄爲澠."

다. 신흠은 대체로 당시가 송시보다 뛰어나다고는 생각하면서도, 송대의 대가들의 장점마저 당·송시의 일반적 특성에 가려지는 것을 원하지는 않았던 것으로 보인다.

②에서는 소식의 시를 두보의 작품과 비견되는 수준으로 파악하고 있다. 『제호시화』를 통해 살펴보았듯이, 소식·황정견 등 송대의 대가들에 비해 두보를 높이 평가하는 것은 17세기 전기 시화집의 일반적인 서술 방향이다. 그러나 위의 인용문에서와 같이 신흠은 일률적으로 모든 면에서 두보가 소식보다 뛰어나다고 단정하기보다는 개개 작품의 문학성을 고려하여 객관적으로 작품의 수준을 평가함으로써, 소식 시의 장점을 보여주려고 하였다.

② 시어 활용의 범위 문제

『성수시화』에서 허균은 시를 지을 때 일상어를 활용하는 것이 바람직하다고 생각했다. 특히 시에서 지명을 써야 할 경우에는 중국의 지명을 사용해야 한다고 생각하던 그 시대 시단에서 허균은 우리나라의 지명도 문맥 안에서 잘만 활용하면 문제될 것이 없다는 견해를 표명했다.

> 조지세는 일찍이, "우리나라의 지명은 시 속에 들여놓으면 우아하지가 않지만, '기증운몽택, 파감악양성'(氣蒸雲夢澤, 波撼岳陽城)과 같은 것은 열 글자 가운데 여섯 글자가 지명이고, 그 위에 네 글자를 보태어, 힘을 들인 것은 다만 '증(蒸)·감(撼)' 두 글자에 있을 뿐이니, 노력이 과연 줄어들지 않았는가?"하였는데, 이 말에도 일리는 있다. 그러나 노수신의 시 '노진평구역, 강심판사정'(路盡平丘驛, 江深判事亭), '유암청파만, 청천백악춘'(柳暗靑坡晚, 天晴白嶽春)도 매우 좋다. 그 단련의 오묘함에 달렸을 뿐이니, 어찌 점철성금에 해가 되겠는가?[151]

지세 조위한은 중국의 지명이 시어로 활용되면 자연스러울 뿐더러 시작(詩作)에 소요되는 노력도 줄어들기 때문에 그만큼 긍정적으로 평가할 수 있지만, 우리나라의 지명은 시어로 쓰이기에는 우아하지 않고 속되다고 하였다. 허균은 이 견해에 일리가 있다고 하여 부분적으로 동의하고 있다. 그러나 곧바로 우리나라 지명이 문맥에서 적절하게 활용된 예로 허균은 노수신의 시구를 제시하면서 조위한의 견해에 반박한다. '평구역'·'판사정'·'청파'·'백악' 등의 시어는 우리나라의 지명이기에 조위한의 입장에서 보면 시어로서 우아하지 않고 속된 것이라고 할 수 있지만, 대가의 솜씨를 거치면서 시적 맥락 속에서 전혀 속되지 않고 새롭게 훌륭한 시어로 탈바꿈할 수 있다는 것이다. 『국조시산』(國朝詩刪)에서 위의 노수신의 시구에 대하여 '변속작아'(變俗作雅)라는 평가를 내린 것[152]도 이와 같은 맥락에서 한 말이다. '변속작아'는 황정견의 시론 가운데 '비속한 것을 이용하여 우아하게 만든다'고 하는 '이속작아'(以俗作雅)의 원리와 같은 것이다.[153] 그리고 허균은 궁극적으로 이러한 시적 성취를 '점철성금'(點鐵成金)의 단계에 오른 것으로 평가하였다. '점철성금'은 황정견의 시론에서 유래한 작법평어류 용어로서, 옛 사람의 진부한 시구를 재료로 하여 발전적인 새로운 뜻을 지어내는 것을 말하는 바,[154] 허균은

---

151) 許筠, 『惺叟詩話』, "趙持世嘗曰, 我國地名入詩不雅, 如氣蒸雲夢澤, 波撼岳陽城, 凡十字六字地名, 而上加四字, 其用力只在燕撼二字, 爲功豈不省耶. 此言亦似有理, 然盧相詩 路盡平丘驛, 江深判事亭, 柳暗靑坡晚, 天晴白嶽春, 其在鑪錘之妙而已, 何害點鐵成金乎."

152) 許筠, 「愼氏江亭懷弟」, 『國朝詩刪』 卷4 참조.

153) 黃庭堅, 「再次韻幷序」, 『山谷內集詩注』 卷12, 『四庫全書』 제1114책, "以俗爲雅, 以故爲新, 百戰百勝, 如孫吳之兵. 棘端可以破鏃, 如甘蠅飛衛之射, 此詩之奇也." 그러므로 이종묵은 노수신의 이 시구를 두고 강서시파의 이론이 구현된 것으로 평가하였다.(이종묵, 『해동강서시파 연구』, 태학사, 1995, p.87)

154) 黃庭堅, 「答洪駒父書」, 『黃山谷文集』 卷19, 『四庫全書』 제1113책, "古人能爲文章者, 眞能陶冶萬物, 雖取古人之陳言, 入於翰墨, 如靈丹一粒, 點鐵成金也."

옛 사람의 시구만이 아니라 지명과 같은 일상어의 시적 형상화까지도 '점철성금'의 범주에 포함하여 이해하고 있었던 것이다. 이렇듯 『성수시화』에서는 소재로서의 일상어를 중요하게 생각하고, 나아가 그것이 시의 문맥에 적절하게 미적 변용을 이루는 것을 중요하게 생각하고 있었다고 하겠다.

그런데 허균에게 있어서 일상어의 활용 문제는 문(文)을 짓는 데에도 비슷하게 적용된다는 점을 다음 글에서 확인할 수 있다.

> 그(좌씨, 장자, 사마천, 반고, 한유, 유종원, 구양수, 소식) 몇 분의 글이 또 어찌 상어(常語)와 다른 것이겠습니까? 내가 보기에, 비록 간결한 듯, 웅혼한 듯, 심오한 듯, 분방한 듯, 기이한 듯하다 해도, 그 시대의 상어를 가져다 바꾸어 우아하게 만든 것이니, 진정 점철성금이라고 할 만합니다. 뒷 사람들이 오늘날의 글을 볼 때, 어찌 지금 사람들이 (앞에 언급한) 과거 몇 분의 글을 보는 것과 같지 않을 것이라고 단정하겠습니까? 게다가 도도망망하여 정녕 대가가 되고자 하면서 옛 것을 그대로 본받지 않는 것은 또한 홀로 서기 위한 것이니, 어찌 싫증나는 일이겠습니까?[155]

일상어의 활용은 시와 문을 짓는데 공통적으로 활용되는 원리이다. 일상어를 그대로 사용하는 것이 아니라 그것을 활용하여 우아한 문장으로 만드는 것이다. 역대 대문장가들이 상어(常語)를 바꾸어 아어(雅語)로 만들었다고 한 것으로 보아, 허균이 시뿐만 아니라 문에서도 형상화의 측면에 대하여 충분히 고려하고 있었음을 알 수 있다. 즉 상어를 사용하는 것 자체도 중요하지만 이 상어가 문학이라는 틀

---

155) 許筠, 「文說」, 『惺所覆瓿藁』 卷12, "之數公之文, 亦何異於常耶. 以余觀之, 雖若閒若渾 若深 若奔放 若佹奇, 率當世之常語, 而變爲雅, 直可謂點鐵成金也. 後之視今文, 安知不如今之視數公之文耶. 況滔滔莽莽, 正欲爲大, 而不銓古者, 亦欲其獨立, 奚猒爲."

을 거치면서 새롭게 변화될 수 있다는 문학의 창조적 기능에 주목하여, 이러한 작법을 점철성금이라고 평가하였다.

그러나 작시(作詩)에는 작문(作文)과는 다른 차원의 원칙이 또 하나 주어짐으로써 시와 문이 근본적으로 구획된다. 허균은 시가 본질적으로 흥(興)에 의탁한다는 점을 인식하고 있었다.

이견간의 시에 '여관에서 호롱불의 남은 심지 돋우니, 사신의 풍미가 중보다 담박하네. 창 너머 두견 소리 밤새도록 들리는데, 꽃핀 산의 몇 번째 봉우리에서 울고 있는가?'라는 것이 있다. 이 시를 당시에 절창이라고들 했다. 나는 관동지방에 많이 다녔는데, 두견이라고 하는 것은 소쩍새 종류였다. 절강 사람 왕자작과 사천 사람 상방기가 함께 강릉에 왔을 때 내가 물어보니, 그 두 사람이 모두 두견이 아니라고 말했다. 대개 시인들은 흥에 의탁하여 말하기 때문에 그 해당 사물이 아니더라도 시에 사용한다. '수풀 너머 흰 원숭이 울음소리 부질없이 듣는다.'의 경우, 우리나라에는 본래 원숭이가 없는데 사용한 것이며, '집집마다 긴 대나무 숲에 비취새 우네.'의 경우에는 파랑새를 보고 염주취라 한 것이고, '자고새는 놀라 해당화를 흔드네.'는 큰 까치가 깍깍 우는 것을 보고 행부득이라고 한 것이니, 이러한 유형이다.[156]

위의 『성수시화』 소재(所在) 시화 기사에서처럼, 허균은 시인이 일상사에서 실제로 목격한 사물의 이름이 아니라 하더라도 그것을 시어로 활용하는 것이 이상할 것 없다고 하고, 이 원리를 '탁흥'(托興)이라고 규정했다. 시에서는 시어로부터 유발되는 감흥이 중요하지, 시

---

156) 許筠, 『惺叟詩話』, "李堅幹詩, 旅館挑殘一盞燈, 使華風味淡於僧, 隔窓杜宇終宵聽, 啼在山花第幾層, 此時當時以爲絶唱, 余貫游關東, 其所취杜鵑者, 卽鼎小也之類. 浙人王子爵泗川人商邦奇, 俱嘗來江陵, 余問之, 二人皆曰, 非杜鵑也. 蓋詩人托興言之, 雖非其物, 用之於詩中, 如隔林空聽白猿啼者, 我國本無猿也, 如脩竹家家翡翠啼者, 見靑禽而謂之炎洲翠也, 鷓鴣驚簸海棠花者, 見大鵲叫磔而謂行不得也, 蓋此類歟."

인이 목격하거나 경험한 대상만을 시어로 삼을 필요는 없다는 것이다. 허균은 지명과 같은 일상어를 시어로 활용하는 것을 인정하였거니와, 이것이 반드시 실생활에서 접할 수 있는 사물만 시어가 될 수 있다는 것을 의미하는 것은 아니었다. 시에서는 직접적인 경험만이 시의 소재로 취택되는 것이 아니며, 시어의 지시적 의미보다는 그 시어나 외부 사물이 환기하는 정서적 감흥을 더욱 중시한다는 것이다. 이것이 바로 흥에 의탁한다는 '탁흥'의 개념이다.

허균에게 있어서, 흥을 중시하는 시의 본질은, 언어의 지시적 의미를 명확하게 전달하는 것이 중요한 효용으로 간주되는 문(文)의 본질과 구별된다.

> 글은 뜻을 전달할 따름이다. 옛날에는 문으로 윗사람과 아랫사람의 마음을 통하게 하여 그 도를 실어 전하였기 때문에, 명확하고 바르며 정성스럽고 간절하여 듣는 사람들이 그 글이 가리키는 뜻을 훤히 알 수 있었습니다. 이것이 문의 효용입니다.[157]

윗사람과 아랫사람이 서로의 마음을 분명하게 전달하는 것이 중요한 효용으로 여겨졌다. 문(文)의 본질론적 속성을 의미의 전달에서 찾은 것이다. 이것은 『논어』(論語)를 출전으로 하는 바, 사신이 외국에 가서 전하는 국서(國書) 이외에 직접하는 말, 곧 전대(專對)하는 말은 뜻이 제대로 통하여 전달될 수 있도록 분명히 해야 한다는 것이다.[158] 이와 같이, 말의 뜻이 추호의 오해도 없이 화자의 의도대로 전달될 수 있어야 하는 것은 외교적 언술의 목표이기도 하지만 시와 구

---

157) 許筠, 「文說」, 『惺所覆瓿藁』 卷12, "辭達而已矣, 古者文以通上下之情, 以載其道而傳, 故明白正大, 諄切丁寧, 使聞者, 曉然知其指意, 此文之用也."
158) 『論語』 「衛靈公」篇 및 정요일, 『한문학비평론』(인하대학교 출판부, 1990, p.16) 참조.

별되는 문이 취해야 할 방향으로 이해되기도 했다. 그러므로 앞에서 허균이 문에 일상어를 활용하는 것을 중요하게 생각했던 것도 이처럼 뜻을 쉽고 명확하게 전달되도록 하는 문의 효용을 의식했기 때문이다. 결국 『성수시화』에서 허균이 생각하는 시는 일상어 활용의 측면에서 문과 공통점을 지니면서도, '흥'의 기법에 의지해 독자에게 새로운 감흥을 불러일으키는 것을 중시한다는 점에서 명확한 의미의 전달을 추구하는 문과 본질상의 거리를 둔다.

한편 흥에 대한 허균의 관심이 남다르다는 것은 어숙권(魚叔權)의 『패관잡기』(稗官雜記) 기사와 비교해 보면 수월하게 이해할 수 있다.

> 우리나라에는 원숭이가 없으니, 고금의 시인들이 원숭이 소리에 대하여 말하는 것은 모두 잘못된 것이다. 가정 병오년(1546)에 사신 왕학이 한강에서 노닐다가, '푸른 술동이의 은은한 물결에 춘의가 동동 뜨고, 긴 젓대에 부는 바람은 저물 녘 원숭이의 휘파람 소리네.'라는 시구를 지으니, 대제학 낙봉 신광한(申光漢)이 이에 화답하여, '한수(漢水)에서 지금 채봉을 만났는데, 초 나라 구름 어느 곳에서 원숭이 울음소리 듣는가?'라고 하였다. 을사년 여름에 사신 장승헌이 황제의 명을 받들고 우리나라에 왔을 때, 낙봉이 압록강에서 맞이하고 보냈다. 지금 장승헌이 초 땅에 사신으로 나갔다는 말을 들었으므로 하구(下句)에 그렇게 말한 것이다. '제원'(啼猿)으로 운을 달았는데도 부착흔(斧鑿痕)이 없으니 매우 훌륭하다.[159]

원숭이를 우리나라에서는 목격할 수 없으므로 원칙적으로 우리나라의 시에서는 시어로 사용해서는 안 된다고 하는 것이 인용문의 전

---

159) 魚叔權, 『稗官雜記』, "東國無猿, 古今詩人, 道猿聲者, 皆失也. 嘉靖丙午, 王行人鶴, 遊漢江, 有詩曰, 綠尊隱浪浮春蟻, 長笛吹風嘯暮猿, 大提學駱峰申公和之曰, 漢水卽今逢彩鳳, 楚雲何處聽啼猿. 盖乙巳夏, 張行人承憲, 奉誥命而來, 駱峰送迎江上, 今聞出使楚國, 故下句云爾. 押啼猿字, 而無斧鑿痕, 最爲警絶."

제이다. 이러한 시관은 실제 경험이 시의 소재로 되어야 한다는 입장에서 형성된 것이다. 따라서 직접적인 경험보다는 시어와 시적 문맥이 환기하는 정감을 중시하여 '탁흥'의 기법을 강조했던 『성수시화』의 관점과는 거리가 있다. 다만 우리 주위에서 목격하거나 경험할 수 없는 것이라 하더라도, 실제로 목격하거나 경험할 만한 처지에 있는 사람과 연결되어 시어로 활용된다면 문제되지 않는다는 것이 『패관잡기』의 입장이다. 이러한 관점에서 보면, 낙봉 신광한의 시에서 시어로 선택한 '제원'(啼猿)은 신광한 자신이 목격한 것이 아니지만, 시의 문맥 속에서 중국인 장승헌이 체험할 수 있는 것으로 표현되어 있기 때문에 잘못된 것이 아니다. 이와 같이 직접적인 경험 내용만을 시의 재료로 인정하는 경우에는, '흥'의 기법에 따라 다양한 시적 분위기를 창출할 수 있다고 하는 입장에서보다 소재 선택이 제약되며, 비교적 사실적인 경향의 시를 중시하게 된다.

『지봉유설』에서도 원숭이가 소재로 등장하는 시를 대상으로 한 시론이 보이는데, 이수광은 허균과 달리 원숭이가 없는 지역이 시의 배경으로 설정될 경우에는 원숭이가 시어로 선택되는 것이 바람직하지 않다고 말한다.

당 태종의 「요동산」 시에, '산에는 온통 놀란 새들이 어지러이 날고, 봉우리 너머에는 무리 잃은 원숭이가 울고 있네.'라는 구절이 있는데, '단원'(斷猿)은 무리를 이루지 못한 것을 말하며, '단안'(斷雁)도 같은 경우이다. 다만 요동에는 원래 원숭이가 없는데도 '원숭이가 운다'고 한 것은 무엇 때문인가? 중국 사신 동월의 「개성부」 시에서 '끝없는 하늘로 새 한 마리 사라지고, 해질 녘 들에선 원숭이 우는구나.'라고 한 것도 잘못된 것이다.[160]

---

160) 李睟光,「御製詩」,『芝峰類說』, "唐太宗遼東山詩曰, 連山驚鳥亂, 隔岫斷猿吟, 斷猿不成群也, 斷雁同. 但遼固無猿, 而曰猿吟何也. 天使董越開城府詩曰, 長空孤鳥

이수광은, 원래 원숭이가 살지 않는 지역인 요동을 배경으로 한 당
태종의 시에 원숭이가 운다는 표현이 들어가 있는 것이라든가, 중국
사신 동월의 시가 개성을 배경으로 하면서 원숭이를 등장시킨 것을
이치에 맞지 않는다고 하여 비판하고 있다. 작품 전체에서 환기하는
분위기를 중시한다기보다 시인의 실제 경험을 시로 표현하는 것이
이수광에게는 더 중요하게 여겨진 것이다.

시에서 사실적 상황을 설정하는 것이 중요하다는 이수광의 견해는
『지봉유설』의 다른 부분에서도 강조된다. 이를테면, 마름[菱]은 가을
에 열매가 익기 때문에, 그 때 캐는 것인데, 백광훈과 이달의 시에는
모두 마름 캐는 시기가 봄으로 되어 있으므로 온당치 못하다고 하였
다.[161] 다음 시화 기사도 백광훈의 시를 비판한 것인데, 자연물의 생
장과 관련된 소재를 시기에 맞지 않게 사용한 것이 비판의 원인이 되
었다.

> 이백의 시에, '5월에 서시가 연(蓮)을 따니, 사람들이 구경나와 약야
> 계가 비좁네.'라 하였으니, 5월은 연을 따는 때이다. 백광훈의 사(詞)에
> 는 '강남의 연 따는 아가씨, 강물이 산을 치며 흐르는데, 연(蓮)이 짧아
> 물 위로 나오지 못하자, 뱃노래로 봄 시름 풀어내네.'라고 하였는데, 연
> 이 물 위로 나오지 않았다면, 연을 따는 시기가 아니므로, 이 사(詞)는
> 잘못된 것이다.[162]

没, 落日野猿呼, 亦失之矣."
161) 李睟光,「古詩」,『芝峰類說』, "庾新夏日詩曰, 早菱生軟角, 劉禹錫採菱行註, 武陵
俗每秋女郎盛遊于馬湖, 採菱御客云, 蓋至秋而菱角成熟可採也. 我國白光勳採菱
曲曰, 相遙渡口採菱去, 菱葉初生荇葉靑, 李達詩曰, 南湖菱角已成刺, 三月行人歸
木歸, 此兩作皆誤."
162) 李睟光,「詩評」,『芝峰類說』, "李白詩曰, 五月西施採, 人看隘若耶. 蓋五月是採蓮
之時也. 白光勳詞云, 江南採蓮女, 江水拍山流, 蓮短不出水, 棹歌春正愁, 蓋蓮未
出水, 則非採蓮之時, 可謂謬矣."

'뱃노래로 봄 시름 풀어내네.'라는 구절로 보아, 백광훈은 봄에 연을 따러 나간 것으로 상황을 설정하였음을 알 수 있다. 이수광은 이백의 시를 근거로 하여 연(蓮)을 따는 시기는 5월, 즉 여름이어야 한다고 보고, 백광훈의 상황 설정이 틀렸다고 말하였다.

이와 같이 『지봉유설』에서는 작품에 사용된 시어가 현상계의 사실에 부합하는가를 변증하는 데 주력하고, 시어가 환기하는 미적 특징에는 비교적 관심이 적었다. 이 점에서, 특정 시어의 일차적 의미나 사실에 근거한 묘사를 중시하기보다는 시어가 환기하는 미적 특징과 분위기에 관심을 보이는 『성수시화』류의 비평과 일정하게 구별되는 것이다.163)

③ 용사(用事)에 대한 이해 양상

앞에서 '흥'(興)의 문제와 관련된 『지봉유설』의 논의를 검토하는 자리에서 살펴본 바와 같이164), 이수광은 당시와 구별되는 송시의 특징으로 용사(用事)가 많은 점을 꼽았다.165) 그는 소식(蘇軾)·황정견(黃庭堅)이 불교 용어를 많이 사용하여 신기(新奇)함을 살렸으나, 시격(詩格)에는 큰 소용이 되지 않았다고 보았다. 이수광은 자신이 살던 시대에도 표절과 다름없을 정도로 옛 사람의 어구를 원용하는 경우

---

163) 김만중(金萬重)도 『서포만필』(西浦漫筆)에서, 시인은 경물(景物)에 지나치게 구애받지 않고 시를 지으므로, 시의 해설에서도 이를 존중해야 한다고 하면서, 작품 외적 현실 상황과 일치하는 시어의 선택을 고집하는 이수광(李睟光)의 비평 태도를 비판한 바 있다.(金萬重, 『西浦漫筆』, 洪寅杓 譯註, 一志社, 1990, pp.386-387 및 박수천, 『芝峰類說 文章部의 비평양상 연구』, 태학사, 1995, pp.71-72 참조.)

164) III-2-① 참조.

165) 李睟光, 「詩」, 『芝峰類說』, "唐人作詩, 專主意興, 故用事不多. 宋人作詩, 專尙用事, 而意興則少, 至於蘇黃, 又多用佛語, 務爲新奇, 未知於詩格如何. 近世此弊益甚, 一篇之中, 用事過半, 與剽竊竄古人句語者, 相去無幾矣."

가 많았음을 지적하였다.

이수광은 우리나라 시인 가운데 정사룡(鄭士龍)을 예로 들어, 그가 여러 가지 서적을 초록해 두었다가 시를 지을 때 사용하고는 하여 시에 부착흔(斧鑿痕)이 많고 기상이 평온하게 표현되지 못하였다고 비판하였다.[166] 이수광은 용사를 송시풍의 특징으로 지적하고, 작시의 자연스러움을 해친다고 하는 용사의 부정적 측면을 경계했던 것이다.

그러나 『제호시화』에서 양경우는 송시 뿐만 아니라 17세기 전기 시화집의 서술자들이 공통적으로 시의 본령이라고 생각했던 성당의 시에도 용사가 많이 활용된 점을 거론하면서 시에서 용사가 쓰이는 것 자체는 문제될 바가 아님을 밝히고 있다.

> 세상에서 시를 논하는 이들이 당체(唐體)다 송체(宋體)다 말하지만, 근세에 당시(唐詩)를 배우는 이들은 만당(晚唐)에서 출발한다. 성당(盛唐)과 만당은 비교할 수 없을 정도로 차이가 크니, 성당의 여러 시들을 깊이 음미해 보면 그것을 알 수 있다. 이미 만당을 배운 이들은 용사한 것을 가리켜 당풍이 아니라고 하지만, 성당의 시에도 용사한 곳이 많아서 이따금 송시와 비슷해 보인다. 그러나 구법에서 저절로 구별이 되는데, 세상 사람들 가운데 아는 이가 드물다.[167]

이러한 논의가 있었던 이유는, 만당풍을 구사하는 이들 가운데 당시와 송시의 본질론적 차이를 용사를 하는가의 여부에서 찾고, 용사를 하지 않는 것이 당시의 본색이라고 주장하는 풍조가 있었기 때문

---

166) 李睟光, 「東詩」, 『芝峰類說』, "余謂爲文而以編綴用事爲能者, 乃文人之病也. 頃世鄭上龍, 類抄諸書, 盛以大囊, 每有製作, 必以自隨, 故其詩多牽補斧鑿之痕, 絶無平穩底氣象, 盖亦坐此病耳."

167) 梁慶遇, 『霽湖詩話』, "世之論詩者, 曰唐體, 曰宋體. 近世學唐者, 出於晚唐. 盛唐與晚唐, 迥然不侔, 取盛唐諸詩, 熟翫則可知. 已學晚唐者, 指用事曰, 非唐也, 盛唐用事處亦多, 時時有類宋詩, 然句法自別, 世人鮮能知之."

으로 보인다. 양경우는 용사 자체가 시적 수준을 가늠하는 기준이 될
수 없고, 용사가 시의 문맥에서 적절하게 활용되었는가가 중요한 평
가 기준이 된다고 보았던 것이다.

그러나 양경우는 용사와 도습(蹈襲)을 구별하여, 도습에 대해서는
우려를 표했다. 중국의 유원부의 말을 인용하여 도습의 범주 가운데
공취(公取)·절취(竊取) 등을 소개한 뒤, 권응인이 타인의 시에서 그
뜻을 도습(蹈襲)한 것은 '절취'이며, 이달(李達)이 타인의 시구를 완전
히 베끼고 거기에 몇 글자만 추가한 것은 '발총수'(發塚手)라고 규정
했다.[168]

『청창연담』에서는 소식(蘇軾)의 경우를 예로 들어 용사의 문제를
거론하였다. 신흠은 소식이 고사(古事)를 많이 사용한 점에 대하여,
먹지 않는 음식을 죽 늘어놓는 것과 같이 비효율적이고 적절치 못하
다고 비판하는 사람들의 견해에 일면 호응하면서도, 다음과 같이 소
식의 용사 활용을 긍정적으로 평가하기도 하였다.

　　소동파가 고사를 활용하는 것에 대해서는 다만 재주가 너무 많다는
　　것을 걱정할 뿐이다. 천성(天成)에서 나왔으므로 스스로도 느끼지 못하
　　는 것이니, 어찌 이것이 허물이 되겠는가?[169]

소식이 용사를 많이 하는 것은 천부적인 재능에서 비롯된 것으로

---

168) 梁慶遇, 『霽湖詩話』, "崔學士孤竹, 以評事赴咸鏡道, 蓀谷以塞下曲三首贈之. 其一
　　曰, 都尉分軍夜斫營, 漢家金鼓動邊城, 朝來更聽降胡說, 西下陰山有伏兵, 一時傳
　　咏. 余閱唐于谷詩有度水逢胡說, 沙陰有伏兵之句. 權松溪遊海上人家, 有鷗飛誤人
　　闌之句, 余見何月湖環翠閣詩曰, 沙禽占水閑相趁, 誤入疎簾靜却廻. 昔劉原父戲歐
　　陽公曰, 永叔於漢文, 有公取竊取, 公取者粗可數, 竊取者無數. 盖松溪約七言兩句,
　　成五言一句, 只襲其意, 可謂竊取. 至如蓀谷全謄古句, 略加數字, 要以一時驚人而
　　止, 非公取竊取, 盖發塚手也."
169) 申欽, 『晴窓軟談』(中), "東坡之用古事, 只患才之太多, 出於天成而不自覺爾, 奚可
　　以此而尤之耶."

평가해야지, 나무랄 사항이 아니라고 하면서 용사 자체를 부정하지는 않았다. 기교를 목적으로 하여 용사한 것이 아니라 작가 자신의 박학다재(博學多才)에서 자연스럽게 이루어진 용사이므로 긍정적인 평가를 받았던 것이다.

『지봉유설』에서는 용사를 송시만의 특징으로 인식하여, 용사가 의흥(意興)의 발휘를 억제하는 요인이 된다고 부정적으로 생각하였으나, 『제호시화』와 『청창연담』에서는 용사 자체는 작시에 부정적 기능을 하는 것이라고 단정할 수 없다고 하였다. 『제호시화』에서는 용사가 구법에 맞게 활용된 점이 성당 시의 특징이라고 하였으며, 『청창연담』에서는 용사를 자연스럽게 구사하기만 한다면 작시에 아무런 문제가 없다고 하였으니, 이 두 시화집에서는 용사를 어떻게 활용하는가에 관심을 두었다고 할 수 있다.

IV. 시평의 전개와 특성

풍격(風格) 비평은 작가 및 작품에서 발견되는 개성이나 예술적 특성을 몇 글자로 압축하여 표현하는 동양의 전통적인 비평 방식이다. 풍격은 본래 사람의 풍도품격을 가리키는 것이었는데, 예술적 측면에서는 작가가 창작 과정에서 표현해 낸 개성을 의미하게 되었다. 즉 창작 과정에서 내용 및 형식과 관련된 각종 요소가 유기적으로 결합하여 드러내는 예술적 풍모를 풍격이라고 할 수 있다.[170]

그런데 풍격 비평은 작가나 작품의 성격을 단지 몇 글자에 압축적으로 담아 전달하는 것이라서, 현대 비평적인 관점에서 보자면 지나

---

170) 蔡鎭楚, 『詩話學』, 湖南教育出版社, 1990, p.213.

치게 자의성을 띤 인상비평이라는 비판에 직면할 수도 있다. 그럼에도 불구하고 고전비평에서 어떤 작품을 한두 마디의 평어로 품평했을 경우, 그것은 비평 당시의 심미적 기준과 관련하여, 그렇게 품평할 만한 주관적 또는 객관적인 이유가 있었던 것이다. 객관성이 부정되거나 도외시된 것도 아니며, 누가 그 작품을 대하더라도 그렇게 품평될 여지가 있는 종합적인 비평관이 작품이 지닌 요소와 품평자의 관점에 따라 적의(適宜)하게 작용한 데서 행해졌다고 할 수 있다.[171]

이 장에서는 17세기 전기 시화집의 풍격비평적 특성을 구명하게 된다. 시화 서술자가 특정 시인이나 시의 평가에 활용한 풍격 용어의 특성을 종합한다면, 시화 서술자의 선시(選詩) 경향 및 시 작법상의 지향점을 비롯한 비평적 관점을 밝힐 수 있을 것이다.

풍격 비평이 17세기 전기 시화집에서 차지하는 비중은 자못 크다. 특히 17세기 전기 시화집(詩話集)들 가운데 가장 전문적인 시 비평서라고 할 수 있는 『성수시화』(惺叟詩話)에서 적극적인 풍격 비평을 보여 주고 있으며, 『성수시화』만큼 본격적인 비평 양상을 보이지는 않지만 『청창연담』(晴窓軟談)에서도 우리나라 시인과 시에 대한 풍격을 다각도로 보여 주고 있다. 『제호시화』(霽湖詩話)와 『지봉유설』(芝峰類說)에서는 그 시대의 시단(詩壇)에 관한 일화의 소개나 작품에 대한 변증이 기본적인 서술 방식이므로, 특정 시인이나 작품의 경향을 설명하기 위해 부분적으로 풍격 비평을 활용하고 있다. 따라서 『성수시화』와 『청창연담』의 풍격 비평 양상을 중심으로 하고, 『제호시화』와 『지봉유설』의 풍격 논의를 아우른다면, 17세기 전기 시화집의 비평적 특성이 그 대략적인 윤곽을 드러내리라고 생각한다.

이 장에서는 17세기 전기 시화집에서 평가하는 한시사(漢詩史)를 고려시대 · 조선 전기 · 조선 중기 등 크게 세 시기로 나누고, 다시 조

---

171) 정요일, 『한문학비평론』, 인하대 출판부, 1990, p.248.

선 중기를 중종대 전후와 선조대 전후로 양분하여 살펴볼 것이다. 이 것은 허균(許筠)이 『성수시화』에서 개별 시인들의 시 세계와 관련하여 거론한 한시사의 시기별 특성을 바탕으로 구분한 것이다. 조선시대 한시사에 대한 『성수시화』의 논평은 그것이 서술되었던 17세기 전기 비평계의 한시사에 대한 대체적인 시대구분 의식을 반영할 수 있다고 보기 때문이다.

『성수시화』에서는 최치원과 고려의 시에 대하여 평가한 다음, 세종조(世宗朝)를 중심으로 한 조선 전기의 시단의 특징을 다음과 같이 개괄적으로 서술하고 있다.

> 세종조에는 인재가 배출되어 한때 뛰어난 문장가들이 매우 많았으나, 고시(古詩)는 옛 사람에 비하면 매우 부끄러운 수준이었으며, 율시와 절구도 뛰어난 것이 없었다.[172]

이러한 서술 뒤에 허균은 조선 전기 연산군 때까지의 대표적인 시인들과 그 작품 세계를 풍격과 관련하여 설명하고 있다. 그리고는 조선 중기를 중종대와 선조대로 크게 양분하여 각 시기의 대표적인 시인들의 성향을 약술하였다.

> ① 우리나라의 시는 중종대에 이르러 크게 이루어졌다. 용재 이상공이 처음 시를 짓기 시작하자, 눌재 박상·기재 신광한·충암 김정·호음 정사룡이 한 시대에 나와 훌륭한 광채와 소리를 내니 천고에 일컬을 만했다.[173]

---

172) 許筠, 『惺叟詩話』, "英廟朝人才輩出, 一時文章巨公甚多, 古詩殊愧於前人, 而律絶亦無警策."

173) 許筠, 『惺叟詩話』, "我朝詩至中廟大成, 李容齋相倡始, 而朴訥齋祥申企齋光漢金冲庵淨鄭湖陰士龍並生一世, 炳烺鏗鏘, 足稱千古也."

② 우리나라의 시는 선조대에 이르러 크게 갖추어졌다. 소재 노수신이 두보의 시법을 체득하였으며, 지천 황정욱이 이어서 일어났다. 최경창과 백광훈이 당시를 배우고 익지 이달이 그 흐름을 밝혔다. 돌아가신 우리 형님의 가행(歌行)은 이백과 비슷했으며, 누님은 성당(盛唐) 시의 경지에 들어갈 만했다. 그 뒤 여장 권필이 늦게 나와 힘써 선현(先賢)을 따르니, 용재 이행과 어깨를 나란히 하며 따를 만했다. 아! 훌륭하구나.[174]

위의 인용문을 통해 알 수 있는 것은 ①의 중종대와 ②의 선조대를 기본적으로 구획짓는 기준은 시인들이 당풍(唐風)을 체현(體現)하였는가의 여부라는 점이다. 중종대에도 시단의 시적 수준이 높았지만, 허균 시대의 시인들이 추구하는 최고의 경지라고 할 수 있는 당풍(唐風) 또는 성당풍(盛唐風)의 시 세계를 구축한 선조대를 중종대와 구분하고자 했던 것이다.

이러한 대략적인 시대 구분을 염두에 두고 17세기 전기 시화집에서 각 시기의 시적 특징을 어떻게 기술하고 있는지 살펴본다면 시화에서 지향하고 있는 비평 의식을 확인할 수 있을 것이다. 이제 고려시대, 조선 전기(연산군대까지), 조선 중기(중종대 전후/선조대 전후)의 시 세계에 대한 각 시화의 인식 태도를 풍격 비평을 중심으로 살펴보도록 하겠다.

1. 고려시대 시단에 대한 비평 양상

17세기 전기 시화집에서는 고려시대의 시단을 대표하는 시인과 시

---

174) 許筠, 『惺叟詩話』, "我朝詩, 至宣廟朝, 大備, 盧蘇齋得杜法, 而黃芝川代興, 崔白 法唐, 而李益之闡其流, 吾亡兄歌行似太白, 姊氏詩恰入盛唐, 其後權汝章晚出力追 前賢, 可與容齋相肩隨之, 猗歟, 盛哉."

를 평가할 때 '청'(淸) 계열, '일'(逸)·'호'(豪) 계열의 풍격 용어를 주로 사용하고 있다. 고려시대의 시나 시인들 가운데 이러한 계열의 풍격에 해당하는 대상들이 가장 뛰어나다는 시화서술자의 시각이 반영된 결과이다.

1 '청'(淸) 계열

'청'(淸)은 허균에 따르면 "차가운 물줄기가 커다란 계곡을 씻어 내리는 것과 같은"175) 성향의 풍격이다. 평범함과 속됨을 넘어선 경지,176) 유창하고 아름다워 탁하거나 막히지 않은 상태177)와 관련된 풍격이라고 할 수 있다. 『성수시화』에서는 고려시대의 진화(陳澕)·홍간(洪侃)·김구용(金九容) 등을 '청'(淸) 계열의 풍격을 구사한 시인으로 꼽고 있다.

한림 진화는 문순공 이규보와 이름을 나란히 했으며, 그의 시는 매우 청소(淸邵)했다.178)

사인 홍간의 시는 농염(穠艶)·청려(淸麗)하였으며, 그가 쓴 「나부인」·「고안」 등의 작품은 가장 훌륭하여 성당 시인의 작품과 같았다.179)

척약재 김구용의 시는 매우 청섬(淸瞻)한데, 목은 이색이 "경지(敬之)는 붓을 놀릴 때 마치 구름과 연기가 이는 듯하다."고 한 것은 이를 가리킨다.180)

---

175) 許筠, 「蓀谷集序」, 『惺所覆瓿藁』 卷5, "其淸也, 若霜流之洗巨壑."
176) 胡應麟, 『詩藪』 外篇, "淸者, 超凡絶俗之謂."
177) 楊愼, 『升庵詩話』. "淸者, 流麗而不濁滯."
178) 許筠, 『惺叟詩話』, "陳翰林澕, 與文順齊名, 詩甚淸邵."
179) 許筠, 『惺叟詩話』, "洪舍人侃, 詩穠艶淸麗, 其懶婦引孤鴈篇, 最好, 似盛唐人作."
180) 許筠, 『惺叟詩話』, "金惕若九容, 詩甚淸瞻, 牧老所稱, 敬之下筆, 如雲煙者, 是己."

허균은 세 시인의 작가론적 풍격을 각각 청소(淸邵)·농염청려(穠艶淸麗)·청섬(淸瞻)으로 세분화하여 설명하고 있다. 특히 홍간의 시에 대한 총평에서 '농염청려'하다고 풍격 상의 특징을 규정하였고, 특히 「나부인」(懶婦引)·「고안」(孤鴈) 등은 최고의 수준인 성당의 경지에 드는 것으로 보았다. 이를 통해 '청'(淸) 풍격이 시적 수준을 올리는 기본 조건이라고 보는 허균의 평가 기준의 일단을 짐작할 수 있다.

'청' 계열을 시의 본질적인 요소로 보는 인식은 고전 시론에서 일반적이었던 것으로 보인다. 신흠이 『청창연담』에서 "청(淸)은 시의 본색"[淸是詩之本色]이라고 한 것이나, 정두경이 청준(淸峻)함을 당운(唐韻)과 연계시킨 점[181]을 감안할 때, 17세기 시단에서 훌륭한 시를 가리는 기본 척도로 작용하는 것 가운데 하나가 바로 '청' 계열의 풍격임을 알 수 있다.

한편 진화에 대한 작가론적 풍격을 '청소'(淸邵)라고 규정했던 것과는 별도로, 그의 시 「야보」(野步)의 개별 풍격을 '청경'(淸勁)이라고 했다.

小梅零落柳僛垂	작은 매화는 떨어지고 버들은 춤추듯 드리워 있는데
閒踏淸嵐步步遲	맑은 아지랑이 한가로이 밟느라 걸음걸이 더디네.
漁店閉門人語少	어촌 주막은 문이 닫혀 사람들 이야기 소리 나직하게 들리고
一江春雨碧絲絲	온 강에 내리는 봄비는 실실이 푸르네.

'청소'(淸邵)가 맑고 빼어난 분위기를 의미하여 '청' 풍격의 일반적

---

181) 任璟, 「詩話叢林跋」, "군평 정두경이 나(김득신; 필자 주)에게 말하기를 '우해 홍만종은 율격이 청준(淸峻)하여 자못 당운(唐韻)이 있다.'고 하였다."(君平謂余曰, 于海律格淸峻, 頗有唐韻. - 洪萬宗, 『詩話叢林』)

특징과 관련된다면, '청경'(淸勁)은 그것에 '경'(勁)자가 지니는 강하다는 뜻이 더하여져 마음이 세속에 흔들리지 않고 맑은 경우에 해당된다. 이 시에서 느껴지는 경물들의 분위기는 청아하다고 할 수 있다. 그러나 시적 화자는 그다지 들떠 있지 않다. 한가롭고 침착하게 맑고 고운 봄의 정취를 체감하는 시적 화자의 자세가 발견된다. 주변 경물에 탐닉한다기보다 경물과 자아 사이에 일정한 거리를 두고 있다. 외물에 흔들리지 않으면서도 그 정취를 만끽하는 화자의 자세를 '경'(勁)이라는 평어에 담은 것으로 보인다.

『동인시화』에서는 위의 시와 이규보의 「하일즉사」(夏日卽事)[182]에 대하여 '청신환묘(淸新幻妙)·한원유미(閑遠有味)'라고 평가한 바 있다. '청신환묘'(淸新幻妙)는 여름날 어느 한 순간의 산뜻한 정경을 화자의 직관으로 포착하고 있는[183] 제2~4구에 대한 평가라고 할 수 있다. 잠에서 막 깨어날 무렵의 새 소리는 환청에 가깝고, 그 때 목격한 정경도 신비로운 분위기를 띠기 때문에 '환묘'(幻妙)라는 표현이 가능한 것이다. 그리고 한가롭고 평온하면서도 별다른 흔들림 없이 자연을 완상하는 화자의 자세를 『성수시화』에서는 '경'(勁)이라고 하고 있는데 비해, 『동인시화』에서는 '한원유미'(閑遠有味)라고 하고 있다. 그리고 음성적인 측면에서 기구(起句)와 결구(結句)에 각각 무성폐쇄음으로 종결되는 음절인 '락'(落)과 '벽'(碧)이 사용되었으므로, '청'(淸)한 가운데 다소 탁(濁)하고 강한 어조가 조화를 이루게 된다. 이것이 '경'(勁)의 의미가 되기도 한다.

---

182) "가벼운 적삼에 작은 대자리 펴고 바람부는 창가에 누웠다가, 꾀꼬리 울음소리 두세 마디에 꿈에서 깨어 보니, 우거진 잎에 가리워진 꽃은 봄이 지났는데도 남아 있어, 엷은 구름 사이로 새어 나오는 햇빛으로 빗속에도 환하네."(輕衫小簟臥風櫺, 夢斷啼鶯三兩聲, 密葉翳花春後在, 薄雲漏日雨中明.)

183) 박성규, 「이규보의 자연시에 대한 이해」, 김열규·김동욱 편, 『이규보연구』, 새문사, 1986, pp. I 54-55 참조.

② '일'(逸) 계열

『성수시화』에서는 일격(逸格) 계열의 고려시대 작품으로 정지상·
이색·이규보의 것을 꼽고 있다. 정지상의 「장원정」(長源亭)과 이색
의 「부벽루」(浮碧樓)를 '신일'(神逸)로, 이규보의 「강상월야망객주」(江
上月夜望客舟)를 '고일'(高逸)로 각각 분류하고 있다.

'일'(逸)이라는 용어의 초기 용례는 '일민'(逸民)이라는 어휘와 관련
된다. 이와 같이 '일'(逸) 풍격을 사람의 품격과 연관시켜 사용한 경우
는 『논어』의 「미자」(微子) 편에서 살펴볼 수 있다.

> 일민은 백이·숙제·우중·이일·주장·유하혜·소련이다. 공자께
> 서 말씀하시기를, "자기 뜻을 굽히지 않고, 자기 몸을 욕되게 하지 않
> 는 이는 백이·숙제이다. 유하혜·소련은 뜻을 굽히고 몸을 욕되게 하
> 였으나 말은 이치에 맞고, 행동은 사려에 맞았으니, 그들은 이와 같을
> 따름이었다. 우중·이일은 은거하면서 말을 자유롭게 하였으나, 몸은
> 깨끗했으며 세상에 쓰이려 하지 않으면서도 권도에 맞았다."고 했
> 다.184)

하안(何晏)의 주석에 따르면, '일민'(逸民)이란 '절행초일'(節行超逸)
한 사람이다.185) 절도 있는 행실이 남달리 빼어난 사람을 가리킨다.
위의 인용문을 바탕으로 일격(逸格)의 의미를 하위 분류하면, 세속적
인 일에 영합하여 자기의 뜻을 굽히거나 몸을 더럽히지 않는 백이·
숙제의 '고일'(高逸)과 은거하면서 말은 거침없이 해도 생활은 순결한
우중·이일의 '청일'(淸逸) 등으로 나눌 수 있다.186) 황간(皇侃)의 표

---

184)『論語』「微子」, "逸民, 伯夷·叔齊·虞仲·夷逸·朱張·柳下惠·少連. 子曰, 不
降其志, 不辱其身, 伯夷叔齊與. 謂柳下惠少連, 降志辱身矣, 言中倫, 行中慮, 其斯
而已矣. 謂虞仲夷逸, 隱居放言, 身中淸, 廢中權."
185)『論語集說』卷六, 漢文大系(一), 新文豊出版公司, 中華民國 67년(1978).

현을 빌리자면 유하혜·소련은 완전한 일격(逸格)을 구현했다기보다 마음으로는 일격을 추구하지만 행동은 그렇지 못한 경우[心逸而跡不逸]이다. 결국 일상적이고 세속적인 것을 넘어선 뛰어난 행실을 가리키는 것이 '일'(逸)이라고 할 수 있으며, 그것을 세부적으로 강조하기 위해 '고(高)·청(淸)' 등의 수식어를 붙일 수 있는 것이다. 그리고 하안이 말한 '초일'(超逸)의 '초'는 '일'과 동등한 의미를 지니면서 일격을 포괄할 수 있는 수식어라고 볼 수 있다.

'일'에 대한 인격적 측면의 논의를 예술론의 방면으로 발전시킬 경우, '신'(神)보다 탈속을 더 많이 하여 최고로 승화된 형상화라고 그 개념이 구체화되기도 한다.[187] 그리고 '신일'(神逸)의 '신'은 '일'보다 한 단계 낮은 예술적 성취라고도 할 수 있지만, 동시에 일격을 수식하는 어휘로도 간주된다. 이 때의 '신'은 생각을 통해서 알 수 있는 것을 넘어선 경지이다.[188] 평범하지 않은 감각에 기반한 표현이며, 매우 특별한 구성과 참신한 상상력이 작용한 '신기'(神奇)의 경계와 통한다.[189] 그러므로 '신일'은 특별한 구성과 상상력을 통해 작의적이지 않고 자연스러운 분위기를 묘사했을 때 구현되는 풍격이라고 할 수 있다.

『성수시화』에 인용된 정지상의 「장원정」(長源亭) 제5·6구를 살펴보면 '신일'(神逸)의 의미를 확인할 수 있다.

綠楊閉戶八九屋   푸른 버들 속 문 닫은 집에 여덟 아홉 집
明月捲簾三四人   밝은 달 아래 발을 걷은 곳에 서너 사람.

---

186) 서복관,『중국예술정신』, 권덕주 外 역, 동문선, 1997. p.357.
187) 서복관, 위의 책, p.359.
188) 竇蒙,『語例字格』, "神, 非意所到可以識知."
189) 彭會資 主編,『中國古典美學辭典』, 廣西敎育出版社, 1991, p.96.

제5구에서는 장원정에서 목격한 마을의 집들을 묘사하고, 제6구에서는 그 가운데 특정 가옥에 시선을 모아 그 안에서 관찰된 인물들을 묘사하고 있다. 맑은 달빛이 비치는 밤에 버드나무가 살랑이는 배경이 조용한 마을을 감싸고 있다. '녹양'(綠楊)과 '명월'(明月)이 자아내는 청신한 분위기 속에서 현실공간이 조용하고 다소 탈속적인 듯한 분위기의 이상공간으로 전환되었다고 할 수 있다.[190] 시적 화자가 목격한 경물을 있는 그대로 자연스럽게 묘사하면서도 신비로운 분위기를 전달하고 있기에 '신일'(神逸)의 풍격이 부여되었다고 할 수 있다. 『파한집』에서도 같은 일격 계열의 풍격인 '표일'(飄逸)로 시어의 특징을 설명하고 있다. 그리고 탈속적인 분위기를 뜻하는 '출진'(出塵)이라는 술어를 덧붙이고 있어, '표일'이 『성수시화』에서의 평어 '신일'과 같은 맥락의 평가임을 보여준다.

또한 『성수시화』에서는 이색의 시 「부벽루」를 '신일'하다고 평가할 때, "아로새기거나 꾸미지 않고, (시어를 억지로) 뒤져서 끌어다 쓰지 않았는데, 우연히 가락에 맞는다"[191]는 것을 근거로 제시하고 있다. '조식'(雕飾)과 '탐색'(探索)이 들어 있지 않다는 것은 인공과 작위를 통해 억지로 형식에 맞추려 하지 않아 자연스러움이 배어 있다는 것을 의미한다. 형식에 구속되지 않았으므로 일격을 갖춘 것이라 할 수 있으며, 형식에 신경 쓰지 않는데도 오히려 자연스럽게 가락에 맞으니, 이것이 바로 '일'(逸)에 덧붙은 '신'(神)의 속성이다.

『성수시화』에서 '신일'로 분류된 시구들은 대체로 대상에 대한 참신한 표현, 대상의 묘사에서 우러나는 신비로운 분위기가 특징적이다. 이에 비해 '고일'(高逸)로 분류된 이규보의 「강상월야망객주」(江上

---

190) 변종현, 『고려조 한시 연구』, 태학사, 1994, p.89.
191) 許筠, 『惺叟詩話』, "李文靖昨過永明寺之作, 不雕飾, 不探索, 偶然而合於宮商, 詠之神逸."

月夜望客舟)에서는 시적 주체, 즉 작품 속의 행위 주체의 고상하고
비범한 행위가 부각되고 있다.

> 官人閑捻笛橫吹　벼슬아치 한가로이 피리를 비껴 불고,
> 蒲席凌風去似飛　부들 돛이 바람을 타고 날 듯이 가네.
> 天上月輪天下共　하늘 위의 둥근 달은 천하가 함께 하거늘,
> 自疑私載一船歸　혼자서 한 배 가득 싣고 돌아가는 듯.

'고'(高)는 사공도의 '이십사시품'(二十四詩品) 가운데 '고고'(高古)의
성격과 관련지을 수 있다. 세속적인 것을 초월하여 신선의 경지에 방
불한 모습을 형상화한 것을 '고고'(高古)라고 할 수 있는데,[192] 위의
시에서 벼슬아치가 보여주는 행위를 통해 이러한 풍격을 읽을 수 있
다. 앞의 두 구에서는 일상적인 한계에 초연한 자세[193]를 지닌 자유
인의 형상을 느낄 수 있고, 뒤의 두 구에서는 남다른 호기(豪氣)와 국
량(局量)을 지닌 행위 주체의 빼어난 기개를 읽을 수 있다. 이처럼 관
인(官人)의 비범한 기상에 초점을 맞춘 김종직(金宗直)은 『청구풍아』
(靑丘風雅)에서 이 작품의 풍격을 '호장'(豪壯)이라고 하였다.[194]
　그러므로 '일'(逸) 계열과 '호'(豪) 계열은 일정 정도의 관련성을 담
지한다고 할 수 있다. '구격호일'(句格豪逸)[195]이나 '호일분방'(豪逸奔
放)[196]이라는 평어들처럼 '호'와 '일'을 함께 사용한 경우를 보더라도
두 계열 사이의 공분모를 비평가들이 의식하고 있었음이 확인된다.
그리고 "문(文)은 호매장일(豪邁壯逸)한 것으로 기(氣)를 삼는다."[197]

---

192) 차주환, 『中國詩論』, 서울대 출판부, 1989, p.100 참조.
193) 司空圖, 『二十四詩品』의 「高古」조에서 말하는 '脫然畦封'을 가리킴.
194) 최우영, 「許筠의 詩觀과 批評樣相 연구」, 연세대 박사논문, 1997, p.87.
195) 崔滋, 『補閑集』(上).
196) 徐居正, 『東人詩話』(上).
197) 崔滋, 『補閑集』(下).

고 하는 논평을 통해, 고전 문학 이론에서 '호'와 '일'은 '기' 또는 '기상'의 성격을 규정하는 용어로 쓰였음을 알 수 있다.

'일'(逸) 또는 '초일'(超逸)은 정신이 세속으로부터 해방을 얻은 상태이기 때문에, 궁극적으로 '방일'(放逸)의 단계로까지 이어지며, '방일'은 기본적으로 '청일'(淸逸)을 기반으로 성립된 것이어야 광괴(狂怪)함으로 치닫지 않을 것이다.[198] 『성수시화』에서는 이규보에 대한 작가론적 총평을 '부려횡방'(富麗橫放)이라고 하고 있는데, 여기서 '횡방'(橫放)은 '방일'(放逸)과 연관지을 수 있다. 자유로움을 뜻하는 '방'(放)은 '일'(逸)과 '호'(豪) 모두와 결합하여 각각 '방일'(放逸) 및 '호방'(豪放)의 풍격을 이루기 때문에, '방'(放)을 매개로 한 '일'(逸)과 '호'(豪)의 연계 가능성을 상정할 수도 있다.

『성수시화』에서는 이색의 시 「부벽루」를 통해 '신일'(神逸) 풍격에 관심을 보였다면, 『청창연담』에서는 그의 시 「동정만애」(洞庭晚靄)에서 '활원'(濶遠)한 기상을 읽어내었다. 시의 제2구 '오와 초의 땅을 집어삼킬 듯, 기세가 다함이 없네.'[闊呑吳楚勢無窮]에서 광활하고 원대한 기상을 느꼈던 것이다. 『보한집』에 '조탁하지 않아서 기(氣)가 호(豪)하고 뜻이 활달하다'[不雕鑿而氣豪意豁]는 평어가 있다. '할'(豁)은 '활'(濶)과 같은 뜻이다. 그러므로 『청창연담』에서 말하는 '활원'한 기상은 호기(豪氣)와 통한다. 허균과 신흠은 일격과 호격(豪格)이라는 상호 관련된 풍격을 통하여 이색의 시를 평가하고 있는 것이다.

③ '호'(豪) 계열

『청창연담』(하)에서는 고려조의 대표적인 시인과 그 풍격을 언급하여,

---

198) 서복관, 앞의 책, pp.362~363.

우리나라에서 문장가들이 많이 배출되지 않았던 것은 아니지만, 고려조와 비교해 보면 조금 뒤떨어진다. 문순공 이규보의 굉사(宏肆)와 문정공 이색의 호한(浩汗) 같은 것을 우리 왕조에서는 찾아볼 수 없다.[199]

고 하였는데, 이는 시화 서술자가 선호하는 시 경향의 일단을 살펴볼 수 있는 자료이다. 신흠은 우선 조선과 고려의 시단의 우열을 가름하되, 고려시대가 더 우월한 것으로 평가했으며, 그 중에서도 이규보와 이색을 고평(高評)하고 있다. 굉사(宏肆)한 이규보 및 호한(浩汗)한 이색의 작품 성향에 필적할 만한 경우를 조선시대에는 찾아볼 수 없다는 언급에서 시화 서술자의 두 가지 비평의식이 읽힌다. 첫째, 시화 서술자 당대(當代)까지의 시인들 가운데 이규보와 이색을 동등하게 최고의 반열에 두고 있다는 점, 둘째, 풍격 가운데 '굉사'(宏肆) 및 '호한'(浩汗)을 선호하고 있다는 점이다. '굉사'와 '호한'이라는 풍격의 의미와 특성을 살펴보기에는 김창협(金昌協)의 다음 글이 도움이 될 것이다.

　　우리나라에서 문장을 논할 때에는 한 사람을 단정하여 으뜸이라고 하기가 정말 어렵다. 그러나 문은 당연히 목은 이색을 높여 대가로 삼아야 하고 시는 당연히 읍취헌 박은을 높여 절조(絶調)로 삼아야 한다. 목은은 또한 문에서만 대가가 아니라 시도 굉사호방(宏肆豪放)하여 기상(氣像)을 볼 만하니, 악착스러운 이규보와는 다르다.[200](밑줄 필자)

---

199) 申欽, 『晴窓軟談』, "我國文章, 非不蔚然輩出, 而比之麗朝則少遜焉. 李文順之宏肆, 李文靖之浩汗, 我朝未之見焉."

200) 金昌協, 「雜識」, 『農巖集』 卷34, "論文章於東國, 固難以一人斷爲冠首. 然文則當推牧隱爲大家, 詩則當推挹翠爲絶調. 牧隱不獨文爲大家, 詩亦宏肆豪放, 氣象可觀, 不似全報齷齪."

김창협은 이규보보다 이색의 시에 더 활달한 기상이 표현되어 있다고 보았으며, 이색 시의 풍격을 '굉사호방'(宏肆豪放)이라고 하였다. 여기서 '넓고 크다'는 뜻의 '굉사'는 '호방'과 함께 묶일 수 있는 동일 계열의 풍격임을 알 수 있다. '호한'(浩汗)도 '물이 성대하게 흐르는 모양'이므로 '호연'(浩然)한 기상과 관계 있으며, '굉사'(宏肆)와 큰 차이를 보이지 않는다. 따라서 '호방'(豪放)의 속성을 내포하고 있는 것이다. 사공도가 '호방'에 대하여 설명할 때에도 '유도반기'(由道反氣)라는 표현을 사용하는데, 이는 '정도(正道)에 따라 호연지기(浩然之氣)로 돌아간다.'는 뜻으로 풀이된다.201) 결국 『청창연담』에서 "이규보는 굉사(宏肆)하고 이색은 호한(浩汗)하다."고 한 표현은 "이규보와 이색은 굉사호한(宏肆浩汗)하다."고 바꾸어 표현하여도 무방할 듯하며, 문학 작품의 호방성에 중점을 둔 신흠의 시평 기준의 일단을 엿보게 하는 구절이라고 하겠다.

　　『성수시화』에서는 정몽주와 그의 작품을 '호'(豪) 계열로 분류하고 있으며, 『지봉유설』에서도 정몽주에 대한 작가 풍격을 '호매'(豪邁)로 규정하고 있다. 이러한 평가는 앞서 논급했던 풍격인 '굉사'(宏肆) 및 '호한'(浩汗)과 크게 다르지 않다. 호(豪) 계열의 대표적인 풍격으로는 호방(豪放)·호매(豪邁)·호탕(豪宕) 등이 있다. '호방'의 속성이 '크고 사소한 절도에 얽매이지 않는 것'202)이라고 하면, 이러한 특징은 '호매'나 '호탕'에서도 공유되는 것이라고 할 수 있다. 『성수시화』에서는 정몽주 문학의 대표 풍격을 '호방걸출'(豪放傑出)이라는 말로 표현하였으며, 「정주중구한상명부」(定州重九韓相命賦)에 대해서는 '음절질탕'(音節跌宕)이라고 하였다.

---

201) 차주환, 앞의 책, p.105.
202) 차주환, 앞의 책, p.105.

定州重九登高處(정주중구등고처) 중양절에 정주의 높은 곳에 오르니
依舊黃花照眼明(의구황화조안명) 국화가 여전히 눈부시게 피었구나.
浦漵南連善德鎭(포서남련선덕진) 갯벌은 남으로 선덕진에 이어지고
峰巒北依女眞城(봉만북의여진성) 봉우리는 북으로 여진성까지 이어졌네.
百年戰國興亡事(백년전국흥망사) 숱한 시간, 나라에는 전쟁으로 흥망
의 일이 되니
萬里征夫慷慨情(만리정부강개정) 먼 길 떠나온 사나이 마음 강개하기
만 하네.
酒罷元戎扶上馬(주파원융부상마) 술자리 끝나고 원수가 부축 받아 말
에 오를 무렵
淺山斜日照紅旌(천산사일조홍정) 낮은 산에 기우는 해가 붉은 깃발 비
추네.

'질탕'(跌宕)의 사전적 의미는 '행동에 제약이 없는 상태'를 말한다.
이 시에 대한 평가 '질탕'은, 시상(詩想)을 막힘 없이 자연스럽게 전개
하여 주제를 중심으로 하여 화자의 정서가 무르녹아 있다는 의미로
해석하면 될 것이다. 이 시에서는 중양절에 변방에 선 시적 화자의
강개한 마음을 표현했다. 중양절이 시간적인 배경이기 때문에 음주와
그로 인한 흥취가 시에 스며들어 있으면서도(1·2구, 7·8구), 변방이
라는 공간적 특성이 반영되다 보니 전쟁이라는 소재가 강개한 정서
를 촉발하고 있다.(3~6구) 이러한 시적 분위기를 자연스럽게 이끌어
나가는 데 일조하는 것이 바로 음성적 요소이다. 이 시를 읽어 내려
가면 중양절의 흐드러진 흥취와 변방의 강개한 분위기를 묘사한 부
분이 서로 구분된다. 1·2구와 7·8구는 각 음절이 모두 유성음으로
종결되어 구속 없이 자유로운 중양절의 분위기에 맞게 가벼운 느낌
을 전달한다. 반면, 변방에서 느끼는 강개한 정서를 표현한 3~6구는
유성음만으로 이루어지지 않았다. '선덕진'의 '덕', '북의'의 '북', '전국'

의 '국'은 종결음이 무성 폐쇄음 'ㄱ'으로 되어 있으므로, 강한 어세를 느끼게 하여 변방에서의 강개한 감회와 조화를 이룬다. 이처럼 시의 음절 배치가 주제에 따른 정서 표현과 자연스럽게 조화를 이루어 '음절이 질탕'하다는 평가를 내린 것이다.

허균은 정몽주의 「강남곡」(江南曲)[203]에 대해서는 '풍류호탕'(風流豪宕)이라는 평가를 내렸다. 시적 화자의 외로움이 짝을 찾아 노는 처녀들 및 원앙에 대비되어 가감 없이 토로되어 있기 때문이다. 그리고 정몽주의 작품 가운데 '편편호거'(翩翩豪擧)라고 평가된 구절도 있다.

① 風流太守二千石　풍류태수는 녹이 이천 석이라
　　邂逅故人三百盃　우연히 만난 친구에게 술 삼백 잔을 대접하네.

② 客子未歸逢燕子　나그네 고향 못 가 (다시) 제비 만나게 되고
　　杏花纔落又桃花　살구꽃 떨어지나 했더니 어느새 복숭아꽃도 지네.

③ 梅窓春色早　매화 핀 창가라서 봄빛이 일찍 찾아오고
　　板屋雨聲多　판자집이라서 빗소리 잦아드네.

'편편호거'(翩翩豪擧)는 풍류와 아취(雅趣)가 배어 있어 걸출한 기운이 느껴진다는 뜻으로 이해하면 되겠다. 『성수시화』에서는 이 세 작품의 풍격이 시인 정몽주의 인격과 유사하다고 덧붙였다.[204] 시인의 기상이 시에 반영되어 나타난다는 의식이 표현된 것이다. 작품①은 바로 앞의 두 구 '남쪽 이랑의 누런 구름에 풍년임을 알겠고, 서산의 상쾌한 기운에 아침이 왔음을 느끼네.'(南畝黃雲知歲熟, 西山爽氣

---

203) "강남의 처녀들 머리에 꽃을 꽂고, 웃음 섞어 짝을 부르며 방주에서 놀고 있네. 노 저어 돌아오는데 날은 저물고, 원앙새 쌍쌍이 나니 한없이 시름겹구나."(江南女兒花揷頭, 笑呼伴侶遊芳洲, 蕩槳歸來日欲暮, 鴛鴦雙飛無限愁.)
204) 許筠, 『惺叟詩話』, "皆翩翩豪擧, 類其人焉."

覺朝來.)와 함께 조신(曺伸)의 『소문쇄록』(謏聞瑣錄)에서도 언급된 바 있다. 군색한 모습이 없고 운에 맞추려 한 것 같지 않다고 하였으니,[205] 형식에 구애되지 않은 채 자연스럽게 시상을 전개하였다는 말이라고 하겠다. 제3·4구에서 묘사된 풍요로운 가을 들판과 상쾌한 계절 감각에 걸맞게 베풀어진 친구의 따뜻한 인정이 제5·6구에 드러난다. '이천 석'과 '삼백 배'라는 과장을 통해 풍류와 호기가 한껏 표현되었다. 작품 ①이 '호방'에 해당한다면, 작품 ②와 작품 ③은 '호탕'에 가깝다. ②와 ③은 섬세하게 사실을 묘사하여 시적 화자의 정서를 환기하고 있다. ②에서는 시간은 흘러가는데 화자 자신의 처지는 과거와 다름없는 데서 오는 안타까움이 물씬 배어 나온다. ③에는 매화 및 봄비를 통해 성큼 다가온 봄을 느끼는 화자의 상태가 표현되어 있다. ②·③ 두 연구(聯句) 모두 화자의 주관적 정서가 표백된 채, 화자에게 순간적으로 포착된 사실이 툭 던져지듯 묘사되어 있는 것 같으나, 행간에는 화자의 주관적인 심회가 농축되어 있음을 어렵지 않게 감지할 수 있다. 『소문쇄록』은 두 연구(聯句)가 섬세한 묘사로 이루어졌다는 점에 관심을 두어 '공치'(工緻)를 해당 풍격으로 지목하고 있다. 그러나 『성수시화』에서는, 순간적으로 포착된 경물이 의식의 검열에 따른 수식이 없이 묘사되고, 그 안에서 자연스럽게 화자의 정서가 노출되고 있음에 주목하였다. 그 결과, 두 연구(聯句)에 풍류와 아취(雅趣)가 자유롭게 발현되어 있다는 의미에서 '편편호거'(翩翩豪擧)를 풍격으로 언급한 것으로 보인다.[206]

---

205) 曺伸, 『謏聞瑣錄』 卷上, "殊無窘態, 不似押和韻."

206) 한시를 향유했던 시대에는 어떤 종류의 시어 또는 심상은 어떤 풍격의 분위기를 자아낸다고 하는, 시어와 풍격의 상관성을 인정하는 시 감상 태도가 어느 정도 일반화되어 있었다. 그러나 시어 그 자체에만 지나치게 매달리지 말고 시어 및 시구가 궁극적으로 어떤 형태의 심경(心境)을 표현한 것인가에 대해서도 고려해야 한다는 지적이 신경준에게서 이루어진 바 있는데, 이러한 인식의 일단을 허균이 이미 보여 주고 있는 것이다. 시어와 시심에 대한 신경준의 논의는

이상 '청'(淸)·'일'(逸)·'호'(豪) 계열의 풍격이 『성수시화』를 중심
으로 한 17세기 전기 시화집에서 중시한 고려시대의 작품 성향이다.
'청' 풍격은 시에서 가장 기본적으로 갖추어야 할 요소이면서도, 특히
고려 시대의 당풍 경향의 시에서 특징적으로 인식되었던 것으로 보
인다. '청'의 본래적 속성은 단순하게 맑은 정취만이 아니다. 앞서 언
급했던 이규보의 「하일즉사」(夏日卽事)에 대한 『동인시화』의 평어에
'환묘'(幻妙)라는 술어가 있었던 것처럼, 평범하고 담담한 것을 어느
정도 넘어선 경지의 것이라고 할 수 있다.[207] 다소의 비범성, 탈속성,
참신성 등이 시인의 상상력에 접맥되었을 때의 '청' 풍격을 선호했던
것이다.

시화집의 서술자들이 고려시대의 시단을 평가하면서 '일'이나 '호'
계열의 풍격에 대하여 주목했던 것도, 비범성·탈속성·참신성을 동
반한 기상에 대하여 관심을 두었기 때문이다. 현실의 경물 그 자체에
대한 객관적인 묘사보다는 그 경물들로부터 새롭고 신비로운 정서를
느끼게 하는 작품을 고평(高評)하다보니, 시화 서술자들은 '일격' 및
'호격' 계열에 대하여 많은 언급을 하게 된다.

다음과 같다.
　"소졸(疏拙)한 문자 가운데 스스로 호장(豪壯)한 뜻이 있고 번화(繁華)한 문자
가운데 스스로 청한(淸寒)한 뜻이 있음을 알지 못하여, 이하(李賀)의 시가 겉으
로는 쉬우면서도 안으로는 어렵고, 노동(盧同)의 시가 겉으로는 어려우면서도
안으로는 쉽다는 것을 알지 못한다. 이것은 그 말만 알고 뜻은 알지 못하는 것
이고, 그 형태만 논하고 그 정신은 논하지 않는 것이니, 이래서야 되겠는가? 그
러므로 시를 아는 것이 진실로 어렵고, 시를 논하는 것 또한 쉽지 않다."(不知疏
拙文字中, 自有豪壯意思, 繁華文字中, 自有淸寒意思, 殊不知李賀外順內艱, 盧同
外艱內順, 是知其語而未知其心, 論其形而未論其神, 可乎. 故知詩固難, 論詩亦未
易也. - 申景濬, 「詩則」, 『旅庵遺稿』 卷8.)
[207] 주 176)에 인용된 호응린의 논의가 이를 말해준다. 호응린은 같은 글에서 '청'
(淸)의 성격을 부연하여, "고적(枯寂)·한담(閑淡)에만 몰두하는 것을 일컫지 않
는다."(非專于枯寂閑淡之謂也.)고 하였다. '청'과 '고적'·'한담'이 공유하는 분위
기가 있을 수 있지만, '고적'·'한담' 이상의 탈속적 속성을 '청'에 부여했던 것이
다.

고려 중기 이후에는 소동파와 황정견 시의 경향이 수입되었으며, 고려 후기에는 성리학이 본격적으로 수용되면서 사물에 대한 철리적(哲理的)인 탐색이 이루어져 염락풍(濂洛風)의 시가 지어지기도 하였다.[208] 그러나 17세기 전기 시화집의 서술자들이 관심을 둔 '청'·'일'·'호' 계열의 고려시대 작품들은 대체로 당시풍에 대한 관심에서 비롯되었다고 할 수 있다. 앞서 살펴본 정몽주의 시「정주중구한상명부」(定州重九韓相命賦)를『성수시화』에서 "음절이 질탕하여 성당의 풍격이 들어 있다."[音節跌宕, 有盛唐風格.]이라고 평한 것을 보더라도 시화 서술자가 당시풍과 유관한 풍격을 중심으로 시와 시인을 선별했음을 알 수 있다.[209]

2. 조선 전기 시단에 대한 비평 양상

고려시대의 '일'(逸) 및 '호'(豪) 계열 작품의 가치를 높이 평가한 17세기 전기 시화집에서의 인식 태도가 조선 전기에 대한 평가에서도 여전히 유효했다. 그래서 시적 화자가 순간적으로 포착한 주변 경물에서 세속적인 것을 벗어난 듯한 인상적인 분위기가 느껴지는 작품들이 시화에 선입(選入)되었다. 당시풍(唐詩風)을 선호하는 가운데 그와의 유사성이 인정되는 시들을 선별한 것이다.

『성수시화』(惺叟詩話)에서는 조선 초의 시인 가운데 당시풍을 구사한 사람으로 정이오(鄭以吾), 이첨(李詹)을 꼽고 있다.

---

208) 고려시대의 송시풍 및 염락풍 시에 대한 논의는, 변종현의 앞의 책 III장 참조.
209) 변종현은 정몽주의 호방(豪放) 계열의 시들이 시인의 상상력을 통하여 감정의 영역을 확산시키는 경향이 있으며, 이는 당풍적(唐風的) 성격과 상통하는 것이라고 지적한 바 있다.(변종현, 앞의 책, p.128) 앞서 언급했던 홍간(洪侃)의 시 경향에 대한 허균의 논의에서도 농염청려(穠艶淸麗)한 풍격과 성당풍을 연관지으려는 자세를 엿볼 수 있다.(許筠,『惺叟詩話』, "洪舍人侃, 詩穠艶淸麗, 其懶婦引孤鴈篇, 最好, 似盛唐人作.")

① 二月將闌三月來　2월이 무르익나 했더니 3월이 오니
　　一年春色夢中回　한 해의 봄빛이 꿈속에 돌아오네.
　　千金尙未買佳節　천금을 주어도 아름다운 계절은 살 수가 없는 것
　　酒熟誰家花正開　뉘 집에 술 익었나, 꽃은 활짝 피었는데.

② 神仙腰佩玉摐摐　신선이 허리에 찬 옥 쟁그랑거리며
　　來上高樓掛碧窓　높은 누에 올라와 푸른 창에 걸고,
　　入夜更彈流水曲　밤이 되자 다시 유수곡을 타는데
　　一輪明月下秋江　둥근 달 환하게 가을 강에 내린다

　①은 정이오의 작품으로, 허균(許筠)으로부터 "당 나라 시인의 정취에 뒤지지 않는다"[不減唐人情處]는 평을 받았으며, ②는 이첨의 작품인데, "산뜻한 정취가 있다"[楚楚有趣]는 평이 내려졌다. ①에는 순식간에 다가왔다 물러가는 봄의 정취를 꿈처럼 느끼고 있는 시적 화자의 심리 상태가 묘사되어 있다. 만개한 꽃을 술과 함께 즐기려는 마음, 이것은 곧 봄의 절정을 놓치고 싶어하지 않는 시적 화자의 상태이다. 대상에 화자가 몰입되다 보니 경물에 정감이 흠씬 배어 있게 된다. 대상과 일정한 거리를 유지하여 대상을 객체화시키는 송시풍(宋詩風)과 비교되는 당시풍의 일반적인 경향 가운데 하나라고도 할 수 있다. 자기 자신을 그대로 자신의 정서에 맡겨버리는 질탕(跌宕)한 분위기에서는 신비롭고 몽환적인 묘사가 수반되기도 한다. 이 시에서는 계절의 변화가 빠른 것을 꿈처럼 느끼게 되고, 다소 현실적 맥락과 구분되는 듯한 탈속적인 모습도 보이고 있다.[210] ②는 허균이 '초초'(楚楚)하다고 했듯이, 쟁그랑거리는 옥 소리, 푸른 창, 맑은 달 등이 산뜻한 분위기를 만들고 있다. 이 또한 고고(高古)하고 탈세속

---

210) 당대(唐代)의 교연(皎然)은 『시식』(詩式)에서 '질탕'(跌宕)의 하위 범주로 '월속'(越俗)과 '해속'(駭俗)을 들어, 질탕(跌宕)함에 탈속적인 성격이 있음을 보인 바 있다.(何文煥 편, 『歷代詩話』(上), 中華書局, 1997, p.32.)

적인 신선의 묘사 및 고상한 배경을 통해 '신일'(神逸)한 풍격을 형성
하게 된다.211)

　다음과 같은 정희량(鄭希良)의 연구(聯句)들도 시적 화자에게 포착
된 특별하고 신비스런 상황을 그리고 있다.

　　① 片月照心臨故國　조각달은 마음 비추며 고향 땅에 이르고
　　　　殘星隨夢落邊城　새벽 별은 꿈 따라 변방 성 위로 지네.

　　② 客裡偶逢寒食雨　객지에서 우연히 한식에 비를 만나니
　　　　夢中猶憶故園春　꿈속에서도 고향의 봄을 그리워하네.

　　③ 春不見花唯見雪　봄인데도 꽃은 보지 못하고 눈만 볼 뿐이고
　　　　地無來鴈況來人　기러기도 오지 않는 곳인데 사람인들 오겠는가?

　세 연구(聯句) 모두에서 고상한 분위기의 배경이 설정되고, 화자는
그로부터 사적(私的)인 정감을 불러일으킨다. ①과 ②는 꿈이라는 매
개를 통해 상황을 신비롭게 만들고, 정감을 간곡하게 표현하고 있다.
객지에서 고향을 그리워하는 간절한 마음이다. ③에서는, 봄인데도
봄을 느끼지 못하고 누구의 왕래도 없는 지역임을 단순하게 묘사하
는 가운데 사람에 대한 그리움이 절절하게 전달되고 있다. 허균은
①, ②, ③을 각각 "매우 '신일'(神逸)하다."[極神逸], "중당(中唐)의 우
아한 운치가 있다."[中唐雅韻], "정이 듬뿍 들어 있다."[多情]고 평가
했다. 이 세 가지 평가를 종합하면, 속된 기운이 없는 고상한 분위기

---

211) 이첨의 시 「문앵」(聞鶯)도 『성수시화』에 인용되어 있다. 궁인(宮人)의 외로움과
　　근심이 꾀꼬리의 울음에 투사되어 당시풍의 면모가 엿보인다. 허균은 "두목의
　　시와 흡사하다"[酷似杜舍人]는 평가를 내린 바 있다.
　　　그 시는 다음과 같다. "봄 수풀 깊은 곳에 36궁궐, 미인이 꿈에서 깨어나니 낮
　　인데도 창가에는 그늘이 드리우네. 영롱한 온갖 소리 수심에 엉긴 채 듣자니,
　　이 모두 아름다운 규방에서 행여나 기다리는 마음일세."(三十六宮春樹深, 蛾眉
　　夢覺午窓陰, 玲瓏百囀凝愁聽, 盡是香閨望幸心.)

에서 내밀한 정서의 표현이 이루어져 당풍적 요소가 강한 작품이 고평(高評)의 대상임을 알 수 있다.

한편 최고의 시적 수준으로 인정되는 성당(盛唐)의 풍격을 지녔다고 허균으로부터 극찬을 받은 시인은 이주(李胄)이다. 이 때 주목받은 구체적인 풍격은 '침착'(沈着)이다.[212] 고려시대와 조선 전기의 시에서 보이는 풍격 가운데 당시풍과 관련되어 '청'(淸)·'일'(逸)·'호'(豪) 계열 등이 높이 평가된 바 있다는 점은 이미 살펴보았거니와, 새롭게 성당풍의 시적 특성으로 '침착'을 지목한 것은 특별한 경우이다.

'침착'은 '경부'(輕浮)와 상대되는 풍격이다. 진지한 가운데 초탈하여 옛것에 안주하지 않지만, 그렇다고 경박함을 보이지도 않는다. '침착'은 탈속적이면서도 중후하고 힘이 있다. 장엄하고 숭고한 양강(陽强)의 풍격이다.[213] 엄우의 『창랑시화』에서는 이백과 두보를 특징짓는 풍격으로 각각 '표일'(飄逸)과 '침울'(沈鬱)을 들고 있다.[214] '침울'은 시적 정서나 화자의 마음을 노골적으로 드러내지 않고 함축적으로 표현하는 '온자'(蘊藉)한 경향과 비장감을 특징으로 하기 때문에 '침착'이 보이는 중후한 힘과 변별된다고 하지만, 두 풍격은 상호간에 배타적이지 않고 대체로 그 특성을 공유하는 경향이 강하다.[215]

① 朝日噴紅跳渤澥   아침 해는 붉은 기운 뿜으며 발해에 솟아오르고
　　晴雲拖白出巫閭   맑은 구름은 흰 기운 끌며 무려산을 나오네.

② 凍雨斜連千嶂雪   언 비가 비껴 날려 눈 덮인 산봉우리에 맞닿고
　　飢烏驚叫一林風   수풀에 불어오는 한 줄기 바람에 굶주린 까마귀 놀라서 운다.

---

212) 許筠, 『惺叟詩話』, "李忘軒胄, 詩最沈着, 有盛唐風格."
213) 彭會資 主編, 『中國古典美學辭典』, 廣西敎育出版社, 1991, pp.142-143.
214) 郭紹虞 主編, 『滄浪詩話 校釋』, 人民文學出版社, 1998, p.168.
215) 彭會資 主編, 앞의 책, p.143.

①은 이주의 칠언율시 「망해사」(望海寺)이고 ②도 그의 칠언율시 「차안변루제」(次安邊樓題)이다. 『성수시화』에서 ①은 "매우 힘이 있다"[甚有力]고 하였고, ②는 "노창(老蒼)·기걸(奇杰)"하다고 하였다. ①에서는 해와 구름이 빚어내는 아침의 신비로운 광경이 그려져 있다. 그러므로 『국조시산』에서는 시 전체에서 특별한 기운[奇氣]이 느껴진다고 하였다.216) 그리고 '조일'(朝日)과 '청운'(晴雲)이 매우 동적인 술어 '분'(噴)과 '도'(跳), '읍'(挹)과 '출'(出)에 각각 연결되어 시에 힘을 불어넣고 있다. ②는 안변루에서 바라본 겨울 풍광을 묘사한 것으로, 을씨년스러운 변방의 분위기를 절묘하게 전달하고 있다. 비껴 날리는 비조차 얼어붙는 동토(凍土), 굶주린 것으로밖에 볼 수 없는 까마귀. 비와 까마귀를 한정하는 어휘 '동'(凍)과 '기'(飢)는 척박한 지형적 특징을 전달하기에 노련하고도 참신한 표현이다. 다소 특이하기까지 하다. 이것이 '노창·기걸'이다. 『국조시산』에서는 이 연구(聯句)를 포함한 작품 전체에서 비장함과 강개함이 느껴지므로 성당풍이라고 하였다.217) 위의 두 연구(聯句)는 결국 진지하고 차분하게 동적인 힘과 기건(奇健)한 기상을 표출하여 '침착' 풍격을 구현하고 있다고 할 수 있다.

사물에 감정을 몰입하여 사물과 화자의 거리를 좁히고, 때로는 탈속적인 분위기를 만들기 위해 대상을 활용하는 것이 당시풍적 시 창작에서 많이 활용되는 형상화 기법이라는 점, 그리고 고려시대와 조선 전기에 걸쳐 이런 경향이 나타나는 시들이 17세기 전기 시화집에 주로 선입(選入)되었다는 점은 위에서 언급한 바와 같다.

그런데 17세기 전기 시화집에서 거론하는 조선 전기의 시 작품들의 또 다른 특징은 부섬(富贍) 또는 부염(富艶)·한원(閑遠)·한아(閑

---

216) 許筠, 『國朝詩刪』, 韓國漢詩選集 I, 아세아문화사, 1980, p.469.
217) 許筠, 앞의 책, p.468. "悲壯頓挫, 盛唐能品, 又結得慷慨."

雅)·한담(閑淡)·전아(典雅) 등의 풍격이 구현되어 있다는 점이다. 이러한 풍격들도 대체로 일(逸) 및 호(豪) 계열 풍격과 마찬가지로 작품에서 발현되는 기상의 특징이 어떠한가 하는 점과 관련하여 논의되는 경우가 많다.

'부섬' 또는 '부염' 풍격은 주로 서거정(徐居正)에 대한 평어로 사용되는데, 서거정의 시의식이 일정 정도 반영된 결과라고 생각된다. 조선 초기 훈구 관료층에 해당하는 서거정은 시의 창작층을 대각(臺閣)·초야(草野)·신도(神道) 즉 승려의 세 부류로 나눈 바 있으며, '호부'(豪富)를 자신이 속한 집단의 문체인 대각체의 특징으로 꼽고 있기 때문이다.[218] 그리고 서거정은 자신의 스승인 유방선의 시 세계를 평가하는 자리에서 시의 세 가지 유형 가운데 대각시(臺閣詩)를 선호하고 있음을 밝히고,[219] 성석린의 시를 "기상이 웅방하고 시어가 섬려하다."[氣雄而放, 詞贍而麗.]고 하여[220] 대각시의 풍격인 '호부'의 함의를 명시하였다. 웅방한 기상과 섬려한 시어가 각각 '호'와 '부'를 뜻하는 술어라고 볼 수 있는 것이다.[221] 이처럼 서거정이 선호한 풍격 용어가 17세기 전기 시화집에서 서거정의 시를 평가하는 술어로서 다시금 원용되고 있는 바, 그 실례는 다음과 같다.

---

218) 徐居正, 「桂庭集序」, 『四佳集』 卷6, "시는 뜻을 말하는 것이고 뜻은 마음이 가는 바이다. 그러므로 그 시를 읽으면 그 사람을 알 수 있다. 대각의 시는 기상이 호부하고 초야의 시는 신기(神氣)가 청담하고 선도(禪道)의 시는 신기가 고핍(枯乏)하니, 옛날에 시를 잘 보았던 이들은 이에 따라 분류하였다."(詩言志, 志者心之所之也. 是以讀其詩, 可以知其人. 盖臺閣之詩, 氣象豪富, 草野之詩, 神氣淸淡, 禪道之詩, 神枯氣乏, 古之善觀詩者, 類於是乎分焉.)

219) 徐居正, 「泰齋集序」, 『四佳集』 卷6, "선생은 초매탁절(超邁卓絶)한 재주와 굉심박대(宏深博大)한 견해를 가지고도 대각의 자리에서 펼치지 못하고 초야에 묻혀 있었으니, 어찌 매우 안타깝지 않겠는가?"(先生以超邁卓絶之才, 宏深博大之見, 不能施於臺閣之上而於草野之中, 豈不深可惜哉.)

220) 徐居正, 「獨谷集序」, 『四佳集』 卷6.

221) 김풍기는 서거정을 비롯한 훈구관료층의 풍격을 호일부섬(豪逸富贍)이라고 요약하였다.(김풍기, 「朝鮮 前期 文學論 硏究」, 고려대 박사논문, 1994, p.56.)

① 국초 이래 원접사의 시 가운데 세상에서 일컬어지는 것은 용재 이 행과 호음 정사룡의 경우인데, 근래에 중국 사신 웅화는 사가 서거 정을 최고라고 인정하였다고 한다. 아마도 그의 부섬함 때문인가 보다.222)

② 용재 성현이 말하기를, "서사가의 시는 오로지 한자창·육방옹을 배 웠다"고 하였다. …… 용재와 사가는 같은 시대의 인물이니, 그의 말이 반드시 함부로 한 것만은 아닐 것이다. 사가가 숭상한 것이 이 와 같았으니, 그의 시재(詩才)가 화섬함에 머문 것도 당연하다.223)

①은 중국 사신 웅화(熊化)가 서거정에 대하여 고평(高評)한 원인 이 서거정 시의 부섬(富贍)함에 있다고 이수광 나름의 해석을 한 것 이고, ②는 서거정과 동시대의 인물인 성현이 서거정의 학시 원류에 대하여 언급한 것을 근거로 하여 서거정 시의 대표 풍격이 '화섬'(華 贍)일 수밖에 없다는 것을 보여준 것이다. 위의 두 인용문을 보면, 이 수광이 서거정의 '부섬' 또는 '화섬'한 풍격에 대하여 아주 긍정적인 평가를 하고 있다고 할 수는 없다. 그러나 웅화가 고평한 것에 대하 여 가부(可否)의 논평은 하지 않고, 바로 '부섬'함 때문에 그러한 평가 가 나올 수 있다고 한 것을 미루어 볼 때, 이수광은 이 풍격에 대하 여 그다지 부정적으로 인식하지는 않았다고 할 수 있다.

『성수시화』에서는 『지봉유설』(芝峰類說)처럼 서거정 시의 부섬(富 贍)·부염(富艶)·부려(富麗)에 관심을 두고 있으면서도 이 풍격에 대 하여 한층 더 긍정적인 입장을 취하게 된다.

---

222) 李睟光,「詩評」,『芝峰類說』, "國初以來, 遠接使詩, 世所稱道者, 容齋湖陰, 而頃 年雄天使化, 最許徐四佳云, 豈以其富贍故耶."
223) 李睟光,「詩藝」,『芝峰類說』, "成慵齋謂徐四佳詩, 轉學韓陸. …… 慵齋與四佳爲 一時人, 其言必不妄矣. 四佳所尙如此, 宜其才止於華贍而已."

다만 서거정의 시가 만연하고 완만하다고들 하더라도 용용부염(春容
富艶)하여 이따금 훌륭한 점이 있다.224)

서거정은 유방선이 현달하여 국가적인 일을 도모하였다면 대각체
(臺閣體)의 특징인 '용용부려'(春容富麗)함을 성취할 수 있었을 것이
라고 아쉬워한 바 있다.225) 허균은 서거정 시의 '만연반완'(漫衍飯緩)
한 흠을 지적하면서도, 서거정 스스로도 강조한 '용용부염'(春容富艶)
의 풍격이 장점이 되어 훌륭한 작품이 나올 수 있었다고 믿는 것이
다. '용용부려(염)'는 '침착·태연하고 넉넉하면서도 화려한' 문체를
의미한다. 바로 앞에서 논의한 바와 같이 이 문체와 호방(웅방) 또는
호일(豪逸)한 기상이 상호 밀접한 관련이 있다. 이러한 풍격이 작품화
되었을 때에는 여유로운 분위기가 창출되기 마련이다. 실제로『성수
시화』에서 서거정의 '용용부염'을 언급한 뒤에 인용한 시구 '이리저리
정처 없이 날아다니는 벌, 꾸벅꾸벅 졸면서 한가로이 서로 의지하는
오리.'(游蜂飛不定, 閑鴨睡相依.), "달빛은 귀뚜라미 울음소리 저 너머
에, 강물 소리는 까치의 그림자 속에."(月色蛩音外, 河聲鵲影中.), "다
시금 난새 타고 피리 불면서, 깊은 밤 밝은 달 보며 강남 길을 지나가
려네."(更欲乘鸞吹鐵笛, 夜深明月過江南.) 등은 화려한 이미지들을 통
해 세속의 번잡함에 구속되지 않은 한가로운 모습이 형상화된 것들
이다.

『성수시화』에 인용된 조선 전기의 시 가운데 '한'(閑) 계열의 작품
으로는 김수온과 강희맹 그리고 김종직의 것들이 거론된다. 한원(閑

---

224) 許筠,『惺叟詩話』, "唯徐四佳雖曰漫衍飯緩, 而春容富艶, 時有好處."
225) 徐居正,「泰齋集序」,『四佳集』卷6, "선생이 높은 벼슬에 오르고 제작(制作)의 반
    열에 서서 국가의 성대함을 노래하였다면, 용용부려(春容富麗)하여 금과 옥이
    울리듯 아름다웠을 것이니, 어찌 이 정도에 그쳤을 뿐이겠는가?"(使先生躋膴顯,
    立乎制作之列, 以鳴國家之盛, 則春容富麗, 將有鏘金戞玉之美者矣, 豈但至於此而
    已哉.)

遠)·한아(閑雅)·한담(閑澹 또는 閑淡)이 이들 각각의 풍격으로 제시된다. 현실적인 관심과 욕망으로부터 마음을 자유롭게 가져 물아(物我)가 평화로운 상태를 유지하고 있는 경우에 '한' 풍격이라고 할 수 있다. 시인의 마음이 욕망으로부터 벗어나 있는 상태이다.[226] 이러한 시에서는 경물에 감정을 투사하여 자연을 자아화하는 경향이 약화되고, 정서 표현을 절제하여 자연 경물 자체를 곡진하게 묘사하거나 자연과 자아가 일정한 거리를 유지하면서 삶의 원리를 발견하는 경향이 강화된다. 이른바 송시풍의 시가 이에 해당되는 경우가 많다.

『성수시화』에서 '한원'이라고 평가되는 김수온의 시구나[227], '한아' 하다고 평가되는 강희맹의 시구는[228] 한가로운 분위기 속에서 시적 화자가 경험하는 고상한 정취나 깨달음을 표현한 것들이다. 예컨대 『성수시화』에 인용된 강희맹의 시 가운데 '남쪽 창가에서 아무 생각 없이 종일토록 앉아 있자니, 아무도 없는 뜨락에서 새가 나는 법을 배우네.'(南窓終日坐忘機, 庭院無人鳥學飛.), '천년토록 떠 있는 나부산 위의 둥근 달이, 꿈에서 깨려는 지금에도 비추네.'(千載羅浮一輪月, 至今來照夢回時.)와 같은 구절은 자연 경물에 의해 인생이나 자연에 대한 화자의 깨달음이 촉발되는 것을 보여주는 설리적(說理的)인 표현이다.

---

226) 유약우, 『중국시학』, 이장우 역, 명문당, 1994, p.102.
227) '한원'하다고 하여 인용된 연구(聯句)는 '柴門不整臨溪岸, 山雨朝朝看水生.'과 '窓虛僧結衲, 塔靜客題詩.'이다. 특히 앞 연구(聯句)의 '不整'이라는 어휘는 구속되지 않은 분방한 심태를 담고 있어서, 인용된 시구들 바로 앞에서 허균이 김수온 시 전체 풍격을 '호방'하다고 평가한 것과 합치된다고 할 수 있다.『청창연담』에서는 김수온의 시가 생각나는 대로 지어져서 아름답기는 하나 정밀하지 못하다고[率意而作, 麗而不精.] 하였는 바, '생각나는 대로 지어졌다'는 것은 작법상 '호방'이나 일격(逸格)과 통하는 면이 있다는 것이며, '아름답기는 하나 정밀하지 못하다는 것'은 그 작법상의 한계를 지적한 것으로, 뒤에서 언급하게 되는 김시습의 '초매'(超邁)한 작풍이 지니는 장단점과 비교할 만하다.
228)『청창연담』(晴窓軟談)에서는 강희맹의 시문이 모두 '정치·전아'(精緻典雅)하다고 평가하였다. 상황 묘사나 시어 구사의 정밀함에도 관심을 기울였던 것이다.

『성수시화』에 한담(閑淡)하다고 하여 선입된 김종직의 작품에도 한 가롭고 담박한 분위기 속에 놓여 있는 시적 화자의 모습이 형상화되어 있다. '가랑비 오는데 중은 옷을 깁고, 차가운 강물에 나그네는 배를 젓는다.'(細雨僧縫衲, 寒江客棹舟.)와 같은 시구는 '가는 비'·'차가운 강물' 등의 맑고 깨끗한 이미지와 '옷을 깁는 중'·'배 젓는 나그네'와 같이 한가롭고 탈속적인 이미지를 결합하여 비일상적이면서도 일탈적이지는 않은 차분한 상태를 표현하고 있다. '비'와 '강'을 수식하는 어휘와 '중'과 '나그네'를 묘사하는 술어가 상세하다는 점도[229] '한담'한 분위기를 창출하는 데 일조하고 있다. '학이 울자 맑은 이슬 내리고, 달이 뜨자 큰 물고기 뛰어 노네.'(鶴鳴淸露下, 月出大魚跳.)라는 구절에서도 맑은 이미지의 어휘 '학(鶴)·로(露)·월(月)·어(魚)'가 사용되었다. 이 연구(聯句)를 보면 사물의 이치가 어디에건 편재(遍在)해 있다는 철학적인 의미를 담고 있는 것으로 해석되는 『시경』(詩經) 「소아」(小雅)의 「학명」(鶴鳴)편 '학이 구고에서 울면 들판에서도 그 소리 들리며, 물고기는 연못에 잠겨있기도 하지만 간혹 물가에도 있다네.'(鶴鳴于九皐, 聲聞于野, 魚潛在淵, 或在于渚.)라는 부분을 연상하게 되는 바, 염락풍의 일단을 느끼게 된다. 이 작품이 성당의 시에도 뒤지지 않는다[何減盛唐乎.]고 한 허균의 평가를 고려할 때, 송시풍 가운데 일정하게 철학적 이치를 담고 있는 한담(閑淡) 계열을 긍정적으로 생각하는 허균의 선시(選詩) 의식이 파악되기도 한다.[230]

---

229) 『청창연담』에서는 이 구절을 '정세'(精細)하다고 평하였다.

230) 『성수시화』에서는 김종직이 소식·황정견의 영향을 받은 것으로 이해하여 그의 송시 경향의 시에 관심을 보이면서도, 기본적으로 당시풍에 큰 비중을 두기 때문에 『국조시산』에서 당시풍이라고 평가했던 「보천탄즉사」(寶泉灘卽事)를 인용하여 '항고'(伉高)하다고 하였다.
　　넓고 큰 기상이 표현된 연구(聯句)도 시화에 선입(選入)되었는데, 『성수시화』의 "上方鍾動驪龍舞, 萬竅風生鐵鳳翔."(洪亮嚴重), 『청창연담』(하)의 "十年世事孤吟裏, 八月秋容亂樹間."(爽朗) 및 "風飄羅代盖, 雨蹴佛天花."(放遠) 등이 그것이다. 이것은 앞서 논의한 일(逸)·호(豪) 계열의 풍격을 선호하는 선시(選詩)

'한원'(閑遠) · '한아'(閑雅) · '한담'(閑淡) 등의 풍격에 대한 관심은 일격(逸格)과 관련되어 설명될 수도 있다. 앞서 17세기 전기 시화집들이 고려 및 조선 초기의 일격 계열 작품들을 호평하였다고 밝힌 바 있다. 그러나 『성수시화』에서는 일격에 대하여 절대적인 신뢰를 보내지는 않는다. 일격에서 파생되는 문제점과 긍정적인 면에 대하여 정확하게 인식하여, 김시습의 시를 예로 들어 '화평담아'(和平淡雅)한 풍격이 일격의 장점이 될 수 있다고 지적하고 있다.

열경 김시습의 높은 절개는 우뚝하여 더할 나위가 없다. 그의 시문은 모두 초매(超邁)하지만, 마음을 쓰지 않고 장난삼아 지었기 때문에, 강한 쇠뇌의 최후처럼 늘 허튼 말이 섞이고 장타유 같아서 싫증이 난다. 그가 세향원에 대하여 쓴 시 …와 소양정 시 …와 산행(山行) 시 …는 모두 세속적인 틀을 벗어 화평담아(和平淡雅)하므로, 저 섬미조탁(纖靡雕琢)한 이들은 당연히 머리 하나 정도는 양보해야 할 것이다.[231]

허균은 김시습의 시 · 문이 초매(超邁)하다고 하였다. '초매'는 '초일'(超逸) · '호매'(豪邁) 등 활달한 기상이 표현되는 일격 계열의 용어와 같은 의미를 지닌다. 인용문에 따르면, '초매'에는 법도에 지나치게 구속되지 않고 자유롭게 창작한다는 속성이 있으며, 이러한 속성이 극으로 치달으면 사용하는 언어가 정제되지 않고 만연하게 되는 문제가 발생한다. 자유롭게 즉흥적으로 글을 짓다 보면 문학성이 없는 진부한 표현이 나올 수도 있다는 것이다. 그러나 이어서 서술되는 세 편의 시에 대한 평가에서는 '초매' 풍격의 탈속적인 성격을 긍정

경향과 일치한다.

231) 許筠, 『惺叟詩話』, "金悅卿高節卓爾, 不可尙已. 其詩文俱超邁, 以其遊戲不用意得之, 故强弩之末, 每雜蔓語張打油, 可厭也. 其題細香院曰, … 昭陽亭曰, … 山行曰, … 俱脫去塵曰, 和平淡雅, 彼纖靡雕琢者, 當讓一頭也."

적인 점으로 꼽고 있다. 문학성에 대하여 너무 배려하지 않고 창작하는 것도 문제이지만, 섬세하게 아로새겨 자연스러움을 해치는 것도 긍정할 수 없다는 것이 허균의 입장이다. 허균은 지나친 기교와 속기(俗氣)를 떨쳐 버리고 화평담아하게 되었을 때 일격의 의미가 제대로 살아날 수 있다고 보았다. '화평담아'를 일격의 긍정적 속성에 포함시킨 것이다.

'한(閑)·담(淡)·아(雅)'는 속기를 벗었다는 점에서 일격과 통한다. 그런데 이들 풍격은 속기를 벗었다는 것에서 그치지 않고, 시적 화자가 내적 평정 상태에서 물아간(物我間)에 일정한 거리를 유지하고 자연을 관조하여 자연과 인생의 이치를 파악하는 방향으로 형상화되어 나타나기도 한다. 이것을 고전문학 이론의 전통에서는 성리학적 수양론이나 도덕론의 문학적 전개로 이해하기도 한다. 『시품』(詩品) 「서」(序)에서 '평전'(平典) 곧 '평담(平淡)·전아(典雅)'를 도덕론과 관련시킨 종영(鍾嶸)[232], 호방부섬(豪放富贍)한 대각시(臺閣詩)와 구별하여 초야(草野)의 시 또는 성리학적 경향인 시의 풍격을 청담(淸淡)·청신아담(淸新雅淡)·고고간결(高古簡潔) 등으로 규정한 서거정[233], 부섬(富贍)한 풍격을 보완할 경우 전아(典雅)·충담(沖澹)한 풍격이 될 수 있다는 김종직[234] 등의 논의가 모두 이러한 맥락에서 나온 것이

---

232) 鍾嶸, 「序」, 『詩品』, "손작(孫綽)·허순(許詢)·환온(桓溫)·유량(庾亮) 등 제공(諸公)은 시가 모두 평담(平淡)·전아(典雅)하여 도덕론 같아서 건안 시대의 풍력(風力)이 없어져 버렸다."(孫綽許詢桓庾諸公, 詩皆平典, 似道德論, 建安風力盡矣.)

233) 주 218)과 다음의 논의 참조.
    徐居正, 「泰齋集序」, 『四佳集』卷6, "선생[유방선]의 시는 성리학에 뿌리를 두고 아송(雅頌)의 바름을 미루어, 괴궤(怪詭)함으로 기이하게 하거나 조식(藻飾)으로 아로새기지 않고, 청신아담(淸新雅淡)과 고고간결(高古簡潔)하였으니, 옛날에 글쓰던 사람들도 이보다 더할 수는 없다."(先生之於詩, 本之以性理之學, 推之以雅頌之正, 不怪詭爲奇, 藻飾爲巧, 淸新雅淡, 高古簡潔, 雖古作者, 無以加也.)

234) 金宗直, 「永嘉連魁集序」, 『佔畢齋集』卷1, "질박하지만 비리함에 손상되지 않고 부섬(富贍)하되 부과(浮誇)함에 손상되지 않아서 혹은 전실(典實)하고 혹은 충

다. 이러한 논의는 15·16세기의 본격적인 풍격론에 반영되어, 조신의 『소문쇄록』에서 여덟 가지 주요 풍격에 '고담'(枯淡)·'한적'(閑適)을 포함시키고, 이이(李珥)의 「정언묘선 서」(精言妙選序)에서도 '충담소산'(沖澹蕭散)과 '한미청적'(閑美淸適)을 높이 평가하기에 이른다. 그러므로 17세기 전기 시화집들이 조선 전기 이후의 시에서 '한(閑)·담(淡)·아(雅)' 계열의 풍격을 찾아내어 실제 비평에서 수용했던 것은, 당시풍(唐詩風)을 존중하면서도 16세기까지 축적된 성리학적 풍격이론235) 및 그에 따른 문학사적 성과를 어느 정도 수용했기 때문이라고 할 수 있다. 그러나 이는 섬미조탁(纖靡雕琢)한 문풍의 극복을 위한 하나의 대안으로 인정하려 했던 데서 비롯된 것이지, 송시풍의 철학적인 심미의식을 크게 의식했기 때문으로 보이지는 않는다.236)

3. 조선 중기 시단에 대한 비평 양상

① 중종대 전후의 시단에 대한 평가

중종대 전후의 시단을 이끌었던 인물로 평가되는 시인들은 박은·이행·박상·신광한·김정·정사룡 등이다. 이 시기의 시인과 시에 대한 평가에서도 앞 시대 시단에 대한 평가에서와 마찬가지로 당시풍(唐詩風)을 간직하고 있는 대상에 큰 관심을 보이고 있다. 이에 더

담(沖澹)하다."(質而不傷於俚, 贍而不傷於夸, 或典實, 或沖澹.)
235) 16세기 사림들의 풍격론에 대한 구체적인 논의는 이민홍의 「퇴계시가의 품격연구」(『반교어문연구』 제4집, 반교어문연구회, 1992.) 참조.
236) 철학적인 함의를 지닌 송시풍으로 해석할 여지가 충분한 김종직의 「보천탄즉사」(寶泉灘卽事)에 대하여, 그렇게까지 깊게 천착하지는 않고 전체적인 분위기가 고고(高古)하다는[优高] 평가를 내리고 당시풍이라고 규정한 『성수시화』와 『국조시산』의 논의가 이를 뒷받침한다. 주 230) 참조.
　　이 작품에 대한 철학적 해석은 이종묵, 「한국 한시와 철학」, 『한국한시연구』 1, 한국한시학회, 새문사, 1993, pp.75-76 참조.

하여 중국 강서시파의 기법을 수용하고 있는 시인과 그러한 특성이 발현된 시들에 대해서도 적지 않은 관심을 보이고 있다.

이 시기에 당시풍을 구현한 인물로 평가되는 대표적인 인물은 신광한이다. 『성수시화』(惺叟詩話)에서는 그의 시가 청절(淸絶)하여 아취(雅趣)가 있다고 평가한 뒤, 네 편의 시를 소개하였다. 이들 시에서는 시적 화자가 세월의 흐름 속에서 느끼는 외로움이 청징(淸澄)한 자연과 대비되어 인상깊게 묘사되어 있다. '고주'(孤舟)·'징강'(澄江)·'청산'(靑山)·'연우'(烟雨)·'방초'(芳草)·'청준'(淸樽) 등 맑은 이미지의 시어들이 적절하게 배치되고, 그러한 아름다운 자연에 비해 무상하고 일회적인 삶을 살 수 밖에 없는 인간의 삶에 대하여 비애를 느끼게 되며[「과김공석구거」(過金公碩舊居), 「선상망삼각산」(船上望三角山)], 그래서 때로는 어느 한 순간에 포착된 자연의 신비를 마음껏 누려보겠다는 자세가 표현되기에 이른다[「중추주박장탄」(中秋舟泊長灘), 「삼월삼일기박대립」(三月三日寄朴大立)].[237]

윤장원(尹長源)의 시에 대해서도 허균(許筠)은 자신의 선친이 내린 평가를 인용하여 '청절'(淸切)하다고 하면서 '넓은 바다 외로운 배타고 천 리 길을 꿈꾸고, 밝은 달밤 유장한 피리 소리에 가을을 느끼네.'(海闊孤舟千里夢, 月明長笛數聲秋.)와 같은 구절을 인용한 바 있다. 이 연구(聯句)는 달이 비치는 고아(高雅)한 밤 시간에 바다에서 피리 소리를 들으면서 느끼는 가을의 정취를 표현하고 있다. 맑고 산뜻한 시공간적 배경 속에 아무런 구속 없이 자유로운 시적 화자의 심태를 표현한 바, 청절(淸切)한 분위기와 일격(逸格)의 기상을 아우르

---

237) 『지봉유설』(芝峰類說) 「문장부」(文章部)에서도 "本朝詩人, 不脫宋元習者無幾. 如李胄 兪好仁 申從濩 申光漢號近唐, 而似無深造之功."이라고 하여 신광한을 이주(李胄) 등과 함께 당시풍에 가까운 작시 활동을 한 인물로 꼽고 있다. 그런데 『청창연담』(晴窓軟談)에서는 신광한 작품의 대표 풍격을 '화평담아'(和平淡雅)라고 하여 이행과 유사한 경향을 지니고 있는 것으로 보고 있다.

고 있는 당시풍의 작품이라고 하겠다.

이행의 작품 「팔월십오야」(八月十五夜)238)의 경우에는 고요한 달밤에 들려오는 피리 소리에 인생무상의 애처로움을 표현하고 있어, 허균으로부터 "한량없는 감격 속에 서글픔이 읽혀진다."(無限感慨, 讀之愴然.)는 평가를 받게 된다. 주변 환경이나 자신이 처한 상황으로부터 환기되는 인생에 대한 비애가 나타나 있는 것이다. 이는 슬픔을 초극한 상태를 표현하고 있는 송시적(宋詩的) 경향의 작품들과 비교되는 당시풍의 일반적 속성에 해당된다.239)

그러나 17세기 전기 시화집의 선시(選詩)와 비평에서 무조건적이고 무차별적으로 당시풍을 선호한 것은 아니다. 앞서 조선 전기 김시습의 시가 보이는 풍격이 '초매'(超邁)하고도 '화평담아'(和平淡雅)하여 '섬미조탁'(纖靡雕琢)한 경향의 시가 따를 수 없는 경지라고 한 『성수시화』의 논평을 보았듯이, 지나치게 섬세하고 나약하며 자구(字句)나 아로새기는 작시법에 대하여 경계하였던 것이다. 나약한 시풍에 대한 경계는, 『성수시화』에서 최치원의 시 세계를 경조(輕佻)・부박(浮薄)하여 두터운 맛이 없다고 비판한 것과 같은 맥락으로서, 화려함만 추구한 나머지 나약하고 경박한 풍조로 흐르게 되는 만당풍(晩唐風)에 대한 경계였다.240)

당시풍을 추구하다 보면 발생할 우려가 있는 나약하고 경박한 풍조를 극복하기 위해서는, 활달한 기상과 중후하고 깊은 의미를 내포하는 풍격이 요구된다고 할 수 있는데, 섬미(纖靡)함을 털어 버린 중종대 전후의 시로 김인후의 작품이 꼽힌다. 『성수시화』에서는 김인후의 고광(高曠)・이수(夷粹)한 인품이 시에 그대로 드러난다고 하면서

---

238) "平生交舊盡凋零, 白髮相看影與形, 正是高樓明月夜, 笛聲凄斷不堪聽."
239) Yoshikawa, Kojiro, *An Introduction to Sung Poetry*, Burton Watson tr, Harvard University Press, 1967, p.29.
240) 許筠, 『惺叟詩話』, "崔孤雲學士之詩, 在唐末, 亦鄭谷 韓偓之流, 率佻淺不厚."

제1부 조선 중기 시화(詩話) 비평 153

「등취대」(登吹臺)를 예시한 바 있다.

梁王歌舞地　　양왕이 노래하고 춤추던 곳
此日客登臨　　오늘은 나그네가 올라와 본다.
慷慨凌雲趣　　강개함은 구름을 넘어서는 정취이고
凄凉弔古心　　처량한 마음은 옛일을 슬퍼하는 마음이네.
長風生遠野　　큰 바람이 먼 벌판에서 일어나고
白日隱層岑　　밝은 해는 겹겹 쌓인 묏부리 뒤로 숨는구나.
當代繁華事　　그 당시 화려했던 일들
茫茫何處尋　　아득하기만 하니, 어디에서 찾아보리오?

　　허균은 『성수시화』에서 이 작품의 풍격이 침착(沈着)·준위(俊偉)하여 섬미(纖靡)함을 모두 씻어 버렸다고 하였다.[241] '침착'은 앞서 이주(李胄)의 시에 내려진 평어와도 일치하는 것으로 허균이 인정하는 성당 풍격이다. 『국조시산』(國朝詩刪)에서는 경련(頸聯)에 국한하여 '침착'이라고 평하였는 바, 그 구절에 담긴 깊은 뜻[242]과 장대한 분위기가 시 전체의 분위기를 감싸 안을 수 있다고 생각했기 때문이다. 경련의 심층에 담긴 뜻은 미련(尾聯)과의 관계 속에서 깊이 있게 해석될 수 있다. 장풍(長風)이 불고 백일(白日)이 숨는다는 것은 시적 화자가 실제 목격한 것이면서, 동시에 과거의 영화(榮華)가 사라지게 했던 원인으로서의 '장풍'이며, 그러한 영화와 등가적인 것으로서 이제 역사의 언덕 너머로 사라진 '백일'이기도 하기에 중의적인 것이다. 그리고 이 시에는 과거의 화려함도 모두 무상함의 전조일 뿐이라는 인식에서 유래한 애상이 깃들어 있다고 볼 수도 있겠으나, 과거 역사

---

241) 許筠, 『惺叟詩話』, "金河西仁厚, 高曠夷粹, 詩亦如之, 梁松川極贊其登吹臺詩, 以爲高岑高韻云, 其詩曰, … 沈着俊偉, 一洗纖靡, 寔可貴重也."
242) 두몽(竇蒙)의 『어례자격』(語例字格)에서는 '침'(沈)의 의미를 '그윽하고도 뜻이 원대한 것'[深而意遠]이라고 정의하였다.

의 회상을 통하여 흥망성쇠의 원리를 비장하게 확인한다는 점에서 마냥 나약한 상념에 머물고 마는 것은 아니라고 하겠다. 그래서 준위 (俊偉)라는 평어가 합당하며, 섬미(纖靡)와 거리가 멀다고 보아도 되는 것이다. 이처럼 섬미함이 제거된 양강(陽强)의 시풍은 당시풍, 그중에도 성당풍(盛唐風)의 조건으로 자리잡게 되는 것이다.[243]

이수광(李睟光)은 『지봉유설』에서 김인후의 시 '많고 적은 술잔을 주고 받으며, 길고 짧은 노래를 읊조리며 화답하노라니, 이 가운데 진의가 있는 법인데, 그 누가 대음(大音)을 알리요? 얼굴을 들어 한 번 웃으며, 가만히 솔바람에서 거문고 소리 듣는다.'(酬酢淺深杯, 唱和長短吟, 此間有眞意, 雖人知大音, 仰面發一笑, 靜聽松風琴.)에 대하여 '방광'(放曠)하다고 평하였는데,[244] 김인후의 인품과 시가 고광(高曠)·이수(夷粹)하고 준위(俊偉)하다고 한 허균의 견해와 일맥상통하는 것이다. 활달하고 고매한 기상이 표현되어 있다는 뜻이다. 『성수시화』에서는 임형수(林亨秀)의 시와 풍류도 호일(豪逸)하다고 평가한 바 있다. 이렇듯 중후하고 심원한 뜻을 지니는 침착 풍격[245] 및 고광(高曠)·방광(放曠)·호일(豪逸) 등 일격(逸格) 계열[246]이 당풍 중에서도 섬미함을 극복한 성당시의 풍격으로 인정된 것으로 보인다.

박은(朴誾)의 시 「복령사」(福靈寺) 가운데 '春陰欲雨鳥相語, 老樹無情風自哀.'도 섬려(纖麗)함을 넘어선 경지의 시적 표현이라고 인정되었는데, 그 평가 내용을 옮기면 다음과 같다.

---

243) 허균은 『국조시산』에서 「등취대」의 수련(首聯)에 대하여 '성당 고운'(盛唐高韻)이라고 평했다.

244) 李睟光, 「東詩」, 『芝峰類說』.

245) 『성수시화』에서는 소세양의 「제상좌상진화안축」(題尙左相震畵雁軸)을 인용하여 '함사심원'(含思深遠)의 평어를 달았으니, 시상의 깊이를 인식한 것으로 '침착'(沈着)과 통하는 평가라고 할 수 있다.

246) 임억령(林億齡)의 인격과 시도 『성수시화』에서는 고매(高邁)하다고 하고, 낙산사에 대한 제영시의 연구(聯句) "心同流水世間出, 夢作白鷗江上飛."를 인용하여 그 문세(文勢)의 장려(壯麗)함을 높이 평가하였다.

박은의 시는 비록 정성(正聲)은 아니지만 엄진(嚴縝)·경한(勁悍)하다. '봄 날씨 흐려져 비가 오려는지 새들 서로 지저귀고, 늙은 나무는 정이 없어 바람만 구슬피 부네.'와 같은 구절은, 당시(唐詩)의 섬려함만을 배운 이들이 어찌 감히 그 경지에 오를 수 있겠는가?[247]

여기서 다시 허균은 당시를 배우는 이들에게서 보이는 문제점을 '섬려'라고 지적하고, 이 연구(聯句)는 섬려함만 추구하는 이들이 결코 도달할 수 없는 경지라고 해석하였다. 이 구절은 경구(驚句)라고 칭송되는 「복령사」의 경련(頸聯)이다. 복령사에서 목격한 어느 한 순간의 경물에 화자의 정서를 의탁하여 표현하고 있다. 새들의 지저귐 속에서 비가 올 것을 예견할 수 있다는 것이 전구(前句)의 의미이고, 고목에 꽃이 피지 않아[248] 아무 것도 스칠 것 없이 바람만 구슬피 분다는 것이 후구(後句)의 의미이다. 자연에 대한 관찰을 통해 얻은 결과를 참신하게 묘사한 것이다.[249] 이 구절에는 일정 정도 자아의 처지가 투사되어 있다고 볼 수도 있다. 이 연구(聯句)에 앞으로 다가올 어두운 상황을 예견하는 자아[전구], 아무 것도 지닌 것 없어 외부의 상황에 어떠한 대응도 할 수 없는 자아[후구]의 모습이 겹쳐 있다고 할 때, 작품은 더욱 진지하게 읽혀진다. 이러한 것을 인식하고 있는 자아의 태도가 두려움이 아니라 굳건함과 초연함으로 귀결된다는 것은 미련(尾聯)을 통해 확인하게 된다.[250] 굳건하고 흔들림이 없는 자

---

247) 許筠, 『惺叟詩話』, "朴之詩, 雖非正聲, 嚴縝勁悍, 如春陰欲雨鳥相語 老樹無情風自哀之句, 學唐纖麗者, 安敢躪其藩乎."

248) 이종묵은 소식(蘇軾)의 시 「산랑정」(散郎亭)의 시어 '유정'(有情)이 '노수'(老樹)에 꽃이 핀 것과 관련된다는 점에서, 박은 시의 '무정'(無情)이라는 말이 꽃을 피우지 않은 것을 가리킨다고 해석하였다.(이종묵, 『해동강서시파 연구』, 태학사, 1995, p.217) 같은 곳에서 이종묵은 「복령사」 전편(全篇)에 대해서도 구체적으로 분석하였다.

249) 『국조시산』에서는 이 구절에 "신의 도움이 있다."[有神助]고 평하였다.

250) "萬事不堪供一笑, 靑山閱世自浮埃."

아의 자세에서 허균이 말한 '엄진·경한'의 풍격을 느낄 수 있다. 박은의 시가 송시풍 혹은 황정견을 위시한 강서시파의 영향을 받아서[251] 성당풍과는 거리가 있다고 보았기 때문에 '정성'이 아니라고 하였으나, 나약하고 화려하기만 한 경향을 벗어난 '엄진·경한'한 풍격은 성당풍과 공유된다는 점에서 긍정되었던 것이다. 어설픈 학당(學唐)보다는 송시풍 가운데 바람직한 측면을 발전적으로 수용해야한다는 자세의 표명이다.[252]

17세기 전기 시화집에서 중시되는 중종대 전후의 시단의 특징 가운데 또 하나 두드러지는 것은 기건(奇健)·기걸(奇杰) 등의 풍격이다. 이 또한 섬미(纖靡)·섬려(纖麗)의 대안으로 자리매김될 수 있는 양강(陽强)의 풍격이다.

정사룡의 오언 율시 「황산전장」(黃山戰場)에 대하여 『성수시화』에서는 '기걸(奇杰)·혼중(渾重)'하여 매우 기이한 작품[眞奇作]이라는 평가를 내렸다. 당시를 배웠더라면 더욱 나은 작품이 되었을 것이라는 명 나라 오명제(吳明濟)의 말을 인용하면서도, 허균은 그의 말을 긍정하지 않고 이 정도의 수준을 작게 평가해서는 안 된다고 하였다.[253] 송시적 경향을 지니고 있다고 하더라도[254] 독특하고 개성적인 의경을 창출할 수만 있다면 당시를 배웠는가의 여부는 부차적일 수

---

251) 南龍翼, 『壺谷詩話』, "國初以來, 專尙東坡, 而挹翠忽學山谷."

252) 『성수시화』에는 박지화(朴枝華)의 오언 율시 「청학동」(靑鶴洞)에 대하여 '연한(淵悍)·간질(簡質)'하여 두보와 진자앙의 정수를 깊이 터득했다고 하였다. '연'(淵)은 '심원'(深遠) 및 '침착'(沈着)과 상통한다고 할 수 있으므로, 「청학동」은 '침착·경한'하며 군더더기나 지나친 화려함이 없는 풍격을 구현한 작품으로 보면 되겠다. 허균의 평가에서 알 수 있는 것은 '경한'과 같은 송시적 풍격의 수용은 두보·진자앙의 시풍과 같은 바람직한 당시풍의 실현을 위해서였다는 점이다.

253) "湖陰黃山驛詩曰, … 奇杰渾重, 眞奇作也. 浙人吳明濟見之, 批曰, 爾才屠龍, 乃反屠狗, 惜哉. 蓋以不學唐也. 然亦何可少之."

254) 이종묵은 이 시의 시어 구사 및 의경에서 강서시파의 영향이 감지된다고 하였다. (이종묵, 앞의 책, p.306 참조.)

있다는 것이다. 특히 경련(頸聯)인 '商聲帶殺林巒肅, 鬼燐憑陰埭壘荒'에 대하여 모골을 송연하게 하는 신운이 깃들어 있다고 특별한 논평을 덧붙였는데, 이는 살기가 돌고 음산한 전장(戰場)의 분위기를 매우 실감나게 전달하고 있다는 말이다. 이성계가 왜구를 섬멸했던 때의 상황을 되새기며 그 당시 긴장감 도는 전쟁터에서 보여 주었을 걸출한 기상이 기이한 의경을 통해 표현되고 있기 때문에 '기걸'(奇杰)이라는 평가가 가능했던 것이다.[255] 이러한 풍격은 송시풍 또는 강서시풍(江西詩風)에 어느 정도 힘입었기 때문이라고 할 수도 있으며, 두보의 성당적 경향을 구현한 것이라고 할 수도 있다.[256] 이것은 허균을 비롯한 17세기 전기 시화집의 서술자들이 송시의 영향을 받은 시인의 작품이라 하더라도 성당풍과 공유되는 양강(陽强)의 풍격이 표현된 것들을 중심으로 시화에 선입했음을 보여주는 한 예가 된다.[257]

이행에 대한 평가도 17세기 전기 시화집에서 주목되는 점이다. 『지봉유설』에서는 강서시파의 의격(意格)을 취하여 자기화 하였다는 점에서 이행의 뛰어난 시재를 인정하였는데,[258] 『성수시화』와 『청창연담』의 논평도 유념할 필요가 있다.

---

255) 홍만종의 『소화시평』(小華詩評)에서는 이 시의 경련(頸聯)에 대하여 '경한'(勁悍)이라는 평을 내렸는데, 이 또한 시어에서 느끼는 강한 기상을 염두에 둔 평가라고 볼 수 있다.("鄭湖陰雲卿之黃山戰場詩, 商聲帶殺林巒肅 鬼燐憑陰埭壘荒, 未嘗不歎其勁悍.")

256) 이종묵, 앞의 책, p.306.

257) 17세기 전기 시화집의 서술자들은 송시풍 자체에 대한 지나친 관심에서 비롯된 창작의 폐해를 잘 알고 있었다. 양경우(梁慶遇)는 『제호시화』(霽湖詩話)에서 권응인의 평을 인용하여 정사룡의 시에 대하여 '격비근리'(格卑近理)·'부착'(斧鑿) 등의 용어를 사용하여 비판하였으며, 이수광은 『지봉유설』에서 이행과 정사룡의 대화를 인용하여, 이행이 소식·황정견의 의격(意格)을 취했음에 비해 정사룡은 그들의 문자만을 취하여 사용했다는 점을 보여 주었다.

258) 주 257) 참조.

우리나라의 시는 용재 이행을 으뜸으로 삼아야 하는데, (풍격이) 침
후화평(沈厚和平)・담아순숙(澹雅純熟)하다.[259]

　　우리나라의 시인 가운데는 대대로 인물이 있어 수백 명뿐만이 아니
었는데, 근대의 인물은 세 갈래로 나뉜다. 화평담아(和平淡雅)로 일가를
이룬 사람은 용재 이행・낙봉 신광한인데, 신광한은 비교적 '청'(淸)하
고 이행은 비교적 '원'(圓)하다.[260]

　　『성수시화』에서는 이행이 우리나라 제일의 시인이라고 하여 '침후
화평・담아순숙'을 그 풍격으로 제시하였으며, 『청창연담』에서는 그
가 일가를 이루었다고 하면서 그 풍격이 '화평담아'하다고 하였다.
『청창연담』의 평어는 『성수시화』의 것과 상통한다고 볼 수 있으며,
『성수시화』에서는 『청창연담』의 평가에 더하여 '침후'(沈厚)함을 강조
하였다.[261] '침착' 풍격은 앞에서 살펴 본 바와 같이 이주(李胄)와 김
인후(金仁厚)에게서 발견되는 성당 풍격이다. 이행의 '침후' 풍격은
'침착(沈着)・중후(重厚)'를 의미하여, 신중하고 경박하지 않다는 뜻의
'침착' 자체와 크게 다르지 않다. 이행 시에서는 대체로 '침후'의 의미
를, 무거운 주제와 비애 감정을 표현하되 무절제한 토로를 삼가는 것

---

259) 許筠, 『惺叟詩話』, "我國詩, 當以李容齋爲第一, 沈厚和平, 澹雅純熟."
260) 申欽, 『晴窓軟談』(下), "我朝作者, 代有其人, 不啻數百家. 以近代人言, 途有三焉.
　　 和平淡雅, 成一家言者, 傭齋李荇駱峰申光漢, 而申較淸李較圓."
261) 허균의 「蓀谷集序」(『惺所覆瓿藁』 卷5)를 보면, 이행을 비롯한 조선 개국 이후의
　　 대가들에 대한 『청창연담』의 평어와 일치하는 부분이 발견되는 바, 허균과 신
　　 흠 등 17세기 전기 비평가들 사이에 공유되는 시사적(詩史的) 평가가 있었음을
　　 알 수 있다. ["삼가 생각해보니 우리나라의 문운이 아름답고 밝아서 학사대부
　　 가운데 시로써 울린 사람이 거의 수십 수백 명으로, 모두 저마다 영사(靈蛇)의
　　 보주(寶珠)를 쥐었다고 여기니 많고도 성하구나. 대개 헤아려보면 길이 셋이 있
　　 다. 그 화평담아(和平淡雅)하고 원적균칭(圓適均稱)하여 혼연히 일가의 말을 이
　　 룬 자로 용재 이행을 추대하고, 낙봉 신광한과 영가 부자는 그 화려함을 날렸
　　 다."(恭惟, 我國家文運休明, 學上大夫, 以詩明者, 殆數十百家, 咸自謂人握靈蛇之
　　 寶, 林然盛哉. 概而揆之, 則途有三焉. 其和平淡雅圓適均稱, 渾然成一家言者, 推
　　 容齋相, 而駱峰及永嘉父子擅其華.)]

으로 이해하면 된다.262) 그리고 '화평'(和平)은 탈속의 의연한 경지, 즉 세속을 초월하여 마음이 평정된 상태에서 나오는 풍격이며, '담아'(澹雅)도 '화평'과 마찬가지로 탈속의 경지에서 느끼는 풍격으로서 맑고 고상한 분위기를 자아내는 시에 내려지는 평어이다.263) '화평' (和平)・'담아'(澹雅)는 퇴계가 만년에 주자(朱子)의 시를 좋아한 뒤에 이룬 시의 풍격과도 거의 일치한다.264) 송시 가운데 염락풍에서 주로 발견되는 경향이다. 따라서 이행 시의 풍격은 송시풍을 원만하게 구사하되 성당풍으로서의 '침후(침착)'도 겸하여 독특한 일가를 이루었다는 점에서 높이 평가되었다고 할 수 있다.265)

② 선조대 전후의 시단에 대한 평가

『성수시화』에서는 선조대(宣祖代)를 전후한 시기에 두보의 시풍을 비롯한 당시풍에 기반한 창작이 활발하게 이루어졌다고 하였는데,266) 소식과 황정견의 시풍을 따르다가 최경창・백광훈에 이르러 당시를 배우게 되었다는 『지봉유설』의 언급이나,267) 시에 대하여 바르게 깨달은 자가 적었는데 박순(朴淳)에 이르러 당풍을 배우게 되었다는

---

262) 김기림, 「이행의 시세계 연구」, 이화여대 박사논문, 1996, p.119.
263) 김기림, 앞의 논문, p.128 참조.
264) 『退溪先生言行通錄』 卷之六, "雄渾而典雅, 淸健而和平."
265) 『청창연담』에서 노수신의 만년의 작품이 "너무 침착(沈着)하다"고 비판하고 있는데, 이는 신흠이 허균만큼 '침착' 풍격을 선호하지는 않았음을 말해 준다. 그렇다고 신흠이 '침착' 자체를 완전 부정한 것으로 속단할 수도 없다. 문맥에서는 '침착'이 지나친 것만을 부정한 것으로 읽히기 때문이다.(『晴窓軟談』(下), "蘇齋 謫中之作, 極淸健, 晚來所述, 太沈着, 後生不可爲法.")
266) 許筠, 『惺叟詩話』, "我朝詩, 至宣廟朝, 大備, 盧蘇齋得杜法, 而黃芝川代興, 崔白 法唐, 而李益之闖其流, 吾亡兄歌行似太白, 姊氏詩恰入盛唐, 其後權汝章晚出力追 前賢, 可與容齋相肩隨之, 猗歟, 盛哉."
267) 李睟光, 「詩」, 『芝峰類說』, "我東詩人, 多商蘇黃, 二百年間皆襲一套, 至近世崔慶 昌白光勳, 始學唐, 務爲淸苦之詞, 號爲崔白, 一時頗效之, 殆變向來之習, 然其所 尙者晚唐耳. 不能進於盛唐, 豈才有所局耶."

『청창연담』의 견해268)까지 아울러 살펴본다면, 구체적인 시풍 변화에 대한 인식은 각 시화마다 조금씩 다를지라도, 선조대 전후에 당시풍 중심으로 작시 경향이 바뀌었다는 점에 대해서는 17세기 전기 시화집들 사이에 공감대를 형성하고 있었음을 알 수 있다. 이들 시화의 언급에는 소동파·황정견 중심의 송시풍 일변도에서 당시풍으로의 전환을 다행스럽게 생각하는 서술자의 주관도 들어 있는 것으로 보인다.

따라서 당시풍이 중심이 된 선조대의 시단이 여타의 앞 시대 시단에 비해 적극적인 비평의 대상이 되고 있다. 물론 시화집의 서술자들과 동시대 또는 가까운 시대에 생존했던 시인들의 시 세계를 대상으로 삼았기 때문에 비평에 많은 부분을 할애할 수도 있었겠지만, 이 시기에 서술자 자신들의 기준에 부합하는 작품들이 많이 창작되었기에 논평의 대상이 그만큼 많아졌다고 보아도 무리는 아닐 듯하다.

이 시기의 시단에 대한 풍격 비평은 기본적으로 '청'(淸) 계열과 관련하여 이루어지고 있다. 당시풍의 학습과 창작은 기본적으로 '청' 풍격의 구현과 연계된다고 보았기 때문이다. 그러므로 최경창과 백광훈이 '청고'(淸苦)한 시어를 구사하는 데 힘썼다거나269) 이순인(李純仁)의 시가 '청치'(淸致)하다는 것270), 이안눌(李安訥)의 시가 '청초유려'(淸楚流麗)하다거나271) 박순의 시가 '청소'(淸邵)하다는 것272)과 같은 '청' 풍격에 따른 논평은, 대상이 되는 시인이나 시가 시화 서술자들

---

268) 申欽, 『晴窓軟談』(下), "至於得正覺者, 有不多, 思庵朴公淳, 近來稍涉唐派, 爲詩甚淸邵."

269) 주 267) 참조.

270) 李睟光, 「詩評」, 『芝峰類說』, "李純仁於詩, 專尙中晩唐, 故詞氣頗有淸致, 所乏者雄渾耳."

271) 許筠, 『惺叟詩話』, "人謂子敏詩, 鈍而不揚者, 非也. 其在咸興, 作詩曰, …… 淸楚流麗, 去唐人奚遠哉."

272) 주 268) 참조.

이 긍정적으로 생각하는 당시풍에 근접했다는 것을 의미한다.

시화 서술자들은 '청' 풍격이 '맑고 고운' 분위기를 자아내는 데 머물지 않고 '발속(拔俗)·탈속(脫俗)'의 기운[일격(逸格)]이나 강건한 기상[호격(豪格)]을 함유할 때, 비로소 바람직한 시 세계, 즉 성당풍의 경지를 여는 미감이 된다고 보았다.[273] 그리하여 '청' 계열 가운데 양강(陽强)의 속성을 지닌 평어와 결합된 청건(淸健)·청월(淸越)·청장(淸壯) 등의 풍격이 이 시기의 시와 시인을 고평(高評)하는 데 사용되고 있다.[274]

이러한 17세기 전기 시화집의 풍격에 대한 인식 태도를 더욱 구체적으로 파악하는 데 있어서, 삼당시인(三唐詩人)인 최경창·백광훈·이달과 백대붕에 대한 다음의 몇몇 논평은 하나의 중요한 단초가 될 수 있을 것이다.

① 최경창·백광훈·이달 세 사람의 시는 모두 정음(正音)을 본받았다. 최의 청경(淸勁)함과 백의 고담(枯淡)함은 모두 귀중히 여길 만하나, 힘이 미치지 못하고 다소 용사의 혼후함을 갖추지 못한 면이 있다. 이는 부염(富艶)하여 두 사람에 비하면 가수(家數)가 자못 크지만 모두 맹교(孟郊)와 가도(賈島)의 울타리에서 벗어나지는 못하였다.[275]

② 최경창의 시는 한경(悍勁)하고, 백광훈의 시는 고담(枯淡)하여 모두 당시(唐詩)의 길을 잃지 않았으니, 진실로 또한 천년에 드문 가락이다. 이달은 조금 더 크니, 최와 백을 아울러 스스로 대가를 이루었다.[276]

---

273) 주 176)에 보이는 호응린의 '청'(淸) 개념과 주 270)에서 이순인의 시에 웅혼함이 부족하여 중·만당에 머물고 말았다는 논의가 바람직한 '청'의 미감을 일깨워주는 예라고 할 수 있다.

274) 『晴窓軟談』(下)의 "蘇齋謫中之作, 極淸健." 및 『惺叟詩話』의 "羽上田禹治 … 其詩甚淸越", "家姉蘭雪一時, 有李玉峰者, 卽趙伯玉之妾也, 亦淸壯, 無脂粉態." 참조.

275) 許筠, 『鶴山樵談』, "崔白李三人詩, 皆法正音. 崔之淸勁, 白之枯淡, 皆可貴重, 然其力不逮, 稍失事厚. 李則富艶, 比二氏家數頗大, 皆不出郊島之藩籬."

③ 백대붕이란 사람이 있었는데 또한 시를 잘하였다. 사약(司鑰)이 되었는데, 당시에 많은 사람들이 모두 본받았다. 그 시는 맹교와 가도를 본받아 고담(枯淡)하면서도 시들었다. 그러므로 권필은 늘 사람들이 만당을 배우는 것을 보면, 반드시 '사약체'(司鑰體)라 하였는데, 그 나약함을 비웃은 것이다.277)

④ 우리나라는 시와 관련하여 소동파·황산곡만 높이다가, 중간에 최경창·백광훈의 무리가 점차 성당으로 돌아갔지만, 청려(淸麗)를 좋아하여 옛 기운[古氣]이 너무 시들어 버렸네.278)

허균의 1593년도 저술인 ①과 1611년도 저술인 ②에서 삼당시인들 사이의 우열 평가는 그대로 유지되지만, 후대의 저술인 ②의 『성수시화』에서 두 가지 변화가 일어났다. 첫째, ①의 『학산초담』에서는 최경창의 풍격을 '청경'(淸勁)이라고 했던 것이 ②에서는 '한경'(悍勁)이라고 바뀌었다. 허균 시대에는 당시풍의 바탕을 이루는 '청'의 풍격도 중요하게 인식되었지만, '청' 풍격 자체보다도 더 강한 성격의 풍격을 선호하는 쪽으로 바뀌고 있었던 것으로 보인다. 당풍을 구사하면서 발생한 문제점, 즉 섬려(纖麗)함이나 나약함과 같은 만당적(晚唐的) 요소를 청산하고자 했기 때문이다. 이에 대한 근거는 ④를 통해 추론할 수 있다. 둘째, 허균은 처음에 삼당시인들에게 만당풍의 흔적이 있는 것을 문제점으로 지적했으나(①), 나중에는 그들에게 그런 문제점이 없다는 쪽으로 방향을 선회했다.(②) 삼당시인 정도의 수준이라면 당시를 원숙하게 구사하는 것이라고 하는 자기 나름대로의 인식

---

276) 許筠, 『惺叟詩話』, "崔詩悍勁, 白詩枯淡, 俱不失李唐蹊逕, 誠亦千年希調也. 李益之較大, 故苞崔孕白, 而自成大家也."

277) 許筠, 『惺叟詩話』, "有白大鵬者, 亦能詩. 嘗爲司鑰, 一時渠之儕流, 皆效之. 其詩學郊島, 枯淡而菱. 故汝章每見人學晚唐者, 必曰司鑰體也, 蓋嘲其弱焉."

278) 權韠, 「任寬甫銊挽詞」, 『石洲集』卷1, "我國於爲詩, 好尙唯蘇黃. 中間崔白輩, 稍稍歸盛唐. 雖然喜淸麗, 古氣頗凋傷."

의 전환을 이루었다.

『성수시화』에서는 '고담'(枯淡)과 '고담이위'(枯淡而萎)를 차별화하려고 했던 것으로 보인다. ①·②의 '고담'은 바람직한 당풍의 성격을 규정짓는 풍격이라면,[279] ③의 '고담이위'는 당풍의 한계, 즉 만당풍이라고 지적되는 요소이다. '고담'이 지나치게 되면 '위'(萎)[시들고 나약함]라는 만당적 성향으로 변모하게 된다고 본 것이다. 고담은 섬미함을 지양한 채 차분하게 감정과 기상을 표현할 때 생기는 미감이라는 점에서 16세기 사림파의 문예이론을 일정하게 수용했다고도 할수 있다.[280]

이밖에 나약하거나 화려하기만 한 것을 극복하여 당시풍에 근접했다고 인정되는 풍격으로는 황정욱의 '심원(深遠)·기한(奇悍)', 유영길의 '교경'(曒勁), 승(僧) 참료1의 '준결'(俊潔)(『성수시화』), 최립의 '기건(奇健)·교건(矯健)'(『청창연담』), 유석준의 '호상'(豪爽), 양사언의 '기상'(奇爽), 신흠의 '노성(老成)·전중(典重)'(『지봉유설』), 홍천경의 '기건'(奇健)(『제호시화』) 등이 꼽힌다.

17세기 전기 시화집에서는 당시풍이라고 평가된 시인과 시에 대하여 높이 평가하고 있다. 특히 성당의 시인과 시를 작시의 규범으로

---

279) '고담'(枯淡)은 격앙된 감정이나 큰 소리로 부르짖는 것과는 달리 소박하고 절제된 표현을 지향하는 풍격이다. 그러면서 깊은 감정과 풍부한 예술성에서 우러나온 기상과 화려함도 기본적으로 바탕에 깔고 있다.(김종서, 「옥봉 백광훈 시의 풍격」,『한국한시연구』3, 한국한시학회, 태학사, 1995, pp.214-215.)

280) 소식에 따르면 '고담'(枯澹(淡))은 "겉은 메마른 듯하나 속은 기름지고, 담담한 것 같으면서도 실상은 아름다운 것"(外枯而中膏, 似澹而實美)을 뜻하는데, 이러한 논의는 이황(李滉)과 같은 사림들의 문예의식에도 반영되었다.("先生喜爲詩, 平生用功甚多, 嘗言吾詩枯淡, 人多不喜, 然於詩用力頗深, 故初看雖似冷淡, 久看則不無意味") [蘇軾, 「評韓愈詩」,『東坡題跋十七則』및 李滉,『退溪先生言行通錄』卷之五 참조.] 따라서 훌륭한 당시(唐詩) 풍격으로 인정되는 '고담'도 앞서 살펴보았던 '한(閑)·담(淡)·아(雅)' 등의 풍격처럼 송시풍의 시 또는 시론과 일정한 관련을 맺고 있다고 볼 수 있다.

인정하여 그 수준에 이르는 것을 최고의 작품으로 평가했다. 시화 서술자들로부터 중·만당 이후의 시풍에 젖어 있다는 평가를 받은 시인과 시는 성당풍이라고 평가를 받은 것들보다 그 수준이 낮게 평가된 것이다. 그러나 중·만당풍에서 성취한 것들을 시화 서술자들이 전적으로 부정했다고 볼 수는 없다. '청'(淸) 풍격의 경우에는 성당이나 중·만당을 막론한 당시의 일반적인 풍격으로 긍정되었다는 것은 위의 검토를 통해서 알 수 있었다.

다만 17세기 전기 시화집에서 중·만당풍이라고 하여 강하게 배척하는 요소는 '섬려'(纖麗) 풍격이다. 중·만당풍의 부정적 성향을 극복·보완하기 위한 대안적 풍격으로 강조되는 것은 강건한 기상이 표현되는 '호방'(豪放)·'웅기'(雄奇)·'경한'(勁悍) 등의 풍격과 차분한 가운데 탈속적이고 고상한 분위기를 자아내는 일격(逸格) 및 '한(閒)·담(淡)·아(雅)' 계열의 풍격이다. 그리고 '침착'(沈着) 및 '침후'(沈厚)도 '섬미'(纖靡) 또는 '섬려'(纖麗)와는 무관한 성당 풍격으로 평가되었다. 이들 풍격은 조선 전기와 중종대 전후의 시인들이 수용했던 강서시풍 및 염락풍의 송시적 요소와도 일치하는 점이 있다.

그러므로 17세기 전기 시화집에서 한시사를 평가하면서 강조한 성당 풍격이라고 하는 것은 대체로 '청'(淸) 풍격을 기본으로 하면서, 여기에 중종대를 전후한 시기까지 실험되고 수용된 송시풍적 요소가 결합되어 이루어진 것이라고 할 수 있다.

4. 시화집별 시평의 특성

① 풍격 논의에 나타난 특성

17세기 전기 시화집에서 한시사(漢詩史)를 평가하면서 강조한 성당

(盛唐) 풍격(風格)이라고 하는 것은 대체로 '청'(淸) 풍격을 기본으로 하면서, 중·만당풍(中晚唐風)에서 발견된다고 할 수 있는 '섬려'(纖麗) 풍격을 배제하고, 여기에 중종대를 전후한 시기까지 실험되고 수용된 송시풍적(宋詩風的) 요소가 결합되어 이루어진 것이라고 할 수 있다. 그리하여 '청'의 풍격과 함께 '호방'(豪放)·'웅기'(雄奇)·'경한'(勁悍) 등의 풍격, 차분한 가운데 탈속적이고 고상한 분위기를 자아내는 일격(逸格) 및 '한(閒)·담(淡)·아(雅)' 계열의 풍격이 존중되었으며, '침착'(沈着) 및 '침후'(沈厚) 풍격도 섬미(纖靡) 또는 섬려(纖麗)와는 무관한 성당 풍격으로 평가되었다.

'침착'(沈着)류 풍격에 비중을 두는 정도에 있어서 『성수시화』(惺叟詩話)와 『청창연담』(晴窓軟談)은 차이를 보이고 있다. 『성수시화』에서는 이주(李胄)와 김인후(金仁厚) 등의 시를 평가하면서 '침착' 풍격이 성당 시풍의 특색을 지니고 있다고 하여 그 풍격이 지니는 의미를 적극적으로 긍정하였다.

반면, 『청창연담』에서는 다음과 같은 논의를 통하여 '침착' 풍격을 '청' 풍격의 하류로 밀어냈음을 알 수 있다.

옛 사람이 말하기를 "하늘과 땅 사이에 맑은 기운[淸氣]이 있는데 그 기운이 흩어져 시인의 몸 속으로 들어갔다."하였는데, '청'(淸)이 바로 시의 본령이다. 기이하다든가 굳건하다든가 하는 것은 오히려 부차적인 것이요, 험절하다든가 괴기스럽다든가 침착하다든가 질실(質實)하다든가 하는 것은 시도(詩道)와 더욱 동떨어진 것이라 할 것이다. '청'(淸)이라고 하는 것은 높은 차원에서 우러나오는 것인데 그 높은 차원의 것은 성색(聲色)으로 구할 수는 없는 노릇이다. 따라서 시는 반드시 무성지성(無聲之聲)과 무색지색(無色之色)을 얻어 맑고도 맑으며 밝고도 밝으며 담박하고도 담박하며 투명하고도 투명하게 되면서 외경이 정신과 만나게 되고 정신이 붓에 응해 표현될 수 있어야만 야호선(野孤禪)

을 닦는 외도(外道)로 떨어지지 않게 될 것이다. 그러므로 과거의 거장들을 두루 살펴 보건대, 한가할 때 지은 작품이 졸지에 응해 지은 것보다 낫고 초야에서 지은 시가 관각(館閣)에서 나온 것보다 우수하였는데, 이는 대체로 의도적으로 짓는 것은 자연스럽게 얻는 것보다 못하기 때문이었다.281)

신흠(申欽)은 청(淸) 풍격을 시의 본령으로 여겼다. 17세기 전기 시화집 서술자들은 일반적으로 '청' 풍격을, 좋은 시가 갖추어야 할 기본적인 요건이라고 생각하였는데, 신흠은 이에서 더 나아가 '청' 풍격을 좋은 시의 기본적인 요건이자 궁극적 목표라고 판단했던 것으로 보인다. 그러므로 허균(許筠)의 『성수시화』에서 강조되었던 '침착'(沈着) 풍격을 비롯하여 '기건'(奇健)·'험괴'(險怪)·'질실'(質實) 등의 풍격은 신흠의 풍격 기준과는 거리가 있는 것이 되었다. 그렇다고 신흠이 '기건'·'험괴'·'침착'·'질실' 등의 풍격을 전적으로 부정했다고는 볼 수 없다. 그는 박상·정사룡·노수신·황정욱·최립 등이 '험괴'·'기건'의 풍격을 구사했다고 하여 조선시대를 대표하는 시인군으로 분류했던 것이다.282) 신흠은 이들의 시 세계가 시의 본령[正覺]과 완전히 부합하지는 않는다고 했으나, 그들이 일가를 이룬 점만은 인정한 것으로 보인다. 신흠은 다른 시화 서술자들보다 강도 높게 '청' 풍격을 당시풍의 본질적 요소라고 생각하였고, 여타의 강건한 성격의 풍격들은 그보다 아래의 것으로 생각하였다고 판단된다.283) 신흠은

281) 申欽, 『晴窓軟談』(上), "古人云, 乾坤有淸氣, 散入詩人脾, 淸是詩之本色, 若奇若健, 猶是第二義也. 至於險也怪也沉着也質實也, 去詩道愈遠, 淸則高, 高則不可以聲色求也. 詩必得無聲之聲無色之色, 瀏瀏朗朗, 澹澹澄澄, 境與神會, 神與筆應而發之, 然後庶幾不作野孤外道. 故歷觀往匠, 閑居之作, 勝於應卒, 草野之音, 優於館閣, 蓋有意而爲之者, 不若得之於自然也."

282) 申欽, 『晴窓軟談』(下), "以險壞奇健, 爲之能, 至於得正覺者, 猶不多."

283) 신흠은, 시의 본령을 작시에 구현한 사람이 없던 차에, 박순처럼 조금씩 당의 경향을 배워 '청소'(淸邵)한 시를 짓는 사람이 나왔다고 하였다. (申欽, 『晴窓軟

'무성지성'(無聲之聲)이나 '무색지색'(無色之色)과 같이 기교를 부리지 않는 가운데 맑고 고운 운치를 표현해야 한다고 생각했다. 이와 같이 '자연스럽게' '청' 풍격을 구현하는 것이 신흠의 주요 관심사였다.

『성수시화』에서는 이주가 '침착' 풍격을 통하여 성당풍을 구현한 시인이라고 규정하였으나, 이수광(李睟光)은 이와는 다른 생각을 가지고 있었다. 이수광은 『지봉유설』(芝峰類說)에서 이주(李胄)·유호인(兪好仁)·신종호(申從濩)·신광한(申光漢) 등이 당시풍에 가까운 시를 짓기는 했지만 심오한 경지에 이르지는 못하였다고 하였다.[284] 이것으로 미루어 볼 때 이수광도 이주의 '침착'(沈着) 풍격을 허균이 생각했던 것만큼 높은 경지의 풍격이라고 여기지는 않았다고 할 수 있다.

② '삼당시인'(三唐詩人)의 평가에 나타난 특성

『지봉유설』에서 이수광은 우리나라 시단이 오래도록 한결같이 소식(蘇軾)과 황정견(黃庭堅)의 시법을 되풀이하다가 최경창과 백광훈에 의해 당풍으로 일신하는 전기가 마련되었다고 비평하였다.

> 우리나라의 시인들은 소식과 황정견을 많이 숭상하여 이백 년 간 한가지 투식만 되풀이하였다. 근래에 이르러 최경창과 백광훈이 비로소 당풍을 배워 힘써 청고(淸苦)한 시를 지으니 '최·백'이라 불리었다. 한때, 대부분의 사람들이 그들을 본받아 종래의 습관을 거의 변화시켰다. 그러나 그들이 숭상한 것은 만당일 따름이고 성당으로 나아가지 못했으니, 아마 재주에 한계가 있었을 것이다.[285]

談』(上), "近來稍涉唐派, 爲詩甚淸邵.")

284) 李睟光, 「詩評」, 『芝峰類說』, "本朝詩人, 不脫宋元習者無幾. 如李胄 兪好仁 申從濩 申光漢號近唐, 而似無深造之功."

285) 李睟光, 「詩」, 『芝峰類說』, "我東詩人, 多商蘇黃, 二百年間皆襲一套, 至近世崔慶

최경창(崔慶昌)과 백광훈(白光勳)이 성취했다고 하는 당풍은 '청고'(淸苦)한 풍격의 시를 말하는 것이다. '청고' 풍격은 강건한 성향의 풍격은 갖추지 못하였기 때문에 이수광의 기준으로 보면 성당의 시풍에 해당되지 않는다. 이수광은 이들 두 시인의 한계를 지적하여 만당에 머물렀다고 평가하였다.

이수광은 최경창과 이달(李達)의 시에서 발견되는 문제점을 다음과 같이 지적하였다.

> 최경창과 이달은 한 때 시에 능했던 이들이다. 그 시는 당에 가장 가깝지만, 다만 시구를 지음에 당인(唐人)의 문자를 많이 습용(襲用)하고, 간혹 전구(全句)를 절취(截取)하여 쓰기까지 하여, 사람들에게 이를 읽어보도록 하면 마치 당인(唐人)의 시를 읽는 것 같아서 모두들 당시(唐詩)라고 여기며 좋아하였다. 그러나 그 천기(天機)에서 얻어 조화를 스스로 운용하는 공은 적은 듯하고, 환골탈태(換骨奪胎)라고 생각할 수는 없을 듯하다.[286]

이수광은 최경창과 이달의 시가 당시풍에 가깝기는 하지만, 그들의 시적 경향은 자신들의 독자적 경지를 개척함으로써 성취된 것이 아니라 당시를 모방한 결과라고 비판하였다. 다른 사람의 시를 학습함으로써 자신의 시 세계를 확충시킬 수는 있지만, 환골탈태하지 않고 모방하는 차원에 머문다면 바람직한 시적 성취를 이루지 못한다고 본 것이다. 그러므로 최경창과 이달이 당시를 모방하여 쓴 시에 대하여, 당시와 흡사하다는 이유만으로 결코 긍정적인 평가를 내려서는

昌白光勳, 始學唐, 務爲淸苦之詞, 號爲崔白, 一時頗效之, 殆變向來之習, 然其所尙者晚唐耳. 不能進於盛唐, 豈才有所局耶."

286) 李晬光,「詩評」,『芝峰類說』, "崔慶昌李達 一時能詩者也. 其詩最近唐, 而但作句多襲唐人文字, 或截取全句而用之, 令人讀之, 有若讀唐人詩者, 故驟以爲唐而喜之. 然其得於天機, 自運造化之工, 似少, 若謂脫胎換骨, 則恐未也."

안 된다는 것이 이수광의 생각이었다.

양경우(梁慶遇)는 삼당시인 가운데 이달의 시 세계에 대하여 여러 번 비평을 하였다. 그는 이달의 시가 만당풍을 띠고 있다고 단언하면서, 고경명의 시 세계와 비교하였다.[287] 양경우는 이달의 시편들을 읊을 만하다고 하여 만당풍으로서의 이달의 시를 부분적으로 긍정하였으나, 고경명의 '농려부성'(濃麗富盛)에는 미칠 수 없는 한계를 지적하였다. 다음은 양경우가 이달의 작시 양상을 구체적으로 비판하는 내용이다.

> 손곡의 시에 다음과 같은 것이 있다. '연꽃을 희롱하며 한가로이 잎을 따, 물가에서 홀로 시를 짓네.' 송계 권응인이 이를 평하기를, "한가로이 연잎을 따서 그 위에 시를 짓는 것을 말하고 있다. 하나의 말을 가지고 두 구를 이루었으니 시의 묘법이다. 시를 읽는 자들은 이를 자세히 살펴야 할 것이다." 하였다. 내가 두보의 시를 읽다가, '돌 난간에서 붓 기울여, 오동잎에 시를 쓰네.'라는 구에 이르렀을 때, 손곡이 습취에 뛰어나다는 사실을 알게 되었다.[288]

양경우는 이달의 시구 '연꽃을 희롱하며 한가로이 잎을 따, 물가에서 홀로 시를 짓네.'(弄荷閑摘葉, 臨水獨題詩.)를 권응인이 높이 평가하고 있는 사실을 거론하면서, 이 시는 이달이 두보의 시를 습취(襲取)한 것이라는 점을 입증하여, 권응인의 평가가 정당하지 않음을 보여주고 있다. 이달의 당풍이 이처럼 당시를 도습(蹈襲)하여 이루어진 것이라고 보는 양경우의 시각의 한 단면을 보여주는 기사이다.

---

287) 梁慶遇, 『霽湖詩話』, "余曰, 蓀谷詩, 出於晚唐, 雖一篇一句可詠, 豈若閣下濃麗富盛乎."
288) 梁慶遇, 『霽湖詩話』, "蓀谷詩有曰, 弄荷閑摘葉, 臨水獨題詩. 松溪評之曰, 盖閑摘荷葉, 題詩其上之謂也. 以一語而成兩句, 詩中之妙法. 觀者詳之. 余讀杜詩, 至石欄斜點筆, 桐葉坐題詩, 知蓀谷之工於襲取也."

양경우는 또한 이달이 최경창에게 준 시「새하곡」(塞下曲)을 통해 과도한 표절의 사례를 제시하기도 하였다.[289] 이 기사에서는 이달이 당 나라 우곡(于鵠)의 시에 몇 글자만 더하여 시를 지었음을 밝혀, 이것은 무덤을 송두리째 도굴하는 것과 같은 수법인 '발총수'(發塚手)라고 신랄하게 비판하였다.

『지봉유설』과 『제호시화』에 비해 『성수시화』에서는 '삼당시인'(三唐詩人)의 시적 성취를 비교적 긍정적으로 평가하였다. 허균은『성수시화』에서 최경창·백광훈·이달 등 '삼당시인'의 시 세계에 대하여 높이 평가한 바 있다. 최경창의 시는 한경(悍勁)하고, 백광훈(白光勳)의 시는 고담(枯淡)하여 모두 당시풍(唐詩風)의 면모를 갖추고 있었으며, 이달의 시 세계는 이 두 시인보다 나았다고 하였다.[290] 이것은 삼당시인이 맹교(孟郊)·가도(賈島) 등 만당 시인의 한계를 벗어나지 못했다고 하여 그들에 대하여 다소 부정적인 시각을 지니고 있었던 『학산초담』(鶴山樵談)의 입장에서 변화된 자세라는 점은 이미 앞에서 살펴보았다.[291] 허균은 시간이 지남에 따라 삼당시인이 이룩한 시적 성취에 대하여 긍정적으로 생각하는 방향으로 인식의 전환을 이룬 것이다.

---

289) 梁慶遇,『霽湖詩話』, "崔學士孤竹, 以評事赴咸鏡道, 蓀谷以塞下曲三首贈之. 其一曰, 都尉分軍夜斫營, 漢家金鼓動邊城, 朝來更聽降胡說, 西下陰山有伏兵, 一時傳咏. 余閱唐于谷詩有度水逢胡說, 沙陰有伏兵之句. 權松溪遊海上人家, 有鷗飛誤入闥之句, 余見何月湖環翠閣詩曰, 沙禽占水閑相趁, 誤入疎簾靜却廻. 昔劉原父戲歐陽公曰, 永叔於漢文, 有公取竊取, 公取者粗可數, 竊取者無數. 盖松溪約七言兩句, 成五言一句, 只襲其意, 可謂竊取. 至如蓀谷全謄古句, 略加數字, 要以一時驚人, 而止非公取竊取, 盖發塚手也."

290) 許筠,『惺叟詩話』, "崔詩悍勁, 白詩枯淡, 俱不失李唐蹊逕, 誠亦千年希調也. 李益之較大, 故苞崔孕白, 而自成大家也."

291) 본고의 IV-3-② 참조.

고죽 최경창의 시는 편편마다 모두 아름다우니, 연탁(鍊琢)한 것이
반드시 자기 마음 속으로 부족하게 느껴지지 않는 경우라야만 내보였
기 때문이다. 최고죽과 옥봉 백광훈의 시는 내가 『국조시산』에 뽑아 넣
은 것이 각각 수십 편이 되는데 그 음절이 모두 정음(正音)에 맞고, 그
나머지는 모두가 다른 사람이 한 말을 되풀이 한 것이어서 차마 못 볼
정도이다.292)

인용문에 보였듯이 허균은, 최경창과 백광훈의 시들이 다른 사람의
것을 모방한 경우도 있으나, 『국조시산』(國朝詩刪)에 선입(選入)할 정
도로 뛰어난 작품들도 수십 편에 해당한다는 점을 강조하였다. 다음
기사도 삼당시인에 대한 허균의 긍정적 인식을 추론할 수 있는 자료
이다. 그리고 최경창이 연탁(鍊琢)에 신경을 써서 훌륭한 작품을 지
어낼 수 있었다는 점도 아울러 고평(高評)하였다.

나는 일찍이 고죽의 오언고시·율시와 망형(亡兄)의 가행(歌行)과 소
재 노수신의 오언율시와 지천 황정욱의 칠언율시와 손곡 이달, 옥봉 백
광훈 및 망형의 절구를 한데 모아 한 질로 만들었다. 그 음절과 격률을
보니, 모두 옛 시인과 가까웠는데, 안타까운 것은 기운이 옛날 사람을
따라가지 못하는 것이었다. 아, 누가 다시 그 옛날 소리를 되찾을 것인
가?293)

시선집을 편찬함에 있어서, 최경창의 오언고시·율시, 이달과 백광
훈의 절구(絶句)를 선입했음을 밝힌 것이다.

---

292) 許筠, 『惺叟詩話』, "崔孤竹, 篇篇皆佳, 必鍊琢之無歉於心, 然後乃出故耳. 二家詩,
余選入詩刪者, 各數十篇, 音節可入正音, 而其外不耐雷同也."
293) 許筠, 『惺叟詩話』, "余嘗聚孤竹五言古詩律詩, 亡兄歌行, 蘇相五言律, 芝川七言
律, 蓀谷玉峯及亡兄絶句, 爲一帙, 看之其音節格律, 悉逼古人, 而所恨, 氣不及焉.
嗚呼, 孰返元聲耶."

이상의 비교를 통해 알 수 있듯이, 『지봉유설』과 『제호시화』에서는 삼당시인이 당풍적 시 경향을 성취했다는 점에서 그들의 시 세계를 부분적으로 긍정하였음에도, 결국에는 그들의 만당풍적 한계를 비판한 반면, 『성수시화』에서는 그들의 결점을 두 시화집에서보다 제한적으로 인식하였다. 그러므로 『성수시화』에서는 『지봉유설』과 『제호시화』에서보다 삼당시인 나름대로 이룩한 독자적인 시적 성취를 적극 긍정하고자 했다고 할 수 있다.

V. 문학사적 의의
- 당·송 시풍의 비판적 수용을 통한 대안적 시론 제시

조선 전기에는 송시풍(宋詩風)에 대한 관심이 시단을 지배하여 소식(蘇軾)의 시를 비롯한 중국의 강서시파(江西詩派)의 시 세계에 대한 학습이 활기를 띠었다. 송시풍에 대한 관심은 시적 기교 및 수식에 대한 관심으로 이어져 기괴한 용사 및 희귀한 전고(典故)의 사용을 통하여 시의 내용을 난삽하게 만드는 폐단을 노출하기도 하였다.[294]

조선 중기로 오면서 사림파 문인들은 형식적 측면의 기교와 수식을 중시하는 송시풍을 추구할 경우에 정서의 표현에 제약이 따를 수 있다는 문제를 인식하여, 내면 정서의 형상화에 깊은 관심을 지니게 되었다. 이이(李珥)의 다음 글은 작시에서 인간의 내면 정서 즉 성정의 표현에 대하여 지대한 관심을 보였던 조선 중기 사림파 문예의식

---

294) 선조대(宣祖代) 이전의 시단의 동향에 대한 정리는 안병학 「三唐派 詩世界 硏究」 (고려대학교 박사논문, 1988, p.15), 이종묵 『海東江西詩派 硏究』(태학사, 1995) 등 참조.

의 일단을 살펴볼 수 있는 예가 된다.

> 사람의 소리 가운데 정수는 말이며, 말 가운데에는 시가 또한 정수
> 이다. 시는 성정을 근본으로 하므로 거짓으로 이루어질 수 없고, 성음
> 의 높고 낮음은 자연에서 나온다. 『시경』 삼백 편은 인정을 곡진하게
> 나타내고 사물의 이치에 널리 통하였으며, 우유충후(優柔忠厚)하여 결
> 국 바른 데로 귀결되었으니 이는 시의 근원이다. 세대가 점차 내려오면
> 서 풍기(風氣)가 점점 어지러워져서 시로 발현된 것이 모두 바른 성정
> [性情之正]에 근본을 두었다고 할 수 없고, 간혹 문식(文飾)을 빌어 남
> 의 눈을 기쁘게 하는 데 힘쓴 것이 많다.295)

이이를 비롯한 사림파에게는 문식(文飾)을 통하여 남의 이목을 즐
겁게 하는 시보다는 『시경』(詩經)의 문학적 의의가 계승되어 성정지
정(性情之正)이 발현된 우유충후(優柔忠厚)한 작품을 쓰는 것이 시대
적 요구로서 이해된 것이다. 이이는 '충담소산'(沖澹蕭散)·'한미청적'
(閑美淸適) 등의 풍격이 작품에 구현되어야 한다고 생각하였는데, 그
는 이들 풍격을 통하여 성정의 자연스러운 표현을 도모한 것으로 보
인다.296) 이들 사림파가 작시에서 추구하는 것이 정서의 지나친 표출
을 절제하면서 내면의 정서를 표현하는 데 있다는 점에서는 송대(宋
代) 염락풍(濂洛風)의 면모를 띤다고 볼 수 있다.297)

---

295) 李珥, 「精言妙選 總敍」, 『栗谷全書』 「拾遺」 卷4, “人性之精者爲言, 詩之於言, 又
其精者也. 詩本性情, 非矯僞而成, 聲音高下, 出於自然, 三百篇, 曲盡人情, 旁通物
理, 優柔忠厚, 要歸於正, 此詩之本源也. 世代漸降, 風氣漸淆, 其發爲詩者, 未能悉
本於性情之正, 或假文飾, 務恱人目者, 多矣.”
296) 이민홍은 이이 등의 사림파가 강조한 '우유충후' 및 '충담'(沖澹)의 풍격이 화미
(華美)함을 멀리한 자연스러움에서 비롯되는 것이라고 해석하였다.(이민홍, 『朝
鮮中期 詩歌의 理念과 美意識』, 성균관대학교출판부, 1993, pp.63-64.)
297) 변종현은 고려시대 시의 특징을 설명하는 가운데 염락풍의 성격에 대하여 언급
한 바 있다. (변종현, 『高麗朝 漢詩 硏究』, 태학사, 1994, pp.230-231.)

조선 중기 사림파 문인들의 시론적 기저에는 그들의 철학적 출발점이라고 할 수 있는 성리학적 수양론이 자리 잡고 있었다. 그들은 기교와 수식을 강조한 조선 전기 시단을 비판하여 성정의 자연스러운 표현을 강조하였으나, 그들 또한 성리학적 세계관과 관련하여 '심성 수양을 내세워 다양한 인간 정서의 특정한 부분만 강조함으로써'[298] 풍부한 시적 정서를 표현하는 데 일정한 한계를 지니게 되었다.

우리나라 시단은 선조대에 접어들며 창작 면에서 풍성한 결실을 거두어 '목릉성세(穆陵盛世)의 문운(文運)'을 이룩했다는 평가를 얻기에 이른다.[299] 풍부한 결실이라 함은 당시풍(唐詩風)을 중심으로 한 창작이 활발해졌다는 것을 의미하기도 한다. 시인들은 사림파의 시론 및 시 세계에서는 정서의 표현이 제약되었다고 생각하여 당시풍의 시를 통하여 풍부한 정서를 표현하고자 했다.

16세기 선조대에 들어와서 시단의 작시 경향이 당시풍으로 전환되었다는 점에 대하여, 17세기 전기 시화집의 서술자들이 대체로 인식을 공유하고 있었다는 점은, 시화집의 내용을 통해 확인된다. 특히 『지봉유설』(芝峰類說)의 다음 언급을 살펴보면 이수광(李睟光)이 조선 중기까지의 시단의 변화 양상에 대하여 간명하게 이해하고 있음을 알 수 있다.

> 우리나라의 시인들은 대부분 소식(蘇軾)과 황정견(黃庭堅)을 숭상하여 이백 년 동안 한 가지 투식만 배웠는데, 근세에 이르러 최경창(崔慶昌)·백광훈(白光勳)이 비로소 당(唐)을 배워 청고(淸苦)한 시를 짓기에 힘쓰니, '최·백'이라 불리었다. 그 당시(當時) 사람들이 그들을 본받아

---

298) 안병학, 앞의 논문, p.15.
299) 金台俊, 『朝鮮漢文學史』, 金性彦 校註, 태학사, 1994, p.188.

종래의 관습을 거의 바꿔 놓았다.300)

    소식·황정견 중심의 송시풍이 지배하던 시단이 최경창·백광훈 등의 시인에 의하여 당시풍으로 전환되었다는 지적이다. 신흠(申欽)도 『청창연담』(晴窓軟談)에서 "고려와 조선은 모두 소동파를 숭상하였다. 그러므로 고려에서는 대비과(大比科)를 치를 때 '33명의 동파'라는 말이 나올 정도였다. 근년 이래로 점차 이를 좋아하지 않게 되어 시를 짓는 사람들이 모두 당인(唐人)을 배웠다."301)고 하여 고려조부터 이어져 온 송시풍을 추구하는 경향이 이제 당시풍으로 전환되었다고 말하고 있다. 허균(許筠)도 선조대에 노수신·황정욱·최경창·백광훈·이달 등이 두보의 시를 비롯한 당시풍을 배웠다고 하였다.302)

    17세기 전기 시화집 서술자들은 선조대 이후의 시단의 성격이 당시풍으로 전환된 것에 대하여 긍정적인 인식을 지니고 있으면서도, 당시풍의 시단에서 파생되는 문제점 또한 간과하지 않았다. 이수광은 최경창·백광훈 등이 추구한 당시풍이 성당풍(盛唐風)에까지 나아가지 못하고 만당풍(晚唐風)에 머문 점을 한계로 지적하였으며,303) 신흠은 당시를 배우는 사람들이 당시의 특징은 습득하지도 못하면서 자기 본래의 재능마저 잃어버려 '한단학보'(邯鄲學步)와 같은 오류를 범하고 마는 경우를 비판하면서 시속(時俗)의 호불호(好不好)를 떠나 독자적인 시 세계를 구축해야 한다고 주장하였다.304) 요컨대, 이들

---

300) 李睟光,「詩」,『芝峰類說』, "我東詩人, 多尚蘇黃, 二百年間皆襲一套, 至近世崔慶昌白光勳, 始學唐, 務爲淸苦之詞, 號爲崔白, 一時頗效之, 殆變向來之習."
301) 申欽,『晴窓軟談』(中), "麗朝及我朝, 皆尚東坡, 故麗朝大比, 至有三十三東坡之語. 近年以來, 稍稍不喜, 爲詩者皆學唐人."
302) 許筠,『惺叟詩話』, "我朝詩, 至宣廟朝, 大備, 盧蘇齋得杜法, 而黃芝川代興, 崔白法唐, 而李益之闖其流."
303) 李睟光,「詩」,『芝峰類說』, "然其所尚者晚唐耳. 不能進於盛唐, 豈才有所局耶."

시화집 서술자들은 당풍(唐風) 가운데 성당풍의 시를 작시의 모범으로 삼되, 자구(字句) 모방의 차원에 머물지 않도록 노력해야 한다고 생각하였다.305)

17세기 전기의 시화집들은 16세기 후반 및 17세기 초에 산출된 시작(詩作)들까지 비평의 대상으로 삼았다. 그러므로 이들 시화집은 조선 전기의 송시풍과 사림파의 시 세계에 대한 반성의 결실로 이루어진 당시풍에 대하여 처음으로 그 성과 및 문제점을 본격적으로 검토하여 시단에 새로운 방향을 제시하는 계기를 마련하였다.

'삼당시인'과 같은 법당파(法唐派) 시인들은 바로 앞 시대의 사림파 시인들이 재도적 국촉(載道的 局促) 때문에 정서 표현을 지나치게 절제한 점을 부정적으로 인식하여 이를 극복하는 쪽으로 작시의 방향을 전환하려고 하였다.306) 지나친 용사와 수식 그리고 정서의 절제를 뛰어넘어, 의흥(意興)을 통해 풍부한 정서를 표현하려는 취지에서 당시풍을 추구했다는 점에서 이들 법당파의 노력은 일정 부분 인정받았지만, 이들의 시 세계가 지나치게 섬세하고 나약한 만당풍으로 흘러간 점은 17세기 전기의 시화집 서술자들에게 비판의 빌미를 제공했다.

17세기 전기의 시화집 서술자들은 16세기 후반에 당시풍을 추구함으로써 초래된 나약한 기풍의 작시 경향을 극복하는 방법을 모색하면서 송시 또는 송시풍에 대하여 새로운 시각을 갖게 되었다. 허균은 당시를 배운다고 하면서 '섬미'(纖靡)한 경향의 시를 짓는 것보다는 송시풍 계열의 시라고 하더라도 '엄진'(嚴縝)·'경한'(勁悍)하여 엄밀

---

304) 申欽,『晴窓軟談』(中), "揆其造詣, 則不過壽陵步爾. 豈不聞詩到無人愛處工之語耶."

305) 17세기 전기 시화집의 서술자들이 성당풍을 중심으로 한 시론을 전개한 점에 대해서는 본고의 III-1-① 참조.

306) 이민홍,『朝鮮中期 詩歌의 理念과 美意識』, 성균관대학교 출판부, 1993, p.70 참조.

한 표현과 강건한 기상을 갖춘 작품을 높이 평가하기도 하였다.[307] 더 나아가 허균은 송시도 나름대로의 효용을 지니고 있다고 하여 송시 또는 송시풍에 대하여 긍정적인 인식을 보여 주었으며, 신흠의 경우에는 당시 또는 송시 가운데 어느 하나를 선호한다고 하여 다른 하나를 전체적으로 배척하지 말고 객관적인 관점에서 양자의 장점을 동시에 수용해야 한다는 입장을 취했다. 이수광도 학시(學詩)의 표준은 모든 사람에게 일률적으로 지정될 성질이 아니며, 학시자의 개인적 소질에 따라 당시 취향인 사람은 당시를 배우고 송시 취향인 사람은 송시를 배우도록 해야 할 것이라고 하였다.[308]

사림파들의 정서 표현이 지나치게 절제되었다는 점을 문제시하여 정서 표현을 자유롭고 풍부하게 해야 한다는 생각에서 당시풍에 관심을 보였던 16세기 후반의 학당파 시인들의 시 세계는 도리어 만당풍에 경도된 나머지 섬약한 정서를 과잉 표출하는 문제가 있는 것으로 17세기 전기의 시화집 서술자들에게는 인식되었다. 이들 시화집 서술자들이 이상적으로 생각하는 시풍은 성당풍이었으며, 성당풍의 구현을 위해서 섬미한 경향의 만당풍을 극복할 방법이 요구되었다. 그러므로 '호방'(豪放)·'웅기'(雄奇)·'경한'(勁悍) 등 강건한 기상과 관련된 풍격이 높이 평가되었으며, 섬약한 정서를 과잉 표출하지 않고 절제하여 담담하고 우아하게 표현한 시에서 흔히 구현되는 '한(閒)·담(淡)·아(雅)' 계열의 풍격이 강조되었다.[309] '한·담·아' 계열의 풍격은 이이 등의 사림파가 절제된 성정의 표현을 언급하며 중시했던 '충담소산'(沖澹蕭散)·'한미청적'(閑美淸適) 등의 염락풍적(濂洛風的) 풍격과 같은 성격을 띠는 것이며, 이로써 살펴볼 때 17세기 전기의

---

307) 주 61) 참조.
308) 17세기 전기 시화집 서술자들의 송시 또는 송시풍에 대한 입장은 본고의 III-1-②에서 논의되었다.
309) 이 점은 본고의 제 IV장에서 논의되었다.

시화집 서술자들은 '섬미'한 만당풍을 극복하기 위해 사림파 시인들이 추구했던 염락풍의 절제된 정서 표현 방식과 호방하고 강건한 경향의 풍격을 동시에 수용하고자 했음을 확인할 수 있다. 이들 시화집 서술자들은 17세기 초까지 창작된 작품들을 검토하여, 당시풍을 추구하면서 발견된 문제점을 인식하고 그것을 극복하기 위한 방법을 송시풍에서 찾은 것이다.

당시풍과 송시풍을 비판적으로 수용한 17세기 전기 시화집의 비평적 특징은 17세기 후기와 18세기 전기에 홍만종(洪萬宗)·김창협(金昌協) 등에 의해 계승되었다. 다음은 당시와 송시의 객관적인 이해를 강조하는 홍만종의 논의이다.

> 문장을 비록 작은 기예라고 하지만 일 가운데 가장 정밀한 것이므로, 대개 거칠고 대담한 마음을 가진 사람들이 쉽게 말할 수 있는 성질이 아닌데도 세상에서 당시를 말하는 사람은 송시를 배척하면서 "비루하여 배울 만한 것이 못된다."하고, 송시를 배우는 사람은 당시를 배척하여 "위약(萎弱)하므로 배울 만한 것이 못된다."고 하니, 이것은 모두가 편벽된 논의이다.[310]

이 시화를 통해 당시와 송시에 대한 논의가 17세기 후기에도 여전히 시론적 관심의 대상이 되었음을 알 수 있다. 홍만종은 17세기 전기 시화집 서술자들의 당·송시 또는 당·송풍에 대한 견해를 그대로 계승하여, 당시나 송시 가운데 어느 하나를 무조건 무시하는 편벽되고 경솔한 판단은 없어야 한다고 하였다. 당시나 송시는 그 성격을 일률적으로 재단할 수 없기 때문이다. 홍만종의 이 논의는 신흠의

---

310) 洪萬宗, 「附證正」, 『詩話叢林』, "文章雖曰小技, 業之最精者也, 蓋非麤心大膽之所可以言, 而世之言唐者, 斥宋曰, 卑陋不足學也, 學宋者, 斥唐曰, 萎弱不必學也, 兹皆偏僻之論也."

견해와 흡사하다. 특히 위의 인용문에 이어서 "당 나라가 쇠약해졌을 때에는 어찌 수준 낮은 작품이 없었겠으며, 송 나라가 융성했을 때에는 어찌 뛰어난 작품이 없었겠는가?"라고 하여 당시와 송시를 객관적으로 평가해야 한다고 강조한 점은 『청창연담』의 내용과 일치한다.[311]

18세기에 접어들어 김창협도 당·송시를 화제로 하여 적극적인 논의를 펼쳤다.

> 시는 본래 당시를 배워야 하지만 또한 반드시 당시와 같을 필요는 없다. 당 나라 사람들의 시는 성정의 흥기에 주안점를 두고 고실(故實)·의론(議論)을 일삼지 않으니 이것이 그들에게서 본받을 점이다.[312]

김창협은 당시가 전고(典故)를 많이 사용하거나 의론(議論)을 일삼지 않고 성정의 표현에 중점을 두었다고 하여 그 가치를 높이 평가하였으나 당시와 똑같이 창작하는 것에는 동의하지 않았다. 당시의 작시 원리에만 관심을 두었기 때문이다. 김창협이 생각하기에 당시는 일반적으로 천기(天機)의 움직임에 따라 성정이 자연스럽게 표현되어 있기 때문에 그 시적 가치를 높이 평가할 수 있는 것이다. 그럼에도 불구하고 김창협은 명대(明代)의 시인들처럼 당시를 형식적으로 모방하기만 하고 그 원리를 터득하지 못한다면 그 가치를 인정할 수 없다고 하였다.[313]

김창협이 당시의 원리를 높이 평가하였다고 하여 송시의 가치를

---

311) 洪萬宗의 「附證正」(『詩話叢林』) 및 申欽의 『晴窓軟談』(上) 참조.("唐之衰也, 豈無俚譜. 宋之盛也, 豈無雅音.")

312) 金昌協, 「雜識·外篇」, 『農巖集』 卷34, "詩固學唐, 亦不必似唐. 唐人之詩, 主於性情興寄, 而不事故實議論, 此其可法也."

313) 金昌協, 「雜識·外篇」, 『農巖集』 卷34, "詩者, 性情之發而天機之動也. 唐人詩, 有得於此. 故無論初盛中晚, 大抵皆近自然. 今不知此, 而專欲摸象聲色, 黽勉氣格, 而追蹤古人, 則其聲音面貌, 雖或髣髴, 而神情興會, 都不相似, 此明人之失也."

전적으로 부정한 것이라고 볼 수는 없다. 송시 가운데 자연스럽게 사물에 대한 감흥을 표현한 작품들은 당시를 배운다고 하여 모방에 머문 명대 시인들의 작품보다 낫다고 김창협은 평가하였다.

송 나라 사람들의 시는 고실(故實)·의론(議論)을 위주로 하였으니, 이는 시가(詩家)의 큰 병이다. 명 나라 사람들이 그 점을 공격한 것은 옳다. 그러나 그들 자신이 시를 지을 때에는 반드시 송인(宋人)들보다 낫다고 할 수 없으며 도리어 간혹 그들에게 미치지 못한 경우가 있으니 무엇 때문인가? 송 나라 사람들이 비록 고실·의론을 주로 하기는 하지만, 그들의 축적된 학문과 온결된 의지가 사물에 감격·촉발하여 토해내고 쏟아 놓았기 때문에 격조에 구애되지 않았고, 고정된 형식에 얽매이지 않았다. 그러므로 그 기상이 호탕하고 활달하여 때때로 천기의 발로에 가까운 것들이 있어 오히려 성정의 참됨을 찾아볼 수 있는 것이다.[314]

이 인용문에서 보면, 김창협은 송시에서 고실(故實)·의론(議論)이 강조된 점에 대해서는 일관되게 비판하고 있지만, 송시에도 격조에 지나치게 구속되지 않고 시인의 '성정지진'(性情之眞) 또는 '천기'(天機)를 표현한 작품이 있으므로 이들에 대해서는 높이 평가해야 한다고 역설하였다.

더 나아가 김창협은 풍격의 측면에서 송시풍을 적극적으로 수용하면서 바람직한 학당(學唐)의 방법을 모색하였다.

---

314) 金昌協,「雜識·外篇」,『農巖集』卷34, "宋人之詩, 以故實議論爲主, 此詩家大病也. 明人攻之是矣. 然其自爲也, 未必勝之, 而或反不及焉, 何也. 宋人雖主故實議論, 然其問學之所蓄積, 志意之疎蘊結, 感激觸發, 噴薄輸瀉, 不爲格調所拘, 不爲塗轍所窘. 故其氣象豪蕩淋漓, 時有近於天機之發, 而讀之, 猶可見其性情之眞也."

명대의 시인은 시를 일컬을 때 걸핏하면 한·위·성당을 말하는데, 한·위는 진실로 먼 시대이며, 그들이 말하는 '당'도 '당'이 아니다. 나는 일찍이 당시의 어려움은 기준상랑(奇俊爽朗)에 있지 않고 종용한아(從容閒雅)에 있으며, 고화수려(高華秀麗)에 있지 않고 온후연담(溫厚淵澹)에 있으며, 갱장향량(鏗鏘響亮)에 있지 않고 화평유원(和平悠遠)에 있다고 생각하였다. 명대의 시인은 당시를 배울 때 단지 기준상랑만 배우고 종용한아는 터득하지 못했으며, 고화수려만 배우고 온후연담은 터득하지 못했으며, 갱장향량만 배우고 화평유원은 터득하지 못했으니, 곧 천 리나 떨어져 있기 때문이다.315)

이 글에서도 김창협은 명대 시인들의 학당이 그릇된 방향으로 진행되고 있음을 지적하였다. 명의 시인들은 당을 배운다고 하면서 '기준상랑'·'고화수려'·'갱장향량' 등의 풍격을 추구하였는데, 이와 같이 지나치게 특이하고 빼어난 표현, 극도로 화려한 묘사, 쩌렁쩌렁 울리는 음악적 특성 등은 김창협이 생각하기에 이상적인 당시풍이 아니었다. 작위적인 성격이 강하게 드러나기 때문이다. 김창협은 '종용한아'·'온후연담'·'화평유원' 등의 풍격이 진정한 의미의 당시풍에 가깝다고 평가하였다. 이러한 풍격은 정서 표현이 자유롭게 이루어지면서도 작위적이거나 과장되지 않고 자연스러운 상태에 머물렀을 때 발현되는 것들이다. '종용한아'·'온후연담'·'화평유원' 등의 풍격은 17세기 전기의 시화집들이 바람직한 당풍의 구현을 위하여 강조한 '한(閒)·담(淡)·아(雅)' 계열의 풍격과 같은 성격을 지니며, 이이 등이 강조한 송시 계열의 염락풍 풍격인 '충담소산'(沖澹蕭散)·'한미청

---

315) 金昌協,「雜識·外篇」,『農巖集』卷34, "明人稱詩, 動言漢魏盛唐, 漢魏固遠矣, 其所謂唐者, 亦非唐也. 余嘗謂唐詩之難, 不難於奇俊爽朗, 而難於從容閒雅. 不難於高華秀麗, 而難於溫厚淵澹, 不難於鏗鏘響亮, 而難於和平悠遠. 明人之學唐也, 只學其奇俊爽朗, 而不得其從容閒雅, 只學其高華秀麗, 而不得其溫厚淵澹, 只學其鏗鏘響亮, 而不得其和平悠遠, 所以便成千里也."

적'(閑美淸適) 등과도 흡사하다. 자유로운 감정 표현을 표방하면서 당시풍을 추구하다 보면, 자칫 작위적이거나 과장된 표현에 머물수 있고, 지나치게 나약한 기풍으로 흐를 위험이 있기 때문에, 김창협은 이러한 풍격들을 강조하여 바람직한 시풍을 형성하려고 했던 것으로 보인다. 요컨대, 당시풍과 송시풍 두 가지 모두를 비판적으로 수용하여 바람직한 시풍의 형성을 모색했던 17세기 전기 시화집 서술자들의 비평의식은 17세기 후반의 홍만종이나 18세기 전기의 김창협과 같은 문학 비평가들의 비평 태도에 지대한 영향을 주었다고 하겠다.

VI. 결 론

본고에서는 시화 일반(詩話一般)에 대한 연구 및 17세기 전기의 각 시화집들에 대한 기존의 연구 성과를 폭넓게 수용하면서 그 시화집들이 보여주는 서술 양상 및 비평의 특성을 구명하는 데 목적을 두었다. 17세기 전기의 시화집을 구성하고 있는 시화 기사들의 서술 유형을 검토하여 시화집들의 서술 상의 특성을 살펴보고, 시화집에 나타난 당·송시풍(唐宋詩風)에 대한 이해 양상이 조선시대의 시론 및 시평 전개에 어떤 작용을 했는가를 밝혔다는 점에서 본고의 의의를 찾을 수 있다. 논의의 결과를 정리하면 다음과 같다.

본고에서는 먼저 각 시화집을 구성하는 시화 기사들을 유형별로 검토하여 시화집들의 특성을 비교하였다. 시화는 시론·시 작품·시인 등에 관하여 거론하는 단형(短形) 서술체이다. 시화는 대체로 시론·시평과 같이 비평을 중심으로 서술되지만, 경우에 따라서는 비평에 주안점을 두기보다는 시와 관련된 일화 자체를 자세하게 제시하는 데 중점을 둔 시화도 있다. 이에 따라 시화의 서술 양상은 크게

'비평 중심의 서술'과 '상황 제시 중심의 서술'로 나뉘며, '비평 중심의 서술'은 다시 '시론 중심형'과 '시평 중심형'으로 구분되고, '상황 제시 중심의 서술'은 '작품 관련 상황 제시형'과 '전기적 상황 제시형'으로 구분된다.

17세기 전기의 네 편의 시화집들은 대체로 시론 및 시 비평을 중심으로 한 '비평 중심'의 시화들이 주류를 이루고 있지만, 시화집의 구체적인 서술 및 구성 양상은 서로 구별된다. 『지봉유설』(芝峰類說)과 『제호시화』(霽湖詩話)는 다른 두 시화집에 비하여 시의 본질론적 성격에 대하여 논평한 시론 중심의 시화가 차지하는 비중이 높으며, 특히 『지봉유설』은 유서적(類書的) 성격을 활용하여 기존의 참고 전적들을 다양하게 동원함으로써 자신의 비평을 정당화하거나 돋보이게 하는 특징이 있다.

『성수시화』(惺叟詩話)와 『청창연담』(晴窓軟談)은 시론에 대한 언급이 미약하고, 시 작품 및 시인에 대한 구체적인 평가라고 할 수 있는 시평이 중심이 된 시화들을 주축으로 하여 구성된 시화집이라는 점에서 앞의 두 시화집과 차이를 보인다. 특히 『성수시화』의 시화 기사들은 다른 시화집들을 구성하고 있는 시화들보다 시인 및 시 작품에 대한 심미적 풍격을 강조하는 형식으로 서술되어 있다. 『성수시화』에서는 작시와 관련된 일화적 상황을 전달하는 것이 그다지 중요하지 않다. 시화 기사에 인물들의 발화나 작시 상황이 소개되더라도 간략하게 처리되었으며, 시화에 인용된 발화 및 제시된 상황은 작품 외적 흥미를 유발하거나 다른 목적으로 활용되지 않고 대체로 평가 대상이 되는 시인이나 시의 문학적 특성을 돋보이게 하는 방향으로 귀결된다.

『제호시화』와 『청창연담』은 다른 두 시화집에 비하여 작품 관련 상황 또는 시인의 전기적 상황과 같은 일화적 상황을 제시하는 데 중점을 둔 시화들이 눈에 띈다. 이와 같이 문학적 비평 자체보다도 시화 기사의 중심 인물 및 시 작품에 얽힌 상황이 구체적으로 서술된 시화에서는 인물전(人物傳) 또는 야담(野談)의 서술 양상과 마찬가지로 관련 인물의 비범한 면모를 강하게 부각시키는 등 문학 외적 흥미를 유발한다.

『성수시화』를 제외한 『제호시화』·『청창연담』·『지봉유설』 등 세 편의 시화집에는 중국 시를 대상으로 하여 서술된 시화 기사가 다수 실려 있다.『제호시화』에서 시 작법에 관한 시론류 기사들은 작시 상황 등에 대한 설명은 없이 해당 시론을 뒷받침하는 시 작품으로 당시(唐詩), 그 가운데서도 두보의 시를 예시한 경우가 많다. 중국 시인 가운데 두보에게 시화집 서술자의 관심이 경도되어 있음을 알 수 있다.『청창연담』은 상편과 중편에서 서술자의 관심에 따라 당(唐)·송(宋)·원(元)·명(明)의 작품들을 선별하여 비평하였으며,『지봉유설』에서는 중국의 각 왕조별로 편목(篇目)을 설정하여 다수의 시를 선입(選入)하고 평가하였다.『청창연담』과 『지봉유설』에서 가장 큰 관심을 받은 시대는 공통적으로 당대(唐代)였다.

17세기 전기의 시화집에서 시의 전범으로 제시된 것은 성당풍(盛唐風)의 시였다. 일반적으로 성당(盛唐)의 시가 높이 평가되면서 중·만당(中晩唐)의 시나 송시(宋詩)가 낮추어졌으나, 그렇다고 이들 시가 완전히 배척된 것은 아니었다. 이들 시화집에서는 16세기에 강한 흐름을 형성한 당시풍(唐詩風)에 대하여 재평가하여 만당풍(晩唐風)으로 흐르는 작시 경향에 대하여 경계하기는 했지만, 시화집 서술자들은 성당시(盛唐詩)의 경지에 들어갈 정도로 시를 짓는 것이 얼마나 어려운가를 알고 있었기에 중·만당풍의 시에 대해서도 그 가치를 부분적으로 인정하였다.

허균(許筠)과 신흠(申欽)의 시화집에서와 같이, 송시에 대한 평가를 다시 하여 송시 또는 송시풍의 시가 지니는 장점을 새로이 발견하는 경우도 있었다. 허균은 박은의 시가 송시적 경향을 띠고 있지만 그의 '엄진(嚴縝)·경한(勁悍)'한 풍격은 인정할 만하다고 생각하였으며, 신흠은 소식(蘇軾)과 같은 대가의 뛰어난 작품을 일반적인 송시와 같은 유형으로 묶어 배척할 수 없다고 하였다. 16세기에 형성된 존당(尊唐) 일변도의 시단 경향에 대한 반성적 분위기가 17세기 전기의 시화집 서술자들에 의해 이루어졌다고 하겠다.

17세기 전기 시화집 서술자들에게 '흥'(興)의 문제는 공통 관심사였는데, 본고에서는 이들의 관심 방향을 두 가지 형태로 분류하였다. 하나는 엄우(嚴羽)의 흥취설(興趣說)을 바탕으로 한 함축성의 시학이며, 다른 하나는 흥의 기법을 통하여 시인의 의향을 완곡하게 표현하는 탁흥규풍(托興規諷)의 시학이다. 이들 시화집 서술자들이 '흥'에 집중적인 관심을 표명했던 것은 당시풍을 선호했던 그들의 시적 취향과 관련이 있다. 그들은 의론(議論)을 중시하는 송시와 달리 당시에서는 의흥(意興)을 중시하여 송시보다 시의 본질에 가깝게 접근하였다고 보았다.

시인의 삶이 시의 창작에 어떤 영향을 미치는가에 대한 문제도 17세기 전기 시화집의 공통 관심사였음이 확인되었는데, 그 관심 내용은 궁달론(窮達論)과 시여기인론(詩如其人論)으로 요약된다. 시인의 인생 경험은 시의 풍격 형성에도 일정한 영향을 미칠 수 있으므로, 시화집 서술자들에게 있어서 시인들의 삶의 역정이 시 작품과 맺는 관계는 중요한 문제였다. 구양수(歐陽修)의 '시궁이후공론'(詩窮而後工論)에 대한 이해를 바탕으로, 허균은 정치적으로 좌절을 겪은 시인들이 자연에 대한 관심을 집중적으로 가질 시간이 많기 때문에 시가 오묘한 경지에 이를 수 있다고 보았으며, 이수광(李睟光)도 한고(寒苦)한 처지의 시인들은 시에만 전념할 수 있기 때문에 시적 능력이 향상될 수 있다고 생각하였다.

작품의 풍격을 통하여 시인의 인간적 풍모나 기상을 확인할 수 있다는 '시여기인론'이 17세기 전기 시화집에서 강조되기도 하였다. 이는 시화집 서술자들이 시를 작품 자체의 측면에서 연구하지 않고, 시가 인격의 발현체라고 하여 시와 시인을 분리하지 않는 전통적인 시론을 확고하게 지니고 있었기에 가능했다.

본고에서는 17세기 전기 시화집의 시평 양상을 살펴봄에 있어서 시화집들에 나타난 풍격 비평의 향방을 가늠하는 것이 큰 도움이 된다고 보고, 고려시대·조선 전기·조선 중기(중종대 전후/선조대 전후) 등 각 시기에 대한 시화집 서술자들의 풍격 비평 양상을 구체적으로 살펴보았다. 비평가들이 사용하는 풍격 용어를 살펴봄으로써, 시 작품의 함의를 이해할 수 있었을 뿐만 아니라, 비평가들이 선호하는 시의 경향, 시평 기준, 비평 의식 등을 점검할 수 있었다.

고려시대 시단과 관련해서는 '청(淸)·일(逸)·호(豪)' 계열의 풍격이 나타나는 작품들을 높이 평가하였다. 시화집 서술자들은 그와 같은 풍격이 당시풍의 구현과 긴밀한 관련을 맺고 있다고 보았던 것이다. 조선시대 시단에서 발견되는 풍격적 특성에 대하여 평가할 때에는 당시풍적 속성뿐만 아니라 송시풍적 특성이 반영된 시들도 간과되지 않았다. 16세기 중반까지 실험되고 수용된 송시풍이 거둔 성과를 일정하게 인정하고 있었기 때문이다.

17세기 전기 시화집 서술자들은 당시풍 가운데 극복되어야 할 요소로 '섬미'(纖靡) 풍격을 꼽았다. '섬미' 풍격은 당시풍 중에서도 중·만당풍의 시에 대해서 주로 지적되는 문제였다. 이처럼 나약하고 화려하기만 한 풍격을 극복하기 위해서는 양강(陽强)의 성격을 지닌 풍격이 요구되었으며, 시화집 서술자들은 그러한 양강의 속성을 송시풍이 이룬 성과에서 발견하였다.

중·만당풍에서 발견되는 섬미한 성향을 극복·보완하기 위해 대안적 풍격으로 강조되었던 것은 강건한 기상이 표현되는 '호방'(豪放)·'웅기'(雄奇)·'경한'(勁悍) 등의 풍격과, 차분한 가운데 탈속적이고도 고상한 분위기를 자아내는 일격(逸格) 및 '한(閒)·담(淡)·아(雅)' 계열의 풍격이다. 그리고 '침착'(沈着) 및 '침후'(沈厚)도 '섬미'(纖靡) 또는 '섬려'(纖麗)와는 거리가 있는 성당 풍격으로 평가되었다.

이들의 풍격은 조선 전기와 중종대 전후의 시인들이 수용했던 강서시풍(江西詩風) 및 염락풍(濂洛風)의 송시적 요소와도 일치하는 점이 있다. 그러므로 17세기 전기 시화집에서 한시사(漢詩史)를 평가하면서 강조된 성당 풍격은, 대체로 '청'(淸)의 풍격을 기본으로 하면서, 여기에 중종대를 전후한 시기까지 실험되고 수용된 강건하고 차분한 성격의 송시풍적 요소가 결합되어 이루어진 것이라고 할 수 있다.

17세기 전기의 시화집 서술자들은 작시에 당풍적 요소를 구현하는 실제 창작 현장에 있었던 시인들이기도 하다. 그러므로 그들은 당시풍이 지니는 장점과 한계를 명확하게 인식하고 있었다. 그들은 여전히 시 학습의 본령이 당시풍에 있다고 믿으면서도, 자신을 포함한 그 시대 문학 현상에 대하여 철저하게 반성하여 송시풍도 비판적으로 수용함으로써 시론적(詩論的) 대안을 모색하려고 했다.

18세기 초기에 이르러 김창협(金昌協) 등에 의해 당시풍의 한계와 그 극복 방안에 대한 논의가 매우 활발해졌다는 점이 선행 연구에서 강조된 바 있다.316) 그러나 본고에서 살펴보았듯이, 당시풍이 융숭하게 대접을 받던 17세기 초기에 이미 시화집 서술자들에게는 자기반성적 분위기가 형성되어, 당시와 송시 또는 당시풍과 송시풍의 성격을 비판적으로 이해·수용하였기 때문에, 17세기 후반의 홍만종(洪萬

---

316) 안대회의 『朝鮮後期 詩話史 硏究』(국학자료원, 1995)에서 이에 대한 구체적인 검토가 있었다.

宗)이나 18세기 초기의 김창협(金昌協)과 같은 비평가들이 당·송시풍의 학습 방향에 대한 논의를 활발하게 펼칠 수 있었던 것이라고 생각된다. 그런 의미에서, 17세기 전기 시화집은 조선 후기 당·송시 논쟁의 발원지로서 인정되어야 한다.

앞으로 본 연구의 심화를 위하여, 공시적으로는, 17세기 전기 시화집 서술자들처럼 '시필성당'(詩必盛唐)을 표방했던 명대(明代) 전후칠자(前後七子)의 비평 양상과 본고의 대상이 되는 시화집 서술자들의 비평 양상을 비교 검토하여, 동아시아 문화권 내에서 같은 시대에 형성된 비평 의식의 특징을 종합적으로 구명하는 작업이 요청된다. 아울러, 통시적으로는, 본 연구의 결과를 조선 전기 및 조선 후기 시화집의 특징적 국면과 비교하여 조선시대 시화사(詩話史)의 계통적 특징을 정리하는 과제도 수행되어야 할 것이다.

제2부
조선 중기 한시 비평의 배경 국면

17세기 초 시론가들의 중국시선집 수용 양상

I. 서 론

조선 중기, 특히 17세기 초는 시론 및 시 비평이 활발하게 전개되어 그 결과가 다양한 시화집(詩話集)의 형태로 나타났다는 점에서 문학사적으로 의미 있는 시기이다. 허균(許筠)의 『성수시화』(惺叟詩話), 이수광(李睟光)의 『지봉유설』(芝峰類說) 「문장부」(文章部), 신흠(申欽)의 『청창연담』(晴窓軟談), 양경우(梁慶遇)의 『제호시화』(霽湖詩話) 등이 17세기 전기를 대표하는 시화집으로 손꼽힌다. 이와 같이 시에 대한 논의나 비평이 활성화될 수 있었던 데에는 몇몇 시화 작가의 시론 및 비평에 대한 관심 그 자체만이 원인이 되었다기보다는 그 어느 시기보다도 광범위하게 형성되었던 시에 대한 보편적 관심이 주요 원동력이 되었다고 할 수 있다.

17세기 초 시화집 서술자들은 그 시대의 주요 시인들로 거명될 정도로 시에 대한 관심을 창작 그 자체로 표현하기도 했다. 그러나 기존 작품의 독서 및 학습 또한 시에 대한 그들의 관심과 밀접하게 연관되어 있었다. 이 시기의 시론가들은 어떤 작품이 뛰어나고 어느 시선집(詩選集)이 훌륭한 작품을 엄선하였는가를 평가하여, 자신의 평가 기준에 맞는 작품 및 시선집을 기준으로 삼아 시에 대한 논의를 전개하기도 하였다. 시론가들은 자신이 높게 평가하는 작품, 시인, 시선집 등을 언급하면서 이론적·비평적 입장을 직·간접적으로 언표화할 수 있었다. 기존의 시선집에 대한 시론가들의 관심은 크게 두 가지 모습을 띠었다. 기존 선시자(選詩者)의 관점을 수용하여, 그 시선집에서 중시하는 작품 및 시인에 대하여 원래의 선시자와 동일한 방향으로 평가하는 시적 기준을 형성하기도 하였고, 그와 다르게 비판적 관점에서 기존 시선집의 선시 기준이나 방향을 평가하고 자기 자신의 시론적 기준에 따라 고유의 선시관(選詩觀)을 피력하기도 했다.

이 시대의 시론가들은 그동안 국내에 유입되거나 국내에서 재간행된 각종 중국시선집들을 접할 수 있었다. 이들 17세기 초의 시론가들, 특히 시화 서술자들이 중국시선집들을 어떠한 양상으로 수용 또는 비판하였는가를 검토하는 것이 본고의 목적이다. 허균처럼, 자신의 독자적인 시각을 통하여 새롭게 시선집을 편찬하는 가운데 기존의 중국시선집들을 비판적으로 수용한 경우가 있는가 하면, 신흠과 같이 몇몇 중국시선집에 집중적으로 의지하여 시화집을 편찬한 경우도 있다. 그리고 이수광의 경우에는 특정 시선집에 각별한 관심을 보이면서도, 그와 동시에 객관적 입장에서 그 시선집의 내용과 체제를 비평하는 모습을 보였다.

이들 시론가들이 각종 시선집에 대하여 언급한 내용을 토대로 하여 시선집의 수용 양상을 살핀다면, 그들을 포함한 동시대 시론가들의 시론적 기반의 일단을 구명할 수 있을 것이다. 이 시대의 대표적 시론가라고 할 수 있는 양경우도 『제호시화』를 남길 정도로 비평적 관심이 많았지만, 그의 중국시선집 수용 양상을 재구할 수 있을 정도로 자료가 충분하지 않으므로 본고에서는 논외로 할 것이다.

본고에서 논의되는 17세기 초의 시론가들이라 함은 허균·신흠·이수광 등 17세기 초의 시화집 서술자들을 가리킨다. 그러나 그들의 중국시선집 수용 양상을 살피기 위해 거론되는 자료로는 17세기 초뿐만 아니라 16세기 후반의 것들도 아우르게 될 것이다. 연구 대상이 되는 시론가들인 허균·신흠·이수광 등의 경우, 이들의 시화집이 17세기 초에 완성 또는 간행되었다는 점 때문에 이들을 17세기 전기 시론가로 묶을 수 있겠으나, 시화 외에도 그들의 시론적 배경을 말해주는 자료들로 16세기 후반에 서술된 것들도 있겠기에, 본고에서 중국시선집에 대한 이들의 관심을 살펴볼 때, 대상 자료들을 17세기 초의 것으로만 국한하지는 않을 것이다.

기왕의 논의들 가운데에는, 조선시대에 간행된 각종 중국 시화집의 면모와 그 시화집들이 당시(當時)의 우리나라 시단에 미친 영향을 구명[1]하거나, 조선시대에 특정 중국 시인의 시집 간행이 지니는 문학사적 의의를 심도 있게 밝힌 것[2]이 있다. 중국시선집에 대한 17세기 초 시론가들의 인식 태도 및 수용 양상과 관련된 본고의 논의 또한 이들과 함께 한국한시론(韓國漢詩論)의 형성 배경을 확인하는 데 일조할 수 있으리라 기대한다.[3]

---

[1] 안대회, 「中國詩話의 朝鮮刊本考」, 『서지학보』 제16호, 한국서지학회, 1995.9.
[2] 심경호, 「조선조의 杜詩集 간행에 관하여」, 『한국학보』 38집, 일지사, 1985 봄.
[3] 한국고전문학회에서는 한국한문학의 중국문학 수용사에 대한 기존 연구의 성과를 포괄적으로 정리하는 자리가 마련된 적이 있다. 중국문학 수용사 연구가 바람직한 방향으로 진행되기 위해서는 중국문학의 수용 자체에만 연구의 범위를 국한하지 말고, 수용 과정에서 나타난 주체적 변용 양상에도 초점을 맞추어야 한다는 내용의 주제 발표가 있었다.(김영, 「한국한문학의 중국문학 수용과 창의적 발전」, 한국고전문학회 2001 하계 학술대회 발표문, 2001.8.13.) 본고에서도 중국시선집에 대한 17세기 초기 시론가들의 비판적 수용 양상이 언급되고 있지만, 중국문학 수용사와 관련된 후속 연구에서는 저와 같은 '창의적 발전'과 '주체적 변용'의 면모들이 더욱 체계적인 방법을 통하여 구명되어야 할 것이다.

II. 허균의 경우

  허균(許筠)은 『학산초담』(鶴山樵談) 및 『성수시화』(惺叟詩話)와 같
은 시화집(詩話集)의 저술을 통하여 국내 시에 대한 감식안과 뛰어난
비평 능력을 보여주었다. 그의 비평 능력은 그의 시적 재능뿐만 아니
라 우리나라와 중국의 다양한 시작품들에 대한 폭넓은 섭렵과 상당
부분 연관되어 있었다고 볼 수 있다. 『학산초담』이 허균 자신이 살던
시기의 시단을 중심으로 서술되었고, 『성수시화』가 신라 최치원 이후
허균 당대(當代)까지의 시와 시인들을 선별하여 논평하였다는 점에
서, 이들 저술이 시화집으로서의 역할뿐만 아니라 일정 부분 시선집
의 역할도 하고 있다고 할 수 있으나, 국내 시에 대한 체계적인 독서
를 통해 형성된 그의 감식안을 선시(選詩)에 집중적으로 할애한 결과
는 1607년경에 완성되었을 것으로 추정되는 『국조시산』(國朝詩刪)[4]
에 반영되어 있다. 허균은 국내 시뿐만 아니라 중국 시인들의 시 작
품을 두루 섭렵하여 이들 작품에 대한 깊이 있고 폭넓은 지식을 갖추
고 있었으며, 중국의 시선집들에 대한 비판적 읽기를 통하여 그 나름
의 시적 견해를 확립해 나갔는데, 이에 대한 근거는 그가 입수하거나
직접 편찬한 각종 중국시선집에 대한 서(序)·발(跋)을 통해 확인된
다.[5]

---

4) "정미년(丁未年; 1607)에 우리나라 시의 편집을 마치고 또 시평을 지었다."(丁未歲,
   刪東詩訖, 又著詩評.)고 하는 언급을 통해 『국조시산』이 탈고된 시기를 추정할 수
   있다. (許筠, 「惺叟詩話引」, 『惺所覆瓿藁』 卷24.)
5) 「宋五家詩鈔序」, 「明四家詩選序」, 「古詩選序」, 「唐詩選序」 (이상 許筠의 『惺所覆瓿
   藁』 卷3) 「題四體盛唐序」, 「題唐絶選刪序」 (이상 『惺所覆瓿藁』 卷3), 「批點唐音
   跋」, 「明詩刪補跋」, 「題溫李艶體後」 (이상 『惺所覆瓿藁』 卷13).

1. 다양한 시선집의 비판적·절충적 수용

허균은 자기 나름대로의 독시(讀詩) 경험을 토대로 하여 중국시선집(中國詩選集)을 편찬하는 과정에서, 『당음』(唐音)·『당시품휘』(唐詩品彙)·『고금시산』(古今詩删)·『당시산』(唐詩删)·『풍아』(風雅)·『국아』(國雅) 등 기존의 중국시선집을 두루 섭렵한 결과를 반영하였다. 허균은 이들 기존 시선집을 비판적·절충적으로 수용하였다. 여러 시선집의 선시(選詩) 양상이 어떤 특징을 지니고 있는지 평가하여 그것들의 장점과 단점을 명확하게 인식하고, 그 장점들을 자신의 시선집 편찬에 반영하려고 노력하였다.

허균은 『당시선』(唐詩選)·『당절선산』(唐絶選删)·『명시산보』(明詩删補) 등을 편찬하는 과정에서, 중국시선집들에 대한 비판적 인식태도를 보여주었다. 그는 양사홍(楊士弘)의 『당음』, 고병(高棅)의 『당시품휘』, 이반룡(李攀龍)의 『당시산』 등의 시선집을 수용하여 별도의 『당시선』(唐詩選)(총 60권 2,600여 수)을 편찬했다. 허균은 중국문학사에서 당대(唐代)가 시의 전성기였음을 강조하여[6] 당시선집(唐詩選集)을 편찬하는 이유를 간략하게 언급하였다. 『당음』, 『당시품휘』, 『당시산』 등이 허균 당시(當時)까지 유통된 중국시선집 가운데 가장 뛰어나다고 판단했던 것으로 보인다. 허균이 생각하는 이들 시선집의 장점은 다음과 같이 요약되었다.

> 이를 종합·선집한 이들 또한 수십 명이었는데, 그 가운데 간추려서 중요한 것들만 뽑아놓은 것이 양사홍이 선집한 『당음』이고, 상세하게 많은 수를 뽑아 놓은 것은 고병의 『당시품휘』이며, 장인정신과 특별한 안목이 있어 기존의 (선시)방식을 답습하지 않고, 자기 방법대로 (선집)

---

6) 許筠, 「唐詩選序」, "有唐三百年, 作者千餘家, 詩道之盛, 前後無兩."

하는 것을 중요하게 여긴 것은 이반룡의 『당시산』이다. 이 세 책이 나
오자 천하의 당시선집들이 모두 버려져 쓰이지 않았으니, 아, 그 훌륭
함이여.7)

　　당대(唐代)는 중국과 우리나라의 대다수 문인들이 시의 전성기였다
고 평가하는 시기였기에, 여러 시체의 당시(唐詩)를 두루 모아놓은
총집류의 시선집만 해도 인용문의 언급대로라면 허균 시대에 이미
수십 종이 있었음을 알 수 있다. 허균은 각각의 이유를 들어 『당음』,
『당시품휘』, 『당시산』이 보편적으로 인정받을 수 있었던 이유를 밝히
고 있다. 『당음』은 헤아릴 수 없이 많은 당대(唐代)의 시 작품들 가운
데 정수라고 할 수 있는 것들만 간추려 놓았다는 점이 장점으로 인정
되었으니, 선정된 작품들이 지니는 대표성과 선별의 간결성을 허균이
높이 산 것이다. 『당시품휘』는 너무 자세하다 싶을 정도로 많은 작품
을 수록해 놓았다는 점이 특징으로 부각되었다. 그리고 『당시산』은
기존 시선집의 선시 방식을 본받기보다는 이반룡의 독자적인 선시관
에 따라 편찬된 책이라는 점이 부각되었다. 허균은 명대(明代)의 후
칠자(後七子) 가운데 한 사람인 이반룡의 예술가적 능력과 안목을 높
이 평가하여 그러한 안목에 따라 이루어진 시선집에 일정한 가치를
부여한 것으로 보인다.

　　그러나 허균은 이들 세 시선집이 지니는 문제점 또한 간과하지 않
았다. 먼저 『당음』에 대해서는 시선집 편제의 문제와 함께 대표성을
지닌 작품을 선시에 포함하지 않은 점이 선집상의 한계로 지적되고
있다.8) 『당음』이 비록 정밀한 선시를 토대로 하여 이루어진 것이라

---

7) 許筠, 「唐詩選序」, "其合而選之者, 亦數十家, 而取其中略而精核者, 曰楊士弘所抄唐
音, 其詳而敷縟者, 曰高棅唐詩品彙, 其匠心獨智, 不襲故不涉套, 以自運爲高者, 曰
李攀龍唐詩刪, 此三書者出, 而天下之選唐詩者, 皆廢而不行, 吁其盛哉."

8) 許筠, 「唐詩選序」, "楊氏雖務精, 而正音遺響之分, 無甚蹊徑, 其聲俊古魯之音, 亦或

고는 하지만 '정음'(正音)부와 '유향'(遺響)부에 각각 수록된 작품들이 실제의 작품 수준에 걸맞게 평가되지 않은 것들이 있다고 하였다.[9] 이를테면, 『당음』의 편제인 '시음'(始音)·'정음'(正音)·'유향'(遺響) 가운데, '정음'(正音)에는 『당음』 편집자 양사홍이 당시의 본령에 도달했다고 판단한 작품들이, 그리고 '유향'에는 당시의 본령에서 다소 벗어났다고 하는 작품들이 열거되어 있는데, 허균의 관점에서 보면 그 판단에 동의하기 어려운 점들도 있었던 것으로 보인다.[10] 『당시품휘』에 대한 비판은 『당음』의 특징과 대척되는 점에서 찾아졌다. 선발된 시의 편수가 너무 적은 것이 문제로 지적된 『당음』과는 달리, 『당시품휘』는 선별된 시 작품의 수가 풍부하다는 장점의 이면에 옥석이 함께 실리는 문제점도 안고 있는 것으로 평가되었다.[11] 『당시산』은 선시자인 이반룡의 뛰어난 안목과 기준에 따라 편집되었다는 것이 장점으로 언급될 수 있을지 모르나, 허균의 입장에서 볼 때, 이 점이 이반룡의 선시에 일정한 한계로도 작용한 것으로 인식되었다. 오래도록 주목을 받지 못했던 작품들이 이반룡의 감식안에 힘입어 새롭게 빛을 보게 된 점은 높이 평가될 만한 사항일 수 있지만,[12] '경한'(勁

不採, 使知者有遺珠之嘅焉."

9) 원대(元代) 양사홍(楊士弘)이 펴낸 『당음』의 편제는 '시음(始音)[초당(初唐)의 대표 시인 양형·왕발·노조린·낙빈왕의 작품; 시체별 구분 없이 수록]-정음(正音) [당시의 본령을 유지하고 있는 작품; 시체별로 세분화]-유향(遺響)[당시의 본령에서 다소 벗어난 작품; 시체별로 세분화]'으로 되어 있다. 총 14권으로 구성됨. (影印 『文淵閣四庫全書』 제1368책 참조.)

10) 「비점당음 발」(批點唐音跋)에서도 이 점이 언급되어 있어, 『당음』에 대한 허균의 비판적 시각이 재차 확인된다. 예컨대 허균은 '정음'이라고 해서 수작들을 모두 포괄하고 있지 못하다는 점, 심전기(沈佺期), 왕창령(王昌齡), 고적(高適) 등의 작품이 '유향'(遺響)에도 포함된 점 등을 온당치 못하다고 여겼다.(許筠, 「批點唐音跋」, "伯謙之分正音遺響, 已甚無稽, 華玉又棄擲不批. 是正音數編, 足以盡唐人詩耶. 如沈雲卿王少伯高達夫之作, 互見於遺響. 是數公之什, 其不及於張王許李乎.")

11) 許筠, 「唐詩選序」, "廷禮所裒, 雖極其富, 而以代累人, 以人累篇, 俾妍蚩並進, 韶濩畢御, 識者, 以魚目混璣, 誚之, 似或近言."

12) 許筠, 「唐詩選序」, "其遺篇逸韻, 埋於衆作之間, 歷千古不見賞者, 于鱗氏能拔置上

悍)·'기걸'(奇杰)의 풍격에 해당하는 작품들 위주로 가려 실은 것이 이 시선집의 특징이자 한계라고 분석되었다.[13] 훌륭한 작품이라 하더라도 이반룡의 기호에 부합하지 않는 풍격이 구사된 것들은 『당시산』에서 제외될 수밖에 없었다는 것이 허균이 안타까워 한 점이다. 허균 자신도 그러한 풍격의 작품들이 훌륭하다고 인정하기는 했으나,[14] 시선집을 편찬할 때에는 편집자의 기호를 초월하여 객관적인 안목으로 다양한 풍격의 작품을 두루 선입해야 한다는 것이 그가 생각하는 바람직한 선시 방향이었던 것으로 보인다.

허균이 이 세 편의 시선집을 검토하고 분석하여 그 특징을 이해하기까지는 적지 않은 시간과 연구가 소요되었던 것으로 보인다.[15] 세 시선집의 장단점을 명확하게 이해한 가운데 그것들이 지닌 문제점을 억제하고 장점을 활용하는 선에서 허균 나름의 당시선집 『당시선』이 탄생했다고 할 수 있다. 허균은 막대한 분량을 특징으로 하는 『당시품휘』 소재(所載) 작품들을 재평가하여 그 수록 작품 수를 절반 정도로 축소하는 것을 일차적인 과제로 삼았다. 그리고는 이에 더하여, 선시 기준이 매우 엄격하여 비교적 소수의 작품만 선별·수록한 『당음』과 선시자의 독창적 안목이 부각된 『당시산』이 허균의 『당시선』 편집을 위한 긴요한 지침으로 활용되었다.[16]

列, 是固言外獨解, 有非俗見所可測度也."
13) 許筠, 「唐詩選序」, "至於于鱗氏所揀, 只擇勁悍奇杰者, 合於其度則登之, 否則尺璧徑寸之珠, 棄擲之不惜, 英雄欺人, 不可盡信也."
14) 허균도 이들 풍격과 관련된 작품들을 선별하여 고평(高評)한 바 있다. 『성수시화』에서 그는 박은(朴誾)의 시가 '엄진(嚴縝)·경한(勁悍)'하고, 정사룡(鄭士龍)의 시가 '기걸(奇杰)·혼중(渾重)'하다고 평가하였다.("朴之詩, 雖非正聲, 嚴縝勁悍, 如春陰欲雨鳥相語 老樹無情風自哀之句, 學唐纖麗者, 安敢劘其壘乎." "湖陰黃山驛詩曰, … 奇杰渾重, 眞奇作也. 浙人吳明濟見之, 批曰, 爾才屠龍, 乃反屠狗, 惜哉. 蓋以不學唐也. 然亦何可少之.")
15) 許筠, 「唐詩選序」, "余諷而硏求, 闊有年紀, 怳然如有所悟."
16) 許筠, 「唐詩選序」, "遂取高氏所彙, 先芟其蕪, 存十之五, 而參之以楊氏, 繼之以李氏所淵拔者, 合爲一書." 허균의 『당시선』이 총 60권, 2600여 수의 작품으로 구성

허균은 당시 가운데 절구(絕句)만을 뽑아『당절선산』을 펴낼 때에도 앞에 언급된『당음』과『당시품휘』를 비롯하여 이반룡의『고금시산』, 서자충(徐子充)의『백가선』(百家選) 등 기존의 중국시선집들을 참고하였다.[17] 허균은 당대(唐代) 절구의 정수가 이『당절선산』에 모두 갖추어져 있다고 자부[18]할 정도로 심혈을 기울여 수록작품들을 엄선했던 것으로 보인다. 선시에 참고한 4종의 주요 시선집 가운데『당음』과『당시품휘』는 위의『당시선』에서도 활용된 것들로서 허균에게 매우 중요하게 여겨진 시선집이었던 것으로 사료된다.

허균은 또한『명시산보』를 편집하는 과정에서 이반룡·왕정상(王廷相)·고기엄(顧起淹) 등이 펴낸 중국시선집들을 참고하였다고「명시산보 발」(明詩刪補跋)에서 밝히고 있다. 이반룡의 시선집『고금시산』의 뒷부분에 수록해 놓은 명시(明詩) 부분 가운데 6~7할 정도만 남기고, 왕정상의『풍아』(風雅) 및 고기엄의『국아』(國雅) 등에 선집된 작품들 중 뛰어난 것들을 합하여 총 624편으로 구성된 명시선집『명시산보』를 완성했다.[19] 여기서도 허균은『당시선』의 편집 때와 마찬가지로 이반룡이 편찬한 시선집을 중요한 참고 서목으로 삼고 있지만, 이에 전적으로 의존하지 않고 일부 문제점을 지적하여 비판적 입장을 견지하고 있다.『고금시산』을 위해 취사된 명시(明詩)들 가운데 허균이 보기에 그 취사의 이유가 납득되지 않는 것들이 있었던 것으로 보인다.[20] 개원(開元)·천보(天寶) 연간의 성당풍(盛唐風)을 구

되었다면,『당시품휘』는 습유(拾遺) 10권을 포함하여 총 100권으로 되어 있으며, 5,700여 수의 작품이 수록되어 있다.

17) 許筠,「題唐絕選刪序」, "予於暇日, 取滄溟詩刪, 徐子充百家選, 楊伯謙唐音, 高氏品彙等書, 拔其絕句之妙者若干首, 分爲十卷, 弁曰唐絕選刪."

18) 許筠,「題唐絕選刪序」, "噫, 唐之絕句, 於是盡矣."

19) 許筠,「明詩刪補跋」, "李于鱗刪明詩若干首, 附古詩刪後…… 予取于鱗所刪, 刪其十三四, 又取王氏廷相風雅顧氏起淹國雅及諸家集, 揀其合於音者, 補之, 凡六百二十四篇."

20) 許筠,「明詩刪補跋」, "其去就有不可測者. 元美所謂英雄欺人不可盡信者也."

사했다고 높게 평가된 명대의 시인들 가운데에도 실제로는 그만한 실력을 갖추지 못한 이들이 있다는 것이 허균의 견해이다.[21]

이와 같이 허균은 자기 나름대로의 시선집 편찬 과정에서 『당음』 · 『당시품휘』 · 『고금시산』 · 『당시산』 · 『풍아』 · 『국아』 등의 중국시선 집을 다양하게 수용하면서도 『당시품휘』 · 『고금시산』과 같이 방대한 규모의 기존 시선집들을 간추리는 방향으로 선시의 가닥을 잡아갔다. 규모가 방대하다 보면 졸작과 수작을 동렬에 두는 문제가 파생될 수 있기 때문이다. 그리고 『당음』과 같이 비교적 작은 규모로 엄선된 시 선집은 중요한 작품을 누락시켰다는 비판을 안고 있었으나, 그와 동 시에 선시의 엄정성이 인정되었기에 방대한 시선집의 양을 축소하고 합리적인 규모의 새로운 시선집을 편찬하는 데에 중요한 지침으로 활용될 수 있었던 것 또한 사실이다. 허균은 기존 시선집을 비판 · 절 충하는 과정에서 이와 같은 두 가지 측면을 명확하게 인식하고 있었 던 것으로 보인다.

2. 당시(唐詩) 중심의 시선집 편찬과 『당음』(唐音)의 강조

허균이 쓴 각종 서(序) · 발(跋)을 통해 확인된 바에 의하면, 그는 『고시선』(古詩選) · 『당시선』(唐詩選) · 『사체성당』(四體盛唐) · 『당절 선산』(唐絶選删) · 『사가궁사』(四家宮詞) · 『송오가시초』(宋五家詩鈔) · 『명사가시선』(明四家詩選) · 『명시산보』(明詩删補) 등의 시선집을 펴 낸 것으로 보인다. 이들 제목에서 알 수 있듯이 허균은 기존의 중국 시선집을 수용하고 자기 나름의 중국시선집을 편찬하면서 다양한 시 대와 시체에 대하여 폭넓은 관심을 가지고 있었다고 할 수 있다.

---

21) 許筠, 「明詩删補跋」, "明人號爲開天者, 不必開天也. 若以伯謙氏例, 去就之, 吾恐其 不入彀者多矣."

한대(漢代) 이후부터 당대(唐代) 이전까지의 고시(古詩)는『고시선』이 아우르고 있고,『당시선』·『사체성당』·『당절선산』은 당대(唐代)의 시를 종합적으로 또는 시체별로 모은 것이며,『사가궁사』는 당·송대의 시인 네 명이 지은 궁체(宮體) 절구(絶句)를 모아 놓은 것이다.『송오가시초』에는 송대의 시인 왕안석(王安石)·소식(蘇軾)·황정견(黃庭堅)·진사도(陳師道)·진여의(陳與義) 등 다섯 시인의 작품을 뽑아 놓았으며,『명사가시선』에는 명대를 대표하는 시인 가운데 이반룡(李攀龍)·왕세정(王世貞)·하경명(何景明)·이몽양(李夢陽) 등 네 명의 작품 1,300편이 수록되어 있다. 그리고 위에서 논의된『명시산보』는 명대의 작품을 정선해 놓은 시선집이다. 이와 같이 허균이 그 나름대로 중국의 시를 분류·선집하면서 한대에서 명대에 이르는 중국시사(中國詩史)에 대한 체계를 세우고자 한 노력의 흔적이 역력하다.

그런데 독자적인 시선집 편찬과 중국시선집의 수용과정에서 허균이 시사하고 있는 것 가운데 무엇보다 두드러져 보이는 점은 당시(唐詩)에 대한 강조이다.

위에 제시된 바와 같이 허균이 펴낸 중국시선집 가운데 핵심을 이루는 시대는 당대(唐代)라 할 수 있다.『당시선』이라는 종합적인 성격의 당시선집 말고도 당대(唐代)의 다양한 시체에 대한 세부적이고 전문적인 관심을 구현한『사체성당』·『당절선산』·『사가궁사』 등을 편찬했다는 사실은 당시(唐詩)에 대한 허균의 지대한 관심을 대변하기에 충분하다.

당시에 대한 허균의 관심은『당음』과『당시품휘』를 중심으로 한 중국시선집들의 수용과 긴밀하게 연관되어 있었다. 그는『당절선산』을 펴낼 때『고금시산』·『백가선』·『당음』·『당시품휘』 등을 참고하였으며,『당시선』의 편찬을 위해서는『당음』·『당시품휘』·『당시산』

을 참고하였다.

『당음』과 『당시품휘』가 허균의 시선집 편찬과 당시에 대한 관심에 가장 큰 영향을 준 중국시선집이라고 해도 지나치지 않을 것이다. 물론 앞에서 언급했듯이 허균은 이들 시선집에 대해서 무조건적 수용을 지향했던 것이 아니라 이들의 장단점을 명확하게 인식하고 그 장점을 활용하려 하였다. 그리고 허균의 『명시산보』 및 『당절선산』의 편집에 활용된 이반룡의 『고금시산』 또한 송·원의 시를 배제한 채 당 이전의 작품들을 중시하는 입장에서 편집된 것이므로,[22] 이 점도 허균의 당시에 대한 관심에 적지 않은 영향을 미쳤다고 할 수 있다.[23]

『당음』과 『당시품휘』 가운데 허균이 더욱 애착을 가지고 가까이 하였던 것은 『당음』이라고 할 수 있다. 다음은 『당음』에 대한 허균의 관심이 어떠했는가를 보여주는 대목이다.

　　내가 임오년(1582)에 이 책을 얻었는데, 그 당시 나이가 어려 잘된 것인지 아닌지는 알지 못한 채, 손에 두고 읊은 지 거의 10여 년 만에 전란으로 잃게 되었다. 언제나 생각하였지만 얻을 길이 없었는데, 작년에 어떤 이가 연경의 시장에서 구해 내게 주었다. 펼쳐가며 감상하니 마치 어린 시절의 친구를 만난 듯하였다.[24]

---

22) 『四庫全書總目提要』, 集部, 總集類 四, "唐以後繼以明…… 不及宋元, 蓋自李夢陽倡不讀唐以後書之說, 前後七子, 率以此論, 相尙攀龍."
23) 물론 허균이 송시를 완전히 배척하고 당시를 무조건 존숭했다고는 할 수 없다. 다만 본고에서는 허균이 무엇보다 당시에 깊은 관심을 가졌고, 이는 특정 시선집에 대한 그의 관심과도 상호관련성이 있음을 추론하여 보이고자 하는 것이다. 당·송시 및 당·송시풍에 대한 17세기 초기 시론가들의 비판적 수용 자세에 대한 논의는 본서의 제1부 참조.
24) 許筠, 「批點唐音跋」, "余壬午歲, 得此本, 時年幼, 不辨得失, 手而誦者, 殆十年餘, 失於兵燹, 每思之, 而不可得, 客歲, 有人購自燕市, 遺余, 展玩則如見少日親交."

10여 년 동안 가까이 두고 읽던 『당음』을 잃고 안타까워했던 허균의 마음이 잘 드러나 있다. 한 편의 시선집을 10여 년 간 가까이 두고 반복하여 읽었기에, 그에 대한 그리움을 간직한 채 지내다가, 어렵게 다시 입수했을 때의 감격은 매우 컸던 것으로 보인다.

그러나 허균이 두 번째로 입수한 비점본(批點本) 『당음』에는 편제상의 구성 요소인 '시음'(始音)·'정음'(正音)·'유향'(遺響) 가운데 '유향' 부분이 포함되어 있지 않았던 것으로 보인다.[25] 이 시기에 허균은 처음으로 『당음』을 접했을 때보다 시에 대한 안목이 성장해 있었기 때문에, 『당음』의 편제와 비점본의 득실을 더욱 적절하게 평가할 수 있었다. 허균이 편제의 측면에서 지적했던 것은, '정음'부에 들어갈 작품이 '유향'부에 들어가 있다거나, 거꾸로 '유향'부에 들어가 있어야 할 작품이 '정음'부에 들어가 있거나 하는 문제점이었다.[26] 그리고 비점자인 고린(顧璘)의 비평 내용[批語]이 경우에 따라 온당하지 못한 면도 있다는 냉정한 비판도 허균에 의해 이루어졌으나,[27] 궁극적으로 『당음』은 허균이 손에서 떼지 못할 정도로 아끼는 책으로 남았다.[28]

허균은 『당시선』의 편찬과정에서도 방대한 규모의 『당시품휘』를 절반 정도로 줄이면서 『당음』을 참고하였으며,[29] 『명시산보』에 수록할 작품의 수를 결정할 때 『당음』에 실린 작품의 편수를 감안하여 그것의 절반 가량으로 명시의 수를 결정하기도 하였다.[30] 이와 같이 허

---

25) 許筠, 「批點唐音跋」, "特以未及遺響爲恨耳."
26) 주 10) 참조.
27) 許筠, 「批點唐音跋」, "其批語, 或透竅處, 或礙不通處, 或明槪, 或晦."
28) 許筠, 「批點唐音跋」, "去就頗不失體, 其用功不殆, 槩可見矣. 以故人面孔, 故挾而不捨云."
29) 주 16) 참조.
30) 許筠, 「明詩刪補跋」, "伯謙氏, 以千餘篇盡之, 則今余之所銓明詩者, 適得其半, 亦足以盡明人之詩矣."

균은 스스로 별도의 중국시선집을 편찬하면서 『당음』을 적극 활용하는 모습을 보였다. 『당음』은 다른 시선집들에 비해 작품을 엄격하게 가려낸 것으로 인식되었기 때문에, 허균의 공구서로서 사용된 것이다.

시화집 『학산초담』(鶴山樵談)에서 허균은 16세기 후반에 '삼당시인'(三唐詩人)이라고 하여 이름을 날렸던 최경창(崔慶昌)·백광훈(白光勳)·이달(李達)이 '정음'(正音)을 본받았다고 평가하여 그들의 시법(詩法)의 연원을 거론하였는데,[31] 이 때의 '정음' 또한 『당음』의 정수라고 할 수 있는 '정음'부를 의식한 발언이라 할 수 있다. 허균은 『당음』의 '정음'부에 가장 높은 수준에 도달한 작품들이 모여 있다고 생각했던 것이다. 그리고 평소에 허균은 중형(仲兄)인 허봉(許篈)으로부터 시에 대한 가르침을 받기도 하고, 그와 더불어 시에 대하여 토론하기도 하였는 바, 『당음』의 중요성을 강조한 허봉의 학시(學詩) 방법에 별다른 이견을 보태지 않은 채 『학산초담』에 서술해 놓음으로써,[32] 허균 자신도 『당음』 중심의 학시 방법에 동의하는 모습을 보여주었다. 이와 같이 허균은 비판적인 자세로 다양하고 폭넓게 중국의 시선집들을 수용했으면서도, 그 가운데 『당음』을 가장 중요한 시선집으로 평가하여 자신의 학시 및 선시 작업에 활용했던 것이다.

---

31) 許筠, 『鶴山樵談』, "崔白李三人詩, 皆法正音……."
32) 許筠, 『鶴山樵談』, "仲氏論, …… 爲詩則先讀唐音, 次讀李白, 蘇杜則取才而已."

II. 신흠의 경우

1. 『당시품휘』(唐詩品彙)를 수용한 시화집 편찬

신흠(申欽)의 시화집(詩話集) 『청창연담』(晴窓軟談)은 상(上)·중(中)·하(下)의 세 부분으로 되어 있으며, '상'·'중'은 중국 시와 시인에 대한 시화이고 '하'는 우리나라를 대상으로 한 시화이다. '상'은 특히 당시(唐詩)에 초점을 맞추고 있고, '중'은 당대(唐代)부터 명대(明代)에 걸친 시기를 모두 다루고 있다. 신흠은 각 시대의 중국 시에 대하여 두루 관심을 가지고 있었으며, 원론적으로는 당시와 송시에 동등한 비중을 두려고 했다. 그는 당시와 송시를 각각 배타적으로 선호하던 그 당시의 일부 세태를 편협하다고 비판하였다.[33] 그러나 『청창연담』의 편제에서 당시에 많은 부분을 할애한 점으로만 미루어 보더라도, 실제로는 다른 어느 것보다도 당시에 대한 소개와 논평에 더욱 큰 비중을 두었던 것으로 생각된다.

또한 『청창연담』에서, 신흠은 『당시품휘』(唐詩品彙)·『당음』(唐音)·『전당시선』(全唐詩選)·『만수선』(萬首選)·『백가시』(百家詩) 등 송(宋)~명대(明代)에 간행된 당시선집(唐詩選集)을 소개하고, 이 가운데 『당시품휘』와 『당음』을 가장 정밀한 것이라고 평가했다.[34] 이와 같은 관심은 신흠의 저술에 직접적인 영향을 주었다. 『성수시화』(惺叟詩話)·『제호시화』(霽湖詩話)·『지봉유설』(芝峰類說) 등 여타의 17세기 초기 시화집들보다도 『청창연담』에서 중국시선집의 수용 양상이 매우 구체적으로 드러난다.

---

33) 申欽, 『晴窓軟談』(上), "世之言唐者, 斥宋, 治宋者, 亦不必尊唐, 玆皆偏己."
34) 申欽, 『晴窓軟談』(上), "選唐詩者, 有品彙, 有唐音, 有全唐詩選, 有萬首選, 有百家詩, 而品彙唐音, 最精."

신흠은 특히 『당시품휘』에 집중적인 관심을 보였다. 그는 당의 오언율시 가운데 뛰어난 작품이나 연구(聯句)를 선별하여 『청창연담』의 앞 부분에 수록해 놓고, 다른 특별한 언급 없이 단지 '정시음'(正始音)이라고만 논평하였는 바, 이들 작품은 모두 『당시품휘』의 '정시'(正始)[35] 부분에서 발견되는 것들이다. 신흠은 시화집을 저술하는 과정에서 『당시품휘』의 편제에 사용된 술어들까지도 상당부분 그대로 가져다 쓴 것이다. 아래는 신흠이 '정시음'이라고 하여 『청창연담』에 수록해 놓은 당의 오언율시들의 목록이다. 『당시품휘』와 『당음』을 참고하여 간명하게 표로 만들어 보였다.

〈참고〉

표에서, 시인명 옆의 괄호 안에 있는 숫자는 (『청창연담』에 인용된 편수/『당시품휘』에 수록된 작품 편수); @ 표시의 작품은 『당음』에도 선입되어 있음; '인용구'는 『청창연담』에 인용된 해당 작품의 시구(詩句)

---

35) 명대(明代) 고병(高棅)이 편찬(1393년)한 『당시품휘』는, 전체를 고시(古詩)·절구(絶句)·율시(律詩)·배율(排律) 등의 시체로 나눈 다음, 각 시체마다 여덟 가지 품목(品目)을 설정하여 그 품목에 해당하는 시인들의 시를 배열하였다. 각 품목에는 당시사(唐詩史)의 시대 구분이 고려되어 있다. 품목과 시대의 구분은 '正始(初唐)-正宗·大家·名家·羽翼(盛唐)-接武(中唐)-正變·餘響(晚唐)'으로 되어 있다. 신흠이 '정시음'(正始音)이라고 하여 선별한 시들은 모두 초당(初唐)의 작품으로, 『당시품휘』 오언율시 '정시'(正始) 항목에 속해 있다.(影印 『文淵閣四庫全書』 제1371책 참조) 『국역 상촌집』(민족문화추진회 刊)에서는 여기서의 '정시음'을 '삼국(三國) 시대 위(魏) 나라 정시(正始) 연간에 성행한 청담풍(淸談風)의 시체'라고 설명하였는데, 옳지 않은 풀이라고 생각된다. 해당 문맥을 고려할 때, 『청창연담』(晴窓軟談)에서 말하는 '정시음'(正始音)은 삼국시대의 '정시체'(正始體)가 아니라 『당시품휘』의 '정시'라고 보아야 할 것이다.

시인	작품명	『당음』 소재 여부	인용구
虞世南(2/2)	「侍宴賦韻得前字應制」		5,6
	「侍宴歸雁堂」		5,6
楊師道(1/1)	「初秋夜坐應詔」		5,6
楊炯(2/10)	「劉生」	@	5,6
	「送豊城王少府」	@	3,4
王勃(2/15)	「游梵宇三覺寺」	@	5,6
	「麻平晚行」	@	5,6
盧照隣(2/9)	「春晚山莊率題」	@	3,4
	「文翁講堂」	@	3,4
駱賓王(2/8)	「秋雁」	@	3,4
	「玄上人林泉」 二首 중 두 번째	@	3,4
蘇味道(1/3)	「正月十五夜」		3,4
陳子昂(2/8)	「暉上人獨坐亭」	@	5,6
	「送東萊王學士無競」		5,6
杜審言(2/5)	「秋夜宴臨津鄭明府宅」	@	3,4
	「和晉陵陸丞早春遊望」		3,4
沈佺期(2/18)	「巫山高」		5,6
	「遊少林寺」	@	3~6
宋之問(3/25)	「春日芙蓉園侍宴應制」		5,6
	「扈從登封途中作」		3,4
	「登禪定寺閣」		5,6
李嶠(2/7)	「奉和七夕兩儀殿會宴應制」		5,6
	「詠城」		5,6
蘇頲(2/9)	「奉和登驪山高頂應制」		3,4
	「扈從溫泉奉和姚令公喜雪」		5,6
張說(3/16)	「奉和聖製過大哥山池」		5,6
	「岳川燕別潭州王熊」		3,4
	「鳳閣尋勝地」		5,6
張九齡(3/15)	「奉和聖製途次陝州作」		3,4
	「奉和聖製初出洛城」		5,6
	「初秋憶金均兩弟」		3,4
崔湜(1/8)	「江樓夕望」		3,4
王翰(1/1)	「子夜春歌」		3,4
賀知章(1/1)	「送人之軍中」		5,6
孫逖(1/11)	「宿雲門寺閣」		3,4

표에서 알 수 있듯이, '정시음'이라고 하여『청창연담』에 수록해 놓은 작품의 시구들은 모두『당시품휘』에 수록된 작품들의 일부이며, 그 가운데 11수는『당음』에도 보이는 것들이다. 이 작품들에 대하여 소개한 뒤, 신흠은 계속해서 칠언율시 '정시' 가운데 심전기(沈佺期)의 작품「고의」(古意)가 가장 빼어나다고 평가하여, 다시금『당시품휘』에 사용된 분류 항목과 그곳에 수록된 작품을 인용하고 있다.

　　그리고 신흠은 "정종(正宗) 다음으로는 위응물(韋應物)의 시를 매우 좋아한다"[36]고 하면서 오언고시 네 편「상봉행」(相逢行)·「잡체」(雜體)·「기원교서」(寄元校書)(『당시품휘』에 수록된 제목은 「初發揚子寄元大校書」)·「봉양개부」(逢楊開府)(『당시품휘』에는 「送楊開府」) 등을 소개했다. 이 작품들도 모두『당시품휘』에 실려 있다.[37] 여기서의 '정종' 또한『당시품휘』의 분류 항목에 해당된다. '正宗 다음으로는'이라고 한 이유는, 위응물이 편입되어 있는 '명가'(名家)류가 이백(李白)이 속해 있는 '정종' 뒤의 항목으로 분류되기 때문이다. 이들 '정종' 다음에 오는 '대가'(大家)·'명가'(名家)류의 작품 가운데 위응물의 시를 가장 좋아한다는 뜻이다.[38]

　　최노(崔魯)의 칠언율시「악양언회」(岳陽言懷)(『당시품휘』에는 「春晚岳陽言懷」)에 대한 평가에서도 신흠은『당시품휘』의 분류 항목을

---

36) 申欽,『晴窓軟談』(上), "余於正宗之後, 酷愛韋應物詩."

37) 이 밖에도 신흠은『청창연담』에서 위응물의「의고」(擬古) 10수에 대해서도 그 작품성을 인정하고 있지만 작품 자체를 인용하지는 않았다.("如擬古十首, 篇篇珊瑚柯, 覺一室光也.") 이 작품은『당시품휘』에서는 확인이 되지 않고,『당음』에 5수,『문장정종』(文章正宗)에 7수가 보인다. 신흠이 다른 시선집이나 문집을 통해서 이 작품을 접했던 것으로 보인다.

38)『국역 상촌집』(민족문화추진회 刊)에서는 원문의 '正宗以後'를 '『문장정종』(文章正宗이 나온 이후로'라고 번역했으나,『문장정종』이『청창연담』의 형성과 신흠의 학시 과정에 영향을 주었다는 근거를 아직 찾아볼 수 없다. 신흠이 중요하다고 언급한 중국시선집들 가운데『문장정종』이 포함되지 않은 점으로 미루어 보더라도,『문장정종』의 간행 여부가 신흠의 시적 취향에 큰 영향을 끼쳤다고 보기는 어려울 듯하다. (주 34) 참조)

언급하였는 바, 『청창연담』에 인용된 작품들이 대부분 『당시품휘』를 출전으로 하고 있다는 것을 거듭 확인시켜 준다. 신흠은 최노의 이 작품이 "여향(餘響) 가운데 가장 빼어난 것"[39]이라고 하였다. '여향'이라 함은 『당시품휘』의 편제상 '정변'(正變)과 함께 만당(晚唐) 시기의 작품을 분류하는 술어이다.[40] 이 밖에도 왕발(王勃)의 「추야장」(秋夜長)·「임고대」(臨高臺), 노조린(盧照鄰)의 「장안고의」(長安古意), 낙빈왕(駱賓王)의 「제경편」(帝京篇), 이장길(李長吉)의 「호가」(浩歌), 온정균(溫庭筠)의 「위상」(渭上)(『당시품휘』에는 「渭上題二首」), 당언겸(唐彦謙)의 「제중산」(題仲山), 왕건(王建)의 「과양주」(過楊州)(『당시품휘』에는 「夜看楊州市」), 무원형(武元衡)의 「형수」(荊帥), 한악(韓偓)의 「피지」(避地)(『당시품휘』에는 「避地寒食」)·「춘진」(春盡), 조하(趙嘏)의 「의루」(倚樓)」(『당시품휘』에는 「長安晚秋」) 등 『청창연담』(상)에서 논평된 대부분의 작품들이 당시선집 『당시품휘』에 뽑힌 것들이므로,[41] 신흠이 선시 및 시평을 함에 있어서 『당시품휘』에 큰 비중을 두고 참고했음을 알 수 있다.

---

39) 申欽, 『晴窓軟談』(上), "餘響中精切者也."
40) '여향'(餘響) 이하의 구절을 『국역 상촌집』에서는 "그의 시 중에서 정밀하고 절실한 것"(밑줄 필자)이라고 번역하고 있으나, 이 또한 번역상의 오류로 보인다. 이 작품이 『당시품휘』 '여향'에 들어 있는 것을 볼 때, '여향'이라는 말은 축자적으로 풀어서 설명될 어휘가 아니고, 분류 항목에 관련된 술어로서 이해되어야 한다.
41) 王勃의 「秋夜長」·「臨高臺」, 盧照鄰의 「長安古意」,(이상 『唐詩品彙』, 七言古詩, 正始) 駱賓王의 「帝京篇」,(『唐詩品彙』, 歌行長篇) 李長吉의 「浩歌」,(『唐詩品彙』, 七言古詩, 正變) 溫庭筠의 「渭上」,(『唐詩品彙』, 七言絶句, 正變) 唐彦謙의 「題仲山」,(『唐詩品彙』, 七言絶句, 餘響) 王建의 「過楊州」,(『唐詩品彙』, 七言絶句, 接武) 武元衡의 「荊帥」,(『唐詩品彙』, 七言律詩, 接武) 韓偓의 「避地」, 「春盡」,(이상 2수 『唐詩品彙』, 七言律詩, 餘響) 趙嘏의 「倚樓」(『唐詩品彙』, 七言律詩, 餘響)

2. 이백 시의 선호와 『당시품휘』

이백(李白)과 두보(杜甫)에 대한 신흠의 작가비평적 서술 역시 신흠의 시론 및 시관에 『당시품휘』의 특징이 직·간접적으로 개입되어 있을 것이라는 추론을 뒷받침하는 근거가 될 수 있을 것이다.

> 옛날에 어떤 논자는 두자미가 사령운(謝靈運)의 영향을 받아 나왔고, 이태백은 포조(鮑照)의 영향을 받아서 나왔다고 하였다. 두자미의 경우는 진실로 형적(形迹)에 의탁하여 섰다고 할 수 있지만, 이태백 같은 이는 하늘의 신선으로서 마치 우담발화가 공중에서 변화하여 나타난 것과 같은데, 단지 그의 자질이 우연히 포조와 비슷한 점이 있었을 따름이다.[42]

신흠은 다른 논자의 논평을 보충 설명함으로써 두보와 이백을 비교 평가하고 있다. 두보와 사령운(謝靈運), 그리고 이백과 포조(鮑照)의 작품세계가 각각 상호 관련성을 보인다는 견해에는 신흠도 동조하는 것으로 보인다. 그러나 신흠은 두보의 시 세계가 사령운으로부터 일정하게 영향을 받아서 이루어진 것이라는 데에는 이견을 보이지 않으면서도, 이백이 포조의 영향을 받았다는 견해에는 동의하지 않고 있다. 이백은 천선(天仙)의 자질을 지니고 있으므로 다른 사람으로부터의 영향은 있을 수 없다는 것이 신흠이 바라보는 이백의 시세계이다.

신흠의 논평은 궁극적으로 이백이 두보보다 작시 능력면에서 우위를 차지하고 있다는 것을 의미한다. 『당시품휘』의 분류 품목(品目) 가운데 '정종'(正宗)에는 각 시체별로 가장 뛰어나다고 하는 작품들을

---

42) 申欽, 『晴窓軟談』(上), "古之論者, 以子美爲出於靈運, 太白爲出於明遠. 子美固有依形而立者, 若太白, 天仙也, 如優曇鉢花, 變現於空中, 特其資偶與明遠相類爾."

모아 두었는데, 이백의 작품들이 한결같이 이 부문에 올라 있다. 『당시품휘』(唐詩品彙) 편찬자의 관점에서 볼 때, 일반적으로 이백의 작품이 두보의 작품보다 높은 수준에 있었던 것이다. 그리고 『당시품휘』의 이와 같은 선시 기준은, 이 시선집을 깊이 신뢰하여 자신의 시화집 편찬 과정에 수용했던 신흠이 위의 인용문에서 두보보다 이백을 고평(高評)한 점과도 일정한 관련성을 지니고 있다는 추론으로 이어질 수도 있을 것이다.[43]

IV. 이수광의 경우

1. 시선집의 비판적 수용과 『당시품휘』에 대한 긍정적 인식

이수광(李睟光)은 사람의 재능과 시적 취향이 저마다 다를 수 있기 때문에 시를 짓는 사람들이 당시(唐詩)와 송시(宋詩) 가운데 어느 한 쪽만을 무조건 따르고 배우려 하는 자세를 지양해야 한다고 주장하였다.[44] 시를 배우는 이의 재능이 당시 쪽에 가까우면 당시를, 송시

---

43) 신흠이 두보보다 이백의 시를 더 높게 평가한 것은 임·병 양란 이후 조성된 탈유학적 문학관의 영향 때문이라는 논의도 있다.(홍인표, 「申欽의 시화평론」, 서울대학교 동아문화연구소, 『동아문화』 제26집, 1988.12, p.41.) 그러나 신흠의 문학관을 '유학 일변도의 경향을 벗어나려는 조짐'이라는 조선 중기의 광범위한 인문·사회 현상과 강하게 결부시키다 보면, 해당 시기 시단의 특성을 지나치게 단순화하는 오류를 범할 수 있다. 본고에서 논의되는 '중국시선집의 수용양상'은 17세기 초의 시단의 특질을 구성했을 여러 가지 인소(因素)들 가운데 일부를 드러내 보이려는 목적에 따라 다루어지는 것이다. 그러므로 중국시선집이 수용되는 양태들을 통하여 해당 시기의 시단의 특징을 일률적으로 재단하는 것이 본 논의의 목적인 것처럼 인식되지 않기를 바란다.

44) 李睟光, 「文」, 『芝峰類說』, "人之材稟不同, 如其面, 未可以一槪論也. 學者, 無論唐宋, 惟取其性近者而學焉, 則可以易能. 世之敎人者, 所見各異, 互相訾嗷, 喜唐者, 勸之以唐, 嗜宋者, 勸之以宋, 不因其人之材, 而惟己之所好, 其成就也, 亦難矣."

쪽에 가까우면 송시를 배우도록 이끄는 것이 그 당시의 시단을 이끄는 사람들의 소임이라고 생각했던 것이다. 그러나 이와 같이 시 배우는 단계에 있는 이들을 이끄는 방법이 당과 송 어디에도 치우치지 않도록 해야 한다는 것과는 별도로, 이수광 자신은 송시보다 당시를 선호하는 개인적 취향을 가지고 있었음이 분명하다.

> 나는 평소에 좋아하는 것이 없는데, 좋아하는 것은 오직 시뿐이며, 당시에 가장 큰 호감을 지니고 있다. …… 시의 도는 당대에 이르러 제대로 완비되었는데, 수백 년 동안 시체(詩體)와 격식(格式)이 여러 차례 변하여 기격(氣格)이 점차 떨어지게 되었다.45)

이수광은 중국시사(中國詩史)에서 시의 완성도가 가장 높은 수준에 이른 것이 당대(唐代)라고 확신하였기에, 평소에 당시에 대하여 큰 호감을 지니고 있었던 것으로 보인다. 그는 당대에서도 성당(盛唐)에 이르러 시의 수준이 정점이 이른 것으로 평가하였으며,46) 그 이후로 시풍이 변화하여 급기야 송대에 이르러서는 쇠잔함을 면치 못했다47)고 생각하였다.

이와 같이 이수광은 허균(許筠)·신흠(申欽) 등 동시대의 다른 시론가들과 마찬가지로 당시 및 당시풍에 대한 깊은 관심과 애정을 보였고, 그러기에 기존의 각종 당시선집(唐詩選集)에 대해서도 두루 검토했던 것으로 보인다. 그는 『당시정음』(唐詩正音)·『당시품휘』(唐詩

---

45) 李晬光, 「詩說」, 『芝峰集』 卷21, "余平生無所嗜, 所嗜唯詩, 而于唐最偏嗜焉. …… 夫詩道至唐大備, 而數百年間, 體式屢變, 氣格漸下."
46) 李晬光, 「詩說」, 『芝峰集』 卷21, "詩自魏晉以降, 陵夷, 至徐庾而靡麗極矣. 及始唐稍稍復振, 以至盛唐諸人出, 而詩道大成, 蔑以加焉. 逮晚唐則又變而雜體竝興, 詞氣萎弱, 間或剽竊陳言, 令人易厭."
47) 李晬光, 「詩評」, 『芝峰類說』, "詩三百篇古矣, 漢魏近古而質矣, 二晉質變而文矣, 梁陳文變而靡矣, 至于唐則彬彬矣, 宋則又變而衰矣."

品彙)·『정성』(正聲)·『당시고취』(唐詩鼓吹)·『삼체시』(三體詩)·『백가시』(百家詩)·『당시유원』(唐詩類苑)·『십이가시』(十二家詩)·『당시기』(唐詩紀) 등 다양한 시선집들에 대하여 폭넓은 지식을 가지고 있었다.48) 이수광은 송시선집(宋詩選集)이 좀처럼 눈에 띄지 않는 것에 비하여, 이처럼 당시선집이 많이 간행된 이유는 송시보다 당시가 더 뛰어나기 때문이라고 지적하였다.49)

당시선집 『당시휘선』(唐詩彙選)을 독자적으로 편찬하는 과정에서 그는 여러 시선집의 장단점을 분석함으로써 기존의 시선집 가운데 자신이 선호하는 것이 어떤 것인가를 암시하였다.

> 『당시정음』·『당시고취』·『삼체시』 등과 같은 편저는 또한 대부분 만당(晩唐)을 위주로 한 것이며, 어떤 경우에는 너무 간단하다는 흠이 있다. 그러나 『당시품휘』만큼은 수록한 바가 매우 광범위하고 분류 항목이 매우 자세하여 다른 이들의 것보다 낫다. 다만 편집 분량이 너무 많은 감이 있어 배우는 이들이 문제로 여겼다.50)

『당시정음』을 비롯한 세 시선집의 문제점으로, 만당을 중심으로 편집되었다는 것과 너무 간략하다는 것을 꼽고 있다. 『당시정음』 즉 『당음』의 '정음'부가 만당의 작품을 위주로 하여 편집되었다는 이수광의 주장까지도 설득력이 있다고는 할 수 없다. 『당음』의 '정음'은 성당의 시가 중심이 되며, 같은 시선집의 '유향'(遺響)부가 바로 성당

---

48) 李睟光, 「書籍」, 『芝峰類說』, “唐詩之選, 夥矣, 如唐詩正音 品彙 正聲 鼓吹 三體詩 百家詩 唐詩類苑 十二家詩 唐詩紀之屬, 不可盡擧.” “至於宋人詩, 非不篤好, 而一無選彙之者, 何也. 豈誠以宋詩爲不及唐耶.”

49) 李睟光, 「書籍」, 『芝峰類說』, “至於宋人詩, 非不篤好, 而一無選彙之者, 何也. 豈誠以宋詩爲不及唐耶.”

50) 李睟光, 「詩說」, 『芝峰集』 卷21, “如正音鼓吹三體等編, 亦多主晚唐, 或失之太簡, 而唯品彙之選, 所取頗廣, 分門甚精, 視諸家爲勝, 第編帙似夥, 學者病之.”

풍에서 벗어나 만당풍을 띠는 작품들로 이루어졌다고 할 수 있기 때문이다. 그러나 이 점이 위 인용문에서 시사하는 논점의 핵심 사항은 아니다. 인용문에서 이수광이 강조하고자 했던 것은 『당시정음』·『당시고취』·『삼체시』등의 세 시선집과 『당시품휘』를 비교하여 『당시품휘』의 비교우위적 측면을 역설하는 것이었다. 『당시품휘』에서와 같이, 읽어야 할 시선집의 분량이 지나치게 많으면, 시선집에 수록된 작품들 가운데 수작과 졸작을 다시 구별하여 시의 전범이 될만한 작품을 가려내는 일이 학시자들에게 부담으로 작용할 수도 있겠으나, 이수광에게 이와 같은 『당시품휘』의 문제점은 큰 것으로 인식되지 않았다. 자세한 품목 분류와 폭넓은 수록 범위 등의 이유로 『당시품휘』가 다른 시선집들보다 오히려 긍정적으로 평가되었다.

이수광은 『지봉유설』(芝峰類說)에서도 『당시품휘』의 품목 분류 양상을 자세하게 서술하고, 그 시선집이 시교(詩敎)에 공헌한 바가 매우 크다는 것을 강조하였다. 특히 진자앙(陳子昂)과 이백(李白)을 '정종'(正宗)으로 추대하고, 두보(杜甫)를 그보다 한 단계 낮다고도 볼 수 있는 '대가'(大家)에 편입한 『당시품휘』의 분류 방식을 합리적이라고 인정하여 이수광 자신도 두보보다는 이백의 시적 수준을 우위에 두고 있다는 것을 보여 주었다.[51] 이는 신흠에게서도 보였던 점이다. 앞에서 살펴보았듯이 신흠 또한 『당시품휘』에 대하여 큰 애착을 보임으로써 자신의 시화집 편찬에 이 시선집을 적극 활용함과 동시에

---

51) 李睟光,「書籍」,『芝峰類說』, "高棅撰唐詩品彙, 以德武以後爲初唐, 開元以後爲盛唐, 大曆以後爲中唐, 開成以後爲晚唐, 又以初唐爲正始, 盛唐爲正宗大家名家羽翼, 中唐爲接武, 晚唐爲正變餘響, 其以陳子昂李白爲正宗, 杜甫爲大家者, 最有斟酌, 明人謂高廷禮唐詩品彙大有功於詩敎, 是矣." 다음의 글도 이수광이 이백의 재능을 두보보다 높이 평가했다는 것을 뒷받침하는 근거 자료가 될 수 있을 것이다. "唐人作詩, 取材於文選, 故子美之詩, 多用選語, 其曰早從文選理者, 是也. <u>至於李白, 無敵之才, 不群之思, 宜自出機杼, 似無藉於前作</u>, 而今見古詩類苑及玉臺新詠, 其樂府題目, 率皆效之, 意語亦多用相襲者."(李睟光,「詩」,『芝峰類說』참조.; 밑줄 필자)

이백의 시적 재능 및 수준이 최고의 경지에 이르렀다고 평가하였는
바, 이 점으로 미루어 보건대, 이수광과 신흠이 시선집 수용 및 독시
(讀詩)와 관련하여 매우 유사한 인식 기반을 가지고 있었다는 평가가
가능하리라고 본다.

2. 당시선집(唐詩選集)에 대한 미시적 고증 비평

이수광의 『지봉유설』은 우리나라와 중국의 천문(天文)·지리(地
理)·제도(制度)·행정(行政)·유학(儒學)과 인문 전통(人文傳統)·시
문(詩文)의 비평 등 다양한 현상에 대한 백과사전적인 정보와 논평으
로 채워진 저술이다. 이 책을 구성하는 정보들에는 고래(古來)의 다
양한 서적에 대한 검토가 반영되어 있으며, 논평과 비평의 대상 및
근거로도 그 이전의 학자·문인들의 저술들이 폭넓게 활용되어 있다.
각종 서적을 인용하면서, 이수광은 간혹 해당 서적들의 오류나 장
처(長處)에 대하여 합리성과 사실성에 바탕을 둔 고증 비평을 하였
다. 『당시품휘』·『당음』 등의 당시선집에 수록된 시인과 작품에 대해
서도 실증적인 분석 및 비평의 모습이 확인되는데, 이는 그의 치밀하
고 폭넓은 독서가 뒷받침되었기에 가능했던 것으로 보인다.
이수광이 다른 어떤 중국시선집들보다도 『당시품휘』에 호감을 가
지고 있었다는 점은 이미 앞에서 언급하였다. 그러나 그는 이 시선집
에 대하여 대체로 긍정적인 평가를 하고 있으면서도, 구체적이고 미
시적인 고증 및 비평을 통하여 이 책에서 발견되는 오류에 대해서 명
확하게 적시(摘示)하기도 했다.

위승경이 남녘에서 기러기를 읊은 시에, "사람은 만리 길을 남쪽으
로 떠나왔는데, 봄이라 기러기는 북으로 날아가네. 모르겠네, 어느 때나

그대와 함께 돌아갈는지.” 하였다. 풀이하는 이가 말하기를, “돌아가고
싶지만 갈 수 없기 때문에 기러기가 북으로 날아가는 것을 부러워한
것이다.”하였으니, ‘그대’란 기러기를 가리키는 말이다. 그러므로 『당시
품휘』에 이 작품을 가지고 아우와의 이별을 읊은 시라고 한 것은 잘못
되었다.52)

　이는 해당 작품의 시적 화자가 말 건네는 대상이 누구인가에 대한
이수광의 해석이 담긴 시화 기사이다. 위에 인용된 작품은 지시대상
이 불확실한 명사나 대명사에 대한 해석 여하에 따라 그 의미가 달라
질 수 있다. ‘사람’과 ‘그대’를 누구로 보는가에 따라 달리 해석될 여
지가 있는 것이다. 『당시품휘』에서는 이 작품이 동생과의 이별을 노
래한 것이라고 보고 있는데, 이는 작품 속의 ‘사람’과 ‘그대’를 화자의
동생이라고 해석하였기 때문으로 보인다. 이 때 작품에 대해서는, ‘사
람은 만리 길을 남쪽으로 떠나는데, 봄이라 기러기는 북으로 날아가
네. 모르겠네, 어느 때나 그대와 함께 돌아올는지.’ 정도의 번역이 가
능할 것이다. 남쪽으로 떠나는 아우가 어느 때나 저 기러기처럼 북으
로 향하여, 원래 있던 곳으로 돌아올지 걱정하는 형의 마음이 담겨있
는 작품이 된다.
　그러나 작품의 문맥만 두고 볼 때 ‘그대’를 ‘아우’로까지 보는 것은
지나친 비약일 수 있다. 이 작품 속의 ‘그대[爾]’를 화자의 아우라고
볼 근거가 없다. 특별한 대상이 별도로 명시되지 않았다면, 이 대명
사 ‘爾’는 바로 앞에 언급된 대상을 가리키는 것으로 보아야 할 것이
다. 그러므로 ‘그대’는 ‘기러기’를 가리키는 것으로 보는 것이 무난하
다. 이수광은 이와 같은 문맥 자체 내의 의미망을 염두에 두고 해석

---

52) 李睟光,「唐詩」,『芝峰類說』, “韋承慶南中詠鴈詩曰, 萬里人南去, 三春鴈北飛, 不知
　　何歲月, 得與爾同歸. 解者曰, 思歸不得, 故羨鴈之北飛, 爾者, 指雁而言. 然則品彙
　　以此作別弟詩, 非矣.”

하였다고 할 수 있다.

이수광이 인용한 기존의 평자가 내린 작품 해석에서는 화자와 기러기의 대비적 상황에 대한 묘사라고 이 작품의 의미를 한정하고 있다. 이러한 분석 또한 '그대'를 '기러기'라고 볼 때라야 더욱 간결하게 해명된다는 것이 이수광의 생각이다. 이 때 '사람'은 화자의 아우가 아닌 화자 자신에 대한 객관적 지칭이라고 할 수 있다. '사람' 즉 나는 남쪽에 와 있고, '기러기'는 북으로 향하니, 양자의 처지가 서로 대조적이다. 대비된 상황에서 상대방 기러기의 처지를 부러워하며 그[爾]와 함께 북쪽으로 돌아가고 싶어하는 화자의 입장이 묘사되어, 화자의 애처로운 정서가 더욱 강하게 부각되는 것이다. 그래서 이 시는 『당시품휘』의 언급처럼 화자가 동생을 이별하며 쓴 것이라고 하기보다, 화자가 자신이 살던 북쪽으로 기러기와 함께 돌아가고 싶어하는 바람을 노래한 것이라고 보아야 한다는 것이다. 텍스트 자체의 내적 합리성을 고려한 이수광의 작품 해석 방식이 엿보인다. 위의 기사가 텍스트 분석과 관련하여 『당시품휘』를 비판한 것이라면, 아래의 두 기사는 『당시품휘』에 선입된 작품의 작가 문제에 대한 이수광의 견해를 담고 있다.

> ① 『고시유원』(古詩類苑)에 실려 있는 강총의 시에, '마음은 남녘으로 구름을 따라가건만, 몸은 북쪽으로 기러기를 따라왔네. 고향 울타리 아래의 국화, 오늘은 몇 송이나 피었을지.'라고 하였으며, 『요산당외기』에서도 말하기를, "이 시는 강총이 장안에서 양주로 돌아가 9월 9일에 지은 것"이라고 하였다. 그런데 『당시품휘』에서는 이것을 허경종의 시라고 하였으니, 옳지 않다.[53]

---

53) 李睟光,「古詩」,『芝峰類說』, "古詩類苑載江總詩云, 心逐南雲逝, 身隨北雁來, 故鄕籬下菊, 今日幾花開, 堯山堂外紀, 亦言 江總自長安, 歸楊州, 九日賦云, 而唐詩品彙, 以此爲許敬宗詩, 誤矣."

② 또 두보의 시집 속에, "곽국부인이 임금의 은총을 받들고, 이른 아
침에 말을 타고 금문으로 들어가네. 분과 연지가 도리어 낯빛을 더
럽힐 것을 꺼려, 담박하게 눈썹을 손질하고 임금을 알현하네."라고
한 것을 『당시품휘』에서는 장우의 작품이라고 하였는데, 이것은 옳
은 듯하다.[54]

　기사 ①은 『당시품휘』에서 작가를 잘못 소개하고 있음을 지적한
것이고, 기사 ②에서는 『당시품휘』에 장우의 작품이라고 소개된 시가
두보의 시집에도 실려 있지만, 『당시품휘』의 분류대로 장우의 것이라
고 확인해 주고 있다. 두보의 시집에 실린 작품이라 일반적으로 두보
의 것이라고 확신할 수도 있겠지만, 『당시품휘』의 기록에 손을 들어
주고 있다. 그렇게 해석하는 특별한 근거가 명시되지는 않았지만, 이
수광 자신이 나름의 독시(讀詩) 경험과 시적 안목을 바탕으로 작가
고증에도 깊은 관심을 기울였다는 것만은 확인할 수 있다. 그가 『당
시품휘』에 애착을 지니고 있으면서도 그 장단점을 명확하게 인식하
고 있었던 만큼, 이 시선집이 방대한 편수의 작품을 수록하고 있기는
하지만, 수록 작품을 충분하게 검토하여 객관적으로 평가하려 했음을
알 수 있다.
　다음은 『당음』에 대한 이수광의 비판적 논평을 확인할 수 있는 시
화 기사이다.

　　① 송지문의 시 '마상봉한식'(馬上逢寒食), '녹수진경도'(綠樹秦京道), '와
　　　병인사절'(臥病人事絶)과 왕유의 시 '만리춘귀진'(萬里春歸盡), 이의
　　　산의 시 '원객좌장야'(遠客坐長夜)는 본래 모두 오언율시인데 『당
　　　음』에서 반을 잘라 절구로 만들었으니 무슨 까닭인가?[55]

---

54) 李睟光, 「古詩」, 『芝峰類說』, "又杜詩集中, 虢國夫人承主恩, 平明騎馬入金門, 却嫌
脂粉汚顔色, 淡掃蛾眉朝至尊, 唐詩品彙, 以爲張佑作, 此則似是."

② 권필이 말하기를, "당 나라 사람들의 칠언절구 가운데 허혼의 '노가일곡해행주'(勞歌一曲解行舟)가 가장 좋고, 오언절구에서는 송지문의 '와병인사절'(臥病人事絶)'이 제일 좋다."고 하였다. 내 생각에는 권생이 당시를 알지 못하는 것 같다. 원래 허정묘는 만당에 해당하여 고수들 사이에 둘 수 없고, (송지문의) 이 시는 본래 오언율시인 것을 『당음』에서 끊어 절구로 한 것이기 때문에 아마 기격(氣格)이 완전하지 못할 것이다. 이반룡(李攀龍)·왕세정(王世貞)은 모두 왕창령의 '진시명월한시관'(秦時明月漢時關)'의 시를 가장 훌륭하다고 하였으니, 반드시 안목이 있다고 할 것이다.[56]

①은 각 시체에 따른 작품 안배에서 발견되는 『당음』의 오류를 지적하고 있다. 오언율시인 작품을 절반만 인용하여 오언절구에 편입시키는 잘못을 범했다는 것이다. 그리고 ②에서는 당시(唐詩) 작품에 대한 권필의 평가에서 발견되는 오류를 바로잡았다. 권필은 허혼의 시를 칠언절구 가운데 백미라고 치켜세웠으나, 이수광의 생각으로는, 허혼은 만당의 시인이므로 당대를 대표하는 성당의 시인들과 허혼을 같은 반열에 둘 수 없다고 여겼다. 권필이 시선집 『당음』에 실린 송지문의 시를 그대로 끌어다가 고평(高評)하고 있는 점 또한 비판의 대상이 되었다. 원래 율시인 송지문의 작품 '와병인사절'(臥病人事絶)이 『당음』에 절반만 선입되면서 절구 항목으로 잘못 분류되었는데, 권필은 이와 같은 『당음』의 내용을 토대로 하여 송지문의 이 작품이 절구 가운에 수작이라고까지 평하였던 것이다.

---

55) 李睟光,「唐詩」,『芝峰類說』, "宋之問詩, 馬上逢寒食, 綠樹秦京道, 臥病人事絶, 王維詩, 萬里春歸盡, 李義山詩, 遠客坐長夜, 皆本律詩, 而唐音截作絶句, 何耶."
56) 李睟光, 詩評,『芝峰類說』卷十, 文章部 二, "權韠言, 唐人七言絶句, 以許渾勞歌一曲解行舟爲第一, 五言絶句, 以宋之問臥病人事絶爲第一. 余謂權生似不知唐者. 夫許丁卯在晚唐, 非高手之間, 此詩本五言律, 而唐音截作絶句, 恐氣格不全. 按李滄溟王弇州, 皆以王昌齡秦時明月漢時關, 爲第一, 必有所見耳."

이와 같이 이수광은 『지봉유설』에서 『당시품휘』와 『당음』의 해석 방법·시체 분류 방식·작가 지정 양상 등에 관하여 비판하였다. 중국시선집에 대한 이수광의 비평에는 철저한 고증과 텍스트의 내적 합리성을 고려한 분석이 중요한 방법론적 기초로 작용했던 것으로 보인다.

V. 결론 및 남는 문제

17세기 초의 시론가인 허균·신흠·이수광 등이 중국시선집을 어떠한 양상으로 수용하고 이해하였는가에 대하여 살펴보았다. 17세기 초의 시론가들이 당시 및 당시풍에 대하여 깊은 관심을 가지고 있었다고 할 때,[57] 이들의 중국시선집 수용 실태 또한 이와 같은 그들의 시적 경향과 긴밀한 관련이 있음을 알 수 있었다. 이들은 일반적인 학시(學詩)의 방향에 대하여 언급하면서, 원론적으로는 시대를 초월하여 모든 시대의 걸작들을 배워야 한다는 입장을 취했지만, 실제로 이들의 개인적 취향은 당시(唐詩)에 기울어 있었고, 그 때문에 기존의 시선집들 가운데 당시선집(唐詩選集)에 각별한 관심을 보였던 것이다.

17세기 초의 시론가들은 각각의 시선집이 지니는 장점을 조화롭게 수용하는 것이 새로운 시선집의 편찬 및 시 학습을 위해 적절한 방법이라고 생각하면서도, 그 가운데 자신이 좀 더 선호하는 시선집이 무엇인가를 직·간접적으로 표명하였다. 허균의 경우, 자신이 나름대로 역대 작품들을 모아 여러 종류의 시선집을 편찬하는 적극적인 모습

---

57) 본서의 제1부 참조.

을 보였는데, 그 이전에 그는 『당음』・『당시품휘』・『고금시산』・『당시산』 등 기존의 시선집들을 이미 비판적으로 수용하고 있었다. 허균은 저와 같은 시선집들의 장단점을 명확하게 인식하였으며, 그 가운데 『당음』이 시선집 편찬과 시 학습에 가장 유용하게 활용될 수 있다고 생각하였다. 그는 『당시품휘』가 많은 수의 작품을 포괄하고 있다는 점에서 이 시선집에 대하여 일면 긍정적인 평가를 하고 있지만, 『당시품휘』에 비해 적은 분량으로 되어 있으면서도 수작들을 엄선했다고 할 수 있는 『당음』을 더욱 기본적인 학시의 도구로 삼았다. 신흠은 허균과 대조적으로 『당음』보다는 『당시품휘』에 의존하여, 자신의 시화집 『청창연담』의 편찬에 『당시품휘』를 직접 활용한 자취가 역력하다. 신흠은 시화 서술 과정에서 '정시'(正始)・'정종'(正宗)・'여향'(餘響) 등의 『당시품휘』 내의 분류 항목까지 언급하면서 『당시품휘』에 밀착된 모습을 보여 주었다. 그의 시화집 『청창연담』에 인용된 중국 시들 가운데 상당수가 『당시품휘』의 수록 작품들 가운데서 다시 뽑아낸 것들임을 확인할 수 있었다. 그리고 신흠이 이백을 두보보다 높게 평가한 것도, 두보가 속해 있는 '대가'(大家)보다 상위 품목(品目)인 '정종'에다 이백을 자리매김한 『당시품휘』의 분류 방식과 일치하고 있음을 앞에서 살펴보았다. 이수광 또한 당시에 대한 관심이 대단하여 다양한 당시선집을 두루 접한 것으로 보이며, 시선집들 가운데 『당시품휘』에 대한 평가가 가장 긍정적이었다고 할 수 있다. 『당시품휘』는 수록 작품이 지나치게 많다는 것이 이수광으로부터 부분적인 한계로 지적되기도 했지만, 그는 적어도 이 『당시품휘』의 분류 항목이 『당음』・『당시고취』・『삼체시』 등보다 자세하고 그 수록 범위도 풍부하다는 점에서 여타의 시선집들보다 낫다고 인정하였다. 이수광이 두 시론가와 변별되는 두드러진 특징 하나는, 그가 기존 시선집들에 수록된 내용에 대하여 세부적인 실증 비평과 텍스트 비평을 했다는 것이다. 그는 『당음』과 『당시품휘』에 수록된 작품의 작가들 가운데 진위 여부에 논란이 일 가능성이 있는 경우에 자신의 시각을 확실하게 명시했으며, 텍스트 해석의 측면에서도 작품의 문맥을 고려하여 해당 시어가 의미하는 바를 밝히려고 하였다.

17세기 초의 시론가들이 기존의 중국시선집을 수용할 때, 그들이 선호하는 대상은 『당음』·『당시품휘』 등의 당시선집으로 모아졌다고 말할 수 있다. 이 두 편의 시선집은 일면 상반된 방향으로 편집되었다고 할 수 있다. 『당시품휘』는 100권이나 되는 방대한 분량 속에 많은 수의 작품을 아우르고 있으며, 각 시체 아래에 다시 분류해 놓은 하위 품목 또한 정시(正始)·정종(正宗)·대가(大家)·명가(名家)·우익(羽翼)·접무(接武)·정변(正變)·여향(餘響)의 여덟 가지로 구체화되어 있어, 구체적이고 세부적인 방향으로 시 작품의 분류 체계를 정리하려 했던 편집자의 노력이 담겨있다고 할 수 있다. 그러나 『당음』의 경우에는, 그 편집 시기인 원대(元代)에 이미 이백·두보·한유의 시가 그들의 개별 문집을 통해 세상에 널리 유포되어 있었다는 이유로, 이들 세 시인의 작품들은 선집에서 제외되었고, 시선집의 전체 분량 또한 『당시품휘』에 비해 매우 적은 14권이었다. 그 편제 또한 시의 성격에 따라 시음(始音)·정음(正音)·유향(遺響)의 세 부분으로 비교적 간략하게 나뉘었다. 따라서 『당음』은 다른 시선집들에 비해 작품의 엄선을 거쳐 편집되었다는 평가를 받을 수 있었다. 그러나 17세기 초의 시론가들은 저마다 두 시선집 가운데 더 선호하는 것을 하나씩 염두에 두고 있었으며, 각기 특정 시선집을 선호하는 이유나 그 시선집들에 대한 평가 양상에서는 개별적인 특성이 드러났다. 시선집의 요건에 대한 생각은 크게 두 가지로 나뉘었는데, 작품을 수록할 때 많은 작품을 두루 포괄하고 있어야 하는가, 아니면 간결성과 압축성을 바탕으로 대표성을 띤 작품들만 선별해야 하는가 하는 것이었다. 이 두 요소는 시선집을 평가할 때 세 시론가 모두 일반적으로 관심을 둔 문제였으며, 이 가운데 어느 것을 관심의 수위에 두는가에 따라 시선집에 대한 궁극적인 평가가 갈렸던 것이다.

마지막으로, 본고의 논의 과정에서 부분적으로 부각된 한문학 비평용어에 대한 문제를 되짚으면서 차후의 과제로 남기고자 한다. 한국 한문학의 연구 범위 및 대상은 실로 광범위하다. 그동안 다방면에서 한국한문학 분야의 연구 성과물들이 축적되어 왔음에도 불구하고, 아직도 풀어나가야 할 문제가 많이 남아 있는 영역들 가운데 하나가 바로 한문학 비평 용어와 관련된 분야이다. 지금까지 한문학 비평 또는 고전 비평 용어를 유형별로 나누고, 그 용어들의 개념 규정 작업을 꾸준히 발전시킨 일련의 성과가 있어,[58] 한문학 연구의 한 흐름을 형성해 가고 있는 것이 사실이다. 이 성과물들은 많은 의문들을 해결해 나가고 있는 동시에 새로운 연구의 가능성 또한 계속해서 제시해 주고 있다. 이는 그만큼 미해결 상태로 남아 있는 고전 비평 용어들의 수가 아직도 많다는 것을 의미한다.

우리나라 고전 비평 용어들, 특히 한문학 관련 용어들은 장르류·작법류·평어류 등에 걸쳐 중국의 것과 그 범주를 두루 공유하고 있다. 본고에서 언급된 『당시품휘』 및 『당음』의 하위 분류 항목과 관련된 용어들 또한 애초에는 해당 시선집의 수록 작품을 분류하기 위해서 사용된 것이지만, 그 후 이들 시선집의 수용과정에서 반복적으로 사용되면서 비평 용어로 확립될 여지가 생기게 되었다. 이를테면, 허균과 신흠이 '정음'·'유향'·'정시'·'정종'·'대가'·'여향' 등 『당시품휘』와 『당음』에서 사용된 항목들과 함께 특정 작품 및 작가에 대하

---

58) 정요일·박성규·강재철, 「고전 비평 용어의 개념 규정」, 『성곡논총』 제21집, 1990. 정요일, 『한문학비평론』, 인하대학교 출판부, 1990. 정요일·박성규·이연세, 『고전비평 용어 연구』, 태학사, 1998.

여 언급했다면, 이러한 용어들은 종종 그 작품 및 작가의 특성을 평가하는 비평 용어의 기능을 했다고 할 수 있다.

그런데 문제는 종종 이러한 용어들의 의미가 잘못 이해되고 있다는 데 있다. 본고에서 살펴보았듯이, 이러한 용어들이 비평 용어로서 이해되지 않고 축자적으로 번역되어 사용되거나, 용어의 의미가 문맥과 어긋나게 해석되는 경우가 있다. 비평 용어가 올바로 이해되지 않고서는 과거 시론가들의 문학적 논평에 대한 이해가 불완전할 수밖에 없다. 그러므로 여타의 일반적인 작품론이나 작가론과 더불어 고전 비평 용어의 의미에 대한 지속적인 연구가 절실하게 요청된다. 같은 맥락에서, 중국시선집들의 분류 체계에 대한 충분한 이해, 그리고 과거 시론가들의 중국시선집 수용양상에 대한 올바른 연구가 뒷받침될 때, 우리나라 한시론(漢詩論)에 대한 이해의 폭도 더욱 확장될 것이다.

허균 상어론(常語論)의 의미와
적용 양상

I. 서 론

    지금까지 허균(許筠)의 문학론은 대체로 전통적인 문학론과의 관계 속에서 그의 논의가 지니는 참신성에 초점을 맞추어 평가되어 왔다. 특히 그의 문학론 가운데 '상어'(常語)에 대한 언급은 여러 연구자들의 주목을 받았다.[1] 허균의 상어론(常語論)은 「문설」(文說)에서 구체적으로 피력되었는 바,[2] 이 글에서는 문의 작법 및 효용 등과 관련하여 상어의 사용이 얼마나 중요한가에 대하여 강조되었다. 산문은 '상어'를 사용하여 창작되어야 한다는 것이 허균 산문론의 대전제였다.

---

1) 지금까지 허균의 상어(常語) 및 상어론(常語論)을 중심으로 한 논의는 많지 않았다. 그럼에도 다음의 몇몇 연구에서는 허균의 상어에 대하여 비교적 큰 관심을 보였다.

    조동일, 「許筠」, 『韓國文學思想史詩論』, 지식산업사, 1978.

    최신호, 「비평을 통해 본 許筠 문학의 기본 좌표」, 『許筠의 문학과 혁신사상』, 새문사, 1981.

    안병학, 「許筠의 문학론 연구」, 『민족문화연구』 제15집, 고려대학교 민족문화연구소, 1981.

    김 영, 「許筠의 문학관에 대하여-그의 詩論을 중심으로」, 『동방학지』 제26집, 연세대학교 국학연구원, 1981.

    김도련, 「古文의 성격과 전개양상」, 『한국문학연구입문』, 지식산업사, 1982.

    허경진, 『許筠 詩 硏究』, 평민사, 1984.

    박영호, 「許筠 詩論 연구」, 『한국한문학연구』 제17집, 한국한문학회, 1994.

2) 본고에서 논의되는 허균의 「문설」은 민족문화추진회에서 영인한 『惺所覆瓿藁』(『韓國文集叢刊』 74)의 卷12에 실린 원문을 대상으로 삼았다. 허균 문학론에 대한 그 밖의 자료들도 주로 이 책을 출처로 하였다.

기왕의 연구에서는 허균이 말하는 상어의 내용에 대하여 관심을 기울이기도 했으며, 이 개념이 우리나라 문론(文論)의 전개에 미친 영향을 거론하기도 하였다.[3] 허균의 상어에 대한 기존의 연구들은 대체로 그의 산문론에 한정하여 이루어졌다고 할 수 있다. 그 이유 가운데 하나는 허균이 「문설」과는 별도로 「시변」(詩辨)을 통하여 시와 관련된 이론적 입장을 밝혔기 때문이었다. 허균에 의해 시를 중심으로 한 별도의 논의가 이루어졌던 터라 「문설」에서 언급된 상어론은 허균의 산문론의 이해를 위해 활용하는 선에서 그쳤던 것으로 보인다. 그래서 상어론이 그의 시론 전개와 어떤 관계를 맺고 있는가에 대한 논의는 적극적으로 개진되지 않았던 것이다.

본고의 논의는 상어론을 중심으로 허균의 문학론이 지니는 특징을 구명하는 것을 목적으로 한다. 상어론을 문론의 일부로만 국한하지 않는다. 상어론이 허균의 문론과 시론을 관통하는 중요한 개념일 수 있다는 가능성을 열어 놓은 채 그 의미를 검토하여, 이 이론이 허균의 시론에서 어떻게 적용되었는가를 살펴보게 될 것이다.

II. 문론(文論)에서의 상어론

1. 상어의 의미와 궁극적 효용 [달의론(達意論)]

허균의 「문설」은 '객'(客)이라는 가상의 인물이 질문을 던지고, 이 질문에 허균이 답하는 형식으로 된 산문 이론이다. 문답 과정에서 가장 중심에 놓인 문제는 상어였다. 허균은 상어의 의미와 효용, 상어

---

3) 이 부분에 대한 비교적 구체적인 언급은 최신호, 「비평을 통해 본 許筠 문학의 기본 좌표」(『許筠의 문학과 혁신사상』, 새문사, 1981)에서 이루어졌다.

의 운용 방식, 산문 작법에서 고려되어야 할 요소 등 크게 세 가지 논점을 중심으로 산문론을 전개했다. 산문론의 기점은 상어였다. 이제 그 내용을 차례대로 분석해 보도록 하겠다. 이 부분에 대한 이해가 선행되어야 허균의 시론에서 상어론적 요소가 적용되는 양상이 그 윤곽을 좀더 명확하게 드러낼 수 있겠기 때문이다.

> 객이 나에게 물었다. "요즘 고문을 잘한다고 하는 사람들은 반드시 그대를 최고로 삼는데, 내가 보기에 그 문장이 넓고 한량없는 듯하지만, 상어를 끌어다 써서 문장과 글자가 무난하니, 그 글을 읽으면 입을 열고 목안을 들여다보는 듯하여, 이해하는 사람이나 이해하지 못하는 사람을 막론하고 전혀 막힘이 없습니다. 고문을 전공하는 사람이 과연 이럴 수 있는 것입니까?" 내가 말했다. "이것이 고문이라는 것입니다. 그대는 우하의 전모와 상의 훈과 주의 삼서·무성·홍범 등이 모두 가장 잘 된 문장이라는 것을 알텐데, 장구를 얽어서 어려운 말로 재주를 다투는 일이 있었는지 없었는지에 대해서도 알고 있습니까? 공자께서 "글은 뜻을 전달할 따름이다."라고 하셨듯이, 옛날에는 문으로 윗사람과 아랫사람의 마음을 통하게 하여 그 도를 실어 전하였기 때문에, 명확하고 바르며 정성스럽고 간절하여 듣는 사람들이 그 글이 가리키는 뜻을 훤히 알 수 있었습니다. 이것이 문의 효용입니다. 삼대의 육경 등 성인의 글과 저 황로를 비롯한 제자백가의 말은 모두 각자의 도를 논하였으므로 그 글이 알기 쉽고, 문체도 저절로 고아했으나, 후대로 내려오면서 문과 도가 나뉘어, 비로소 장구(章句)를 얽어서 난해하고 기교 섞인 말로 재주를 다투었으니, 이것은 문의 재앙이지 문의 이상이 아닙니다. 내 비록 부족하나 이렇게 하고 싶지는 않습니다. 그러므로 글은 의미의 전달을 주목적으로 삼기 때문에, 평이하게 글을 지어야 할 것입니다."4)

---

4) 許筠, 「文說」, "客問於許子曰, 當世之稱能古文者, 必以子爲巨擘, 吾見之, 其文雖若浩汗无涯涘, 而率用常語, 文從字順, 讀之則如開口見咽, 毋論解不解者, 輒无礙滯.

조선 중기의 고문론(古文論)을 재구하는 것이 본고의 목적이 아니라서 이와 관련된 구체적인 논의는 생략하겠지만, 객의 질문을 통해 허균의 문장이 당시의 고문에 대한 통념과 다소 거리가 있었다는 것을 추론할 수 있다. 허균의 문장은 상어를 가지고 창작되어 거침없이 읽혀 내려가는[輒无礙滯] 평이한 글인데도 당대에 고문을 하는 사람들이 높게 평가하는 일이 있었고, 이러한 평가에 의구심을 품는 이들도 있었던 것으로 보인다. 허균과 견해를 달리하는 사람들은, 잘된 고문이라면 약간의 난해함도 있어야 고상하다는 평가를 받을 수 있다고들 생각했다. 허균은 고전 작품들을 예로 들어 자신의 생각을 정리했다. 대표적인 고전 산문으로 꼽히던 『서경』(書經)의 글들에서는 장구의 격식에만 얽매여 난해한 어휘[險辭]로 재주를 부리는 일이 없었던 것이다. 허균은 '상어'의 대척점에 '험사(險辭)·교어(巧語)'를 두었다. 위의 문맥으로 볼 때, 어렵고 난해한 어휘 및 기교가 가득한 어휘와는 거리를 둔 평이하고 친근한 어휘가 허균이 말하는 '상어'의 의미라고 이해하면 될 것이다.

허균이 관심을 둔 고전 문장의 어휘들은 달의(達意), 곧 의미의 전달에 일차적인 목표를 두었다.[辭達而已矣.] 문(文)을 매개로 하여 통치자와 피치자의 정서가 교통(交通)할 수 있었고, 거기에는 도(道)가 실려 있었다. 투명하고 공정한 글, 정성스럽고 간절한 글이 되었다. 독자들은 이처럼 의미의 전달에 초점을 맞춘 산문을 통해 글 또는 어휘가 지시하는 의미[指意]를 훤히 알 수 있었다. 문장 자체는 평이하

業古文者, 果若是乎. 余曰, 此其爲古也. 子見虞夏之典謨, 商之訓, 周之三誓武成洪範, 皆文之至者, 亦見有鉤章棘句, 以險辭爭工者否. 子曰, 辭達而已矣. 古者, 文以通上下之情, 以載其道而傳, 故明白正大, 諄切丁寧, 使聞者, 曉然知其指意. 此文之用也. 當三代六經聖人之書, 與夫黃老諸子百家語, 皆爲論其道, 故其文易曉, 而文自古雅, 降及後世, 文與道爲二, 而始有鉤章棘句, 以險辭巧語, 爭其工者, 此文之厄也, 非文之至. 吾雖駑, 不願爲也. 故辭達爲主, 以平平爲文焉耳."

다.[平平] 평이한 언어와 문장, 이것이 바로 의미를 효율적으로 전달하는 상어라고 허균은 생각했다. 그리고 이와 같은 상어를 구사함으로써 얻을 수 있는 미감은 화려함보다는 '고아'(古雅)함이었다.

2. 상어의 수사적 운용[점철성금(點鐵成金) · 변상위아(變常爲雅)]

객의 질문이 다시 이어진다. 옛 사람들의 글을 본받지 않고 상어만을 사용할 경우 좋은 글이 나올 수 없다는 것이 객을 위시한 그 시대 사람들의 통념이었던 것으로 보인다.

> 객이 말했다. "그렇지 않습니다. 그대는 좌씨, 장자, 사마천, 반고와 근대의 한유, 유종원, 구양수, 소식을 보았습니까? 그들의 문장 어디에 상어를 사용했습니까? 게다가 그대의 글은 옛것을 본받지 않은 채 도도하고도 장대하게 쓴다고 하니, 이러다 보면 어찌 싫증나니 않겠습니까?" 내가 말했다. "그 몇 분의 글이 또 어찌 상어와 다른 것이겠습니까? 내가 보기에, 비록 간결한 듯, 웅혼한 듯, 심오한 듯, 분방한 듯, 기이한 듯하다 해도, 결국 그 시대의 상어를 가져다 바꾸어 우아하게 만든 것이니, 진정 점철성금이라고 할 만합니다. 뒷 사람들이 오늘날의 글을 볼 때, 어찌 이 시대 사람들이 (앞에 언급한) 과거 몇 분의 글을 보는 것과 같지 않을 것이라고 단정하겠습니까? 게다가 도도망망하여 정녕 대가가 되고자 하면서 옛 것을 그대로 본받지 않는 것은 또한 홀로 서기 위한 것이니, 어찌 싫증나는 일이겠습니까? 그대는 그 몇 분을 자세히 살펴보았습니까? 좌씨는 스스로 좌씨이고, 장자는 스스로 장자이며, 사마천 · 반고는 스스로 사마천 · 반고이고, 한유 · 유종원 · 구양수 · 소식 역시 스스로 한유 · 유종원 · 구양수 · 소식이어서 서로 도습하지 않고 각자 일가를 이루었습니다. 내가 원하는 것은 이러한 것을 배우고 싶은 것입니다. 남들에게서, 지붕 아래에 지붕을 덧대듯 도습하고 표절하여 글을 얽었다는 질책을 듣는 것을 부끄러워할 따름입니다."[5]

허균은 역대의 훌륭한 문인들은 모두 그 시대의 상어를 쓴 것이며, 허균 자신도 자기 시대의 상어를 쓸 뿐이라고 말한다. 어느 시대에나 상어의 사용이 좋은 문장을 낳을 수 있다는 논리이다. 허균은 상어를 강조하기는 했지만 무조건 상어를 쓰기만 하면 된다고 생각하지는 않았다. 상어 자체를 생소재인 채로 남겨둔다고 해서 저절로 좋은 작품이 되는 것은 아니기 때문이다. 그는 상어를 가지고 일정하게 문학적인 운용을 할 수 있다고 믿었다. '간'(簡)·'혼'(渾)·'심'(深)·'분방'(奔放)·'굴기'(倔奇) 등 다양한 미적 특질이 살아날 수 있도록 작가에 의한 상어 활용이 가능하다는 것이다. 문학적인 변용을 통해 평이한 언어를 고아(古雅)한 것으로 만드는 점철성금(點鐵成金)의 과정이 문의 창작에 개입되어야 좋은 글을 만들 수 있다는 것이 허균의 생각이었다. 이 과정에는 타인의 글을 그대로 가져다 쓰는 도습(蹈襲)이 개입되어서는 안되며, 이를 통해서 작가는 자기만의 일가를 이룰 수 있다는 해석이다.

허균은 상어의 문학적 활용에는 자법(字法)·장법(章法)·편법(篇法) 등이 충분히 고려되어야 한다고 생각했다. 이 과정에서 점철성금이라고 하는 작가의 상어 활용 능력과 개성이 개입될 수 있을 것이다. 다음은 문장 구성에서 고려되는 요소가 무엇인가에 대한 문답 내용이다.

---

5) 許筠, 위의 글, "客曰, 不然, 子見左氏莊子遷固及近代昌黎柳州歐陽子蘇長公乎. 其文何嘗用常語乎. 況子之文不銓古, 而滔滔莽莽焉, 是事, 毋乃流於飫否. 余曰, 之數公之文, 亦何異於常耶 以余觀之, 雖若簡 若渾 若深 若奔放 若倔奇, 卒當世之常語而變爲雅, 眞可謂點鐵成金也. 後之視今文, 安知不如今之視數公之文耶. 況滔滔莽莽, 正欲爲大而不銓古者, 亦欲其獨立, 奚飫爲. 子詳見之數公乎. 左氏自爲左氏, 莊子自爲莊子, 遷固自爲遷固, 愈宗元脩軾, 亦自爲愈宗元脩軾, 不相蹈襲, 各成一家. 僕之所願, 願學此焉. 恥向人屋下架屋, 蹈窃鉤之誚也."

객이 말했다. "그대의 글은 평이하고 유창한데, 옛것을 본받았다는 것을 어디에서 찾아볼 수 있겠습니까?" 내가 말했다. "편법·장법·자법에서 찾아보아야 할 것입니다. '편'에는 한 가지 뜻을 가지고 끝까지 써내려 간 경우가 있고, 핵심이 되는 것을 나란히 엮어놓는 경우가 있으며, 구구절절 정을 표현한 것이 있고, 죽 늘어놓다가 냉소적인 말로 결론짓는 경우도 있으며, 자세하게 자질구레한 것들을 서술하면서도 법도가 있는 경우도 있습니다. '장'에는 정연하여 흐트러지지 않는 것, 여러 가지가 섞여 있으나 어수선하지 않은 것, 끊어지는 듯하면서도 앞과 뒤가 이어 지는 것, 매우 길기도 하고 매우 짧기도 한 것, 말을 다 마치지 않는 것이 있습니다. '자'에는 울리는 곳, 돌리는 곳, 잠복해 있는 곳, 수습하는 곳, 중첩되었지만 어지럽지 않은 곳, 강하지만 억지가 보이지 않는 곳, 끄는 힘이 있으나 힘을 허비하지는 않는 곳, 열고 닫는 곳, 부르고 소리치는 곳이 있습니다. '자'가 분명하지 않으면 '구'가 바르지 않고, '장'이 온당하지 않으면 뜻이 이해되지 않습니다. 두 가지가 갖추어져야 '편'이 이루어집니다. 내 글에서는 이러한 것을 깨닫고 있을 뿐이며, 옛 글에서도 이와 같은 것을 실천하고 있는 것입니다. 근래에 글이 무엇인가를 이해한다고 하는 사람들도 이와 같은 것을 간파하지 못하는데, 이해하지 못하는 사람들은 어떻겠습니까?" 객이 말했다. "훌륭하십니다. 나는 여기에까지는 미치지 못했군요."[6]

다소 길게 편법과 장법과 자법에 대하여 설명하고 있는데, 이는 고금의 문장에서 공통적으로 고려하게 되는 문장 수사의 다양성을 허균이 강조하고자 했기 때문이다. 다양한 형태의 자법과 장구법(章句

[6] 許筠, 위의 글, "客曰, 子之文旣平易流便, 其所謂法古者, 當於何求之. 余曰, 當於篇法章法字法, 求之. 篇有一意直下者, 或鉤連管籥者, 或節節生情者, 或鋪敍而用冷語結者, 或委曲繁瑣而有法者. 章有井井不紊者, 有錯落而不雜者, 有若斷而承前繼後者, 有極冗有極短者. 有說不了者. 字有響處幹處伏處收拾處, 疊而不亂處, 強而不努處, 引而不費力處, 開闔處, 呼喚處. 字不亮則句不雅, 章不妥則意不讀. 二者備而乃可以成篇. 余之文只悟此也, 古之文亦行此也. 今之所謂解者, 亦未必覰此, 況不解者否. 客曰善, 吾不及是夫."

法)을 목적한 바에 맞게 적절하게 구사할 경우 작품의 의미가 효율적으로 전달될 수 있다는 것을 보여주고 있다. 이와 같은 수사상의 기법이 성공적으로 이루어졌을 경우, 상어의 사용 또한 빛을 발할 수 있게 되는 것이다.

III. 상어론의 시적 적용: '점철성금'(點鐵成金) · '변속작아'(變俗作雅)를 통한 상어의 활용

『성수시화』(惺叟詩話)에서 허균은 우리 주변에서 쉽게 접할 수 있는 일상적 어휘들을 활용하면서도 시의 품격에 전혀 손상을 끼치지 않는 작시가 가능하다는 견해를 피력했다. 특히 작시에서 지명을 써야 할 경우에 중국의 것을 사용해야 한다고 생각하던 당시(當時)의 풍토 속에서, 우리나라의 지명도 문맥 안에서 잘만 활용하면 문제될 것이 없다는 생각을 가지고 있었다.

> 조지세는 일찍이, "우리나라의 지명은 시 속에 들여놓으면 우아하지가 않지만, '기증운몽택, 파감악양성'(氣蒸雲夢澤, 波撼岳陽城)과 같은 것은 열 글자 가운데 여섯 글자가 지명이고, 그 위에 네 글자를 보태어, 힘을 들인 것은 다만 '증(蒸) · 감(撼)' 두 글자에 있을 뿐이니, 노력이 과연 줄어들지 않았는가?"하였는데, 이 말에도 일리는 있다. 그러나 노수신의 시 '노진평구역, 강심판사정'(路盡平丘驛, 江深判事亭), '유암청파만, 청천백악춘'(柳暗靑坡晚, 天晴白嶽春)도 매우 좋다. 그 단련의 오묘함에 달렸을 뿐이니, 어찌 점철성금에 해가 되겠는가?[7]

---

7) 許筠, 『惺叟詩話』, "趙持世嘗曰, 我國地名入詩不雅, 如氣蒸雲夢澤, 波撼岳陽城, 凡十字六字地名, 而上加四字, 其用力只在蒸撼二字, 爲功豈不省耶. 此言亦似有理, 然盧相詩 路盡平丘驛, 江深判事亭, 柳暗靑坡晚, 天晴白嶽春, 其在鑪錘之妙而已, 何害點鐵成金乎."

조위한은 중국의 지명이 시어로 활용되면 시작에 소요되는 노력도 줄어들기 때문에 그만큼 긍정적으로 평가할 수 있지만, 우리나라의 지명은 시어로 쓰이기에는 우아하지 않고 속되다고 하였다. 허균은 이 견해에 일리가 있다고 하여 부분적으로 동의하고 있다. 그러나 곧바로 우리나라 지명이 문맥에서 적절하게 활용된 예로 노수신의 시구를 제시하면서 조위한의 견해에 반박했다. '평구역'·'판사정'·'청파'·'백악' 등의 시어는 우리나라의 지명이기에 조위한의 입장에서 보면 시어로서 우아하지 않고 속된 것이라고 할 수 있지만, 대가의 솜씨를 거치면서 시적 맥락 속에서 전혀 속되지 않고 새롭게 훌륭한 시어로 탈바꿈할 수 있다는 것이다.[8]

허균은 궁극적으로 이러한 시적 성취를 점철성금의 단계에 오른 것으로 평가하였다. 『국조시산』(國朝詩刪)에서 위의 노수신의 시구에 대하여 '변속작아'(變俗作雅)라는 평가를 내린 것[9]도 이와 같은 맥락에서 한 말이다. 이 논의는 상어론에 입각한 허균의 문론과 같은 기반에서 나온 것이라고 할 수 있다. 허균이 상어의 점철성금을 통하여 뜻이 효율적으로 전달되고 고아한 미감을 지니는 산문을 지향했다는 점은 앞서 살펴본 바와 같다. '점철성금'과 '변속작아'는 송대 황정견

---

8) 세속의 기준으로 중요하게 생각하는 것을 버리고 지인(至人)의 가르침에 따라 새로운 존재로 탈바꿈하는 것이 '노추지묘'(鑪錘之妙)의 본래적 의미이다.(『莊子』「大宗師」, "意而者曰, 大無莊之失其美, 據梁之失其力, 黃帝之亡其知, 皆在鑪錘之閒耳.") 여기서는 보잘 것 없는 시어라 하더라도 대가의 솜씨를 거치면서 훌륭한 시어로 변화되는 것을 뜻한다. 위 인용문과 유사한 언급이 허균의 『학산초담』(鶴山樵談)에도 실려 있다.[고죽 최경창 등이 "우리나라 지명은 중국의 것에 미치지 못하므로 작시에 지명을 구사할 수 없는 것이 늘 안타깝다."고 하였는데, 소재 노수신의 시 가운데 '노진평구역, 강심판사정'(路盡平丘驛, 江深判事亭)을 보니, 상구와 하구에 모두 우리말을 구사한 것이면서도 구법이 타당하고 안정되어 있어, 대가의 솜씨가 남다르다는 것을 알았다.(崔孤竹輩嘗曰, 我國地名, 不及中原, 故作詩不得使地名, 每以爲恨. 及見蘇齋詩, 有路盡平丘驛 江深判事亭, 上下句, 皆使俚語, 而句法穩著, 乃知大家手者異於他人也.)]

9) 許筠, 「愼氏江亭懷弟」, 『國朝詩刪』 卷4 (아세아문화사 영인, 1983) 참조.

의 시론에서 거론된 것을 허균이 수용하여 자신의 문학론 및 시 비평의 전개에 활용한 것이다. 비속한 것을 이용하여 우아하게 만든다고 하는 '이속위아'(以俗爲雅)의 원리와[10] 옛 사람의 진부한 시구를 재료로 하여 발전적인 새로운 뜻을 지어내는 '점철성금'의 이론[11]은 황정견 시론의 중요한 부분을 차지한다. 허균의 경우에 황정견처럼 옛 시구를 활용하자는 측면에서 '점철성금'을 언급했다고 보기는 어렵다. 기존의 시인들이 시어로서 부적합하다고 생각했던 것들, 즉 우리나라 지명과 같이 평이하고도 쉽게 접할 수 있는 어휘들을 적절하게 문학적으로 사용할 필요가 있다는 점을 역설했다고 할 수 있다. 우리나라 지명과 같은 상어의 시적 형상화까지도 점철성금의 범주에 포함하여 이해하고 있었던 것이다. 이렇듯 허균은 우리나라의 지명들이 시적 소재로서의 상어에 해당된다고 생각하여 이를 시어로 수용하는 것에 대하여 긍정적으로 평가하였다. 더 나아가 이들 상어가 시의 문맥 속에서 적절하게 미적 변용을 겪는 것 또한 작시의 중요한 과정으로 고려되었다.

이와 같이 '상어'는 허균에게 문에서뿐만 아니라 시에서도 적절하게 활용될 수 있는 중요한 문학적 재료였던 것이다. 그러나 이 두 가지 장르에서 상어를 운용하는 방향에는 일정한 차이가 발견된다. 허균은 상어를 통하여 뜻이 잘 전달되도록 하는 것이 문이 지향하는 궁극의 목표라고 생각하여 '달의'(達意)를 강조했다. 평이한 언어를 적절하게 운용한다면 문의 의미가 쉽게 파악된다고 본 것이다.[其文易曉] 독자의 입장에서 작가의 뜻[意]를 제대로 파악할 수 있도록 하는 것이 문에서는 궁극의 목표라고 할 수 있겠지만, 시에서는 작가 입장

---

10) 黃庭堅, 「再次韻幷序」, 『山谷內集詩注』, 卷12, 『四庫全書』 제1114책, "以俗爲雅, 以故爲新, 百戰百勝, 如孫吳之兵. 棘端可以破鏃, 如甘蠅飛衛之射, 此詩之奇也."
11) 黃庭堅, 「答洪駒父書」, 『黃山谷文集』 卷19, 『四庫全書』 제1113책, "古人能爲文章者, 眞能陶冶萬物, 雖取古人之陳言, 入於翰墨, 如靈丹一粒, 點鐵成金也."

에서의 '의'(意)의 설정, 즉 '입의'(立意)가 작시의 첫 단계에서 선결되어야 할 과제로 인식되었다.

> 그러면 시는 어떻게 하면 최상의 경지에 이를 수 있는가? 먼저 '입의'를 하고, 그런 뒤에 '명어'(命語)를 하여, 자구를 활기 있고 원만하게 하고 음절을 맑고 긴밀하게 만들며, 소재를 가져다 엮어 바른 위치를 벗어나지 않고 색태를 드러내지 않도록 한다.[12]

'입의'가 먼저고 그 다음은 '명어'이다. '입의'라고 하면 어떤 내용, 어떤 주제의 시를 쓸 것인가에 대한 결정을 의미한다. 그리고 나서 그 주제의식에 맞는 시어를 선택하는 것이 '명어'라고 할 수 있다. 이 '명어'의 단계에서 우리나라 지명과 같은 '상어'들의 활용이 고려의 대상이 되는 것이다. 즉 독자의 '달의'를 목표로 상어를 조직하는 것이 문의 창작 방향이라면, 작가의 '입의'를 지탱하는 방향으로 상어를 비롯한 시어들을 조직하는 것이 시의 창작 과정이라고 할 수 있다.

허균은 또한 중국의 시론가 엄우(嚴羽)의 시론을 수용하면서 문과는 달리 시에서 고려해야 할 시어 운용상의 원리를 각별하게 인식하고 있었다. 그는 '사절의속'(辭絶意續)·'지근취원'(指近趣遠)의 개념을 통하여 이상적인 작시의 방향을 제안하였다. 간결하면서도 함축적이고 여운이 남는 표현이 시를 시답게 만드는 중요한 요소로 여겨졌던 것이다.

> 시는 송에 이르러 망했다고 할 수 있다. 망했다는 것은 시의 언어가 망했다는 것이 아니라, 시의 원리가 망했다는 것이다. 시의 원리는 상진(詳盡)·완곡(婉曲)한 데 있는 것이 아니라, 말은 다하더라도 뜻이 계

---

12) 許筠, 「詩辨」, 『惺所覆瓿藁』 卷12, "然則詩何如而可造極耶. 曰先趣立意, 次格命語, 句活字圓, 音亮節緊, 而取材以緯之, 不犯正位, 不着色相."

속되는 데에 있다. 비근한 것을 가리키면서도 시취(詩趣)는 멀어 이로
(理路)에 빠지지 않고 말의 통발에 떨어지지 말아야 가장 좋은 시인데,
당 나라 시인들의 시가 간혹 이에 가깝다. 송대의 작자들이 많지 않은
것은 아니지만 뜻을 다 드러내기를 좋아하고 용사에만 힘썼으며, 어렵
고 까다로운 압운 때문에 스스로 격을 해치고 있다.13)

  허균은 '상진(詳盡)·완곡(婉曲)'이 시에서 지향할 바가 되지 못한
다고 생각했다. 말하고자 하는 것을 모두 언표화하여 자세하게 서술
한 작품이라면, 그와 같은 것은 시의 본령을 벗어난 것이라고 여겼던
것이다. 그래서 그는 '사절의속'(辭絶意續)·'지근취원'(指近趣遠)이라
는 말을 통해 작시의 방향을 제시하였다. '사절의속'·'지근취원'은 엄
우와 그의 시론을 수용하고 있었던 조선 중기 신흠(申欽) 등의 논의
에서 확인되는 '언유진이의무궁'(言有盡而意無窮)과도 같은 입장의 논
변이다.14) 시어의 표현이 간결하고 시어가 가리키는 바를 가까이에서
찾을 수 있다 하더라도[辭絶·指近], 그 시적 형상화를 통한 풍부한
함의[意續] 및 흥취의 지속성[趣遠]이 확보되어야 시다운 것이라고
보았다.15) 자구(字句)가 서로 연결이 되지 않는 것 같으면서도 뜻은
서로 잘 통하여, 읽는 데 아무런 방해가 되지 않고, 오히려 그 시를
통해 특별한 흥취까지 느낄 수 있다면, 좋은 시로서 인정받을 수 있
다는 것이다.16)
  이는 '진의'(盡意)에 주안을 둔 송시의 경향과 배치되는 당시적 속

---

13) 許筠,「宋五家詩鈔序」,『惺所覆瓿藁』卷4, "詩至於宋, 可謂亡矣. 所謂亡者, 非其言
   之亡也, 其理之亡也. 詩之理不在於詳盡婉曲, 而在於辭絶意續 指近趣遠. 不涉理路,
   不落言筌, 爲最上乘, 唐人之詩, 往往近之矣. 宋代作者, 不爲不多, 俱好盡意, 而務
   引事, 且以險韻窘押, 自傷其格."
14) 申欽,『晴窓軟談』(上).
15) 본서의 제1부 III-2 참조.
16) 周勛初,『中國文學批評小史』, 長江文藝出版社, p.155.

성이라고 허균에게 이해되었다. 표현하고자 하는 뜻이 모두 언표를 통해 그대로 노출된다면 이는 허균이 문의 궁극 목표로 여겼던 '달의'(達意)의 의미에서 벗어나지 않는 것이다. 허균은 송시의 일반적인 경향 가운데에는 자신이 생각하는 '문'의 효용인 '달의'의 속성이 지배적이었던 것으로 이해했으며, 시어에 언표된 것 이상의 뜻을 확보하지 못하고[盡意], 용사에만 치중하며[務引事], 억지로 압운을 맞추려고 한다면[以險韻窘押] 시격이 손상되어 자연스러운 흥취가 사라지게 되므로, 좋은 시로 평가받지 못한다고 생각했다.[17] 요컨대 허균은 시적 소재로서의 '상어'는 인정했지만, 문에서처럼 이 상어가 '달의'를 궁극의 목표로 삼아 활용되는 것이 아니라 시적 함축과 여운을 위해 기능하는 요소로 인식했던 것으로 보인다.

IV. 상어 범위의 제한: '도습'(蹈襲) 및 국문문학에 대한 논의

이제 허균의 상어론(常語論)에서 고려되어야 할 상어의 범위 문제를 짚어보도록 하자. 허균은 상어론을 전개하면서 '도습'(蹈襲)을 경계하는 모습을 보여주었다. 「문설」의 일부를 다시 한 번 살펴보자.

좌씨는 스스로 좌씨이고, 장자는 스스로 장자이며, 사마천·반고는 스스로 사마천·반고이고, 한유·유종원·구양수·소식 역시 스스로 한유·유종원·구양수·소식이어서 서로 도습하지 않고 각자 일가를

---

17) 허균은 엄우의 '별취(別趣)·별재(別材)'설을 바탕으로 하여 천기(天機)의 운용을 강조하기도 하였다.(許筠, 「石洲小稿序」, 『惺所覆瓿藁』 卷4, "或以汝章少學力乏元氣, 當輸佔畢一着, 是尤不知詩道者. 詩有別趣, 非關理也, 詩有別材, 非關書也. 唯其於弄天機奪玄造之際, 神逸響亮, 格越思淵, 爲最上乘. 彼蘊蓄雖富, 譬猶談敎漸門, 豈敢望臨濟以上位邪.")

이루었습니다. 내가 원하는 것은 이러한 것을 배우고 싶은 것입니다. 남들에게서, 지붕 아래에 지붕을 덧대듯 도습하고 표절하여 글을 얽었다는 질책을 듣는 것을 부끄러워할 따름입니다.[18]

이 논의는 상어를 통하여 훌륭하게 문학적인 성취를 일구어냈다고 하여 허균이 높게 평가한 중국 문인들에 대한 보충 설명이다. 허균은 좌씨, 장자, 사마천, 반고로부터 한유, 유종원, 구양수, 소식 등에 이르기까지 문학사적으로 문의 대가라고 추숭되는 이들이 그러한 명성을 유지할 수 있었던 큰 이유가 도습을 멀리했기 때문이라고 생각했다. 작가 당대에 사용된 평이하고도 이해하기 쉬운 언어를 산문에 활용할 때, 과거 문인들의 표현을 그대로 옮겨다 쓰는 도습과는 자연스럽게 거리를 둘 수 있으며, 저마다 일가를 이룰 수도 있다고 본 것이다. 이처럼 허균은 상어 활용의 범주를 고려할 때, 도습과 같이 전대(前代) 문인들의 언어를 가져다 쓰는 방법을 가급적 배제하려 했던 것으로 보인다.

이러한 허균의 인식은 그의 시론에도 동등하게 적용되었다.

요즘 시를 짓는 사람들은 최고의 것으로 한·위·육조를 거론하고, 그 다음으로는 개천·대력을, 가장 하위의 것으로는 소식·진사도 등을 거론하면서, 모두들 저마다 그들의 자리를 빼앗을 수 있다고 말하는데, 이는 허황된 것이다. 이들은 시어들의 뜻만 주워다가 도습·표절함으로써 스스로 뽐내는 것에 지나지 않으니, 어찌 시도(詩道)를 말할 수 있겠는가?『시경』삼백 편은 스스로『시경』삼백 편이고, 한은 스스로 한이며, 위진·육조는 스스로 위진·육조며, 당은 스스로 당이고, 소

---

18) 許筠,「文說」, "左氏自爲左氏, 莊子自爲莊子, 遷固自爲遷固, 愈宗元脩軾, 亦自爲愈宗元脩軾, 不相蹈襲, 各成一家. 僕之所願, 願學此焉. 恥向人屋下架屋, 蹈竊鉤之誚也."

식·진사도 또한 스스로 소식·진사도이니, 어찌 서로 모방하여 한 가지 격식을 만들어낸 것이겠는가? 각자 일가를 이룬 뒤에 비로소 잘 되었다고 할 수 있는 것이다. 간혹 의작(擬作)들이 있으나 이 또한 시험삼아 지어서 하나의 시체(詩體)로 된 것이지 늘 이와 같은 것은 아니다.[19)]

허균은 중국의 문사(文史)를 점검함으로써, 역대 문의 대가라고 꼽히는 이들이 일가를 이룰 수 있었던 원인이 서로의 글을 도습하지 않은 데 있었다는 것을 밝혔는데, 이와 같은 논지는 그의 시론에서도 그대로 적용되었던 것이다. 훌륭한 시인들의 작품이라고 하여 그대로 도습·표절하는 일이 없어야 비로소 시에서도 일가를 이룰 수 있다고 본 것이다.

다른 시인의 시 형식에 의지하여 시를 짓는 '의작'(擬作)들이 눈에 띄기도 하지만 이것은 작시의 본령이 아니고 전체 시작법 가운데 하나의 형식으로 자리잡았을 뿐이므로 크게 의식할 일이 아니라고 했다. 다른 시인의 작품을 염두에 둔 의작의 존재는 일정 정도 인정한 것이라고 할 수 있다. 문에서의 논의와 다소 구별되는 점이라고 하겠다. 그럼에도 허균은 시·문 모두에서 도습을 멀리해야 한다는 의식을 강하게 가지고 있었으며, 상어에 대하여 강조하는 입장을 일관되게 견지했던 것만은 확실하다.

그리고 허균은 시론에서 용사의 필요성을 일정 정도 인정하고 있었는데, 이 용사의 활용은 도습과는 구별되었던 것으로 보인다. 용사에만 전념하면 시가 자연스럽지 않을 수도 있지만, 용사에서 발생할

19) 許筠, 「詩辨」, "今之詩者, 高則漢魏六朝, 次則開天大曆, 最下者, 乃稱蘇陳, 咸自謂可奪其位也, 斯妄也已. 是不過掇拾其語意, 蹈襲剽盜, 以自衒者, 烏足語詩道也哉. 三百篇自謂三百篇, 漢自漢, 魏晉六朝自魏晉六朝, 唐自爲唐, 蘇與陳亦自爲蘇與陳, 豈相倣效而出一律耶. 盖各自成一家而後, 方可謂至矣. 間或有擬作, 亦試爲之, 以備一體, 非恒然也."

수 있는 부정적인 면모들만 배제한다면 작품성을 확보하는 데 큰 무리가 없다고 보았던 것이다. 용사가 다른 요소들과 어울려 시 전체의 구조와 의미에 맞게 적절하게 활용된다면 작가 자신의 말과 다름없이 자연스러울 것이기 때문이다.[20]

이제 허균의 상어론과 국문문학과의 관계를 살펴보도록 하자. 허균이 문론과 시론을 전개하면서 중요하게 생각했던 '상어'의 범주에 한글도 포함되었는가? 상어를 적극 활용하여 문학작품을 쓴다는 것이 허균에게는 한글로 문학활동을 한다는 의미도 내포되어 있는가? 지금까지 여러 논자들에 의해 허균의 문학론이 논의되면서, 그의 상어와 한글과의 관련성 여부가 직·간접적으로 다루어져 왔다. 이러한 논의가 이루어진 데에는 허균의 다음과 같은 논평이 계기가 되었다.

> 송강 정철은 속가를 잘 지었는데, 그의 「사미인곡」과 「권주사」는 청장(淸壯)함을 갖추었기 때문에 듣기에 좋다. 주장을 달리하는 이들은 이를 좋지 않다고 하여 배척하지만 그 문채와 풍류를 덮어버릴 수는 없다.[21]

허균은 송강 정철의 「사미인곡」과 「권주사」에서 구현된 풍격이 '청장'이라고 하면서 이 작품들을 높이 평가했다. 정철의 두 작품이 '속구'(俗謳)라고 일컬어졌는데, 이는 '우리말 노래'라고 이해하면 될 것이다. 이 작품들은 그 당시 대부분의 문인들에게 전통적인 시·문의 범주로 인정받지 못하는 것들이었다. 역대 문인들의 문집에 보이는 전통적인 시의 범주에는 율시·절구 등의 근체시와 평측 및 압운의 격식에서 비교적 자유로운 고시 등이 포함되고, 문의 범주에는 논

---

20) 許筠, 「詩辨」, "比興深者通物理. 用事工者如己出."
21) 許筠, 『惺叟詩話』, "鄭松江善作俗謳, 其思美人曲及勸酒辭, 俱淸莊可聽 異論者斥之爲邪, 而文采風流亦不可掩."

(論), 설(說), 서(書), 서(序), 발(跋), 기(記), 전(傳) 등이 포함되는데, 이들 장르는 중국과 우리나라의 한자 및 한문의 전통에 의지하여 형성된 것이라고 할 수 있다. 「사미인곡」과 「권주사」 등은 국문시가의 전통 속에서 창작된 작품이다. 이들 작품에서 한자어도 시어로 사용되고 있기는 하지만 전체적인 형식은 국문시가의 전통에서 나온 것이다.

그런데 허균이 우리나라 한시의 사적(史的) 맥락과 풍격적(風格的) 특징을 논의한 『성수시화』에서 이러한 국문시가를 대상으로 하여 풍격 비평을 곁들이고 있는 점은 특기할 만한 사항이다. 『성수시화』 전체에서 이와 같이 우리말 노래에 대한 관심을 표명한 곳이 비록 이곳 한 군데이지만, 이러한 관심은 허균이 우리말로 지어진 시가에 대하여 무조건 부정적으로만 보지 않고 객관적인 미적 판단을 시도했다는 것을 의미한다. 그러나 허균이 국문시가로 분류되는 작품을 고평(高評)하고 있다고 해서, 그가 거론한 '상어'의 범주에 한글이 포함될지는 이 논의만 가지고는 단정할 수 없다고 생각한다.

그러므로 위의 인용문을 가지고, "허균은 우리문학은 우리 현실의 문제를 다루는 데 그치지 않고 우리말로 씌어진 것이어야 한다는 의식까지 가지고 있었다."[22]고 해석하는 데에는 다소 무리가 따를 수 있다고 생각된다. '상어'로 시·문을 짓는 것에 대하여 허균이 매우 적극적이고 긍정적인 생각을 지니고 있었다고 해서, 그가 한글로 시·문을 짓는 것에 대하여 적극적인 관심을 보였다고까지 볼 수는

---

22) 조동일, 『韓國文學思想史試論』, 지식산업사, 1978, p.186 참조. 허경진, 『許筠 시 연구』(평민사, 1984)에서도 한글이 허균의 상어에 포함되는 것으로 이해하였다.(p.275 참조) 정철의 작품에 대한 허균의 관심이 한글문학에 대한 적극적인 옹호로까지 이어지지 않았다는 점에 대해서는 안병학의 논의도 참고가 된다.(안병학, 「許筠의 문학론 연구」, 『민족문화연구』 제15집, 고려대학교 민족문화연구소, 1981, pp. 211-212.)

없을 것이다. 위의 인용문만 가지고 허균이 말하는 '상어'에 한글이 포함된다고 보기는 어렵다고 생각된다.

정철의 가사에 적극적인 관심을 보인 김만중(金萬重)의 논의와 비교할 때, 국문문학에 대하여 허균이 지녔던 관심의 정도를 더욱 명료하게 확인할 수 있을 것이다.

> 송강의 「관동별곡」과 전·후 「사미인가」는 곧 우리나라의 「이소」인데, 그것을 (한문)문자로 기록할 수는 없다. 그러므로 오직 악인(樂人)들이 입으로 서로 주고받아 간혹 우리나라 글로만 전해질 따름이다. 어떤 사람이 칠언시로 「관동별곡」을 번역했으나 아름답지 않았다. …… 구마라습이 말하기를, "천축의 풍속에서는 문을 매우 높였으므로 그들의 찬불가는 매우 화려하고 아름다웠다. 지금 중국말로 번역한다면 그 뜻만은 알 수 있겠으나 그 조사(措辭)의 원리는 알 수 없을 것이다."라고 했는데 정말 그렇다.[23]

정철의 국문시가를 한시로 번역했을 때, 그리고 구마라습의 찬불가를 중국어로 번역했을 때, 작품의 의미를 살려낼 수는 있다 하더라도 원래의 언어가 지니고 있는 미적 특성은 재현이 어렵다는 것을 말하고 있다. 이 인용문에서는 작품 본래의 언어로부터 느껴지는 미감이 번역어에서는 발견될 수 없다는 것을 강조하고 있는데, 다음의 논의에서 김만중은 더욱 적극적으로 작품의 본래언어에 대하여 의미를 부여하고 있다.

---

23) 金萬重, 『西浦漫筆』, 洪仁杓 譯註, 一志社, 1990, p.389, "松江關東別曲前後思美人歌, 乃我東之離騷, 其不可以文字寫之, 固惟樂人輩口相授受, 或傳以國書而已. 人有以七言詩飜關東曲, 而不能佳…… 鳩摩羅什有言曰, 天竺俗最尚文, 其讚佛之詞, 極其華美, 今以譯秦語, 只得其意, 不得其辭理, 固然矣."

지금 우리나라 시·문은 자기 말을 버려 두고 다른 나라 말을 배우니 설령 매우 비슷하게 한다 하더라도 앵무새가 사람들을 흉내내는 격이다. 여항의 나무꾼이나 물긷는 아낙들이 흥얼흥얼 서로 화답하는 노래가 비록 촌스럽다고 하여도 그 진·가(眞假)를 논한다면 학사·대부들이 말하는 시·부라고 하는 것과 같은 선상에서 논할 수 없다.[24]

김만중이 국문문학의 가치를 적극적으로 긍정하고 있는 대목이다. 문학작품은 자국어로 창작되어야만 진가(眞價)를 발휘할 수 있으며, 어느 언어를 선택했는가에 따라 작품의 우열도 가름된다고 보았다. 초동급부(樵童汲婦)의 노래가 격이 낮다는 평가를 받는 경우가 있지만, 사대부들의 한문시가 작품과 달리 그들 자신의 언어로 표현되었기 때문에 자신들의 진솔함을 더욱 잘 담아낼 수 있다는 평가이다.

허균의 경우에 정철 국문시가의 미적 가치를 긍정하는 지점까지는 김만중과 견해를 같이하고 있었다고 할 수 있다. 그러나 국문문학과 관련된 허균의 논의는 여기서 멈추었다. 김만중처럼 적극적인 국문문학 옹호론자로까지는 이어지지 않았던 것으로 보인다. 앞에서 살펴보았듯이 허균은 우리말의 문학적 수용에 일정 부분 관심을 가지고 있었음에는 틀림없지만, 그의 관심의 내용은 기존의 한시 속에 우리말 한자어, 특히 지명을 수용하는 것이었다. 허균이 생각하는 '상어'의 범주에 일부 우리말 한자어가 포함될 수는 있었지만, 한글 어휘가 일반적인 문학 창작의 수용 대상으로 간주되지는 않았던 것으로 보인다. 국문문학의 적극적인 창작에 관한 것으로까지는 허균의 이론이 나아가지 않았던 것이다.

---

24) 金萬重, 위와 같은 곳, "今我國詩文, 捨其言而學他國之言, 設令十分相似, 只是鸚鵡之人言, 而閭巷間樵童汲婦咿啞而相和者, 雖曰鄙俚, 若論眞贗, 則固不可與學士大夫所謂詩賦者, 同日而論."

V. 결 론

이상의 논의를 정리함으로써 결론을 대신하고자 한다. 허균이 말하는 '상어'(常語)는 일상어 또는 평이한 언어라고 보는 것이 좋을 듯하다. 허균은 상어를 그대로 사용할 것이 아니라 그것을 활용하여 우아한 문장으로 만들어야 한다고 생각했다. 즉 역대 대문장가들이 상어를 소재로 하여 아어(雅語)를 이루었다고 한 것으로 보아, 허균이 상어의 문학적 형상화라는 측면에 대해서도 충분히 고려하고 있었음을 알 수 있었다. 상어를 사용하는 것 자체도 중요하지만 이 상어가 문학이라는 틀을 거치면서 새롭게 변화될 수 있다는 생각을 하면서 문학의 창조적·심미적 구성방식에 주목하고 있었던 것이다. 허균은 이러한 문학적 형상화 작업을 점철성금(點鐵成金)의 차원에서 이해했다.

허균 상어론의 이론적인 틀은 문론에서 구체화되었지만, 그의 시론에서 역시 상어론의 일단을 확인할 수 있었다. 우리나라 지명이 시어로 쓰일 수 있다는 허균의 견해는 황정견의 '이속위아'(以俗爲雅)·'점철성금'(點鐵成金) 이론을 수용한 것이면서, 그와 동시에 자신의 상어론을 지속적으로 발전시킨 것이었다. 문의 언어는 명확한 의미 전달이라는 '달의'(達意)에 초점이 맞추어져 있고, 시의 언어는 함축성과 관련된 '사절의속'(辭絶意續)·'지근취원'(指近趣遠)을 지향한다는 별도의 인식을 통해 허균이 시와 문에 구획을 지으려 했던 것은 분명하지만, 상어의 활용이라는 기본 전제는 양 방면 모두에서 유효했다.

허균은 상어의 의미론적 범주를 설정하는 과정에서 '도습'(蹈襲)만큼은 철저하게 배격하려는 모습을 보였다. 시와 문의 창작에 이전 시대 문인들이 사용했던 언어를 가급적 배제해야만 독창성이 확보된 작품을 쓸 수 있다고 보았기 때문이다. 시 작품들 가운데 간혹 보이는 의작(擬作)들이나 용사(用事)는 다른 시인들의 기존 작품 및 문학적 표현에 의지하여 나오는 것이라서 독창성 확보에 지장을 준다는 비판에 직면할 수 있지만, 이 부분은 작시에서 불가피하게 부분적으로나마 수용해야 할 작법으로 인정되었다.

허균의 상어론은 전통적인 사대부 문학 장르들에 사용되는 언어 문제와 관련된 것이었다. 허균의 이 이론은 문학언어로서 한글을 사용하는 것이라든가 한글 표기 문학을 본격화하는 것과 같은 적극성으로까지 이어지지는 않았다. 허균은 국문문학의 미적 가치에 대해서 객관적인 평가를 할 자세를 가지고 있기는 했지만, 김만중처럼 국문문학의 중요성으로까지는 논의를 진전시키지 않았던 것으로 확인되었다.

본고에서는 허균의 문론과 시론을 '상어론'을 중심으로 살펴보았다. 허균 상어론의 의미는 조선 중기 수사론의 한 국면을 점검하는 데 단초가 될 수 있을 것이다. 조선 중기 수사론의 일반적 특성에 대한 고구(考究)는 다음의 과제로 삼는다.

참고문헌

I. 자 료

1. 국내 자료

李仁老,『破閑集』, 柳在泳 譯註, 一志社, 1994.

崔　滋,『補閑集』, 朴性奎 譯, 啓明大學校出版部, 1984.

徐居正,『東人詩話』, 박성규 역주, 집문당, 1998.

_____,『四佳集』,『韓國文集叢刊』10・11, 民族文化推進會 影印.

金宗直,『佔畢齋集』,『韓國文集叢刊』12, 民族文化推進會 影印.

曺　伸,『謏聞瑣錄』, 정용수 역, 국학자료원, 1997.

李　珥,『栗谷全書』,『韓國文集叢刊』44・45, 民族文化推進會 影印.

魚叔權,『稗官雜記』,『국역 대동야승』 I, 民族文化推進會, 1979.

申　欽,『淸窓軟談』,『韓國文集叢刊』72, 民族文化推進會 影印.

梁慶遇,『霽湖集』,『韓國文集叢刊』73, 民族文化推進會 影印.

許　筠,『鶴山樵談』,『韓國詩話總篇』1, 동서문화원, 1989.

_____,『惺所覆瓿藁』,『韓國文集叢刊』74, 民族文化推進會 影印.

_____,『惺叟詩話』,『韓國文集叢刊』74, 民族文化推進會 影印.

_____,『國朝詩刪』, 韓國漢詩選集I, 아세아문화사, 1980.

權　韠,『石洲集』,『韓國文集叢刊』75, 民族文化推進會 影印.

李睟光,『芝峰類說』, 경인문화사, 1970.

李睟光,『芝峰類說』, 南晩星 譯, 乙酉文化社, 1994.

柳夢寅,『於于野談』, 柴貴善・李月英 譯註, 한국문화사, 1996.

張　維,『谿谷漫筆』, 金喆熙 譯, 乙酉文庫 135, 乙酉文化社, 1988.

洪萬宗,『小華詩評』, 안대회 역주, 국학자료원, 1993.

_____,『詩話叢林』, 홍찬유 역주, 통문관,1993.

_____,『詩話叢林』, 허권수 · 윤호진 역주, 까치, 1993.

金萬重,『西浦漫筆』, 洪寅杓 譯註, 一志社, 1990.

金昌協,『農巖集』,『韓國文集叢刊』161 · 162, 民族文化推進會 影印.

申景濬,『旅庵遺稿』,『旅庵全書』, 경인문화사, 1976.

趙鍾業,『韓國詩話總篇』, 동서문화원, 1989.

李月英 · 柴貴善 譯註,『靑邱野談』, 한국문화사, 1995.

2. 국외 자료

『詩經』

『書經』

『論語』

『孟子』

『莊子』

劉　勰,『文心雕龍』, (郭紹虞 · 羅根澤 主編,『文心雕龍註』, 范文瀾 註, 人民文學出版社, 1998.)

嚴　羽,『滄浪詩話』, (郭紹虞 主編,『滄浪詩話 校釋』, 人民文學出版社, 1998.; 裵奎範 譯註,『滄浪詩話』, 다운샘, 1997.)

眞德秀,『文章正宗』,『四庫全書』제1355책, 여강출판사 影印.

高　棅,『唐詩品彙』,『四庫全書』제1371책, 여강출판사 影印.

楊士弘,『唐音』,『四庫全書』제1368책, 여강출판사 影印.

歐陽修,『文忠公集』,『四庫全書』제1102책, 여강출판사 影印.

黃庭堅,『黃山谷文集』,『四庫全書』제1113책, 여강출판사 影印.

_____,『山谷內集詩注』,『四庫全書』제1114책, 여강출판사 影印.

臺靜農 編,『百種詩話類編』, 藝文印書館, 1974.

何文煥 輯,『歷代詩話』, 中華書局, 1997.

丁福保 輯,『歷代詩話續編』, 中華書局, 1997.

II. 논 저

1. 국내 논저

(1) 저서

박성규, 『李奎報研究』, 계명대학교 출판부, 1982.

박수천, 『芝峰類說 文章部의 批評樣相 研究』, 태학사, 1995.

박철희, 『韓國詩史研究』, 일조각, 1980.

박철희 · 김시태 엮음, 『문예비평론』, 문학과비평사, 1988.

변종현, 『高麗朝 漢詩 研究』, 태학사, 1994.

송효섭, 『문화기호학』, 민음사, 1997.

안대회, 『朝鮮後期 詩話史 研究』, 국학자료원, 1995.

이가원, 『韓國漢文學史』, 보성문화사, 1983.

이민홍, 『朝鮮中期 詩歌의 理念과 美意識』, 성균관대학교 출판부, 1993.

이병한, 『漢詩批評의 體例 研究』, 통문관, 1974.

이종묵, 『海東江西詩派 研究』, 태학사, 1995.

이종은 · 정민, 『韓國歷代詩話類編』, 아세아문화사, 1988.

이혜순 외, 『조선 중기의 유산기 문학』, 집문당, 1997.

이휘교, 『詩品彙註』, 영남대학교출판부, 1983.

장홍재, 『高麗時代 詩話批評 研究』, 아세아문화사, 1987.

전형대 · 정요일 · 최웅 · 정대림, 『韓國古典詩學史』, 홍성사, 1979.

정대림, 『한국 고전문학 비평의 이해』, 태학사, 1991.

정요일, 『漢文學批評論』, 인하대학교 출판부, 1990.

정요일, 『漢文學의 研究와 解釋』, 일조각, 2000.

정요일 · 박성규 · 이연세, 『고전비평 용어 연구』, 태학사, 1998.

조종업, 『韓國古代詩論』, 태학사, 1984.

_____, 『韓國詩話研究』, 태학사, 1991.

중국문학이론연구회, 『中國詩와 詩論』, 현암사, 1993.

周勛初 외,『중국문학비평사』, 중국학연구회 고대문학분과 역, 이론과실
　　천, 1994.

차상원,『중국고전문학평론사』, 범학도서, 1975.

차용주,『許筠硏究』, 경인문화사, 1998.

차주환,『中國詩論』, 서울대학교 출판부, 1989.

허경진,『許筠詩 硏究』, 평민사, 1984.

홍우흠,『漢詩論』, 영남대출판부, 1994.

　(2) 논문

강명관,「16세기 말 17세기 초 擬古文派의 수용과 秦漢古文派의 성립」,
　　『한국한문학연구』제18집, 한국한문학회, 1995.

강창수,「宋代 反江西詩派의 시론 연구; 시화를 중심으로」, 성균관대학교
　　박사논문, 1993.

구중회,「詩話叢林의 문헌학적 연구」, 경희대학교 박사논문, 1990.

권호종,「中國古典詩歌에서 '平淡'의 意味解釋」,『中國文學』, 한국중국어
　　문학회, 1995.12.

김건곤·황위주·이종묵·성범중·안대회,「韓國 歷代 詩文選集에 대한
　　종합적 고찰」,『정신문화연구』통권68호, 한국정신문화연구원, 1997.

김기림,「李荇의 詩世界 硏究」, 이화여자대학교 박사논문, 1996.

김민종,「'風'의 意味變遷으로 살펴본 文學槪念의 演進 : 先秦에서 六朝까
　　지」,『中國學硏究』제3집, 한국외국어대학교 중국학연구소, 1986.

김병국,「時調 品格 序說」,『반교어문연구』제4집, 반교어문연구회, 1992.

김선기,「小華詩評 硏究」, 전북대학교 박사논문, 1993.

＿＿＿,「小華詩評의 國朝詩刪 수용고」,『학산 조종업 박사 화갑기념 논
　　총 동방고전문학연구』, 학산 조종업 박사 화갑기념 논총 간행위
　　원회, 1990.

김수연,「漢詩 風格 연구-許筠의『國朝詩刪』批와 評에 근거하여」, 고려
　　대학교 석사논문, 1996.

김신중,「許筠의 시론 연구-그의 시화를 중심으로」, 전남대학교 석사논
　　문, 1985.

김 영, 「許筠의 문학관에 대하여-그의 시론을 중심으로」, 『동방학지』 제
26집, 연세대학교 국학연구원, 1981.3.

김원중, 「用事攷-『文心雕龍』을 중심으로」, 『중국어문학』 제23집, 영남중
국어문학회, 1994.6.

_____, 「六朝人物品評과 文學批評의 관련양상」, 『中國文學硏究』 제14집,
성균관대학교 중국문학연구회, 1996.

김종서, 「옥봉 백광훈 시의 풍격」, 『한국한시연구』 3, 한국한시학회, 태
학사, 1995.

김종환, 「惺叟詩話에 나타난 許筠의 詩觀 연구」, 『논문집』13, 육군제3사
관학교, 1981.

김주백, 「상촌 申欽의 시문학 연구」, 단국대학교 박사논문, 1997.

_____, 「漢文四大家의 문예의식에 대한 일고찰」, 『한문학논집』11, 단국
대학교, 1993.11.

김주한, 「事理批評 試論」, 『학산 조종업박사 화갑기념논총 동방고전문학
연구』, 학산 조종업 박사 화갑기념 논총 간행위원회, 1990.

_____, 「芝峰類說연구-특히 芝峰類說 소재 문장부를 중심으로」, 『영남
어문학』제2집, 1975.

김풍기, 「朝鮮 前期 文學論 硏究」, 고려대학교 박사논문, 1994.

김학주, 「朝鮮時代刊行 中國文學關係書 調査硏究」, 『동아문화』 제26집,
서울대학교 동아문화연구소, 1988.12.

남은경, 「東溟 鄭斗卿 문학의 연구」, 이화여자대학교 박사논문, 1998.

민병수, 「고전시론의 한국적 전개에 대하여」, 『진단학보』 제8호, 진단학
회, 1980.

민족문화추진회, 『민족문화』 제20집(象村集 完譯 기념 학술회의 특집),
민족문화추진회, 1997.

박수천, 「詩話 硏究 序說」, 『부산한문학연구』 제6집, 1991.

_____, 「許筠의 詩話批評 硏究」, 『한국한시연구』3, 한국한시학회, 태학사,
1995.

박우훈, 「호곡 남용익의 시평어 분석」, 『학산 조종업박사 화갑기념 논총
동방고전문학연구』, 학산 조종업박사 화갑기념 논총 간행위원회,
1990.

박영호, 「許筠 시론 연구」, 『한국한문학연구』 제17집, 한국한문학회, 1994.

박은희, 「權韠 시의 표현 기법 연구-三唐詩人과의 비교를 중심으로」, 연세대학교 석사논문, 1994.

박철희, 「낭만적 상상력과 현실적 상상력」, 『모산학보』 제1집, 모산학술재단, 1990.

성현경, 「19세기 조선인의 소설관」, 『관악어문연구』 제3집, 서울대학교 국어국문학과, 1978.

송재소, 「漢詩 用事의 비유적 기능」, 『한국한문학연구』 제8집, 한국한문학연구회, 1985.

송희준, 「홍만종의 문학비평 연구」, 『한문학연구』 제2집, 계명대, 1984.

_____, 「徐居正 문학 연구」, 고려대학교 박사논문, 1996.

신익철, 「유몽인의 문학관과 詩文의 표현수법의 특징」, 성균관대학교 박사논문, 1994.

심경호, 「朝鮮朝의 杜詩集 간행에 관하여」, 『한국학보』 제38집, 일지사, 1985 봄.

심규호, 「문예심리학적 관점에서 본 '發憤著書'」, 『중국어문학』 제29집, 영남중국어문학회, 1997.

안대회, 「小華詩評의 비평방법과 品評의 특성」, 『고전문학연구』 제7집, 1992.

_____, 「尹春年의 聲律論에 대하여」, 『동방학지』 88, 연세대학교 국학연구원, 1995.

_____, 「中國詩話의 朝鮮刊本考」, 『서지학보』 제16호, 한국서지학회, 1995, 9.

안병학, 「許筠의 문학론 연구」, 『민족문화연구』 제15집, 고려대학교 민족문화연구소, 1981.

_____, 「許筠의 시세계와 자아의식」, 『한국한문학연구』 제5집, 한국한문학연구회, 1981.

_____, 「三唐派 詩世界 硏究」, 고려대학교 박사학위 논문, 1988.

_____, 「徐居正의 문학관과 『東人詩話』」, 『한국한문학연구』 제16집, 한국한문학회, 1993.

엄현식, 「惺叟詩話 硏究」, 공주대학교 교육대학원 석사논문, 1994.

여기현, 「曺伸의 『諛聞瑣錄』에 나타난 品格意識(1)」, 『泮橋語文硏究』제4
　　집, 泮橋語文硏究會, 1992.

우응순, 「조선 중기 四大家의 문학론 연구」, 고려대학교 박사논문, 1990.

_____, 「조선 중기 '詩窮而後工'論의 양상과 성격」, 『한국한문학과 유교
　　문화』, 아세아문화사, 1991.

우쾌제, 「惺叟詩話에 나타난 蛟山의 批評意識」, 『어문론집』제21집, 고려
　　대학교 국문과, 1980.

원종례, 「明代 前後七子의 시론 연구」, 서울대학교 박사논문, 1989.

유준근, 「申欽의 문학사상과 근대정신」, 『충남대 유학 연구』1, 1993.2.

윤기홍, 「詩話雜記類의 양식적 성격과 소설의 발달에 관한 연구」, 『윤기
　　홍전집』1, 글밭, 1991.

이규춘, 「象村 詩話 硏究」, 충남대학교 석사논문, 1987.

_____, 「상촌 申欽의 비평의식 점검」, 『학산 조종업 박사 화갑기념 논총
　　동방고전문학연구』, 학산 조종업박사 화갑기념 논총 간행위원회,
　　1990.

이민홍, 「石洲詩의 품격 연구-托興規諷을 중심으로」, 『한국한문학연구』
　　제9·10합집, 한국한문학연구회, 1987.

_____, 「퇴계시가의 품격 연구」, 『반교어문연구』제4집, 반교어문연구
　　회, 1992.

이병한, 「漢詩風格比較試探」, 『中國硏究』제4집, 한국외국어대학교 중국
　　문제연구소, 1979.

이상익, 「許筠의 문학이론」, 『청파문학』제13집, 숙명여대 국문과, 1980.
　　12.

이우정, 「'興趣' 辨析- 嚴羽 詩論을 중심으로」, 『中國人文科學』 12,
　　1993.12.

이종묵, 「조선 전기 漢詩의 唐風의 특성과 한계」, 『한국한문학연구』제
　　18집, 한국한문학회, 1995.

_____, 「韓國 漢詩와 窮達의 問題」, 『한국한시연구』, 한국한시학회, 1995.

이철리, 「鍾嶸 『詩品』 硏究」, 영남대 박사논문, 1990.

이태수, 「묘오론 연구: 엄우의 『滄浪詩話』 시변을 중심으로」, 공주대학교
　　교육대학원 석사논문, 1990.2.

이혜순, 「牧隱 李穡의 題畵詩 試考」, 『한국문화연구원논총』52, 이화여자 대학교 한국문화연구원, 1987.

이택동, 「韓國 詠史詩의 장르論的 硏究」, 서강대학교 박사학위 논문, 1995.

전영란, 「韓國 詩話에 나타난 杜詩 영향고」, 『학산 조종업박사 화갑기념 논총 동방고전문학연구』, 학산 조종업 박사 화갑기념 논총 간행 위원회, 1990.

_____, 「『芝峰類說』을 통해 본 李睟光의 杜甫 詩論 硏究」, 『중국어문학』 제24집, 영남대학교 중국어문학회, 1994.12.

전재강, 「申欽 詩의 構造와 批評 硏究」, 경북대학교 박사논문, 1992.

전형대·정요일·최웅·정대림, 「한국고전비평사」, 『경기어문학』 제9집, 1991.8.

정 민, 「석주 권필의 시관과 시정신」, 『안동한문학』 제2집, 안동대학교, 1992.8.

_____, 「壬亂時期 文人知識層의 明軍 交遊와 그 의미」, 『한국한문학연 구』 제19집, 한국한문학회, 1996.

_____, 「16·7세기 學唐風의 성격과 그 風情」, 『한국한문학연구』(창립20 주년 기념 특집호), 한국한문학회, 1996.

정요일·박성규·강재철, 「고전 비평 용어의 개념 규정」, 『성곡논총』 제 21집, 1990.

정재철, 「牧隱 李穡 詩의 硏究」, 고려대학교 박사논문, 1996.

조기영, 「홍만종의 시화 연구」, 연세대학교 석사논문, 1984.

조종업, 「許筠 詩論 硏究」, 『장암 지헌영 선생 화갑기념 논총』, 어문연구 회, 1971.

_____, 「許筠의 詩論에 대하여」, 『許筠의 문학과 혁신사상』, 새문사, 1981.

_____, 「韓國詩話의 特性」, 『한국한문학연구』 제13집, 한국한문학연구 회, 1990.

_____, 「韓國 詩話 硏究의 問題點과 展望」, 『한국한문학연구』(창립20주 년 기념 특집호), 한국한문학회, 1996.

주승택, 「조선 중기 도학파와 사장파의 대립 양상-許筠과 삼당시인을 중

　심으로」,『퇴계학』8, 안동대, 1996.12.

차주환,「崔滋의 詩評」,『동아문화』제9집, 서울대학교 문리대, 1970.

채진초,「詩話學과 古代 文論 硏究」, 정영지 역,『중국어문학』제22집, 영
　　남중국어문학회, 1993.12.

채환종,「霽湖詩話 硏究」, 충남대학교 석사논문, 1989.

최신호,「비평을 통해 본 許筠 문학의 기본 좌표」,『許筠의 문학과 혁신
　　사상』, 새문사, 1981.

최우영,「許筠의 詩觀과 批評樣相 硏究」, 연세대학교 박사논문, 1997.

최　웅,「申欽의 문학관에 대하여」,『한국고전산문연구』, 동화문화사,
　　1981.

최일의,「詩歌 風格 ‘委曲’의 含義 分析」,『中國文學』, 한국중국어문학회,
　　1995.12.

팽철호,「滄浪詩話의 師承關係와 以禪喩詩의 타당성 검토」,『동아문화』
　　제26집, 서울대학교 동아문화연구소, 1988.12.

＿＿＿,「장르 風格의 성격」,『중국어문학』제22집, 영남중국어문학회,
　　1993.12.

＿＿＿,「風格의 槪念」,『중국문학』제21집, 한국중국어문학회, 1993.

＿＿＿,「『文心雕龍』風格論의 특성 소고」,『中國詩와 詩論』, 현암사,
　　1993.

＿＿＿,「分析的 風格批評」,『中國文學』23, 한국중국어문학회, 1995.

＿＿＿,「風格批評의 源流 - 人物批評의 文學風格에 대한 영향을 중심으
　　로」,『中國語文學』, 영남중국어문학회, 1996.12.

허경진,「惺叟詩話 硏究」,『조선후기의 언어와 문학』, 형설출판사, 1978.

＿＿＿,「鶴山樵談의 源流批評」,『국어국문학』제75호, 1977.5.

홍인표,「申欽의 詩話評論」,『동아문화』제26집, 서울대학교 동아문화연
　　구소, 1988.12.

홍장표,「許筠의 詩話에 대한 소고」,『논문집』12, 동국대학교 국어국문
　　학과, 1983.

홍학희,「陳澕 詩의 風格 硏究 - 詩品 ‘淸’을 중심으로」, 이화여자대학교
　　석사논문, 1990.

황의열,「李睟光의 詩論-主神論의 전개」,『태동고전연구』제3집, 태동고
　　전연구소, 1987.

2. 국외 논저

郭英德 外,『中國古典文學研究史』, 中華書局, 1995.

郭紹虞,『淸詩話續編』, 上海古籍出版社, 1983.

＿＿＿,『宋詩話考』, 中華書局, 1985.

徐復觀,『中國藝術精神』, 臺灣 學生書局, 1966, (權德周 外譯,『중국예술
　　정신』, 동문선, 1997.)

＿＿＿,『中國文學論集』, 臺灣 學生書局, 1985.

蕭華榮,『中國詩學思想史』, 華東師範大學出版社, 1996.

吳調公,『神韻論』, 人民文學出版社, 1991.

王國維,『人間詞話』, 中華書局, 1986.

王英志,『續詩品注評』, 浙江古籍, 1989.

袁行霈,『中國詩歌藝術硏究』, 李鍾虎 外譯, 아세아문화사, 1990.

＿＿＿,『中國詩歌藝術硏究』(下), 朴鍾赫 外譯, 아세아문화사, 1994.

袁行霈 外 ,『中國詩學通論』, 安徽敎育出版社, 1994.

魏慶之,『校正 詩人玉屑』, 世界書局, 民國55(1966).

劉德重・張寅彭,『詩話槪說』, 中華書局, 1990.

劉若愚,『中國詩學』, 李章佑 譯, 明文堂, 1993.

＿＿＿,『中國의 文學理論』, 李章佑 譯, 明文堂, 1994.

李伯超,『中國風格學源流』, 岳麓書社, 1998.

張葆全 主編,『中國古代詩話詞話辭典』, 廣西師範大學出版社, 1992.

錢種書,『談藝錄』, 中華書局, 1986.

趙仲邑,『鐘嶸詩品譯註』, 廣西敎育出版社, 1990.

周勛初,『中國文學批評小史』, 長江文藝出版社, 1981.

中國古代文學理論硏究會,『歷代詩話詞話選』, 武漢大學, 1984.

中國文心雕龍學會 編,『文心雕龍 硏究』第1集, 北京大學, 1995.

陳植鍔,『詩歌意象論』, 中國社會科學出版社, 1992.

陳延傑,『詩品注』, 杭州古籍出版社, 1988.

蔡鎭楚,『詩話學』, 湖南敎育出版社, 1990.

_____,『中國詩話史』, 湖南文藝出版社, 1988.

彭會資 主編,『中國古典美學辭典』, 廣西敎育出版社, 1991.

馮吉權,『文心雕龍與詩品之詩論比較』, 文史哲出版社, 民國70(1981).

Bouheim, Helmut, *The Narrative Modes,* D.S. Brewer, 1982.

Hegel, Robert E. & Hessney, Richard C. ed, *Expression of Self in Chinese Literature*, Columbia University Press, New York, 1985.

Lee, Peter H., *A Korean Storyteller's Miscellany; The P'aegwan chapki of Ŏ Sukkŏn,* Princeton University Press, 1989.

Stull, James N., *Literary Selves; Autobiography and Contemporary American Nonfiction*, Greenwood Press, 1993.

Yoshikawa, Kojiro, *An Introduction to Sung Poetry,* Burton Watson tr, Harvard University Press, 1967.

- 인명(人名), 서명(書名), 편명(篇名), 작품명(作品名), 평어(評語)를 한글
  자모의 순서에 따라 분류함.
- 서명(書名)은 『 』, 편명(篇名)·작품명(作品名)은 「 」로 표시.
- 이 책에서 주로 다루어진 시화집 『성수시화』(惺叟詩話), 『지봉유설』
  (芝峰類說), 『청창연담』(晴窓軟談), 『제호시화』(霽湖詩話)와 그 시화집
  들을 저술한 허균(許筠), 이수광(李睟光), 신흠(申欽), 양경우(梁慶遇)
  등 빈번하게 등장하는 항목들은 색인에 포함되지 않음.

인명(人名)

서명(書名)·편명(篇名)·작품명(作品名)·평어(評語)